Christina Friedrich
KELLER

CHRISTINA FRIEDRICH

KELLER

ROMAN

S. Marix Verlag

INHALT

OSTERNACHT

Der Keller des Hauses führt tief unter die Erde. Ein unterirdischer, kalter Fluss unterspült das Fundament. Man kann das Wasser riechen. Das Wasser, das von den Bergen heruntergeflossen kommt, kriecht direkt in das bröckelnde Mauerwerk. Ratten und schwarze, glänzende Käfer fressen sich in die Fugen hinein. Nagen sich mit ihren Insektenzähnen in das Haus. Die Korridore im Keller sind aus Beton. In einem nicht einsehbaren Winkel ist eine schwarze Ecke. Ein Loch. Das führt in die Unterwelt. In das Jahr Neunzehnhundertfünfundvierzig, in die Nacht zum ersten April. Als die Amerikaner ihre Bomben über der Stadt mit dem mittelalterlichen Stadtkern abwarfen. Ich sehe im Traum das Gesicht des Piloten hinter der gläsernen Kanzel. Er schreit: I'll kill you. Verfolgt mich durch das Altentor. Ich renne die Barfüßergasse entlang. Das amerikanische Flugzeug wirft Feuer auf mich. Die Stadt riecht verbrannt. Asche. Tote. Knochen. Brennende Steine. Schwere Bomber sind am Himmel. Ich schaue nach oben. Der Himmel ist schwarz. Die Luft dröhnt. Der Kirchturm vom Dom zum Heiligen Kreuz zittert, der Kirchturm von St. Blasii neigt sich bedrohlich. Gott kann ihn gerade noch mit einer Handbewegung auffangen. Das Tor zur Goldenen Aue, die Pforte zum Harz, brennt.

Ich laufe in meinen brennenden Kleidern umher und suche meine Familie. Bald ist doch Ostern. Wer färbt jetzt mit mir Ostereier. Die Stadt fällt zusammen und verschwindet. Ich klettere über Schutt und Steinberge. Bis ich den Flieger wieder sehe. Er hat es auf mich abgesehen. Er will mich töten. Warum gerade mich. Ich winke ihm zu und zeige ihm meinen neuen Stoffhasen, mit dem ich Ostern feiern will. Der Bomberflieger zieht seine Maschine nach unten und steuert genau auf meine Stirn zu.

Spinnt der. Hat der keine Familie in Michigan oder Ohio. Warum muss er mich hier töten. Ich verliere meine Sandalen, ich laufe barfuß weiter. Ich schlage Haken, ich versuche, ihn zu täuschen. Mich ganz klein zu machen. Ich löse meine Zöpfe, ich zeige ihm mein Muttermal. Ich will mit ihm eine menschliche Sprache sprechen, ich will mich mit ihm verständigen. Ich hatte noch kein Englisch in der Schule. Der Amerikaner setzt seine Sonnenbrille auf und fletscht die Zähne. Er meint es ernst. Ich verstecke mich im Hauseingang. Ich halte mich an der Türklinke fest und versuche, sie herunterzudrücken, um mich in den düsteren Hausflur zu retten. Es wird heiß. Warum ist es so heiß. Feuer auf meiner Hand. Die Haut meiner Hände klebt an der eisernen Türklinke fest. Ich sehe, wie die Farbe auf der Tür sich wellt. Bunte Farbe, traditionelle Haustürmalerei. Die Ornamente schlagen Bläschen und platzen ab. Meine Hände platzen auf. Brandblasen. Meine Haut platzt auf. Mama, gib mir Wasser. Es ist so heiß. Der Pilot lacht. Ich sehe ihn lachen, er hat sein Ziel getroffen. Um den Hals trägt er ein Kreuz. Auf dem steht: Gott schütze die Welt. Wasser. Löscht meine brennende Haut. Wo ist die Feuerwehr. Auch tot. Die unverbrannten Menschen schauen aus dem Haus. Sie halten sich die Hand vor den Mund. Es knistert auf meinem Kopf. Mein Haar brennt. Mein Hase brennt. Seine Augen aus Glas schauen mich aus einem verbrannten Knäuel Holzwolle an. Ich verstehe die Welt nicht mehr. Ich schaue an mir herunter. Ich bin wohl nicht mehr zu retten. Ich verglühe. Ich steige schnell aus meinem Kopf aus, springe auf das Dach des Hauses und von dort aus auf den Rücken des Bombers. Ich lege meine Hände um die Kehle des Piloten und drücke zu. Seine Augen treten aus ihren Höhlen, er ruft nach Frau und Kindern in Michigan oder Ohio. Ich beiße ihm die Augen heraus. Dass er blind wird und kein Ziel mehr sehen kann. Ich reiße ihm das Kreuz vom Hals, auf dem steht: Gott schütze die Welt. Der Bomber stürzt auf mich. Auf mir liegt Metall. Später ein ganzes Haus. Das Kreuz ist verglüht. Über meiner Asche wächst schütteres Gras. Später Butterblumen. Diese kleinen Gelben, die so glänzen. Ich kann mir keinen Kranz mehr aus ihnen flechten. Meine Kinderknochen liegen unter der Erde.

Im Frühjahr neunzehnhundertdreiundfünfzig kommt ein Bagger. Er hebt ein Fundament aus. Auf meinen Knochen wird ein neues Haus gebaut. Von der Arbeiterwohnungsbaugenossenschaft. Ich bin in dem neuen Haus eingemörtelt. Ich wohne im Keller. Da, wo mich keiner sieht. Ich lauere im Dunkeln.

An der oberen Stufe zum Hausflur, den ich nicht erreicht habe, steht ein Mädchen. Es tastet nach dem Lichtschalter und trägt einen leeren Eimer. Ich weiß, es muss Kohlen holen. Es fürchtet sich, das Mädchen. Es riecht mich.

Ich gehe die Treppe hinunter. Die Stufen sind schwarz. Bestimmt wohnt hier noch der Krieg. An der Wand ist ein Totenkopf, den haben Gunther und Wolfram gemalt. Der Totenkopf ist aus Ruß und nicht mehr zu beseitigen. Ich taste mich mit dem großen Schlüsselbund in Händen an der Wand entlang. Den größten der Schlüssel halte ich wie eine Waffe von mir gestreckt. Damit ich dem Angreifer die Augen auskratzen kann. Ich schließe die hölzerne Kellertür auf. Ein schwarzer, glänzender Kohlenberg. Ich nehme die Kohle zwischen Daumen und Zeigefinger und schichte Stück für Stück in meinen Eimer. Kohlenstaub an den Händen. Der Kohlenberg wird nicht weniger. Ich trage eine Schürze. Hahnentrittmuster, hellblauweiß. In der Schürze sind zwei Taschen. In der einen Tasche steckt eine Packung Riesaer Zündholzer. Ich zünde ein Streichholz an. Ich zünde mit dem Streichholz einen Holzspan an. Ich nehme eine Kohle weg. Da ist der Gang, der in das Innere des Kohlenbergs führt. Ich leuchte mit dem Streichholz in die entstandene Höhle. Dort wohnt ein kleiner Schuster, der den toten Kindern unter dem Haus Hausschuhe näht. Aus vielen kleinen Flicken näht er Hausschuhe aus Filz, mit Bommeln, manche mit Streublümchen. Der Schuster hat einige Nadeln zwischen die Zähne geklemmt und stichelt eifrig an einem Mädchenhausschuh. Ich habe ihm ein wenig Stickgarn aus dem Nadelarbeitsunterricht mitgebracht. Ich lege ihm ein Päckchen in das Versteck. Und schließe mit einer Kohle seine Wohnung.

Ich soll noch ein Glas Kompott mitbringen. Ich betrachte die mit der Hand geschriebenen Jahreszahlen. Blaue Tinte auf weißem Papier. Auf den Einweckgläsern liegt Spinnenstaub. Kirschen. Stachelbeeren. Kürbis. Pflaumen. Erdbeeren. Die Erdbeeren haben ihre Farbe verloren. Sie sind ganz blass geworden mit der Zeit und schwimmen in ihrem mattrosa Saft. Mit dem Schraubenzieher, den ich hinter dem Regal versteckt habe, öffne ich ein Glas. Mit den Fingern esse ich eine Frucht nach der anderen. Die kleinen Sommerhärchen der Erdbeeren kitzeln auf meiner Zunge. Ich zerquetsche sie zwischen Zunge und Gaumen. Ich sitze eine Ewigkeit im Kohlenkeller. Das Treppenlicht geht aus und wieder an. Jemand ruft meinen Namen. Ich wische die Hände an meiner Schürze ab und nehme den Kohleneimer, der mir gegen die Knie schlägt. Ich steige die Treppe nach oben. Ich komme in den Hausflur, dessen Boden aus sechswabigen Steinfliesen besteht. Ich verzögere den Gang zur Wohnungstür, vor der die vielen Schuhe meiner Eltern und Geschwister stehen. Unsere Wohnung hat ein Schlafzimmer, eine Stube und ein Kinderzimmer, eine Küche, ein Bad und einen Flur. Unsere Schuhe stehen vor der Tür, weil sie nicht mehr in die Wohnung passen. Ich mache am Briefkasten Halt und buchstabiere die Namensschilder der Nachbarn. Kestner, Michelberg, Heger und Blaukopf. Wer hat mich zwischen diese Menschen gebracht. Wer hat mich hierher geschickt. Ich schließe die Tür zu unserer Wohnung auf.

Ich öffne die Ofentür und rüttele die Asche in den Aschenkasten. Klapp. Klapp. Bis sie durch den Rost gefallen ist. Die Stücke nicht verbrannter Kohle muss ich mit einem Stöckchen durch den Rost schieben. Ich zerknülle eine Zeitung, auf der steht: Das Volk. Jetzt liegt die Zeitung im Ofen. Auf den Zeitungsseiten Planzahlen und Aufrufe an das Volk. Und an die Arbeiter, die dieses Haus für mich gebaut haben. Ich lese: Proletarier aller Länder vereinigt euch. Über die Zeile schichte ich kleine Holzsplitter und lege ein Stück Kohlenanzünder dazu. Der Kohlenanzünder besteht aus braunen Sägespänen und brennt nur mühsam. Als der Kohlenanzünder brennt, schichte ich vorsichtig die Kohlen darüber. Ich schließe die Ofenklappe und betrachte das Feuer. Wir haben eine Scheibe in unserer Ofentür. Das ist eine ganz moderne Erfindung. Durch sie kann ich in das Innere des Ofens sehen. Die Scheibe wird heiß, man darf sie nicht berühren. Ich knie mich vor den Stubenofen. Ich putze die Scheibe unseres Stubenofens mit der Zeitung. Mit einem Artikel über eine Landwirtschaftliche Produktionsgenossenschaft. Ich sehe viele Mähdrescher über das Land fahren. Die Goldene Aue, die goldene Kornkammer. Ich werde also immer zu essen haben. Aus dem Korn wird das Mehl gemahlen, und das Volk isst das Brot. Niemand soll Hunger leiden. Ich zerreiße die Getreidefelder in kleine Scheibenputzpapiere und bringe die Ofenscheibe auf Hochglanz. Ich lege die Hände an das Glas und schaue in das Feuer. Ich bekomme keine Brandblasen, weil ich schon einmal verbrannt bin, das weiß aber keiner. Das erzähle ich niemandem. Ich lege meine Wange an die Scheibe. Ich sehe in dem Feuer die brennende Stadt, das Gesicht des Piloten, die Gesichter der Flüchtlinge und die der Häftlinge aus dem Konzentrationslager Dora. Ich war mit der Schulklasse da, zum Tag des Gedenkens an die Opfer des Nationalsozialismus. Der Museumsführer hat die eiserne Ofentür aufgemacht. Er hat uns gezeigt, wie Menschen da hineingeschoben wurden. Er hat eine Art Holzschieber hineingeschoben und wieder herausgezogen. Und dann die Ofentür geschlossen. Ich weine um die Menschen, die in dem Ofen verbrannt sind. Meine Tränen erreichen sie nicht mehr. Ich starre in die Flammen unseres Stubenofens und sehe die brennenden Seelen. Ich trage die glühende Asche auf den Hof, der Wind stiebt in sie hinein und weht sie davon.

Ich bin in einem seltsamen Land zur Welt gekommen. In einer merkwürdigen Stadt. Am Rande der Stadt wurden Menschen verbrannt, und dann mussten ich und die Stadt brennen. Ich dachte, das gibt es nur in den Hausmärchen der Gebrüder Grimm. In dem Märchen von Hänsel und Gretel. Im Keller unseres Hauses wohnen die Geschichten in der Wand. Man braucht nur einen Stein zu lösen. Und das Fundament stürzt ein. Die dunklen Wasser kommen zum Vorschein. Im Waschhaus gibt es einen eisernen Kessel, hinter der Tür stehen die Stelzen. In den großen, gusseisernen Kesseln wird die Blutwurst gekocht. Das Blut blubbert so lange, bis man es essen kann. Die Nachbarin wirft eine Handvoll Kräuter hinein und bindet kleine Rot- und Leberwürste zusammen. Thüringer Spezialitäten.
Auf dem Hof wohnt mein neuer Hase. Ich habe ihn auf einer Auktion gewonnen. Er ist weiß, ein Angorahase. Sein Fell ist weich, seine Augen sind rot. Er sitzt in einem Käfig und starrt durch das Gitter. Die Rotdornbäume blühen weiß und rosa. Dem Hasen wachsen lange Zähne, er ist krank. Ich bringe ihn in die Tierstation. Der Arzt bricht ihm die Zähne ab. Mein Hase kann nichts mehr fressen.

Er nagt an Stöckchen herum und wird immer dünner. Gleich fällt ihm das Fell von den Knochen. Wenn ich ihm im Morgengrauen eine Schale mit Haferflocken bringe, leuchten seine Augen rot. Mein Hase ist verwunschen. Vielleicht sollten wir ihn schlachten. Aber niemand bringt es übers Herz, das Tier zu schlachten. Ich nehme ihn auf den Arm und setze ihn auf die Wiese. Er bewegt sich nicht. Er läuft nicht einmal weg. Traurig bleibt er hocken. Eines Nachts kommen fremde Männer, stopfen ihn in eine lederne Tasche und entführen ihn. Die Nachbarin von oben hat das aus ihrem Mansardenfenster beobachtet. Der Hasenstall ist leer. Nasses Stroh und Kot. Ein umgestürzter Futternapf. Ich konnte meinen Hasen nicht beschützen. Am nächsten Tag ist er wieder da. Er war so hässlich, dass die Diebe ihn zurückgebracht haben. Von nun an will ich besser aufpassen, aber nach einigen Tagen stirbt er. Wahrscheinlich hat er die Aufregung nicht verkraftet. Wir graben mit dem Spaten ein kleines Grab. Wir pflücken Butterblumen, Vergissmeinnicht und werfen sie auf den toten Körper. Wir schaufeln die Erde über das Tier und singen ein Lied. Wir tanzen um das Hasengrab. Nie wieder bekommen wir ein Haustier. Ein Hase ist verbrannt und einer begraben. Jetzt nennt mich mein Papa Hase.

Auf dem Hof steht ein Aschecontainer, er hat zwei große Klappen, die Spur, die zu ihm führt, ist schwarz von der verschütteten Asche. Im Winter ist es besonders schlimm. Mit einem Topflappen in der Hand tragen meine Schwester und ich die glühenden Aschekästen durch den finsteren Keller, die Treppe nach oben, über den Hof, hin zu dem Stahlsarg. Wir müssen an einem dunklen Holzschuppen vorbei. In dem Schuppen wohnt ein Mörder, sagen meine Brüder. Sie haben ihn beobachtet. Er hat die Scheiben von innen mit Zeitungspapier verklebt. Der Mörder friert, darum wohnt er hier. Durch die Holzwände hören wir seinen Atem. Ich fürchte mich so vor seiner haarigen Hand auf meinem Nacken, dass ich ihm die glühende Asche auf die nackten Füße schütte. Ich schreie und laufe zurück. Schlage die Türen hinter mir zu, jage durch den Keller nach oben, schließe die Wohnungstür hinter mir und drehe den Schlüssel zweimal um. In der Küche trinke ich einen Becher heiße Milch. Ich zerreibe die Haut, die sich auf der Milch gebildet hat, zwischen Daumen und Zeigefinger. Durch das geschlossene Fenster dringt der Ruf der Lokomotive der Harzquerbahn. Ein langgezogener, klagender Ruf. Rauch steigt auf. Die Lokomotive zieht ihre Wagen über die Berge. Sie fährt tief in den Harz hinein. Durch Schluchten und Felsen, an kalten Bächen vorbei. An den Fenstern sind Lederriemen, mit denen man sie öffnen und schließen kann. Zu festen Uhrzeiten klagt die Harzquerbahn. Sie fährt immer in eine Richtung. Es gibt nur diese eine Richtung. Früher muss es Verbindungen zu Städten gegeben haben, die man nur hinter vorgehaltener Hand nennt. Die Lokomotive klagt über ihren immer gleichen Weg. Das geht einem ja durch Mark und Bein.

Ich sitze mit meiner Familie an einem Tisch unter einem orangenen Licht. Draußen ist es noch dunkel. Es ist immer dunkel, wenn wir aufstehen. Draußen schreien die Spatzen. Ich sehe den Rücken meines Vaters, er schneidet Brot in gleichmäßig dünne Scheiben. Er streicht auf die Brotscheiben Teewurst und Leberwurst. Er schlägt die Brote in Butterbrotpapier ein. Auf der Wachstuchtischdecke liegen sechs Brotpakete. Die müssen für den Tag ausreichen. Das ist unser Proviant. Gleich trennt sich unsere Familie, nur in den frühen Morgenstunden zwischen halb sechs und sechs sitzt sie an einem Tisch. Ein Päckchen nimmt sich meine Mama, sie steckt das Brot in ihre Tasche, zu den vielen gespitzten Bleistiften und Papierrollen. Sie konstruiert Häuser, Brücken und Garagen.

Ein Brotpäckchen ist für meine Schwester, zwei Brotpäckchen sind für meine Brüder, die noch in den Kindergarten gehen und heute Morgen als Piraten verkleidet sind. Mit einem Kohlestift hat ihnen meine Mama um fünf Uhr fünfundvierzig Schnurrbärte und Bartstoppeln gemalt. Meine Brüder sind Zwillinge, darum tragen sie beide gestreifte Pullover und jeweils links und rechts einen Säbel. Mein Papa geht zuerst aus dem Haus. Er hat sein Brot vergessen. Das gibt es heute Abend als Hasenbrot. Bei uns wird nichts weggeworfen. Brot schon gar nicht. Nichts darf umkommen. Wenn die Wurst sich wellt, wird der Rand eben abgeschnitten. Mein Papa muss am Morgen oft brechen, etwas ist ihm auf den Magen geschlagen. Er tut mir leid. Ich stehe an der Badezimmertür und höre ihn würgen. Was hat er bloß. Er hat doch noch gar nichts gegessen. Bestimmt, weil es noch so dunkel ist und unsere Familie so groß und er so viele Sorgen hat.

Mein Papa ist, als er ein Baby war, in einem Schuhkarton in das Land gekommen. Darauf bin ich stolz. Nicht jeder hat einen Vater, der in einem Schuhkarton in den Harz getragen wurde. Seine Mutter hat ihn und seinen Bruder Gunther vom Sudetenland bis hierher getragen. Sudetenland. Wo liegt das denn. In Böhmen. Aber warum wart ihr in Böhmen. Wir hatten dort ein Haus. Wo steht das Haus. Das Haus gibt es nicht mehr. Weil Hitler in die Tschechoslowakei eingefallen ist. Ich kann mich an ein Schwarzweißfoto in meinem Heimatkundebuch erinnern. Männer mit unter dem energischen Kinn festgezurrten Stahlhelmen marschieren entschlossen in ein fremdes Land ein. An den Straßen stehen Menschen, die ihnen mit weißen Taschentüchern zuwinken. An einer rotweißen Grenzschranke steht ein Soldat, der ratlos auf dieses fremde Heer starrt. Maria und ihre Schwester Mimi wohnten also in Böhmen, in einem reichen Haus, ihre Eltern hatten dort eine große Drogerie. Ein Landwarenhaus. In dem es Puppen, Zahnpasta, Fotoapparate, Rasierwasser, Parfüm und Seife gab. Es existieren Fotos, da sitzt mein Papa, einjährig, unter einem festlich geschmückten Tannenbaum auf einem Schaukelpferd. Es ist ein Farbfoto, und man sieht das samtige Muster des Sofas. Eine warme Farbe, in sich verschlungene Ornamente. Es gibt auch Fotografien, da steht er mit seiner Mama Maria vor dem Schaufenster des Landwarenhauses. Hinter ihm, in der Auslage des Ladens, lächeln aus Pappe ausgeschnittene Kinder mit roten Wangen, die für etwas Gesundes werben. Es muss ein friedliches Leben gewesen sein im Sudetenland. Bis Hitler kam. In einer Nacht haben die Tschechen die Familie aus dem Haus geholt. Sie haben einige wenige Stunden, um ihre Sachen zu packen. Der Großvater soll erschossen werden. Er steht mit dem Gesicht zur Wand. Maria stellt sich vor ihn. Der Soldat soll den Großvater durch ihr Herz hindurch erschießen. Der Soldat lässt das Gewehr sinken. Der Zug, in dem Maria mit ihren beiden Söhnen sitzt, hält in Nordhausen, einer Stadt, die weit weg von Böhmen liegt.

Jetzt liegt Böhmen im Harz. Die Flüchtlinge kommen zuerst in die Baracken des Konzentrationslagers Doras. Sie stehen leer, seitdem die Häftlinge befreit wurden. Mein Vater und sein Bruder spielen hinter der Baracke. Es ist Frühling. Erste Schneeglöckchen blühen auf der Wiese. Die Brüder tragen das Haar streng gescheitelt, ihre Mutter kämmt es ihnen jeden Morgen. Sie haben jeder ein Stöckchen in der Hand und eine rostige Blechdose. Sie wollen eine Burg bauen. Sie bohren ein Loch in die Erde. Sie stoßen auf etwas Weißes, Hartes. Es sind lauter Zähnchen, schnell schütten sie das Loch wieder zu. Das ist kein Sandkasten, das ist ein Schlachtfeld. Später siedeln die Flüchtlinge in die ehemalige Fabrikantenvilla des Tabakherstellers Kneiff um. Hier gibt es einen großen Garten mit seltenen Pflanzen und Bäumen. Aus der ganzen Welt hat sich der Tabakfabrikant Baumsamen und Blumen kommen lassen, die er in seinem herrschaftlichen Park angepflanzt hat. Aber der Herr Kneiff wohnt hier nicht mehr, weil er ein Kapitalist und Ausbeuter ist. Die Fenster sind mit Holz vernagelt. In der Nacht ihrer Flucht hat die Frau des Herrn Kneiff das herrschaftliche Besteck im Garten unter den Hyazinthen begraben. Gunther und Wolfram, die beiden Brüder, tragen weiße Hemden mit einem kleinen Kragen, sie haben ihre Blechdose dabei und gehen in den Garten. Sie graben mit ihren Stöcken in der Erde. Sie stoßen auf etwas Hartes, Goldenes. Es sind die Messer, Gabeln und Löffel vom Mittagstisch des Fabrikanten. Nun kann Maria das goldene Besteck auf dem Schwarzmarkt versetzen. Sie kann ihren Söhnen Schokolade und Bilderbücher kaufen. Viele Jahre später fahre ich mit meinen Eltern nach Böhmen, um das Haus meiner Großmutter zu suchen. Wir laufen durch ein ehemaliges russisches Manövergebiet. Die Panzerfurchen haben die Erde zerrissen. Wir finden das Dorf, das Haus nicht mehr. Es ist eingeebnet worden. Auf einer Anhöhe steht ein Baum. Mein Vater erkennt den Baum wieder. Er lehnt sich an die Rinde des Baumes, sein Gesicht mit der Borke verwandt. Die Blüten des alten Baumes legen sich auf sein Haar. Er umarmt den Baum. Oben in dem Baum wohnt seine Großmutter, sie schüttelt die Blüten herab. Wir gehen die Wiese ab und suchen nach Spuren. Mit den Händen fahren wir durchs Gras. Wir finden zwei Keramikscherben mit einer grüngesprenkelten Glasur. Es sind die Reste der Teekanne meiner Großmutter. Wir stecken sie in unsere Tasche und nehmen sie mit uns.

Mein Vater ist von weit her gekommen. Vielleicht ist ihm das auf den Magen geschlagen. Alle sagen, ich sehe meinem Vater ähnlich, die gleichen schutteren, aschblonden Haare, Augen, die von den Lidern so bedeckt sind, dass am äußeren Rand ein kleines Dreieck entsteht. Schmale Lippen und Grübchen. Manchmal sagen die Leute, ich solle ihnen meine Grübchen zeigen, dann lächle ich, ohne zu lachen, und in meinen Wangen bilden sich zwei kleine Löcher. Ich kann meine Tränen über den Augenrand steigen und sie in die Grübchen laufen lassen, sodass ein See entsteht. Salziges Wasser steht dann auf meinen Wangen.

Das Badezimmer ist mein Versteck. In den großen Bademänteln meiner Eltern wohne ich, wenn es mir zu laut wird. Es ist oft laut, weil das Leben so anstrengend ist. Wenn meine Eltern streiten, überschlagen sich ihre Stimmen. Ich möchte dann nicht mehr zu ihnen gehören. Ich stecke meinen Kopf in den gestreiften Ärmel des Bademantels, der am Saum lange Fäden zieht. Ich halte mich am Frotteestoff fest und ziehe mich nach oben. Ich klettere in den Bademantel und rutsche vorsichtig in die Tasche. Dort liege ich neben einem Taschentuch und warte, bis der Streit vorbei ist. Ich komme erst wieder heraus, wenn es ganz ruhig ist.

Noch im Dunkeln gehen meine Eltern aus dem Haus. Es ist still in der Wohnung. Meine Piratenbrüder sind auch davongestürmt. Ich lege ihre Schlafanzüge zusammen und glätte ihre Kissen. In der Küche glüht die Herdplatte. Ich habe Angst, dass sie zerspringt und sich ein Feuer in der Wohnung ausbreitet. Im Radio spricht ein Mann vom Hessischen Rundfunk mit einer sanften Stimme die Verkehrsnachrichten. Er nennt Orte, die ich nicht kenne. Frankfurt. Offenbach. Wiesbaden. Er spricht von Autobahnen. Autobahnkreuzungen. Von Straßen, die ich nicht kenne. Ich rücke näher an die Stimme des Mannes aus dem anderen Land heran. Ich muss seine verbotenen Nachrichten hören. Ich möchte teilhaben an der Welt da draußen. Er soll mir erzählen von den Städten und ihren Anschlüssen, ihren Ampelkreuzungen. Auf meiner Landkarte ist ein weißer Fleck. Die Städte, von denen er heute Morgen spricht, sind darauf nicht verzeichnet. Mit einem violetten Buntstift zeichne ich die Grenze ein. Sie sieht aus wie eine Narbe. Sie schlängelt sich wie ein Mäanderband durch das ganze Land. Bei dem Versuch, den Verlauf der Linie mit allen Ausbuchtungen zu malen, bricht die Spitze ab. Der violette Stift bleibt auf der Höhe vom Harz im Papier stecken. Ich nehme die abgebrochene Spitze zwischen die Zähne, mein Mund färbt sich lila. Meine Spucke färbt sich lila. Ich nehme das Papier mit der missratenen Grenze, die ich nicht nachmalen kann, und esse es auf. Ich schlucke die Landkarte herunter. Ich nehme ein neues Papier. Ich schreibe auf die weiße Fläche Frankfurt. Ein schönes Wort, wie es da steht. Ich weiß, dass es Frankfurter Würstchen gibt. Aber ich weiß nicht, ob man die einfach so essen kann, denn da steckt der Name der Stadt drin, die es nicht geben darf. Halberstädter Würstchen dagegen sind ungefährlich, die sind aus dem Harz. Sie schwimmen in einem Schraubglas, ich möchte sie nicht essen. Im Radio kommt ein Lied. Es heißt Monday, Monday. Ich kann schon mitsingen. Die Melodie habe ich mir gemerkt. Ich muss mich von meinem Sprecher aus dem Hessischen Rundfunk verabschieden. Ich werfe das Papier mit dem Namen der Stadt Frankfurt in den Ofen. Nicht, das es jemand findet. Ich habe die Befürchtung, dass die Männer vom Staatsapparat die Schlüssel zu unserer Wohnung haben. Wenn sie meine Landkarte finden, bekommen meine Eltern bestimmt Ärger.

Ich nehme meinen Schulranzen, er ist aus orangenem Leder, und an den beiden Schlössern hat er Katzenaugen, die im Dunkeln leuchten. Ich gehe im Dunkeln zur Schule. Ich frage mich, ob das in der anderen Welt auch so ist, dass die Kinder im Dunkeln zur Schule gehen. Der Mann vom Hessischen Rundfunk hat davon nichts erzählt. Und ob die Kinder hinter der Grenze, die nur vierzehn Kilometer hinter unserem Haus liegt, auch in den Frühhort gehen müssen. Ich schließe die Wohnungstür und hänge den Schlüssel um meinen Hals. Ich gehe durch den kleinen Vorgarten und öffne die Tür. Die Tür ist aus grünem, abgeblättertem Holz, und man kann auf ihr Karussell fahren. Man stellt sich einfach auf den unteren Türbalken und lässt sich hin und her schwingen. Genauso stelle ich mir die Tür von Peter und der Wolf vor, durch die der Wolf hereinkommt. Ich muss durch die kleine Anlage gehen, in der stehen Bänke und Knallerbsensträucher. Hinter ihr fließt die Zorge. Mein liebster Fluss. Ich höre ihn immer rauschen. Er ist dunkel und schnell. Ich muss die Holzbrücke überqueren. In der Mitte des Flusses bleibe ich stehen und schaue hinunter. Das Frühlingshochwasser reißt Äste und Baumstämme mit. Ich lege mich auf die Brücke und schaue durch die Ritze zwischen den Holzplanken. Das Wasser brodelt. Ich kann bis auf den Grund des Flusses sehen. Auf dem Wasser tanzt ein kleiner Ball. Er ist rot mit weißen Punkten. Unter dem Ball, im dunklen Wasser, sehe ich die weißen Beine eines Mädchens, die Beine sind aufgeschwemmt, das Mädchen ist nackt. In seinem langen Haar hängen Blätter. Sein Körper hat sich an einem Brückenpfeiler verfangen. Er schlägt durch die Wucht des Wassers immer wieder an den rauen Beton. Ich lasse meinen Schulranzen stehen und laufe zum Ufer. Ich suche einen großen Stock. Unter der Trauerweide finde ich endlich einen. Ich stochere im Wasser und versuche, das Mädchen zu befreien. Das geht schwer. Der Stock verbiegt sich und hinterlässt im Bauch des ertrunkenen Mädchens eine komische Druckstelle. Endlich gelingt es mir, seinen Körper zu befreien. Es kann weiterschwimmen.

Ich muss mich beeilen, ich komme sonst zu spät zum Frühhort. Frau Biber ist streng. Ich renne durch die düstere

Toreinfahrt der Gärtnerei, mit geschlossenen Augen. Ich habe Angst, dass hinter der Tür ein Kindermörder steht. Der mir den Schulranzen vom Rücken reißt und mir die Kehle zudrückt. Die Gärtnerin kann mir nicht helfen, sie ist in den Gewächshäusern und züchtet Alpenveilchen. Durch die große Tür betrete ich die Schule. Ein riesiger Backsteinbau. Außen Ziegelrot. Innen riecht es nach vergorener Schulmilch und Kreidestaub. Ich gehe die Treppen hoch. An der Wand hängt ein Porträt von Ernst Thälmann. Meine Schule ist nach ihm benannt. Er trägt eine Schiebermütze und wurde verhaftet. Auf vielen Bildern reckt er seine Faust nach oben. Teddy ist sein Spitzname. Seine Tochter heißt Irma und musste aus ihrem Kinderbett mitansehen, wie ihr Vater in den frühen Morgenstunden verhaftet wurde. Ich kann mich auch an die Lederjacke von ihrem Vater erinnern. Er trug sie immer. Ob zu seiner Hinrichtung in Plötzensee, das weiß ich nicht genau. Durch den noch leeren Korridor gehe ich zum Hortraum. Frau Biber ist schon da. Frau Biber trägt gerne grellorangene oder grasgrüne Strickpullover über ihren spitzen Brüsten. Die Brüste von Frau Biber schielen. Jede Brust in eine andere Richtung. Ich möchte Frau Biber nicht nackt sehen. Im Hortraum sitzen müde Kinder und malen. Das Neonlicht flackert. Ich lege den Kopf auf die graue Tischplatte und schaue zu, wie Andreas Thierfeld einen Güterzug malt. Er malt mit einem braunen Filzstift eine lange Kolonne von Güterwagen. Die Waggons befördern Steinkohle. Mit einem schwarzen Stift malt er viele schwarze Kohlen. Einen Riesenberg. Mit demselben Filzstift malt er auf einen Waggon ein Kreuz mit Haken. Frau Biber schaut ihm über die Schulter. Sie kontrolliert uns immer. Plötzlich nimmt sie das Zeichenblatt und schreit auf. Sie packt mit ihren spitzen Fingernägeln den Nacken meines Banknachbarn und schüttelt ihn hin und her. Dann kneift sie in seine Wange und dreht das Wangenfleisch zwischen

Daumen und Zeigefinger. Es ist totenstill. Andreas weint. Was hast du gezeichnet. Wer hat dir das gezeigt. Weißt du, was du getan hast. Andreas schüttelt den Kopf. Das ist ein Hakenkreuz. Das ist ein Hitlerkreuz.

Ich habe so ein Kreuz auch schon mal gesehen. In unserem Schreibtisch, in einem kleinen, mit rotem Samt ausgeschlagenen Kästchen, aber das verrate ich nicht. Am Nachmittag kommen in unseren Hortraum zwei Männer. Sie tragen Anzüge und rostrote Rollkragenpullover aus Silastik. Sie halten das Bild mit den Güterwagen in der Hand. Sie fragen uns streng, ob wir den Vorgang beobachtet haben und etwas dazu sagen können. Ich werde gar nichts sagen. Alle schauen auf Andreas Thierfeld, der wieder zu weinen beginnt. Frau Biber mit ihren bösen Brüsten triumphiert. Sie werden jetzt ein Exempel statuieren. Sie halten das Bild in die Höhe und zerreißen den Güterwagen in unzählige Schnipsel. Der Junge, der das gemalt hat, ist ein Schmierfink, merkt euch das, was der gemalt hat, ist eine Schweinerei. Los, lies die Schnipsel auf und wirf sie in den Papierkorb. Verräter. Der arme Andreas kniet auf dem Boden vor den Schuhen der fremden Herren. Die warten, bis er alle Schnipsel aufgelesen hat. Ich schaue dem Mann ein Loch in den rostroten Pullover, unter dem Stoff trägt er eine Haut aus Papier. Frau Biber stellt Andreas auf einen Stuhl in die Mitte des Raumes, er muss sich vor uns allen entschuldigen. Er tut mir leid, ich werde ihn heiraten. Obwohl Andreas sehr blasse Haut hat und Augenringe. Ich muss ihn trösten. Die anderen Kinder sagen, er ist verrückt. Ich glaube, dass ihm die Welt auch nicht gefällt. Er trinkt aus den Patronenhülsen blaue Tinte, sodass er häufig eine blaue Zunge und blaue Lippen hat. Weil meine Lippen und meine Zunge vom Kopierstift violett sind, verstehen wir uns. Wir können uns im Milchkeller mit unseren blauen Lippen eine Zukunft herbeiküssen.

Wir sitzen auf den steinernen Treppen, zwischen den Milchkästen, und wünschen uns, Braut und Bräutigam zu sein, und drei Kinder. Ich werde das weiße Hochzeitskleid meiner Mutter tragen. Wir brauchen auch einen cremefarbenen Wartburg, den Bezugsschein müssen wir schon einmal ausfüllen. Ich halte die Hand von Andreas Thierfeld und weiß, dass nichts von dem geschehen wird. Eine langweilige Zukunft. Ich will nicht drei Kinder, ich will nicht so viele Wäscheklammern an der Wäscheleine hängen haben. Für alle diese Kinderkleider, die ich dann aufhänge und wieder abnehmen muss. Und Braut will ich schon gar nicht sein und auch keinen Wartburg haben. Alles hässlich, alles langweilig. Vor uns fährt eine große Planierraupe und ebnet alle Möglichkeiten ein. Der Weg führt direkt vom Frühhort zu einer Heirat mit Andreas Thierfeld, einem Wartburg, drei Kindern, die auch wieder in den Frühhort gehen, und dann kommt gleich der Tod. Ich stelle mir mein Leben vor wie die Ascherennbahn auf dem Sportplatz unserer Schule. Eine ebene, geharkte Fläche, die der Hausmeister in seinem grauen Kittel immer wieder von neuem begradigt.

Einmal habe ich im Fernsehen etwas gesehen. Von einem Westsender. Das feuerrote Spielmobil. Da waren Kinder, die liefen um eine Feuerwehr herum und haben gesungen und getobt. Das sind die Kinder, die auch an Kiosken Pommes mit Ketchup und Bonbons kaufen können. Ich bin nah an den Fernseher herangetreten, um mir diese Kinder genau anzusehen. Mein Fernseher ist schwarzweiß, aber ich habe gesehen, dass die Kinder rote Gummistiefel und gelbe Regenjacken trugen. Ich habe genau hingeschaut, ob sie auch so müde aussehen. Ich bin mir sicher, die müssen nicht in den Frühhort gehen. Ihre Mütter sind bestimmt immer zu Hause.

In unserem Klassenbuch, in dem sechsundzwanzig Namen untereinanderstehen, gibt es eine Rubrik für die

Berufe unserer Eltern. Hinter dem Beruf steht noch ein geheimer Buchstabe, in Klammern. Ich frage mich, für wen dieser geheime Buchstabe ist. Geht der in eine zentrale Sammelstelle. Es gibt ein I für Intelligenz, der Buchstabe scheint nicht so erwünscht zu sein wie A. Das bedeutet Arbeiterklasse. Die Kinder der Arbeiterklasse sind die besseren, die mutigen und die, die es zu unterstützen gilt. Weil sie sich aus den Verhältnissen herausgearbeitet haben. Während ich mit einem großen I hinter meinem Namen privilegiert bin und aus einer Klasse komme, die beobachtet werden muss. Das Gleichgewicht muss gehalten werden. Es darf offensichtlich nicht zu viel Intelligenz geben. Dann steht da noch ein B für Bauernkinder, aber davon gibt es nicht so viele, weil wir ja in einer Kleinstadt wohnen. Ich beneide Manuela Bachmann, ihre Mutter hat einen Beruf, den es nur einmal in unserer Klasse gibt. Hausfrau. Ich dachte erst, ihre Mutter sei schwer krank, so dass sie das Haus nicht verlassen kann. Und den ganzen Tag hinter den Fensterscheiben eingesperrt ist, die sie putzen muss. Ich kann mir gar nicht vorstellen, eine Mutter zu haben, die den ganzen Tag zu Hause ist. Die anderen Mütter sind Kranfahrerin, Ärztin, Verkäuferin und Ingenieurin. Unser Klassenbuch hat einen grauen Umschlag. Grau. Ich vermisse Farben. Zur Schuleinführung finde ich in meiner Zuckertüte eine Schlange aus Bonbons, in Zelluloid eingewickelt. Von Tante Mimi, meiner Patentante aus Bruchköbel. Die Bonbons sind himmelblau, zitronengelb, erdbeerrosa, brombeerviolett, maigrün, apfelsinenorange. In diese Bonbonkette ist eine andere Welt eingeschmolzen. Ich schaue durch die Bonbons hindurch in eine farbige Welt, die ich nicht sehen kann. Weil die Väter dieses Landes mit den schlechtsitzenden Anzügen und albernen Hüten, die sie in der Stirn tragen, beschlossen haben, dass jene Welt nicht gut für mich ist. Ich träume davon, dass ich in ein Land komme, in dem man solche Bonbons und solche Farben kaufen kann.

Ich fühle mich um die andere Hälfte der Welt betrogen. Bevor ich auf die Welt kam, hat man mir die andere Hälfte der Welt einfach weggenommen. Jetzt soll ich mich mit diesem Verlust, diesem Diebstahl anfreunden. Ich finde das unmöglich. Ich möchte dem Staatsrat in die Hand beißen, die sollen wieder rausrücken, was mir zusteht. Aber wenn ich mich ganz korrekt verhalte, werden sie vielleicht auf mich aufmerksam, und ich darf gehen. Es gibt drei Väter an meiner Seite. Einer heißt Gott, einer nennt sich Staatsratsvorsitzender, und einer ist mein Papa. Alle verlangen etwas von mir. Ich soll nicht lügen, ich soll meine Eltern ehren, ich soll schamhaftig sein, ich soll Altpapier und Flaschen sammeln, ich soll meinen Körper reinhalten, ich soll Gott lieben, ich soll mein Vaterland achten... Ich hefte mir die zehn Gebote an die Brust, ich lerne alle Statuten auswendig, ich fahre mit den Fingern über die Zeilen, die mein Manifest sind, meine persönliche Gesetzesgrundlage. Ich möchte ein gutes Mädchen sein, mit ausgezeichneten Eigenschaften. Ich möchte gelobt werden von meinen Göttern, sie sollen sehen, wie ich mich bemühe, ihre Gesetze zu erfüllen. Ich ziehe meine Kniestrümpfe hoch, ich kämme meinen Scheitel und räume aus meinem Herzen jeden Schmutz. Ich nehme ein Staubtuch, etwas Fit und Möbelpolitur und putze mich, bis ich richtig glänze. Ich ziehe frische Unterwäsche an, ich bügele meinen blauen Rock und eine weiße Bluse. Ich putze meine Lackschuhe und gehe im Frühtau zu Berge. Fallera.

In der Stadt sind die Lautsprecher schon an. Sie knistern über meinem Kopf. Die Stadt riecht aufgeräumt. Kein Mensch ist auf der Straße zu sehen. Ich laufe bis zum Zentralen Platz. Ich zähle die Pflastersteine. Sie sind in engen Quadraten angeordnet. Der Zentrale Platz ist umgeben von fünfgeschossigen Wohneinheiten. Zwischen den Steinplatten wächst verkümmertes Gras. Ich springe von Kreuz zu Kreuz. Auf dem Platz steht ein Podest. Das Podest ist aus Beton. Ich klettere hinauf. Ich stelle mich in Achtungstellung. Ich schiebe meine Füße nebeneinander, ich drücke die Kniekehlen durch. Ich zittere, ich habe Gänsehaut. Es ist so kalt am Morgen. Der Wind fährt durch mein Unterhemd. Ich lege meine Handflächen an die Naht meines Körpers. Ich schaue geradeaus. Die Augen weit geöffnet. Von hier oben kann ich bis zur Goldenen Aue sehen und zur Thüringer Pforte. Zwei Bergkuppen, die sich gegenüber stehen. Ich schaue über die Stadt. Die Rautenstraße hinunter. Nur ich bin wach. Auf meiner Haut bilden sich Kristalle. Ein Staubsturm fegt über den Platz. Der Staub legt sich auf meine saubere Kleidung. Ich werde heute zu einem Denkmal erstarren. Ich werde ein Vorbild sein. Ich lasse mich auf dem Zentralen Platz versteinern. Dann spricht mich niemand mehr an. Ich werde meine Ruhe haben. Ich werde neben den Helden meines Landes stehen. Würdig und aufrecht. Stolz und erloschen. Auf meine Schulter setzen sich die Spatzen, die gibt es hier zuhauf. Keine Kolibris, keine Albatrosse, sondern Spatzen. So viele, dass wir sie erschießen müssen.

Mit den aufgeregten Spatzen auf der Schulter gehe ich durch das Altentor nach Hause. Es ist noch früh. Die Menschen vor Bäcker Wernecke, die um Brötchen Schlange stehen, schauen mir hinterher. Sie erkennen mich nicht, weil ich von einer einzigen Spatzenwolke umgeben bin, die ich jetzt in ihren Tod geleite. Herr Wernecke kommt mit einem großen Korb voller Brötchen. Sein Gesicht ist mehlig, und er lächelt nie. Er sieht sehr erschöpft aus. Ich habe Angst, dass er mit dem Brötchenkorb umfällt. Ich gehe über die hölzerne Brücke, durch den Vorgarten, direkt auf den Hof. Ich stelle mich unter den Rotdornbaum. Mit dem Rücken an die Schuppen-wand. Mein Papa holt sein Luftgewehr. Er schaut durch Kimme und Korn. Er zielt auf den Brustkorb eines der Spatzen. Er drückt ab. Das Diabologeschoß durchschlägt das Gefieder. Der Spatz stürzt blutend zu Boden. Jetzt dürfen wir Kinder auch. Meine Schwester, meine Brüder und ich. Wir dürfen auf alle Spatzen schießen. Die Vogel-wolke stiebt davon. Wir sammeln die Munition ein. Nicht getroffen, Schnaps gesoffen. Warum müssen die Vögel eigentlich sterben. Weil sie so grau und unansehnlich sind. Weil es zu viele von ihnen gibt. Ich weiß es nicht. Die toten Spatzenkörper finden wir nie im Gras, vielleicht sind die Katzen schneller, vielleicht sind sie auch schon wieder auferstanden.

Wir waschen uns die Hände. Sauber, mit Seife und Bürste. Wir bürsten unsere Fingernägel. Die Trauerrän-der, die schwarzen, müssen verschwinden. Wir trocknen unsere Hände ab. An den Handtüchern hängen lange Fäden, die müssen nach jeder Wäsche mit einer kleinen Nagelschere abgeschnitten werden. Nach dem Hände-waschen legt sich meine Mutter ein Handtuch auf den Schoß. Sie sitzt vor dem geöffneten Küchenfenster. Die Nachbarn von gegenüber können durch ihre blinden Scheiben bestimmt sehen, was sie jetzt tun wird. Sie schneidet uns nacheinander die Fingernägel. Kurz und halbmondförmig. Die abgeschnittenen Nägel meiner Geschwister vermengen sich mit meinen. Ein Nagelberg. Meine Mutter schüttelt die Nägel zum Fenster hinaus. Vielleicht wächst ja unter unserem Küchenfenster aus unseren Abfällen eine Hand mit fünf Fingern und neuen Fingernägeln heran. Ich muss die Erde nur ein bisschen gieße. Ich drücke meine kurzgeschnittenen Nägel in die Handfläche. Ich kann mir noch nicht alleine die Nä-gel schneiden, ich fühle mich abhängig. Was mache ich, wenn meine Mutter nicht mehr ist. Wer schneidet mir dann die Nägel. Ich möchte meine Mama umarmen und sie mit der kleinen Schere festhalten. Die Knöpfe ihres Kittels sind glatt. Der Kittel ist mit hellblauen Kreisen bedruckt, die ein Muster bilden.

Zum Abendbrot sitzt unsere Familie unter der orangenen Lampe. Sechse kommen durch die ganze Welt. Auf dem Tisch steht eine Kanne mit Pfefferminztee, die Brote werden mit der Brotschneidemaschine dünn geschnitten. Teewurst. Leberwurst. Fett mit ausgelassenen Grieben. Wir rutschen auf der Sitzbank eng zusammen. Es gilt die Regel: Beim Essen wird nicht gesprochen. Nach dem Essen wird das Geschirr in einer Schüssel abgewaschen. Wir Kinder trocknen ab. Das Besteck in den Besteckkasten, die Töpfe übereinander geschichtet. Die Tassen mit dem Henkel nach rechts. An der Spüle kleben die Pril-Blumen. Orangegelb und Rotviolett. Sobald das Geschirr abgetrocknet ist, kommen wir zum Abendritual. Auf dem Sessel neben dem Ofen sitzen wir vier Kinder. Auf jeder Lehne zwei. In der Mitte unsere Mutter. Auf den Knien das Buch der Hausmärchen der Gebrüder Grimm. Jedes Kind darf sich ein Lieblingsmärchen wünschen. Schneeweißchen und Rosenrot, Brüderchen und Schwesterchen, Rapunzel und Das singende, springende Löweneckerchen. Die Frau, die keine Kinder bekommen kann, gräbt ihren Garten immer wieder um, bis sie ein Kind erwartet und ein grausames Versprechen einlösen muss. Wer aus dem frischen Quellwasser trinkt, verwandelt sich qualvoll in ein Tier. Der Bart des Zwerges ist im Baumstamm eingeklemmt. Die Tochter wartet im Baum auf ihren heimkehrenden Vater. Wir steigen in die Welt der grimmigen Märchen hinab.

Ich schlage in ein Leinentuch ein Stück Speck, etwas Schwarzbrot, ein Messer und eine Handvoll Steine. Ich schnüre mein Bündel und binde es an meinen Stock, den ich mir über die Schulter lege. Die Schuhe lasse ich im Hausflur stehen, die Wäsche mit dem eingestickten Namen falte ich zusammen und verstecke sie unter einer losen Fliese. Ich möchte als Niemand gehen und als Jemand zurückkehren. Wahrscheinlich wird einige Zeit vergehen. Jahre werden vergehen. Frühling. Sommer. Herbst und Winter.

ASCHE

Eine solche Finsternis herrscht hier, dass man die Hand vor Augen nicht sehen kann. Die Zehen des Herrn graben sich in die Tiefe. Schwarzes Gestein unter den Füßen. Ach, was für ein beschwerlicher Weg liegt da vor ihm. Es ist noch nicht einmal der erste Tag der Schöpfung angebrochen, und sogleich wird er aufgerufen, all das zu erschaffen, was man später wieder zerstört. Eine solche Müdigkeit und Lähmung überfällt den Herrn, dass er die schweren Lider schließt. Noch nie war er so allein. Die Finsternis senkt sich auf sein Gemüt, er streckt die Hände aus. Er hat Angst, ins Nichts zu treten. Er tastet sich wie ein blinder Hund über die finstere Erde. Er hat Kopfschmerzen, stechend hinter der Stirn. Er hat Angst zu versagen. Er, der Gott, der Allmächtige, der Schöpfer des Himmels und der Erde, muss sich setzen, an den Rand der brüchigen Welt, die noch nicht ist. Seine Zunge klebt ihm am Gaumen, auf seiner Stirn bilden sich Schweißtropfen, er fährt sich mit der Hand über die Wange und legt sie dann auf sein nacktes Geschlecht. Das verschafft ihm für einen Augenblick Beruhigung. Ein sanftes Ziehen in seinem Bauch, eine leichte Wärme, die aufsteigt. Es ist kalt hier. Was für ein Wind ist das, aus nur einer Richtung. Nur Strudel und Chaos um ihn her. Vielleicht sollte er wirklich ein wenig ruhen, der Schwere nachgeben. Den Auftrag der Schöpfer aller Schöpfer zurückgeben, Bücher werden noch genug geschrieben, Kathedralen werden noch genügend gebaut, Kreuze in die Erde gerammt und in die Haut. Menschen werden schreien und weinen, aus Flugzeugen von Himmeln fallen, sich mit flüssigem Feuer überschütten und einander die Kehlen durchtrennen. Noch steht er am Anfang. Vielleicht sollte er ein wenig schlafen, seinen Körper, den er noch nie gesehen, aber gefühlt hat, auf diese düstere, schwere Erde betten. Sein Haupt ablegen und ein wenig träumen. Von Granatapfelbäumen und Schwertfischen, von Brot und Himbeersträuchern. Aber all das liegt noch in weiter Ferne. Nur der Atem Gottes ist zu hören. Unter seinem Nacken formt sich eine Mulde, eine sanfte Linie. Fein geschwungen. Später, bei Anbruch der Helligkeit, wird man sie die Eichsfelder Pforte nennen. Allen Landschaften und Geschöpfen wird er Namen geben. Er wird die Landschaft des Kindes erschaffen. Er wird ein Gebirge erschaffen und auch ihm einen Namen geben. Harz. Er lässt aus der Tiefe das Magma aufsteigen, mächtige Plutone bilden sich. Er wird sie Brocken, Oker und Gramberggranit nennen. Alles geschieht in einer Zeit, die er in seiner Hand zusammenzieht. Verwitterung und Abtragung zerstören da den eben erschaffenen Höhenrücken. Mit einer einzigen Handbewegung sorgt er dafür, dass sich Ströme roter Konglomerate, Schutt, Sand und Schluffsteine in die Niederungen ergießen. Das Rumpfgebirge sinkt unter den Spiegel des Zechsteinmeeres. Mit seinem heißen, trockenen Atem lässt Gott das Wasser des flachen Meeresbeckens verdunsten. So entstehen mächtige Lagen von Salzen, Anhydriten und Gipsen. Die Gesteine zeigen sich als leuchtend weiße Köpfe. Über die Salze des Zechsteins schichtet Gott die farbigen Sandsteine. Er liebt Farben und jede Wandlung. In der Jura- und Kreidezeit greift Gott unter das Gebirge und hebt es an. Nun können sich Mensch und Tier darin verlaufen. Gott zieht die Knie ans Kinn und liegt auf der Seite, so dass er von der äußersten Bruchstelle der Erde aus hinunter schauen kann. Die Tiefe ist unermesslich. Ein schwarzes Loch, von einem solchen Ausmaß, das ihm schwindlig wird. Seine Finger durchgraben die Erde, sie finden einen Stein. Er wirft ihn nach unten und versucht, die Entfernung zu schätzen. Unendlich. Unter seiner Wange ist es sehr steinig. Gott fährt sich mit dem Daumen über die Lippen, immer wieder und wieder.

Diese Bewegung beruhigt ihn in dieser Finsternis. Es ist so kalt hier, dass er sich mit Asche bedecken muss. Aus seinem schlafenden Mund rinnt ein wenig Speichel. Später wird dieses Rinnsal zu einem Fluss. Er wird ihm den Namen Zorge geben. Und wie es geschrieben steht, wird sein Geist über dem Wasser schweben. Gottes Geist. Im Halbschlaf erschafft er sich genau diesen Geist, besser gesagt eine Geistin. Er erschafft ihren Körper aus einem Nebelschwaden und Wasser, er formt ihren Geist aus Alabaster und Feuer. Er gibt ihr langes Haar und einen Namen, er zieht ihr Strümpfe und Schuhe an, er flicht ein Haar von ihm in ihr Haar und schmückt ihre Stirn mit Staub. Er gibt ihr ein Alter, er schickt sie in ihr siebentes Jahr. Er gibt ihr Augen, die blau sind, und eine hohe Stirn. Er gibt ihr Gedanken und einen Mund, mit dem sie singen kann. Gott braucht seine Geistin, damit sie zu den Menschen spricht und ihnen Körbe mit Fischen und Broten bringt, Wundpflaster, Wasser und Decken gegen die Kälte. Kammern entstehen in ihrem Kopf wie Waben. In jeder nistet sich ein anderer Auftrag ein. Noch schwebt sie eine Handbreit über den Wassern. Die Wasser sind schwarz, und noch lebt kein Tier, kein Fisch, kein Reh. Noch gibt es keinen Farn und kein Gras. Aber Gott und die Geistin, die ja nur ein Hauch ist gegen seine ewig müde und schwere Gestalt, erkennen einander. Die Geistin regt sich. Was für eine Arbeit, wo soll er denn da anfangen. Unter seinen Füßen Asche und Schlamm. Er beginnt mit bloßen Händen zu graben. Die Asche glüht noch. Gottes Atem stockt. Er kann sich nicht erinnern, was hier vorgefallen ist. Schon wieder überfällt ihn dieser rasende Kopfschmerz, an den Schläfen und hinter der Stirn. Die Geistin soll eine Welt bekommen. Für sie will er eine Landschaft, einen See, eine Stadt erfinden. Vielleicht kann sie den Dingen neue Namen geben, Worte erfinden, die ihm nicht mit auf den Weg gegeben sind. Die Sprache fällt ihm schwer. Immer stößt er mit seiner Zunge an die Zähne und da, wo er sprechen will, kommt oft nur ein Stöhnen oder ein Raunen aus seinem Mund. Manchmal, wenn er in einer weichen Mulde liegt und die Knie ans Kinn gezogen hat, kann er im Dunkeln etwas summen. Wenn er summt, hat er keine Angst mehr. Oft muss Gott auch weinen, dann beißt er sich auf die Zunge, und grundlos sammeln sich in seinen Augen Tränen. Manchmal tut ihm das Herz weh. Manchmal glaubt er, Steine verschluckt zu haben. Alles geht ihm nah. Er spürt auch, was im Herzen der Geistin vor sich geht. Er braucht nur seine Hand auf ihr Herz zu legen, und schon überträgt sich ihr Herzschlag auf sein Gemüt.

IMKEREI

Ich gehe an der Imkerei vorbei. Richtung Harz. Ich öffne das Tor, das zu dem Bienenwagen des Honigmannes führt. Ich klingele. Seinen Namen hat der Herr Imker mit einem blauen Kugelschreiber auf das Heftpflaster unter der Klingel geschrieben. Er kommt in einem grauen Kittel und mit einer Pfeife im Mund heraus, sein Bein zieht er nach. Die Bienen haben sein Gesicht zerstochen. Es ist voller schwarzer Bienenstacheln, die noch unter seiner Haut zappeln. Ich traue mich gar nicht, ihn anzusehen, und reiche ihm schnell das leere Glas. Auf dem Glas ist eine Bienenwabe, die man mit den Fingern fühlen kann. Der Imker füllt mein leeres Glas mit süßem Honig. Das ist mein Proviant. Der muss reichen, bis ich groß bin. Ich verschraube das Glas und lege es in mein Leinentuch. Ich gebe dem Imker ein Markstück, dafür kann er sich neue Bienen kaufen.

Hinter der Imkerei sind die Kindergräber. Hier liegen die Kinder, auf die die Bomben gefallen sind. Efeu klettert über ihre Knochen hinweg. Schmiedeeiserne Gitter beschweren ihre Köpfe. Die Kinder müssen sehr klein gewesen sein, als sie verbrannten. Vielleicht haben sie gerade gespielt. Die goldene Brücke, die goldene Brücke, wer hat sie denn zerbrochen, des Goldschmieds jüngste Tochter, der erste kommet, der zweite kommet, der dritte wird gefangen, mit Spießen aufgehangen. In dem Augenblick, als das Mädchen zwischen den Armen des Jungen gefangen war und nicht weglaufen konnte, sah es die Bombe. Ein eisernes Geschoß. So groß wie eine fliegende Kirchenglocke. Ein Knall. Erde. Steine. In der Luft. Dann Erde. Steine. Feuer. Auf ihr. Erde im Mund, in den Ohren, in der Nase. Lebendig begraben. Die goldene Brücke, die goldene Brücke, wer hat sie denn zerbrochen. Die Melodie klingt weiter. Ich kann sie hören. Ich neige mein Ohr auf das Efeubett und lege mich zu den toten Kindern. Ich schlafe heute Nacht hier, weit komme ich nicht mehr. Die Sterne und der Mond scheinen auf mich herab. Niemand wird mich vermissen. Ich breite die Efeublätter über mich und decke mich zu. Morgen früh, wenn Gott will, werde ich wieder geweckt.

Gegenüber der Imkerei die dunklen Umrisse der Tabakfabrik. Der Schornstein spuckt Tabakrauch. Ich muss husten. Die Busfahrer, die in der Morgendämmerung zur Arbeit gehen, auch. Ihr Husten zieht über die Straße. Ihre Taschen sind aus Kunstleder und haben in der Mitte ein Messingschnappschloss. Ihre Frauen haben ihnen eine Brotbüchse und eine Thermoskanne in die Tasche gepackt. Sie gehen in den Betriebshof, der neben der Tabakfabrik liegt. Ihre Busse heißen Ikarus. Aber warum fahren sie einen Bus, der Ikarus heißt, wenn sie damit gar nicht fliegen können. Sie können immer nur in dem Land hin und herfahren und stoßen mit der Stoßstange ihres Ikarus an die Grenzen des Landes. Sie können nicht zur Sonne fliegen und verbrennen. Sie fahren hin und her. Ein trauriges Busfahren. Sie könnten sich höchstens von der Klippe in Arkona stürzen und im Meer versinken. Das ist der äußerste Punkt der Sehnsucht eines ganzes Landes. Im Norden. Die Spitze der Kreidefelsen.

Die Sonne geht auf. Ich nehme mein Wandergepäck und laufe los. Ich will in den Harz. Da muss ich an einem Schild vorbei, auf dem steht, dass der Dichter Goethe aus Weimar hier entlanggeritten ist. Vielleicht treffe ich ihn noch. Erst einmal muss ich durch den Stadtpark. Es ist noch niemand unterwegs. Am Wasserfall schaue ich den Forellen zu, die über die Fischtreppe springen. Es sind besondere Fische. Glänzende. Sie kommen aus dem Westen geschwommen. Ihre inneren Organe, Herz, Leber und Lunge leuchten. Sie sind aus Gold. Die grenzenlosen Fische schwimmen in der Zorge. Ich fange einen von ihnen und esse ihn auf. Nun habe auch ich Spuren von Gold in meinem Bauch. Gestärkt gehe ich weiter.

Hinter dem Wasserfall sehe ich das Kinderheim Frohe Zukunft. Wenn die Wächter mich fangen, komme ich auch in das Kinderheim. Da muss ich braune Strumpfhosen tragen und einen dunkelblauen Trägerrock. Marie Luise, ein Heimkind, trägt eine solche Strafkleidung. Sie hat mir erzählt, dass die Heimkinder alle in einem Schlafsaal schlafen und dass sie im Keller Schuhe putzen müssen. Sie hat mir auch erzählt, dass im Schuhputzkeller die Jungen die Mädchen küssen. Ich rieche die Schuhcreme und höre die Kinder weinen. Schnell weg, sonst entdeckt mich der Heimleiter. Der heißt Herr Hilfreich. Ausgerechnet.

Ich gehe am Schotterbett der Harzquerbahn entlang. Ich nehme einen kleinen Umweg über die Salzaquelle. An der Salzaquelle steht ein Häuschen, darin wohnt eine Hexe, die uns Kindern Himbeerlimonade gibt. Wir ärgern die Hexe, und sie gibt uns dennoch zu trinken. Die Hexe hat einen weißen Spitz, der mir auf dem staubigen Weg entgegen rennt. Ich gehe an der Salza entlang. Ein eiskalter Fluss, auf dessen Grund grasgrüne Gewächse blühen, die sich am Boden entlang schlängeln. Ich tauche meinen Zeh ins Wasser. Er friert sofort. In diesem Wasser, dem eisigen, dunklen, wohnen Menschen. Das Grundlose Loch ist so tief, dass es die Körper der Kinder verschlingt. Steht man am Rand dieses Wassertrichters, kann man in den Tod sehen. Die Kinder, die einst ertrunkenen, die Bernd und Ingrid hießen und von ihrem Vater hinabgestoßen wurden, schwimmen, in Algenhaar verwandelt, die Salzaquelle hoch und runter. Tag und Nacht. Ein Totenfluss.

Ich gehe am Totenfluss entlang, bis ich zu einem Berg komme, der Kohnstein heißt. Ein großer, weißer Gipsberg. In dem Gipsberg stehen noch die Doppelstockbetten der Menschen, die in den Berg gesperrt wurden, um dort Raketen zu bauen. Raketen, die von der Ostseeküste aus auf ein gegenüberliegendes Land abgefeuert werden sollten. Die Menschen waren in der Berghöhle gefangen, ohne Tageslicht und Spaziergänge. Sie mussten für uns Waffen bauen. Viele sind dabei gestorben. Sie bekamen nichts zu essen und zu trinken, und wenn sie zu schwach zum Arbeiten waren, wurden sie mit einem Spaten erschlagen oder erschossen oder von Schäferhunden gefressen. Wo sind denn jetzt die Wächter hin. Wo sind die Männer, die die Schäferhunde an der Leine führten. Die müssen das ja überlebt haben. Der weiße Berg steht noch, in seinem Bauch liegen die Knochen der Toten. Sie konnten ihren Kindern keinen Brief aus dem Berg schreiben, kein Lebenszeichen geben. Mit den Fingernägeln haben die Männer und Frauen aus Polen, Belgien, Ungarn, Russland, Rumänien, Frankreich und anderen Ländern die Namen ihre Söhne und Töchter in den Berg geritzt.

Unweit von Salzaquelle und Kohnstein liegt sie, die Asche der Toten. Unter dem blassen Himmel mit den Hagebuttensträuchern, unter den vernarbten Gräsern und den rostigen Schienen. In der Erde, in der all die begraben sind, die hier ermordet wurden. Das Konzentrationslager lag gleich hinter dem Freibad, immer sichtbar, immer anwesend. Die Glocken der Kirchtürme und die der Stadt haben den Ort niemals zum Schweigen bringen können. Der Dom ist nach der Brandnacht stehengeblieben. Die Stadt brannte lichterloh. Diese Landschaft, in der die Asche und die Knochen der Toten liegen, ist meine Heimat. Heute wachsen Johannisbeeren und Holunder in den Gärten neben den Gräbern. Aber die Fundamente des Lagers stehen noch. Einige Baracken sind geblieben. Schotter, Stein, die alten Gleisanlagen, eine nackte Schädelstätte, von Gott verlassen, vermutlich ist er hier in sein Grab hinabgestiegen und nie wieder aufgetaucht, ertrunken in dem gefluteten Stollensystem. Zwischen der Baracke der Lagerverwaltung und der Gestapobaracke befand sich ein Holztor. Auf dem Appellplatz mussten die Häftlinge zu täglichen Zählappellen antreten, bei den wöchentlichen Lagerappellen wurden viele erhängt. In einer Vertiefung, in der nordöstlichen Ecke, von einer Natursteinmauer umfasst, stand der Galgen. Die Vertiefung und Teile der Mauer sind noch sichtbar. Die Toten wurden in einem Ofen auf dem Lagergelände verbrannt. Der Abhang, an den man die Asche aus dem Krematorium kippte, wird Friedhof genannt. Es gibt keinen Frieden, keinen Trost und kein Verzeihen. Die Knochen und die Asche der Toten sind verschüttet und vergraben. Die Schuld wird durch kein Gebet abgetragen.

Ich setze mich auf einen Stein. Ich taste ihn mit den Fingerspitzen nach Spuren ab. Ich versuche, die Fundamente, die Gebäudereste nach oben zu denken, die Fenster, die Türen, das Dach, den Schornstein. Die Zimmer, das Licht, die Körper und das Leid. Die Münder, Haare, Hände und Gedanken. Der Stein, auf dem ich sitze, gehörte zum Bordell des Konzentrationslagers Dora. Die Frauen und Mädchen, die hier gefangen gehalten wurden, deren Körper von fremden Händen berührt und verletzt wurden, hatten den gleichen Ausblick wie ich. Sie haben an einem Augusttag den Dom zum Heiligen Kreuz gesehen, die Blasiikirche und die Stadt.

Es ist die Stadt, in der ich geboren bin. Auf der Wiese blühen Klee und Löwenzahn. Auf der Wiese stehen ein Kirschbaum und ein Ahornbaum. Konnten sie ein einziges Mal auf dieser Wiese sitzen, inmitten von Klee und Wiesenblumen. Hinter der Silhouette dieser fremden Stadt, in der ich geboren bin, ihre eigenen Städte, ihre Töchter und Söhne, ihre Geliebten, ihre Schuhe, Notizbücher, Lippenstifte und Haustürschlüssel. Sie saßen hier, auf dieser Erde. Ich lege mein Ohr an die Erde, ich höre ihre Tränen. Ich lege meine Hände an den Stamm des Kirschbaums. Er hat alles gesehen, er musste schweigen. Die Worte, die geflüsterten und bitteren, in fremden Sprachen, haben sich in seine Rinde geschrieben. Die Kirschen waren ungenießbar. Ihre Kerne konnte niemand im hohen Bogen durch die Landschaft spucken. Sie wären auf dem Appellplatz gelandet oder im Starkstromzaun, vielleicht vor die Füße eines Kommandanten gerollt, der sie zertreten hätte. Die Mauern sprechen nicht mehr. Sie haben alles mit sich genommen. Das Schreien und Stöhnen, das Verstummen und das Ersterben. Die Rohheit und das Entsetzen. Die Lieder und die Gebete, die erzwungenen Küsse und die geraubten Körper. Das Gras ist darüber gewachsen. Der Klee und der Löwenzahn, ein neues Geschlecht von Bienen, die ihrer Arbeit nachgehen.

Wie immer liegt die Landschaft hier. Kein Blitz hat sie getroffen, kein Stein erschlagen. Sie ist nicht vom Erdboden verschwunden, sondern sehr gegenwärtig. Ich muss meine Füße in die Hand nehmen, ich muss weit laufen, über Stock und Stein und Jahreszahlen, über Ländergrenzen, Meere, Berge und Straßen. Ich muss Bahnhöfe, Sprachen und Menschen passieren, bis ich eine Antwort finde. Ich schaue weit über das Land. Hinter den Kirchtürmen das Krankenhaus. Ich bin für immer mit dieser Landschaft verbunden, ich trage diese Landkarte in mir. Ich kann sie auf und wieder zu falten, ihre Bruchlinien nachzeichnen, sie neu zeichnen, aber ihr Grundriss taucht immer wieder auf, er vergeht nicht. Ich steige die Stufen zum Krematorium hinauf, es sind ungezählte. Die Sonne scheint warm, das Licht fällt durch die Bäume. In der Ferne höre ich einen Traktor und sehe auf einem Fahrrad eine Frau mit einem Kopftuch und einem Korb. Das Krematorium im August. Fenster und Türen sind verschlossen. Ich finde dennoch hinein und bin allein in diesen kühlen Räumen, nur nackter Boden und die Wände. Eine Hand legt sich an meine Kehle, und es wird mir kalt. Innen. Ein eisiger Temperatursturz. Das ist die letzte Station. Hinter diesem

Gebäude bleibt nur noch der Ascheberg. Zwei Totenbahren auf dem Boden, das letzte Bett aus Eisendraht geflochten. Die Ofentüren stehen auf. Ich habe Angst, hineinzustürzen in dieses schwarze Loch, in dem Tausende von Körpern verbrannt sind. Ich kann mich nicht wehren. Ich stürze kopfüber in das Loch. Ich versuche, mich irgendwo festzuhalten, doch die Geschichte stößt mich tiefer und tiefer hinein. Ich falle durch Asche von Leibern und greife ins Leere. Ich schlage auf einem Knochenberg auf. Er reicht bis zum Himmel. Ich muss Gott suchen. Ich kann ihn nicht finden. Ich klopfe an alle Himmelstore, ich bitte um Einlass. Doch die Tore sind verschlossen und verriegelt. Es ist totenstill im Himmel. Der Knochenberg kommt ins Rutschen. Er bricht unter mir zusammen. Lass uns die Knochen zusammentragen und zu einem Berg schichten, der wiederaufersteht und sich rächt. Ich bin für Rache. Unbedingte Rache. Die Wächter mit den Schäferhunden sollen von dem Berg erschlagen werden. Doch die Knochen zerstäuben.

Jetzt sind die Gips- und Anhydritwerke mit dem Abbau des gipsweißen Leichenbergs beschäftigt. Der Berg wird immer weniger. Die Sirene des Sprengmeisters heult bis in unsere Stadt. Der Sprengmeister lässt den Berg in Stücke explodieren. Eine weiße Staubwolke liegt über der Fabrik. Halt. Ihr sprengt doch die Knochen mit weg, die gehören euch nicht. Bringt die gefälligst zurück. Nun liegen die Steinblöcke und die zerstäubten Knochen in einem Güterwagen, der in den Westen fährt. Wir exportieren diesen Rohstoff. Knochenmehl der Toten, vermengt mit Gips. Ich kann keine Güterwagen sehen, ich habe Angst vor Güterwagen. Dass da noch Augen herausschauen, mich ansehen. Wie ich überlebt an der rotweißen Schranke stehe, Gras und Löwenzahn unter den Füßen. Während die Toten durch das Land fahren. Sie sehen mich und rächen sich an mir. Ich fühle mich schuldig.

Ich kann nicht aufhören, die Güterwagen zu zählen. Ihr könnt mir doch nicht erzählen, ihr hättet das nicht gemerkt. Wenn die Güterwagen durch das Land fuhren, durch mehr als vier Jahreszeiten. Das muss doch gerochen, geschrien, geweint, geklagt, gerufen, gerungen, geklopft haben. Aber die Menschen in der Stadt haben das Klopfen der Bewohner des Bergs nicht gehört. Niemand ist gekommen, um die Eingeschlossenen zu befreien. Die Spaziergänger haben in dieser Zeit einen großen Bogen um das Gelände geschlagen. Oder haben sie von den Wanderwegen aus auf die Eingesperrten herabgeschaut, wie sie in gestreifter Kleidung fremdes Land bestellen. Endlösung. Was ist das überhaupt. Endlösung. Hat das was mit Mathematik zu tun. Ergibt das plusminusnull. Ist das die Summe der Völker, die verschwindet in unseren Bergen, in unseren Lagern, die wir eingefangen, gezählt, transportiert, deren Leichen wir abermals gezählt haben, ist das die Endlösung. In fahlen Rechenknochen. Was für Worte hat meine Sprache erfunden, mit denen ich jetzt an der rotweißen Schranke stehe und nicht über das Gleis komme. So laufe ich am Gleis entlang. Das Stoppelgras unter den Füßen.

Ich werde meine Oma Mitzi besuchen, sie wohnt in einem umzäunten Landgebiet, an der Grenze. Warum ist hier alles umzogen, vermint, verstachelt. Ich rüttle mit meinen Fäusten an der Gegenwart des Himmels, der immer gleiche, stumme Zeuge. Der sieht alles, ich sehe nur einen Ausschnitt. Ich neide dem Himmel seinen Blick. Mitzi, das kommt von Maria und klingt so weich wie eine Katze. In Niedersachswerfen muss ich an der Tankstelle nach links gehen. An dem Stück Straße, das aus der Stadt hinausführt, liegt eine Wiese. Auf der Wiese steht ein Bungalow, dessen Bewohner genau auf den weißen Knochenberg sehen. Ich frage mich jedes Mal, mit welcher Ruhe die

Bewohner im Garten ihre Äpfel aßen und Erdbeeren pflanzten. Ob das Gleis der letzten Wagen wohl direkt vor ihrem Garten verlief. Ob die Großväter der Kinder, die jetzt hinter dem Zaun stehen, den Menschen einen Apfel oder eine Handvoll Johannisbeeren reichten. Aber die Frage ist müßig. Hier wohnen nur Helden und Verräter.

Weiter, durch Woffleben. Da wohnen entfernte Verwandte, die ihre Hunde in einem Zwinger halten. Da geh ich nicht hin. Da klopfe ich nicht mal an. Ich wandere weiter. Hinter dem Dorf liegt ein leerer Sportplatz. Ich habe da noch nie jemanden Ball spielen sehen, wahrscheinlich dient der zur Tarnung. Neben dem Sportplatz ist ein umzäuntes Terrain, wo Schäferhunde angekettet sind. Die Schäferhunde sehen aus, als wären sie dieser Heimaterde entstiegen. An die Schäferhunde haben sich Menschen in Uniform gekettet. Der Mann mit dem kläffenden Schäferhund am Handgelenk eilt auf mich zu. Er trägt eine grüne Uniform. Die Knöpfe, in denen ich mich spiegeln kann, sind Totenköpfe. Ich muss dem Beamten, der vor mir steht, mein Papier zeigen. Das ist ein Passierschein, und er ist rosa. Darin steht mein Name und klebt mein Passbild. Ohne dieses Dokument kann ich das Grenzgebiet nicht passieren. Überall Grenzen. Warum haben die Menschen sich hier eingesperrt, was hat das zu bedeuten. Wovor fürchten sie sich. Vor der Welt da draußen. Wer ist die Welt. Warum kann ich nicht hinausgehen in die Welt. Da kann ich ja das Hänschen beneiden. Hänschen klein ging allein in die weite Welt hinein Stock und Hut steh'n ihm gut alles macht ihm Mut. Ich kann immer nur im Kreis laufen. Jetzt nehme ich mein Bündel, von meiner Mutter getrennt, von meinem Vater getrennt, die sind ausgesperrt hinter der rotweißen Schranke. Ich nehme mein Bündel und gehe die Asphaltstraße entlang. Hier kann man schon fast die Welt riechen. Noch vierzehn Kilometer bis Ellrich. Den Namen des Ortes lasse ich mir heimlich auf der Zunge zergehen. Das ist gelobtes Land hier, ein Paradies.

Ich habe ein Geheimnis. Das darf ich der Grenzpatrouille nicht verraten. Das bewahre ich für mich ganz allein. An einem heißen Augustmittag, Oma Mitzi und Opa Martin hielten Mittagsschlaf, habe ich etwas Verbotenes gesehen. Ich bin auf den Dachboden gestiegen. Staubiger Boden, eine Dachluke. Ich habe das Fenster aufgestemmt und mich auf einen Stuhl gestellt. Auf dem gegenüberliegenden Berg ein feindlicher Wald. Ein Westwald. Eine Straße, grauer Asphalt, wie bei uns. Und dann eine Karawane. Autos, in leuchtenden Farben. Rot, Gelb, Blau, Silber, Gold. Ich habe gewunken und geschrien. Sie haben mich nicht gehört. Wahrscheinlich wissen sie gar nichts von meiner Existenz. Sie wissen nicht, dass ich auf der anderen Seite wohne, getrennt durch einen Zaun.

Der Dachboden ist totenstill. Unter einer losen Diele entdecke ich im Staub ein Buch. Ein morsches Kinderbuch. Die Seiten fallen mir entgegen. In einer alten geschwungenen Schrift steht darauf ›Friedrich der Große‹. Soldaten mit Tornistern, weißen Hosen und roten und blauen Uniformen, Säbeln und Mützen marschieren durch sandige Landschaften. Sind in diesem Land immer Soldaten. Braucht es eine besondere Bewachung, einen besonderen Schutz. Ich puste den Staub und die vertrockneten Käfer von den Seiten und schaue mir die Zeichnungen von den preußischen Offizieren an. Die Kinder vor mir auf dem Dachboden sind also auch mit Militärbilderbüchern aufgewachsen. Ich nehme das Buch mit in mein Zimmer und verstecke es in meinem Nachttisch. Da liegt schon eines von dem großen Reich Russland und eines vom Stülpner Karl. Das Buch über Russland beginnt mit düsteren Bildern. Kinder mit Lumpenstiefeln und schmutzigen Gesichtern leben in Erdkaten. Dann kommt ein Mann namens Wladimir Iljitsch Lenin, und die Kinder bekommen Strom in ihren Häusern und Milch. Stülpner Karl hat in den Wäldern die Reichen überfallen und den Armen vom Reichtum etwas abgegeben. Da scheint es eine Ähnlichkeit zwischen diesen beiden Männern zu geben. Ich nehme die Bilderbücher mit in mein Bett, das meine Oma aufgeschüttelt hat, damit ich nach der langen Reise ins Grenzland gut schlafe.

Unter dem siebenten Laken liegt die goldene Erbse, und über mir türmen sich die Gänsedaunen, mein Bettbezug ist hellblauweiß gestreift. Ein Himmelbett, in das ich versinke. Ich wuchte die staubigen Bücher auf meine Zudecke. Im Russlandbuch sind auch Fotografien von erfrorenen und erschossenen Menschen, deren Armstümpfe aus dem Schnee ragen. Es gibt Rotgardisten und Weißgardisten. Feinde. Blut wird schwarz im Schnee und nicht rot, wie es bei Schneewittchen heißt. Ich schlage meine blutigen Geschichtsbücher auf. Unter ihrem Gewicht begraben, schlafe ich ein.

Kaum bin ich eingeschlafen, kommt der Tiefflieger wieder und will mich jagen und verbrennen. Ich kann sein Gesicht schon von weitem hinter der gläsernen Kanzel erkennen. Er jagt mich durch Alleen mit blühenden Obstbäumen, er verfolgt mich über Äcker. Ich grabe mich in die Erde, er findet mich, er jagt mich über einen Friedhof, ich bin schon bis Peru gerannt, um mich dort in einer Grabhöhle zu verstecken. Ich habe mich unter die Toten gemischt, aber er findet mich überall. Er ist mein Feind. Er ist der Teufel, in der Uniform eines Fliegers. Er will, dass ich in Flammen aufgehe. Ich bin in Todesangst. Ich kann ihm nicht entrinnen. Er findet mich in jedem Schlaf. Ich darf nicht schlafen. Ich muss wach bleiben.

Nebenan halten Opa Martin und Oma Mitzi Mittagsschlaf. Sie liegen in einem hölzernen Ehebett. Vor ihnen steht ein großer Wäscheschrank, neben ihnen eine marmorne Kommode, auf der Kommode ein Foto, das Maria und Heribert in einer Umarmung zeigt. Beiden steht das Glück in den Augen. Heribert trägt eine Uniform und lacht. Heribert ist tot. Oma stellt ihm jeden Tag frische Blumen in ein Glas. Ob ihn das wieder lebendig macht. Durch die Wände höre ich meine Großeltern schnarchen. Die schlafenden Atemzüge erinnern an Tiere, die in einer Höhle wohnen. Ich schleiche mich durch den Korridor zu ihnen, ich drücke die eiserne Klinke herunter und lege mich in die Mitte des Bettes. Ein Glück, sie leben noch. Ihre weißen Haare zittern mit jedem Atemzug. Ich liege zwischen ihnen, ihr Enkelkind. Sie sind mein Zuhause. Ihre Atemzüge machen mich ruhig. Der Krieg ist vorbei. Sie müssen sehr erschöpft vom Leben sein, dass sie jeden Tag schlafen müssen, obwohl die Sonne scheint. Wahrscheinlich müssen sie sich ausruhen von den langen Irrwegen des Lebens. Sie sind weit gelaufen, bis sie in ihren Mittagsbetten nebeneinander Pause machen konnten. Sie sind kein Liebespaar. Oma ist Witwe, da ihr geliebter Mann ja tot ist, und die geliebte Frau von Opa ist auch tot. Nun müssen sie einander den Anderen ersetzen. Darum ist auch so viel Platz zwischen ihnen, dass ich in der Mitte liegen kann.

Opa Martin trägt einen gestreiften Schlafanzug aus Seide. Ich glaube, dass er mal ein Graf war, weil er so aufrecht geht und einen so silbernen Scheitel hat. In seinem Nachttisch, der mit Wachspapier ausgeschlagen ist, verwahrt Opa Martin eine Kiste mit Fotografien. Er öffnet sie. Ich sehe eine Gruppe von jungen Männern in weißen Anzügen und mit Tropenhelmen. Sie sitzen vor Zelten und spielen Karten. Zwischen die Zeltstangen haben sie Leinen gespannt, auf denen ihre Unterwäsche hängt. Die Zelte stehen in Afrika, der Wüstenfuchs Rommel hat die Soldaten da hingeführt. Und nun sitzen sie da und spielen Karten, bei zweiundvierzig Grad im Schatten. Es sind keine Afrikaner zu sehen. Was macht die deutsche Armee in Afrika. Sind das die Kartenspieler, die im Kohnstein ein Konzentrationslager gebaut haben, mit einem Ofen, in dem sie Menschen verbrannten. War es in Afrika vielleicht so heiß, dass sie gar nicht arbeiten konnten, nicht schießen, nicht brennen, nicht töten. Sondern Zigaretten rauchten, Whisky tranken und Kreuz, Bube, As auslegten. Da hat mein Opa Martin aber Glück gehabt, dass er mit seinem Krieg eine so weite Reise in den Süden machen konnte. Offensichtlich hat Opa Martin den Krieg heil überstanden, keine sichtbaren Wunden davon getragen. Kein Loch im Kopf, kein Loch im Bein. Kein Loch im Herzen. Ich muss ihm ein trauriges Lied vorsingen, von einem kleinen Jungen, der Trompete gespielt hat und dann gestorben ist. Ein lustiges Rotgardistenblut. Das kann ich nicht verstehen, wie kann totes, rotes Blut lustig sein. Ist es lustig, wenn es in Fontänen aus dem Herzen sprudelt, getroffen von der feindlichen Kugel. Lustig wie ein Springbrunnen blutet der Körper des kleinen Jungen aus. Opa Martin will das Lied immer wieder hören, vielleicht erinnert er sich so im Mittagsschlaf an den Krieg. Vielleicht ist das notwendig, um besser schlafen zu können.

Ich stehle mich aus dem großen Bett, meine Oma Mitzi hat sich schon auf das Sofa davongestohlen. In die gute Stube, in der eine Standuhr zu jeder vollen Stunde schlägt. Da liegt sie und hat ihre weißen Haare auf Lockenwickler gedreht. Ich betupfe ihre weißen Zauberhaare mit Birkenwasser. Sie lehnt den Kopf weit nach hinten und schließt die Augen. Ich sehe unter ihren Augenlidern, wie schön sie als Mädchen war, als sie ihr blondes Haar auf große Lockenwickler wickelte. An ihren Ohrläppchen leuchten blaue Steine, die sie schon seit ihrer Kindheit schmücken. Manchmal öffnet sie die Augen wie ein träger Salamander und löst eine Frage in einem Kreuzworträtsel. Ich darf ihr helfen. Iser, Lech und Inn fließen neben der Donau hin. Ich löse mit ihr alle Rätsel der Welt. Ich sehe mich in ihren

Augen, und wenn ich groß bin, möchte ich so aufrecht gehen wie sie. So erhaben und stolz sein. Sie ist mein Vorbild. In ihrem Körper schlägt eine hoheitliche Uhr, die nie ihren Rhythmus verändert. In jeder Situation bewahrt sie ihre Würde. So stelle ich mir eine böhmische Königin vor. Tief in den böhmischen Wäldern, Herrscherin über ein Schloss, Gebieterin über die weißen Hirsche des Waldes, auf denen sie, sich am Geweih festhaltend, davon sprengt. Allein auf ihren Streifzügen, bis es Mitternacht wird. Sie kennt jede Beere, jede Blüte und sammelt die Schätze des Waldes und bringt sie in die Schlossküche. Ihre Hände können alles kochen, jede Zutat in eine Speise verwandeln. Aus Mehl, Eiern, Butter, Zucker und Hefe kann sie böhmische Talgen backen, die noch im Ofen mit flüssiger Butter bestrichen werden und aussehen wie Honigschätze. Sie backt mir ein ganzes Blech davon und schichtet sie in mein weißes Wandertuch, als Proviant. Von ihren Händen wird jede Zwiebel, jede Kartoffel, der Schnittlauch, die Petersilie mit Aufmerksamkeit bedacht. Ich schaue auf ihre Hände, die alles können, was ich erlernen will. Sie ist eine Meisterin. Sie kann die Menschen in ihrer Umgebung durch das Zubereiten von Essen glücklich machen. Wenn sie mit Töpfen, Messern und Kasserollen hantiert, klingt es wie Musik.

Nur einmal ist ihr ein Mahl misslungen. Gänzlich. Im aufgeschlagenen goldenen Buch der Küche lese ich das Kapitel Fische, im Wasser und auf dem Tisch, von Dr. Fritz Skowronnek. Der Hecht ist ein arger Raubfisch und wird bis zu vierzig Pfund schwer. Langgestreckter Körper mit spitzer Schnauze und weiter Maulöffnung. In der Jugend grasgrün, Grashecht, später dunkler. Im Rücken Hechtgräten. Fleisch trocken und fettarm, erfordert deshalb Fettzusatz. Beste Größe 3 bis 6 Pfund.

Maria bereitet den Hecht zu. Den Fisch ausnehmen, Flossen, Kopf und Schwanz entfernen und in Portionen teilen. Aus Wasser, Wein, Pfefferkörnern, Salz und Petersilie einen Sud anrühren. Die Fischportionen einlegen und etwa fünfzehn Minuten garen. Dann den Fisch vorsichtig herausnehmen. Aus Mehl, Zwiebel und Butter eine helle Mehlschwitze bereiten, mit Fischsud und Sahne zu einer glatten Soße verkochen. In die durchgeseihte Soße geriebenen Käse, Pfeffer, Salz und geriebenen Muskat geben. Die Fischportionen mit der Soße übergießen und mit Petersilie garnieren. Dazu Kartoffeln reichen. Maria trägt eine weiße, frisch gestärkte Schürze, auf der Höhe ihres Herzens sind ihre Initialen eingestickt. Sie ist die Gebieterin der Küche. Gleich ist Mittagspause. Heribert kommt aus der Drogerie, die er hier, in der Stadt am Harz, wieder aufgebaut hat. Er wäscht seine Hände unter kaltem Wasser. Er sieht ihr Gesicht im Spiegel und lächelt. Mit den Händen streichelt er über ihre Stirn. Sie tritt aus dem Spiegelbild und wirft eine gestärkte Decke über den Tisch. Sie poliert die Teller, die Messer und die Gabeln. Er setzt sich an den Tisch. Seine Hand ruht neben dem leeren Gedeck. Sein Blick folgt den Bewegungen seiner Frau. Sie bewegt sich ruhig und königlich. Das gemeinsame Essen ist ein Ritual, das ihre Zusammengehörigkeit mit jedem Bissen besiegelt.

Die Speisen ihrer Küche, die Speisen der k. u. k. Monarchie, sind ihr irdisches, sorgfältig zubereitetes Paradies. Sie legt den Hecht auf seinen Teller, die Kartoffeln. Im geöffneten Maul trägt das Raubtier eine Achtelzitrone und einen Petersilienstängel. Sie löst den Knoten ihrer weißen Schürze. Sie sitzen einander gegenüber. Sie haben den Krieg überlebt. Heribert ist desertiert, hat die deutsche Wehrmacht hinter sich gelassen und sich den italienischen Partisanen angeschlossen. Sie haben ein Recht auf ihr Leben. Zwei Söhne und ein neues Geschäft. Sie wünschen sich eine gesegnete Mahlzeit. Er trennt den Kopf vom Rumpf, filetiert den Hecht und träufelt die Zitrone über das weiße Fleisch. Er zerdrückt die Kartoffeln mit der Gabel. Ein Stück gute Butter dazu. Er kaut langsam und bedächtig. Er schluckt. Er hustet. Er lächelt. Es ist nichts, es ist schon gut. Mitzi gibt ihm einen Schluck Wasser. Eine Hechtgräte hat sich in seinem Hals verfangen. Der Raubfisch hat sich in seine Speiseröhre gebohrt. Der kleine Widerhaken an der Spitze der Gräte hat sich im Fleisch festgesetzt. Heribert hustet. Er ringt nach Luft. Er hustet. Der Widerstand löst sich nicht. Mitzi reicht ihm ein Stück Brot. Eine Kartoffel. Wasser. Brot. Sie klopft seinen Rücken, seine Schulter, führt ihn zum Ausguss. Er steckt den Finger in den Hals. Er versucht, den Hecht zu erbrechen. Diesen einzigen Bissen, der ihm im Halse steckengeblieben ist. Es gelingt ihm nicht. Mitzi stützt seinen Nacken. Sie nimmt einen Waschlappen und trocknet den Schweiß auf seiner Stirn. Er lächelt tapfer. Alles wird gut. Nichts wird gut. Der Reiz im Hals wird stärker, das Atemholen bereitet Heribert Panik. Mitzi läuft in den Laden. Sie ruft einen Krankenwagen. Im Krankenwagen hält sie seine Hand. Hätte sie bloß den Hecht nicht gekauft. Königsberger Klopse hätten es auch getan. Wir schaffen das. Mit Blaulicht fährt der Krankenwagen bis zum Bezirkskrankenhaus. Heribert, du hast ja noch deine Hausschuhe an. Die Ärzte nehmen ihn in Empfang. Wir tun, was wir können. Sie warten bitte draußen. Sie können hier nicht herein. Setzen Sie sich bitte hierher. Ich hätte Kapern und Rinderhack nehmen sollen. Was ist es denn. Eine Blutvergiftung. Wir tun unser Bestes. Gehen Sie nach Hause.

Noch im Krankenhaus ist er verstorben. Die Gräte hat ihr Gift freigesetzt. Bei so einer Infektion im Halsbereich breiten sich die Bakterien durch die Blutbahnen im ganzen Körper aus. Fieber, Schüttelfrost, Übelkeit, Erbrechen, Durchfall. Die aggressiven Erreger gehen schnell ins Blut. Ein Wettlauf mit der Zeit. Innerhalb von Stunden kann es lebensbedrohlich werden. Er hat den Wettlauf verloren. Der Hecht war schneller, weil er ein Raubtier ist. Sie nimmt ein Päckchen mit den persönlichen Dingen in Empfang. Obenauf die Hausschuhe. Ein Stück braunes Packpapier, darauf die Handschrift ihres geliebten Mannes. Esst nie mehr Fisch. Drei Ausrufezeichen. Sie schluchzt. Sie beißt sich auf die Lippen. Sie hält sich an dem Kleiderpäckchen fest. Sie drückt ihre Wangen an den rauen Filz seiner Hausschuhe. Sie weint. Die Schuhe fallen ihr aus der Hand. Das Kleiderpäckchen löst sich auf, die Hose, die Hosenträger, sein Hemd, die Strümpfe, alles fällt zu Boden. Seine leblosen Kleider bilden den Umriss seines Körpers. Mitzi legt sich auf die Kleider und umarmt ihren Mann. Sie küsst die Ärmel seines Hemdes. Sie atmet den Geruch seiner Haut. Sie weint bitterlich. Sein Hemd ist nass. Sie legt die Ärmel seines Hemdes um ihren Hals. So bleibt sie liegen, auf seinen Kleidern, eine Ewigkeit. Sie glättet das Packpapier mit der Botschaft ihres geliebten Mannes und legt es in die Küchenschublade. Eine Mahnung, die lange gelten soll.

Unter den geschlossenen Lidern meiner Oma Mitzi zuckt der Raubfisch. Seine Flossen schlagen gegen die Netzhaut und treiben ihr die Tränen aus den geschlossenen Augen. Mit meiner Fingerspitze fange ich sie auf und bewahre sie in meiner Hand. Dort trocknen sie und hinterlassen eine Botschaft. Esst nie mehr Fisch.

Ich darf ihr nicht sagen, dass jeden Donnerstag Herr Schwarzkopf an unserer Tür klingelt. Er ist Binnenfischer und trägt bei jedem Wetter schwarze Gummistiefel, die ihm bis über die Knie reichen. Er arbeitet in einer Forellenaufzuchtanlage, gleich neben dem Fischladen. Er klingelt. Meine Familie versteckt sich. Ich muss die Tür öffnen. Auf dem Fußabtreter steht ein Eimer. Darin zappeln zehn Forellen, sie schnappen nach Luft. Ihre glasigen Augen starren mich an, die schwarzen Pupillen flackern. Ich trage den Eimer in die Küche. Ich hole meine Schürze mit dem Hahnentrittmuster, ich ziehe die Küchenschublade auf, ich hole den Fleischklopfer heraus. Ich nehme eine Forelle heraus. Mit einem Schlag auf den Kopf töte ich eine nach der anderen. Aufgereiht liegen sie auf dem Küchentisch. Meine Tiere. Nun gehört ihr mir. Ich hole ein Messer und schneide ihnen den Bauch auf. Schaut mich nicht so an. Kommt her, ihr Fische. Beim ersten Schnitt in den Bauch quellen mir schon die Eingeweide entgegen. Ich schneide Leber, Herz und Magen heraus. Ich säubere die Fische. Die Eingeweide lege ich in meine Brotbüchse, die nehme ich morgen mit in den Biologieunterricht. Ich wasche die schleimigen, blutigen Fische unter fließend kaltem Wasser sauber. Ich halte sie solange unter das Wasser, bis sie wieder zu schwimmen beginnen. Ich lege die Fische nebeneinander. Eine Familie. Flosse an Flosse. Ich habe mein Werk vollbracht. Ich liebe diese Donnerstage allein in der Küche, wenn ich für meine Familie Fische ausnehmen kann. Ich werde meiner Oma Mitzi keinen Kummer bereiten. Ich werde ihr nichts erzählen von dem üppigen, wöchentlichen Fischmahl.

Sie schlägt die Augen auf. Ich bin ja da. Ich hole das Halmabrett. Solange Opa Martin noch schläft, können wir eine Runde Halma spielen. Ich nehme die gelben, sie die roten Püppchen. Ich baue die Püppchen auf. Wir sitzen uns gegenüber. Zug um Zug spielen wir unsere Halmafiguren in das Sternenfeld der anderen. Wanderungen über das Spielfeld. Rote und gelbe Figuren, die sich kreuzen. Wir hüpfen und springen durcheinander. Wir sind beste Freundinnen.

Ich muss weiterziehen. Meine Wanderung fortsetzen. Ich muss noch durch den finsteren Harz wandern. Morgen früh werde ich aufbrechen. Zusammen mit den Gänsen, die am Ellernhain auf mich warten. Ich gehe heute früh schlafen. Unten im Gasthof lärmen die betrunkenen Männer, sie stehen unter meinem Fenster. Ich habe Angst, dass sie mich in meinem Federbett atmen hören und mich heimlich rauben. Ich liege still und halte die Luft an. Über meinem Kopf hängt ein schwarzer Scherenschnitt von einem Kind auf einer Schaukel in einem Blumengarten. Der Junge hat es gut. Tag und Nacht zwischen Blumen schaukeln. Auf meinem Nachttisch steht ein Naschteller mit Gummibären, Lakritzen und Schokolade. Als ich die Süßigkeiten aufgegessen habe, sehe ich auf dem Grund des Tellers blaue Zootiere. Ich schließe die Augen. Ich höre Oma und Opa Martin atmen. Ich bin in ihrem Schlaf geborgen. In der Nacht springen die wilden Katzen an meine Tür und schreien wie Kinder in Not. Ich ziehe mir die Decke über den Kopf und bete, dass sie nicht in mein Zimmer hereinstürzen, um mich zu zerreißen und zu fressen. Ich liege unter meinem Federbett, die wilden Tiere rütteln an meiner Türklinke, aber ich habe zum Glück von innen abgeschlossen.

Es wird hell. Der Schäfer vom gegenüberliegenden Schafstall zieht mit seiner Herde unter meinem Fenster vorbei. Er hat zwei schwarze Schäferhunde, die umkreisen die Herde mit ihren scharfen Zähnen. Die blökenden Schafe wecken mich. Ich wasche mein Gesicht mit eiskaltem Wasser und ziehe mich an. Im Schuppen auf dem Hof steht das schwarze Herrenfahrrad, ich komme noch nicht auf den Sattel, aber das macht nichts. Über das Kopfsteinpflaster der ruhigen Straße fahre ich im Stehen bis zum Bäcker. In der Schaufensterscheibe liegt ein Holzbrett, auf dem ruhen ausgestellt ein Brötchen, ein Brot, ein Streuselkuchen und eine Tüte Semmelmehl. Der Bäcker Nussbaum gibt mir frische Brötchen, ich packe sie in die schwarze Ledertasche und fahre zurück. Am Ufer der Zorge entlang, die aus dem Westen kommt. Die Zorge entspringt in dem kleinen Ort, der denselben Namen trägt. Würde ich das Ufer flussaufwärts fahren, würde ich

in der verbotenen Welt ankommen. Vom einen zum anderen Ufer führt eine kleine Brücke, ein langes Brett, das der
Schäfer über den Fluss gelegt hat. Ich setze mich auf das
Brett und schaue in den dunklen, grünen Fluss. Pflanzen
schlängeln sich um Steine. Ich warte auf eine Flaschenpost. Es könnte doch jemand an mich denken und mir
eine Botschaft senden, einen Gruß. Ich finde eine grüne
Scherbe, die der Fluss blank gewaschen hat, und werfe
sie zurück. Soll er sie wieder mitnehmen. Ich werde eine
Flasche mit einer Nachricht füllen und sie flussaufwärts
ins Wasser werfen. Vielleicht findet ja ein Kind woanders
meine Flaschenpost. Am Fenster sehe ich Oma Mitzi, die
mich ruft. Der Wind trägt ihre Stimme zum Ellernhain. Ich
winke ihr zu und schiebe das Fahrrad durch das Hoftor.

In der Küche scheint schon die Sonne. Opa Martin
rasiert sich sorgfältig im weißen Unterhemd. Die Klinge
macht ein kratzendes Geräusch. Es riecht nach Odol,
Zahnpasta, Eau de Cologne und frisch gebrühtem Boh-
nenkaffee. Oma Mitzi und ich decken den Tisch. Butter,
Konfitüre und Streichkäseecken von Tante Mimi, die in einer bunten Schachtel liegen. Auf dem Gasherd steht eine
kleine Pfanne, ein Stück Butter wird zerlassen. Mit einer
Gabel zerdrückt Opa Martin das frische Hackfleisch, das
er sich jeden Morgen anbrät. Um seinen empfindlichen
Magen zu beruhigen, muss er danach eine von Oma Mitzi
zubereitete Haferflockensuppe essen. Das ist Medizin.
Wenn die Milch kocht, werden die Haferflocken mit Zucker eingerührt. Ist die Suppe im Teller, kommt noch ein
Klecks gute Butter dazu. In das goldene Auge der guten
Butter stößt mein Opa seinen Löffel und lässt sich diese
heilende Suppe auf der Zunge zergehen. Ich warte, dass
er mir etwas übrig lässt, er lässt mir immer etwas übrig.
Ich löffle meine Haferflockensuppe. Aus der obersten
Schublade des Küchenschranks holt Oma Mitzi einen Bo
gen Butterbrotpapier, sie dreht daraus eine kleine Tüte.

In die Tüte schüttet sie Schokolinsen, Gummibärchen, Karamellbonbons, Marzipankugeln, selbstgebackene Plätzchen und Pfefferminzfondant für die Reise. Ich werfe noch einen letzten Blick auf den bunt bemalten Teller über dem Kühlschrank. Gesundheit und ein froher Mut sind besser als viel Geld und Gut. Opa Martin schenkt mir seinen verfilzten Tennisball, der bis dahin in der Schublade des Flurschränkchens gelegen hat. Oma Mitzi macht mir mit dem Daumen ein kleines Kreuz auf die Stirn. Nun bin ich gesegnet.

Meine Großeltern wollen mich bis zur Stadtmauer bringen. Wir gehen durch die Straßen. Ich in ihrer Mitte. Wir kommen an einem verwilderten Rasenstück vorbei, ein Friedhof, ich klettere über den Zaun. Auf dem Friedhof liegen umgestürzte Grabsteine mit hebräischer Schrift, die ich nicht lesen kann. Wo sind die Ellricher Juden. Im Kohnstein. Es ist niemand mehr da, keiner richtet die Grabsteine mehr auf. Die Mauer hat kein Tor. Man kann nur über sie hinwegsteigen. Wir kommen am Schwanenteich und an der Ruine der alten Frauenbergskirche vorbei. Am Kirchhof verabschieden wir uns. Wir küssen uns auf die Wangen, ich drehe mich noch einmal um. Ich winke, bis meine Großeltern nur noch kleine Punkte sind.

HARZ

Gott sucht eine weite Fläche am Südrand des Harzes aus und trägt eine erste Ascheschicht ab. Gewaltige Einöden, Wälder und Sümpfe kommen zum Vorschein, nur von einem glühenden Aschekrater beleuchtet. Gott nimmt einen Ast, der sich in seinem Haar verfangen hat, und beginnt Linien, Muster und Verbindungen zu zeichnen. Dort, wo sein Speichel hinrinnt, entsteht ein Teich. Die Geistin erwacht, sie möchte eine solch wichtige Schöpfung nicht versäumen. Mit dem Finger malt sie langgezogene Kreise, sie beschriftet die göttlichen Teiche. Den ersten nennt sie Pferdeteich, einen nächsten Hundeteich. Der Herr häuft Sand und Steine auf. Er baut die Gegend aus sanft gewellten Buntsandsteinen. Gen Osten, bis Roßla, legt er eine tiefere, mit Sumpfland gefüllte Senke an, die Goldene Aue. An den Berghängen lässt er dort, wo Schichtquellen zu Tage treten, Wasser fließen. Unten im Tal der Zorge ist die Anlage einer Ortschaft unmöglich. Zu häufig tritt der Schlamm und Schotter mit sich führende Fluss über die Ufer. Also muss er einen Graben erschaffen. So entsteht der Mühlgraben, der sich am Fuß der Höhenzüge entlangzieht. Gott betrachtet sein Werk und die Geistin mit ihm. Gemeinsam legen sie noch eine mit Obstbäumen bestandene Wiese an. Sie zeichnen graue Flecke auf den Boden, eine Stadtmauer, mit Türmen darum. Sie malen unzählige kleine Bäume auf und schreiben über die Bäume: Das Gehege. Sie legen das Fundament für den Dom fest, finden einen weißen Fleck für die St. Blasiikirche und die Neustädter Kirche. Stellen das Augustinerkloster und das Franziskanerkloster auf, ziehen eine Linie für den Stadtgraben und einen für den Ochsengraben. Treffen sich beim Zeichnen am Klosterhof und markieren eine weiße Gasse bis zum Alten Judenkirchhof.

So arbeiten sie und zeichnen Punkte, Buchstaben, Linien und Kreise. Sie legen eine Pause ein und betrachten ihr Werk. Der Herr flicht die Zöpfe der Geistin zu einem Kranz. Sein eigenes Haar ist dünn und fällt ihm strähnig in die Stirn, nie kann er eine so schöne Frisur daraus machen. Er darf nicht vergessen, seine Geistin das Schweben zu lehren. Er schiebt einen Fels in die Zorge und baut ihr einen Wasserfall. Er legt seine Hände schützend unter ihren Nacken und Rücken und hält sie so über dem Wasser. Sie spürt den feinen Wasserstaub auf ihrer Haut. Blickt sie nach oben, schaut sie in undurchdringliches Schwarz. Gottes Hände sind angenehm warm, der einzige Schutz in dieser Dunkelheit. Langsam lässt er sie los, sie muss allein schweben lernen. Sie hat ein wenig Angst und sackt nach unten, fast wäre sie in das dunkle Zorgewasser gefallen, aber der Atem Gottes pustet sie wieder nach oben. Sie streckt die Hände vom Körper weg und die Zehenspitzen auch, legt den Kopf in den Nacken und hält sich so ganz allein, ohne fremde Hilfe, schwebend. So könnte sie lange in der Luft bleiben, aber sie muss zurück zur Zeichnung. Die Arbeit ist noch nicht abgeschlossen, gleich bricht der nächste Tag an, und da Gott nicht schreiben kann, muss sie ihm helfen. Was ist mit ihm geschehen. Warum sitzt er da so zusammengekrümmt und beißt auf den Knöchel seines Zeigefingers. Was glüht da. Gott starrt in eine Grube. Er ist fassungslos. Er kann nichts mehr tun. Es ist zu spät. Alle sind verbrannt. Gott und die Geistin bedecken die Grube mit kalter Asche und legen einen Stein auf das, was jetzt ein Grab ist. Gott zittert am ganzen Körper, er kann weder Tod noch Leid verkraften. Er ist noch stummer als sonst, seine Hand sucht die der Geistin.

KARSTGEBIRGE

Vor mir liegt der Schwanenteich. Zwei weiße Schwäne schwimmen den ganzen Tag zusammen auf ihm hin und her. Ich frage den einen Schwan, ob der Weg nach Sülzhayn links oder rechts verläuft, aber er schüttelt nur den Kopf. Ich stehe vor dem Schaukasten des Kinos, es heißt Lichtspielhaus zum Frieden. Im Schaukasten hängt ein Plakat zu einem russischen Märchenfilm: Das Schloss hinter dem Regenbogen. Ein Prinz in einem silbernen Cape, mit einer Kappe aus Fell, reitet auf einem weißen Pferd einen Regenbogen empor. Am Ende des Regenbogens sitzt ein Mann mit weißem Haar an einem Spinnrad. Um zehn Uhr beginnt die Morgenvorstellung. Ich kaufe mir eine Karte und sitze allein im leeren Kinosaal. Der Filmvorführer zeigt den Film nur mir. Der Prinz reitet durch einen düsteren Wald. Er winkt mir zu, ich darf mit auf sein Pferd aufsteigen. Ich halte mich am Bauch des Prinzen fest. Um uns herum bewegen sich Hexenhäuser auf Hühnerbeinen. Wir müssen uns beeilen, um diesen unheimlichen Wald hinter uns zu lassen. Die Hexen sprechen in einer mir fremden Sprache, sie krächzen und greifen mit ihren Händen nach meinem Wanderbeutel. Ich schlage nach ihren Händen und versuche, ihre Hühnerbeinhäuser wegzutreten. Wir müssen aus dem Wald heraus. Der Prinz reitet immer schneller, ich muss aufpassen, dass ich nicht vom Pferd falle. Wir gelangen in das Reich des alten Mannes. Seine Haare breiten sich wie Spinnweben aus. Die Hufe des Pferds berühren den Regenbogen, er bietet einen sicheren Halt. Vorsichtig bewegt sich das Pferd auf das Ende des Regenbogens zu. Am Spinnrad sitzt der Herr der Zeit. In seinen Händen hält er die Fäden der Geschichte. Er gibt mir einen Faden, den er gerade neu verknotet hat. Ich halte ihn gegen das Licht und sehe eine schwarze Lokomotive, die näher kommt. Eine Rauchfahne verdeckt sie fast. An den Schienen der Eisenbahnlinie stehen Hunderte von Menschen, schweigend und trauernd. Menschen mit verhärmten Gesichtern. Die Füße und Köpfe der Kinder sind mit Lumpen umwickelt. Die Lokomotive kommt näher, auf ihr weht eine rote Fahne. Auf einem der Waggons, die sie zieht, ist Lenins Sarg aufgebahrt. Die Menschen, die das Gleis säumen, weinen. Ich höre durch den Faden der Geschichte den langgezogenen Schrei der Lokomotive, die den toten Körper des Revolutionärs durch das weite russische Land fährt. Die Aufgabe des Herrn der Zeit ist es, die sich ineinander verwirrenden Fäden zu lösen und zu glätten. Unter seinen Fingern reihen sich die immer gleichen Bilder aneinander. Die Zeit schweigt. Der Prinz will wissen, wo das Schloss hinter dem Regenbogen liegt, aber der Herr der Zeit hinter dem Spinnrad zuckt nur mit den Schultern. Die Gegenwart gehört nicht zu seinem Tagwerk. Wir sitzen ab. Ich nehme den Prinzen bei der Hand und binde sein Pferd an einer Birke fest. Ich weiß, wo es ist, das Schloss hinter dem Regenbogen. Es liegt mitten im Park Hohenrode. Wir müssen uns durch den verwilderten Park kämpfen, bis wir den kleinen Pavillon erreichen. Der Boden ist mit bemalten Fliesen bedeckt, und in der Mitte des kleinen Teehäuschens sitze ich, das Mädchen, das der Prinz gesucht hat, und koche Pfefferminztee. Der Prinz und die Prinzessin erkennen einander. Sie flüstern in einer fremden Sprache. Der Prinz sagt, das ist russisch. Ich lasse die beiden jetzt lieber allein und kehre durch den russischen Zauberwald zurück. Die Hexen in ihren Hühnerhäusern lassen mich passieren. Ich rutsche wieder in meinen Kinosessel. Der Kinovorführer hat nicht bemerkt, dass ich weg war.

Ich nehme mein Bündel und setze meinen Weg fort. Ein Schild, auf das ich stoße, weist nach Sülzhayn, in diese

Richtung laufe ich. Ich komme an den beiden einsamen Schwänen vorbei. Sie haben ihre Hälse ineinander verschränkt und schauen mich aus ihren Schwanenaugen an. Sie öffnen ihr Gefieder wie das Blütenblatt einer Seerose, ich darf mich auf ihren Schwanenrücken setzen. Der eine trägt mein Bündel, der andere mich. Sie schwingen sich in die Höhe und steigen mit mir auf. Ihre Federn sind weiß und weich, ich lege meinen Kopf an den Hals meines Schwans und schaue nach unten. Wir fliegen über Ellrich, unter mir die roten Dächer, die gewundenen Straßen, der Feuerwehrturm, das silberne Band der Zorge. Eine winzige Stadt. Immer kleiner wird sie. Ich bin mit meinen Schwänen hoch in der Luft. Der Wind surrt in meinen Ohren. Mein Schwan gibt mir eine Federmütze, die mir die Ohren wärmt. Bis auf den Wind ist es in dieser Höhe still. Wir fliegen durch Wolkenbänder, mit Mühe sehe ich unter mir die dichten Kronen der Wälder. Wir fliegen über den Kirchberg, das Ellerbachtal, das Reinbachtal, die Heiligenbergsklippe. Über das Dorf, bis vor den ersten Kohlenschacht, bis zur steilen Kretklippe mitten im Wald. Ich beuge mich über den Schwanenhals und schaue im Sinkflug nach unten. Das Grün der Wälder ist einem dumpfen, traurigen Braun gewichen. Die Klippe ist kahl. Als hätte jemand ein Loch in die Vegetation gerissen. Die Luft wird kälter, ich spüre unter meinen Händen die Gänsehaut meines Schwans. Er zittert am ganzen Leib. Die Flügel werden schwerer, das scheint kein guter Ort zu sein, den wir hier überqueren. Die Körpertemperatur des Schwans verändert sich. Er dreht den Kopf und versucht, mir mit den Augen Zeichen zu geben. Ich versuche, in den Augen des Schwans zu lesen. In seinen Pupillen spiegelt sich das Gelände. Ich erkenne so etwas wie ein abgestecktes Lager. Ein Zaun, Holzstapel, Baumstämme. Ein Bauplatz. In der Mitte des Platzes eine nackte Stelle. Ich sehe keinen Menschen, keine Tiere. Es ist totenstill.

Wo sind die Bewohner dieser schauerlichen Stätte. Die Augen des Vogels verdunkeln sich. Der Schwan weint ja, seine Tränen wehen auf meine Hand. Ich koste die Schwanentränen, sie schmecken nach salziger Milch. Mein Vogel, mein weißer, warum weinst du, und du, Nachbarschwan, der mein Bündel trägt, warum weinst du. Warum weint ihr. Was hat euch so traurig gemacht. Die Tränen der Schwäne tropfen auf die Erde hinab. Sie schweigen, sie wiegen ihre langen Hälse und bleiben mir eine Antwort schuldig. Wer hat sie so verletzt. Der Wind wird schärfer und reißt mir die Mütze vom Kopf. Er heult jetzt in meinen Ohren. Er tut mir weh. Der Wind wirbelt die Schwäne durch die Luft. Sie stürzen senkrecht nach unten. Im freien Fall. Federn, herausgerissen, strudeln durch die Luft. Der Wind wird stärker. Ein Luftwirbel. Ich kann ihn sehen. Eine weiße, spiralförmig rotierende Rauchspur. Der Wind wirbelt Sand und Staub auf. Äste und Blätter fliegen durch die Luft. Meine Schwäne verlieren die Orientierung, ihre Hälse bieten keinen Halt mehr. Der Sturm hat sich einen grausamen Spaß gemacht und ihnen die Hälse verdreht. Ich versuche, mich an ihren Leibern festzuklammern. Ich rutsche ab. Ich schreie. Der Wind fährt in meinen Mund und reißt meinen Schrei weg. In meinen Ohren dröhnen der Sturm und die Schreie der Schwäne. Sie stoßen schreckliche Laute aus, die von den Klippen widerhallen. Die Klage der Schwäne reißt nicht ab. Sie gilt der Erde, die unter ihnen liegt.

Ich falle. Ich schlage auf dem hölzernen Richtplatz auf. In meinen Augen Sand. Wenige Augenblicke später schlägt mein Bündel auf. Das Honigglas hat einen Sprung, nun schließt der Deckel nicht mehr richtig. Die Butterbrotpapiertüte ist aufgegangen, die Süßigkeiten liegen verstreut im Sand. Ich lese die Schokolinsen auf, das Pfefferminzfondant und reibe mit Spucke den Dreck weg. Ich versuche, das Papier zu glätten und die Tüte wieder neu zu drehen. Meine Schätze liegen im Staub. Ich schaue nach oben. Mein Schwan fällt. Er stürzt auf einen angespitzten Holzpfahl. Der Pfahl bohrt sich durch seinen weißen Hals. Blut schießt vom Loch im Hals auf das weiße Federkleid. Ich versuche, den Schwan von diesem mörderischen Holz zu ziehen. Der Anblick ist zu grausig. Der andere Schwan schlägt unweit von mir auf. Was ist das hier für eine Zone, die Schwäne durch die Luft wirbelt und tötet. Ich ziehe die beiden Vogelleichen zu einer Grasnarbe. Mit einem Stock ritze ich ein Viereck in die trockene Erde. Ich muss ihnen ein würdiges Grab bereiten. Ich suche einen Gegenstand, um die staubige Erde auszuheben. Ich finde eine rostige Kinderschaufel ohne Griff. Mit der Schaufel grabe ich. Der Wind, der kalte, blättert die steif gewordenen Federkleider auf und zu. Die Federn klingen wie Knochen. Ich schließe den Schwänen die Augen und lege sie vorsichtig in die Grube. Als Grabbeigabe lege ich zwischen sie die Tüte mit den Süßigkeiten. Damit sie eine Währung für den Himmel dabei haben, wenn sie jemals wieder auffliegen sollten aus diesem Grab. Ich werfe Erde auf meine Gefährten.

Ich schaue mich um. Ein aus Holz zusammengeflickter Zaun begrenzt dieses Stück Land. Umstellt von dunklen Klippen. Obwohl ich mich mitten auf der kahlen Fläche eines Bergs befinde, habe ich das Gefühl, ich stehe am Grunde eines Brunnens. In einem kalten Schacht. Es ist so still hier. Im Berg sind große, dunkle Höhleneingänge. Ich nähere mich einem solchen Eingang. Vorsichtig setze ich meine Füße in den Staub. Ich fühle mich beobachtet. Ich folge einem Pfad, der durch das Schleifen eines schweren Körpers entstanden sein muss. Einer ganzen Reihe von Körpern, die nacheinander ihre Spuren im Staub hinterlassen haben. An den Rändern des Pfades liegen Fellhaare. Ich hebe ein Büschel auf. Vielleicht sollte ich eine Zeichnung von diesem Ort machen. Ich habe ja in meinem

Bündel einen Bleistift und Papier. Ich zeichne so lange, bis ich den Ausweg finde. Ich vermerke den Pfad und nenne ihn Fellspur eins. Ich gelange zu einem Eingang und schaue in die Dunkelheit. Tor A. Ich taste an den rauen Felswänden nach einem Lichtschalter. Er muss sich doch links oder rechts in Handhöhe befinden. So wie in unserer Wohnung. Auf ein paar Dinge muss ich mich doch verlassen können. Meine Finger berühren ein Stromkabel. Am Ende des Stromkabels ertaste ich einen Kasten mit einem Schalthebel, der auf null steht. Ich drücke den Hebel herunter. Gleißendes Licht blendet mich. Die Leuchtstofflampen hoch unter der Decke tauchen die Höhle in ein weißes Licht. In ihrer Mitte ein Gang, ausgelegt mit Holzplanken. Links und rechts von diesem Gang stehen bis zur Decke reichende Regale. An den Regalen hängen mit Reißzwecken befestigte Zettel. Auf den Regalböden liegt etwas Seltsames, ich kann es nicht richtig erkennen. Ich trete an ein Regal heran. Auf einem der Zettel steht ›Untersuchung Reh‹. Wer untersucht hier Rehe, sind die krank. Ist das hier eine medizinische Forscherhöhle. Die Felle sind übereinandergestapelt. Sie sind geordnet nach Bock, Ricke und Kitz. Wahrscheinlich nach Familien. Hinter den Fellen stehen mit Spiritus gefüllte Gläser. Darin schwimmen Rehaugen, die ich sonst nur aus dem Stadtpark kenne. So aus dem Rehgesicht herausgenommen, sehen die Augen noch trauriger aus, wie sie da blicklos in ihrer Flüssigkeit liegen. Die Regale sind so hoch, ich muss an den Seitenwänden heraufklettern, um besser sehen zu können, und steige auf einen Regalboden. Die Felle bedecken ihn ganz. Ich drehe eines um. Auf der Rückseite steht eine Zahlenkombination. Also muss es hier schreibende Menschen geben. Welche Informationen werden hier gesammelt. Für welchen Zweck.

Ich höre ein kratzendes Geräusch. Es kommt ganz aus der Tiefe dieser Riesenhöhle. Ich gehe auf dem Regalboden weiter. Der Abstand zwischen den Böden ist so hoch, dass ich aufrecht gehen kann. Nach den Rehen treffe ich auf Igel, Hirsche, Wildschweine. In ihre Tiergruppen sortiert, nur noch als totes Fell vorhanden. In manchen Regalen stapeln sich die Tierhäute zu Bergen. Von meinem Regal aus, versteckt hinter einem Stapel von Fuchsfellen, schaue ich auf einen Herrn hinab. Er sitzt auf einem Stuhl und trägt einen grauen, fest zugeknöpften Kittel, darüber eine weiße Schürze. Auf seinem Schoß liegt ein Karton. Er faltet den Karton auseinander. Neben dem Stuhl steht eine Werkbank. Darauf eine Konservendose mit roter Farbe, ein Pinsel, ein Bleistift und eine Schere. Der Mann sieht sehr konzentriert aus. Mit dem Bleistift zeichnet er eine Zahl auf den Karton und schneidet sie mit der Schere sorgfältig aus. Etwas irritiert mich an dem Gesicht des Zahlenausschneiders. Seine Augen sind auf die Spitze der Schere geheftet, mit der er gerade ein Loch in den Bauch einer Acht sticht. Sein Mund ist fast verschwunden, an seinen Lippen sind zwei Fäden miteinander verknotet.

Jemand hat ihm den Mund zugenäht. Die Einstichstellen der Nadel, an denen ein schwarzer Faden hängt, sind blutverkrustet. Das tut mir weh. Die ausgeschnittene Zahl bestreicht der mundlose Herr mit roter Farbe. Ich klettere zu ihm herab. Vielleicht weiß er mehr über diesen Ort. Ich trete vorsichtig an ihn heran. Ich versuche, ihn nicht zu erschrecken. Er schaut mich mit dem gleichen Blick an wie der Schwan in seiner letzten Angst. Ich greife nach einem Stück Karton und helfe dem Mann. Es sind so viele Zahlen. Ich setze mich zu seinen Füßen. Er gibt mir eine zweite Schere. Wir arbeiten stumm, Hand in Hand. Aufzeichnen, Ausschneiden, Bestreichen. Vor uns liegt eine ganze Zahlenkolonne, wir tragen sie einzeln zu den Regalen. Dort drucken wir die Farbe auf die Tierhäute. Die Ziffernfolge ist mir unverständlich. Der Herr im grauen Kittel atmet schwer neben mir. Ich betrachte sein Gesicht. Sein

Haar fällt schütter in die Stirn, seine Haut ist blass, die Lider hängen tief, von grauem Kummer. Auf der Wange hat er einen roten Farbfleck. Der vernähte Mund gibt ihm einen Ausdruck ewiger, trauriger Verschlossenheit. Ich fasse seinen Ärmel und ziehe den Mann zu mir heran. Mit dem Fingernagel versuche, ich die rote Farbe von seiner Wange zu kratzen. Er zuckt unter der Berührung meiner Fingerkuppe zusammen. Ich nähere mich seinen Pupillen, seine Augen füllen sich mit Wasser. Über seinen Lidrand laufen Tränen. Er greift nach meiner Hand und umklammert sie fest. Seine Finger morsen mir eine Botschaft in die Handfläche. Ich kann sie nicht verstehen. Ich hole einen Stift und einen Zettel. Er schreibt mit einer nach links geneigten Handschrift fünf Buchstaben auf das Papier. Ein K, ein r, ein o, ein d, ein o. Krodo. Was hat das zu bedeuten. Wer ist das. Ich schreibe zurück. Woher kommst du, Herr. Er schreibt. Von zu Hause. Ich schreibe. Ich auch. Er schreibt. Vorbei. Es ist vorbei. Ich frage ihn, ob ich versuchen soll, mit der kleineren der beiden Scheren seinen Mund zu öffnen. Er nickt. Ich versuche, mit der Spitze der Schere den Faden zu lockern, aber der Faden ist so festgezurrt, dass die Befreiung des Mundes misslingt. Es hilft nichts, ich muss ein kleines Loch in seine Lippen schneiden. Aus der Wunde sickert Blut. Ich taste nach dem Ende des schwarzen Fädchens. Ich bekomme es zwischen Daumen und Zeigefinger zu fassen. Der Herr stöhnt auf. Ich trockne ihm mit einem Zipfel seiner Schürze den Schweiß von der Stirn. Ich ziehe an dem Fädchen, das Widerstand leistet. Ich muss nun etwas fester reißen. Die Krusten springen auf. Der Schorf löst sich, und die Wunde blutet. Ich ziehe und ziehe und habe endlich den langen Zwirnsfaden in den Hand. Ich trete ihn mit meinem Schuh in den Boden. Helles Blut stürzt aus dem Mund des Herrn. Dann ein Geräusch und dann ein Name. Ich halte mein Ohr an seinen gurgelnden Mund. Jetzt kann ich den Namen wie durch ein blutiges Echo hören. Krodo. Wieder ruft er ›Krodo‹. Dann wird er ohnmächtig. Ich greife unter seine Achseln und schleife ihn zu seinem Stuhl zurück. Ich lege ihn vor dem Stuhl auf den Boden und bette seine Füße auf die Sitzfläche. Das ist mir noch von der Arbeitsgruppe Junge Sanitäter in Erinnerung geblieben. Dann kann das Blut besser zirkulieren. Ich tupfe dem Herrn das Blut von den Lippen. Seine Schürze ist schon nicht mehr weiß. Ich bestreiche die Wunden mit Honig. Er leckt mit der Zunge die Honigtropfen ab und erwacht. Endlich. Ich helfe ihm auf und setze ihn auf seinen Stuhl. Er nimmt die blutbefleckte Schürze ab und faltet sie sorgfältig zusammen. Er streckt mir seine Hand entgegen. Ernst ist sein Name. Ich gebe ihm meine Hand.

Er will mir das Wesen zeigen, das sich hinter dem Namen Krodo verbirgt. Wenn Krodo erfährt, dass ich Ernst den Mund aufgeschnitten habe, wird es großen Ärger geben. Darum dürfen wir auf keinen Fall auffallen. Ernst kennt einen Weg durch die Höhle bis zu einem Felsspalt, durch den man direkt in Krodos Lager schauen kann. Wir räumen den Arbeitsplatz auf, dass niemand Verdacht schöpft, legen Schere, Pinsel, Farbe und Karton akkurat nebeneinander und verstecken die verschmutzte Schürze unter einem Rehfell. Ich bin froh, dass ich in dieser unwirtlichen Gegend einen erwachsenen Begleiter habe. Der Ernst heißt und offensichtlich viel Leid erfahren hat. Mit Ernst an der Hand betrete ich einen Nebengang, der tiefer in das Stollensystem hineinführt. Unter der Decke hängen Kabel, und die Wände glänzen feucht. Wir tasten uns durch einen Tunnel.

Von einem Stromkabel hängt kopfabwärts eine Fledermaus. Sie baumelt direkt über meiner Stirn und lässt sich sanft auf meine Schulter gleiten. Ihr zerknautschtes Menschengesicht schaut mich an. Sie flüstert mir in hohem Ton, in einer unverständlichen Sprache etwas ins Ohr.

Ich bedeute Ernst, dass wir uns diesem Lebewesen an-
vertrauen sollten. Offensichtlich kann es hier die Führung
übernehmen. Um uns herum wird es immer dunkler. Die
Dunkelheit kriecht von den Wänden. Unsere Füße waten
durch kaltes Wasser. Unsere Ohren werden von schrillen
Tönen gequält. Zur Rettung unserer Trommelfelle drehe
ich aus einem Tempotaschentuch vier kleine Zellstoffku-
geln. Die Frequenzen, denen wir ausgesetzt sind, werden
immer akuter. Offensichtlich gelangen wir in eine Art von
Unterwelt. In unsere Nasen dringt der penetrante, süßli-
che Geruch nach tierischen Ausscheidungen. Ich zerreiße
mein letztes Taschentuch in zwei Hälften, eine für mich,
eine für Ernst. In unserer Kehle würgt Ekel. Wir kämpfen
gegen den Brechreiz. Einen solch stechenden Geruch
habe ich noch nie wahrgenommen. Die Töne meiner Führerfledermaus scheinen meine Schritte zu lenken. Meine
Füße folgen ihr. Sie lotst uns mit ihrem System aus feinen
Tönen in eine Schlucht. Ich schaue zur Decke, die zu leben
scheint. Dicht an dicht hängen dort Tausende von Fledermäusen, eine dunkle, atmende Masse aus Körpern. Dieser
Riesenkörper beginnt über meinem Kopf zu schwingen.
Ich fürchte, dass er sich auf mich stürzt. Die Fledermaus
auf meiner Schulter schreit in den höchsten Tönen und
spannt ihre Flughäute weit aus. Ernst und ich haben jede
Orientierung verloren. Wir scheinen uns in der Mitte der
Höhle zu befinden. Unsere Ohren schmerzen.

Plötzlich verstummt der Lärm. Unsere Führerfledermaus hat einen so gellenden Schrei ausgestoßen, dass
für einen Augenblick Totenstille herrscht. Wir ziehen die
Tempotaschentücher aus unseren Ohren. Dann teilen sich
die Fledermäuse in Formationen. Eine Fledermaus beginnt zu singen. Ein Gesang von einer solchen Schönheit,
in den andere Sänger in den verschiedensten Tonlagen
einstimmen. Noch nie habe ich eine so traurige Musik gehört. Diese Musik ist nur für uns allein. Jetzt kann ich die

Worte verstehen. Dies irae, dies illa, solvet saeclum in fa-
villa. Meine Schulterfledermaus sagt, es handele sich um
ein Oratorium, das sie einstudiert haben. Es ist ihre Art zu
trauern. Die Nachrichten der Oberwelt tropfen durch das
Karstgebirge. Die traurigsten Nachrichten verfangen sich
in den Flughäuten der Fledermäuse und in ihren Kehlen.
Sie tragen kopfüber an dem Elend der Welt. Nur durch
den Gesang können sie sich für einen Augenblick vom
Schmerz, den ihnen die Menschen durch ihr Handeln zu-
fügen, befreien. Nun singt aus der tiefsten Ecke der Höhle
der Kinderchor der Fledermäuse. Ihre hellen, hohen
Stimmen bringen uns zum Weinen.

Ernst nimmt mich hoch auf seinen Arm. Ich lege meine
Hände um seinen Hals, seine Haut riecht noch nach ge-
trocknetem Blut. Hier stehen wir eine Ewigkeit. Unsere
Lippen singen von ganz allein mit. Ernst schluckt. Er
weint. Tränenflüsse rinnen durch seine Kehle. Ich drücke
ihn so fest wie es nur geht an mich. Ernst zieht vorsichtig
ein Foto unter seinem Unterhemd hervor. Er presst das
Foto, das auf der Rückseite mit blauer Tinte beschrieben
ist, an seine Lippen. Die Fledermäuse haben aufgehört
zu singen und schaukeln stumm über unseren Köpfen.
Er dreht es um, dass ich es besser sehen kann. Es handelt sich um einen Ausschnitt aus dem Stadtpark. Ein
schwarzweißes Bild im Winter. Es muss sehr frostig sein,
das Kind auf dem Schlitten weint vor Kälte. Es trägt eine
Mütze, bis über beide Ohren, und hält in seiner behand-
schuhten Hand eine Plastiktüte mit Brotwürfeln, die alle
gleich groß geschnitten sind. Wahrscheinlich Tierfutter.
Hinter dem weinenden Kind sitzt ein Junge, der in den
Fotoapparat lacht. Sie teilen sich einen Schlitten, dessen
Leine im Schnee liegt. Hinter den beiden Winterkindern,
die sich ähnlich sehen, stehen zwei Mädchen. Das eine
hat eine weiße Wollmütze auf und trägt ein dunkles Wollkostüm mit Edelweißblüten und Trachtenknöpfen, das

andere eine Art Steppmantel. Es hat die Hände tief in den Taschen vergraben. Diese vier Kinder müssen Geschwister sein. Sie haben den gleichen festen, unbedingten Blick, mit dem sie in die Linse schauen. Ernst, das muss ihr Vater sein. Ich frage ihn, ob das seine Kinder sind. Er nickt. Die Kinder auf dem Schlitten vor dem Gatter gefallen mir. Ich muss mir das Foto noch einmal genauer anschauen. Hinter dem Zaun aus Maschendraht und Holz stehen zwei Rehe, deren Augen groß und traurig in das winterliche Schneebild starren. Ernst faltet das Bild in der Mitte zusammen. Wo ist die Mutter dieser Kinder. Bestimmt steht sie in der Küche und schneidet für alle frierenden und hungernden Kinder dieser Heimatwelt Brote in kleine Würfel, die genau zwischen Zunge und Gaumen passen. Ich muss herausbekommen, wo sich diese vier Kinder befinden. Der Mund von Ernst bewegt sich. Ich lege mein Ohr an die Lippen meines Freundes. Ich höre dasselbe Wort: Krodo.

Ich wende mich an die Führerfledermaus. Sie soll uns zu Krodo führen. Wir setzen unsere unterirdische Wanderung fort. Wir tasten uns in der Dunkelheit an den Wänden entlang. Ich lerne mit den Ohren sehen. Der Weg, den wir jetzt gehen, ist leicht abschüssig. Unter unseren Füßen bröckeln Steine, wir verlieren den Halt und rutschen abwärts. Ein modriger Geruch schlägt uns entgegen. Keller. Wir stürzen in einen Erdkeller. An der Wand ertaste ich eine Garderobenleiste. Daran hängen Regenmäntel und Gummistiefel in verschiedenen Größen. Unter ihnen laufen Rinnsale über das Gestein. Im Dunkeln streifen wir Regenmäntel und Gummistiefel über. Wir ertasten unsere Namen. Wer, welche unbekannte Hand, hat unsere Namen da hinein gestickt.

Der Erdkeller steht unter Wasser. Ein unterirdischer See, mitten in der Finsternis. Das trübe, dunkle Wasser schmatzt um unsere Gummistiefel. Seine Oberfläche bewegt sich leicht. Ich erkenne, beleuchtet von den phosphoreszierenden Augen unserer Fledermaus, einige langgestreckte, lurchartige Rücken, die durch das Wasser ziehen. Lautlos und einsam. Seltsame Tiere, vielleicht elf oder zwölf. Sie nähern sich und heben die Köpfe aus dem Wasser. Ihre Augen sind lidlos. Ihre Pupillen bewegen sich, geschützt von einer milchigen Membran. Sie taxieren uns. Unendlich langsam. Einer der Grottenolme, offensichtlich der Älteste, kriecht langsam aus dem Wasser. Sein Gesicht hat keine Oberkieferknochen, und seine Kiemen liegen außen, was den Eindruck macht, als sei er mit einem inneren Organ auf der Haut unterwegs. Die Kiemen nehmen den Sauerstoff mit einem gurgelnden Geräusch auf. Sie schleifen über die Erde. Der Grottenolm bewegt sich auf sehr befremdliche Weise. Ein unheimlicher Anblick. Inzwischen haben die anderen Olme aus ihren Rücken ein Floß gebaut. Das Aufsteigen ist nicht ganz einfach, ihre wirbellosen Körper sind so glitschig. Ernst gibt mir seine Hand und nimmt mich auf den Schoß. Er knöpft mich in seinen Regenmantel ein. Wir treiben im Dunkeln. Ich will nicht in das trübe Wasser fallen. Vielleicht wimmeln unter den elf oder zwölf Olmen noch Tausende. Dann komme ich nie wieder ans Tageslicht. Der Älteste der Grottenolme stimmt eine Klage an, die anderen murmeln den Refrain mit.

Sie haben keinen Vater, keine Mutter, sie sind nicht Mann, nicht Frau. Sie sind niemandes Kind. Sie sind geschlechtlos, zurückgelassen, vom Schöpfer auf sich selbst geworfen. Zum Aussterben verdammt. Die Olme murmeln ihr Gebet. Durch ihren Atem schlägt das Wasser Blasen. Ich schlafe im großen Regenmantel von Ernst ein. Die Fledermaus döst auf meiner Schulter. Nur das Wasserplätschern ist zu hören. Dann, unter den Bäuchen der Olme, knirscht Sand. Wir setzen am anderen Ufer auf. Langsam gleiten wir von den Tierrücken an Land. Wir drehen uns noch einmal um. Die Grottenolme haben Aufstellung genommen, bis zum Bauch im Wasser stehend. Zum Abschied schenken sie mir einen Nagel. Sie winken uns mit ihren drei Fingern blind nach.

Wir wandern weiter, nehmen einen Hohlweg, in dem wir uns ducken müssen. Die Höhenunterschiede scheinen hier beträchtlich zu sein. Es wird heller, und das Licht verändert sich zunehmend. Ich drehe meine Handflächen, auf ihnen spiegelt sich ein blaues Licht. Die Kristallkammer, flüstert die Fledermaus, die blaue Grotte, flüstert Ernst. Ich kann nicht erkennen, woher das Strahlen kommt. Meine Gefährten leuchten wie vom Mond angestrahlt. Ernst und die Fledermaus schnitzen mit einem Taschenmesser Hölzchen, die sie solange in das Licht tauchen, bis eine Streichholzkuppe entsteht. So etwas habe ich sonst nur auf dem Jahrmarkt gesehen, wenn die Zuckerwattefrau im weißen Kittel einen Holzstab so lange in einen Kessel mit weißen Fäden hält, bis daraus eine weiße Wolke wird. Am Boden entdecke ich versinterte Knochenreste, ich lese sie auf und lege sie auf den Boden. Ich setze die Knochenreste zusammen. Das heißt, jeder Knochen, den ich finde, nimmt von allein seinen Platz ein. Die Knochen fügen sich zu einem Ganzen, das Knochengerüst wächst in die Höhe, es reicht schon fast unter die Decke der Kristallkammer.

Was ist das. Ein Mensch, ein Tier. Das Gebilde, das wie aus einem anatomischen Lehrbuch vor meinen Augen entsteht, reicht mir einen mit Tinte beschriebenen Zettel. Auf dem steht sein Name: Ursus spelaeus. Aha, das ist er also, der legendäre Höhlenbär. Er winkt mir mit seiner knochigen Pfote, ihm zu folgen. Seine Knochenfüße machen ein klirrendes Geräusch. Ich folge ihm. Er kennt den Weg zum Licht. An seinem Becken hängt ein Schlüsselbund, der ihm beim Gehen gegen die Knochen schlägt. Klack, klack, macht das Skelett des Höhlenbären.

Er öffnet eine doppelte Tür, sie ist aus Eisen. Im Inneren des Raums dahinter, der wie Trafohäuschen surrt, ist ein Lichtschacht. An den Wänden sind Schalter, Hebel, Kabel. Der Höhlenbär nimmt eine Schreibmappe vom Haken, an der ein Stift hängt, und trägt eine Zahl in eine dafür vorgesehene Tabelle ein. Vielleicht hält sich ja Krodo den Bären als Lichtingenieur. Nachdem der Bär den Zahlenwert eingetragen hat, tritt er an den Schacht heran und zieht eine schwere Eisenplatte weg, die laut über den Boden scheppert. Ich schaue in den Abgrund und sehe Lichtquanten, masselose, sich mit Lichtgeschwindigkeit bewegende Elementarteilchen, die in diesem Lichtschacht ein einziges Flimmern erzeugen. Der Bär nimmt einen Lichtfilter und verändert die Strahlung zu einem alles erleuchtenden Blau. Der Raum hier scheint eine Schleuse zu einer anderen Helligkeitsstufe zu sein. Da packt mich der Bär auch schon im Genick. Ich baumele jetzt direkt neben seinem drei Meter fünfzig hoch gelegenen Schädel. Meine Hände versuchen, sich in seinen Augenhöhlen festzuklammern. Der Bär starrt mich an, seine knöchernen Finger in meinem Nacken sind kalt. Ich rufe nach Ernst und der Fledermaus, doch sie sind so beschäftigt mit ihren Stöckchen, dass sie mich nicht hören. Ich suche deine Kinder, Ernst, rufe ich noch, ehe mich der Bär mit einem kurzen Nicken in den Lichtschacht fallen lässt. Ich falle durch die Photonen. Wie ein Kosmonaut, schwerelos. Ich beginne zu schweben. Irgendwann stößt mein Kopf an einen Vorsprung, der dadurch einen Riss bekommt. Ich sehe Tageslicht.

Mit dem Nagel der Grottenolme, den ich noch immer in der Hand halte, versuche ich, den Riss zu vergrößern. Staub rieselt. Ein Stein fällt. Ich greife durch den Riss nach einer Grasnarbe und quetsche mich mühsam hinaus. Meine Augen sind geblendet von so viel Tageslicht. Sie schmerzen. Ausgespuckt aus der Höhle liege ich auf einem trockenen Büschel Gras, mein Bündel neben mir, und schaue mich um. Ich kann hören, wie in einem gleichmäßigen Rhythmus Besen über den Boden fegen. Ich setze mich auf. Nun sehe ich die Männer hinter den Besen. Sie tragen bodenlange graue Kittel mit einem kleinen Stehkragen, am Rücken sind die Kittel von Kopf bis Fuß durchgeknöpft. An den Füßen haben sie Sandalen, ihre Waden stecken in weißen Kniestrümpfen. Was sind das für merkwürdige Gestalten. Die Besen haben einen langen Stiel aus Holz und sind sehr breit. Es entsteht keine Lücke, wenn all die Besen in einer Reihe nebeneinander kehren. Die Straßenkehrer nehmen keine Notiz von mir. Die Borsten ihrer Besen fegen Laub, Sand und Steine vor sich her. Immer, wenn der Wind kommt und in die zusammengekehrten Haufen hineinfährt, fegen sie stoisch von Neuem.

Von meiner Anhöhe aus blicke ich in das große Areal, das von einer umlaufenden Holzbank umsäumt ist und in dessen Mitte ein überdimensioniertes Lebewesen liegt. Ich weiß nicht, ob es ein Mensch, Tier oder Gott ist. Es liegt auf dem Rücken wie ein Säugling, eingepackt in weißes, nacktes Fleisch. Die Beine abgespreizt, die Fußsohlen in den Himmel gestreckt, zwischen den Beinen ein unbehaartes männliches Geschlecht. Darüber wölbt sich ein Bauch, dessen Fülle in Hautfalten übereinanderschlägt. Im Nabel dieses Riesenkörpers, ich nenne ihn Götze, steht ein Arbeiter, der mit Handfeger und Kehrschaufel den Nabelrand von Steinen, Gewölle, Stöcken, Staub und Laub reinigt. Sehr viele Angestellte scheint dieser ins Nichts starrende Götze zu haben. Ich muss auf einen Fels klettern, um ihn in seiner ganzen Leibesfülle auszumachen. Die Brustwarzen auf seinem blassen Leib sind rot und entzündet. Ein Mädchen, ebenfalls mit grauem Kittel bekleidet, scheuert auf den Knien den Schorfrand von seiner Brust. Unter dem riesigen Doppelkinn, das auf die Brust fällt, hat ein weiterer Angestellter eine Trittleiter aufgestellt, um die Ritzen zwischen den Hautfalten mit einem Schrubber zu säubern. Er taucht ihn in einen Wassereimer. Wischwasser fließt den Hals entlang. Der Riesenleib wird von allen begehbaren Seiten gesäubert. Der Götze hält die Augen während der Großreinigung geschlossen, Speichel rinnt aus seinem Mund, die Nasenlöcher blähen sich unter der Behandlung auf. Durch die Gräben seines Gesichts geht ein Beamter direkt auf seine Lippen zu. Der Beamte scheint eine privilegierte Stellung zu besitzen. Er trägt eine rote Wollmütze mit eingesticktem Emblem. In der Hand hält er ein weiches Baumwolltuch. Der Riesenberg von Götze stößt auf. Alle rutschen für einen Augenblick von ihren unsicheren Arbeitsplätzen herab und fangen sich mühsam wieder. Der Beamte verliert kurz den Halt und kommt dann am Mundwinkel zum Stehen. Mit dem weichen Tuch reinigt er die dicken, fettig glänzenden Lippen des Ungeheuers. Vermutlich hat es gerade eine große Speisung gegeben. Um den Körper herum stehen Herde mit großen Töpfen. Sorgfältig tupft der Lippenbeamte den Mund ab. Das Tuch färbt sich hellrosa. Was hat dieser Götze verspeist.

Wie verschaffe ich mir Zutritt zu diesem monströsen Distrikt. Um mich diesem alles beherrschenden Götzen zu nähern, sollte ich mir auch eine Tätigkeit suchen. Was kann ich nur. Staubsaugen, fegen, bohnern, wischen. Wie kann ich mich in die Arbeitskolonne einschleichen. Vielleicht könnte ich ihm die Fingernägel reinigen. Ich sehe die Trauerränder von hier aus. Ich habe ja immer noch den Nagel der Grottenolme, der wäre für eine solche Pflege doch bestens geeignet. Vielleicht kann ich so sehen, was er unter den Nägeln hat. Zuerst muss ich mir eine Berufsuniform besorgen. Ich schleiche mich auf Zehenspitzen an einen der Götzenarbeiter heran, der abseits fegt. Die Augen zu Boden gesenkt, bemerkt er mich nicht.

Ich springe aus dem Hinterhalt auf seinen Besen, der dadurch auf das Nasenbein des Bediensteten schnellt. Blind vor Schmerz taumelt der Mann. Ich springe ihn an und beiße mich in seinem Hals fest. So heftig und so lange schlage ich die Zähne in sein Fleisch, bis er ohnmächtig wird. Schnell knöpfe ich ihm den Kittel auf und streife ihn über. Ich schlage die Ärmel und den Saum des Kittels um. Ich suche Schutz unter dem Handballen des Riesen und stehe dann vor seinen fleischigen Fingerkuppen. Unter den Nägeln erkenne ich Schmutz, Blut und farbige Dinge. Ich fange mit dem Daumennagel an. Ich muss den Daumennagel ein wenig aufbiegen. In einer verklumpten Schmutzmasse erblicke ich einen Knopf, wie kommt der Knopf unter den Nagel des Riesen. Es ist ein silberner Knopf, darauf ein Edelweiß, weiß getupft die Blüten. Am Knopf hängt noch ein dunkelgrünes Fädchen. Wahrscheinlich hat es einen Kampf gegeben. Ich kratze den Knopf heraus, stecke ihn ein und säubere weiter. Unter dem Zeigefinger Staub, Fett und eine kleine Kette mit Marienkäfern, Schornsteinfegern und Glücksklee. Jetzt nehme ich mir den Mittelfinger vor, der dick und aufgequollen ist. Wahrscheinlich hat Krodo gerungen. Gierig und gewalttätig. Unter dem Nagel des Ringfingers hat sich ein gestreiftes Söckchen verfangen, das steckt inmitten von Dreck, Grasbüscheln und Hautfetzen. Unter dem kleinen Finger sehe ich einen Ring mit einem funkelnden Stein. Ein Kinderschlächter, ein Kindermörder. Ich sollte mich vorsehen. Wenn mich dieser Koloss enttarnt, bin ich dran.

Ich sammele die Indizien ein, vielleicht kann ich sie noch gebrauchen. Ich muss mir ein Versteck auf diesem unwirtlichen Gelände suchen und Zeit gewinnen. Ich schaue mich um und sehe eine Art von Kleiderkammer. Dort verstecke ich mich und beobachte durch das Fenster, was vor sich geht. Die Großreinigung scheint abgeschlossen zu sein. Mülltonnen werden herangefahren, der Unrat wird hineingeschaufelt. Zwei Angestellte kommen mit einem hölzernen Bottich. In dem schwappt eine ölige Flüssigkeit. Hirschtalg. Der gereinigte Körper wird damit säuberlich eingerieben, bis er wie eine Speckschwarte glänzt. All diese Handlungen lässt Krodo teilnahmslos über sich ergehen. Unter seinen schweren, wimpernlosen Lidern schaut er träge dem Treiben zu. Um seinen gewaltigen Nacken, um Hüfte und Handgelenke werden nun mächtige Seile gelegt. Mit einer Seilwinde, die von vielen Arbeitern zugleich gezogen wird, wird der Koloss in Bewegung gebracht, bis er in einer halb aufrecht sitzenden Position zur Ruhe kommt. Baumstämme stützen seinen Rücken. Nachdem Krodo in die richtige Position gehievt ist, werden die Seile fest verknotet. Vier Angestellte schleppen eine goldene Platte herbei, die sie zu Krodos Füßen platzieren. Ein Wächter kommt mit einem Arm voll Feuerholz. Er stapelt es auf, zündet es an und wedelt den beißenden Rauch in Krodos Richtung. Die goldene Platte wird solange poliert, bis sich die Hälfte seines Leibs darin spiegeln kann. Offensichtlich bauen die Männer hier eine Altarstätte auf. Ein nächster kommt mit einer Schubkarre, beladen mit Buchenlaub. Das Buchenlaub wird auf das Feuer geschüttet. Der aufsteigende Qualm gibt dem weißen Götzen ein unwirkliches Dasein. Über die goldene Platte wird Öl ausgegossen. Zwei der Götzendiener versammeln sich um diese Lache und legen Steine hinein. Es muss sich um ein Ritual handeln. Neben der Altarplatte sehe ich einen kleinen Schreibtisch, auf dem ein hölzernes Kästchen steht. Karteikarten mit einem Personenregister von A bis Z. Einer der Angestellten streift wollene Ärmelschoner über seine Kittelschürze, zieht einen Füllfederhalter auf und beginnt, auf einigen der Karten Eintragungen zu machen. Diese Akkuratesse überrascht mich. Wer wird hier erwartet.

In der Kleiderkammer ist es still, ich bin mit den abgelegten Schürzen und Sandalen allein. Plötzlich ein Geräusch. Ehe ich mich verstecken kann, steht vor mir ein Mann, das muss ein Wächter sein. Er ist größer und massiver als all die anderen Angestellten, die ich bisher gesehen habe. Sein Gesicht ist von einem dunkelroten Bart fast zugewachsen, seine Augenbrauen wuchern bis zur Schläfe. Sein Haar fällt über seine Schultern. Er trägt ein graues Hemdkleid und Schnürstiefel aus Filz. Ein dumpfer Schlag auf meinen Hinterkopf. Aus der aufgeplatzten Kopfhaut sickert Blut. Ich liege auf dem Rücken und schaue von dort in das Gesicht des Schlägers. Der Wächter verdreht mir den Arm. In der Hand hält er ein Gewehr, am Kolben kleben meine Haare. Der schweigsame Wächter schleift meinen Körper über den Boden der Kleiderkammer zu einem Frisörstuhl. Auf die Armlehnen legt er ein Brett, setzt mich darauf und bindet mir einen Umhang aus Wachstuch um. Er schnappt sich meinen Kopf und drückt ihn in ein Waschbecken, dessen dunkle Risse an ein Spinnennetz erinnern. Er schraubt an einer Armatur herum. Eiskaltes Wasser schießt heraus. Im Spiegel sehe ich mein Gesicht. Der Wächter nimmt eine Schere, groß wie für eine Schafschur, und schneidet mir die Haare ab. Die Büschel fallen erst auf den Umhang, dann auf den Boden. Da liegen sie, wie aus dem Nest gefallene Vögel. Der Fußboden ist bedeckt mit Haaren. Ruppig und ungeschickt schneidet er mir Löcher in den Kopf. Ich sehe aus wie ein gerupftes Huhn. Mit einer Hand tätschelt der Wächter über meinen Kopf, als wollte er mich belohnen für die überstandene Prozedur. In der Ecke der stickigen Kammer steht ein Eisenofen, das Ofenrohr führt direkt durch das Dach hinaus. Ein Helfer kommt mit einem Handfeger und einer Kehrschaufel hinein und fegt ergeben die Haarwolle auf. Mit dem vollen Kehrblech geht er zur Ofentür und reißt sie auf. Ein loderndes Feuer, die Flammen greifen nach meinem Haar und verbrennen es im Nu zu Asche. Der Wächter wirft mir ein schmutziges Handtuch zu, mit dem ich mir vorsichtig die nasse Kopfhaut abrubbele. Räudig sehe ich aus. Die Ofentür steht immer noch auf, die daraus quellende Hitze ist unerträglich. Im Schutz des nassen Handtuches atme ich und starre auf das zusammengekehrte Haar vor dem Ofen. Übereinander liegen dort blonde Zöpfe mit Spangen darin, lockige Pferdeschwänze, glattgescheiteltes Jungenhaar, Affenschaukeln, hochgestecktes, geringeltes, zurückgekämmtes Haar. Ich bin nicht allein hier.

Mein Wächter hebt mich aus dem Stuhl, entfernt den Wachstuchumhang und gibt mir eine Kapuze aus Filz, die mein Gesicht komplett umrahmt. Ich will das nicht tragen, gewiss sind da Filzläuse drin. Er packt mich unter den Achseln und hievt mich auf eine Bank. Da stehe ich nun, ganz allein. Ohne mit der Wimper zu zucken, entkleidet mich der Wächter bis auf die nackte Haut und legt meine Sachen in einen beschrifteten Karton. Ich friere. Ich halte meine Hände vor die Scham. Der Helfer des Wächters klebt mit einem Pflaster die Wunde auf meinem Kopf zu. Er gibt mir einen Schlafanzug aus Papier, die Arme und Beine sind viel zu kurz, und die Knöpfe fehlen auch. Diesmal ist auf der linken Brust, der Herzseite, mein Name eingestickt. Mit dem kratzigen Schlafanzug und der Wunde auf dem Kopf warte ich, was weiter passiert Der Gehilfe des Wächters fragt mich, ob ich schreiben und lesen könne. Ich bejahe. Ich werde am Abend für Krodo zur Unterhaltung eingeteilt, als Spiel- und Gesprächspartner. Ich bekomme zwei Bleistifte, die ich anspitzen, und zwei Blätter, auf denen ich ein Spiel für ihn vorbereiten soll. Das ihn nicht langweilen darf. Ich weiß ja nicht, wie geschickt oder klug er ist. Mistfahren, Schiffe versenken. Ich entscheide mich für Stadt, Name, Land zum Thema Heimat. Vielleicht hat Krodo da Vorkenntnisse, geografisch und historisch. Ich bin aufgeregt, meine Haut spannt vor Furcht und Kälte. Versage ich, werde ich bestimmt getötet.

Der Wächter und sein Gehilfe bringen mich zum Platz. Immer noch hängt der riesige Leib des Götzen in den Seilen. Von den angrenzenden Tälern und Buchenwäldern zieht Abendnebel auf. Nur das Rascheln meines Papierschlafanzugs, die leisen Tritte der Filzschuhe und das Knarren der Seile ist zu hören. Ich werde auf eine Plattform gestellt und langsam an der Fassade des Gottes hochgezogen. Die Wächter ziehen mich bis auf Ohrhöhe, von hier aus soll ich mit ihm sprechen. Kurz vor seinem Trommelfell stelle ich mich ihm mit meinem Namen vor und frage ihn, ob er bereit sei, ein Spiel mit mir zu spielen. Er grunzt. Gut, wir beginnen.

Ich beschrifte die obere Blattleiste. Ich erkläre ihm, dass wir uns mit dem Finden der Oberbegriffe abwechseln. Seine Stirn legt sich in schwere Falten. Er zieht die Unterlippen über seine schlechten gelblichen Zähne. Das Wort Oberbegriff scheint ihm Schwierigkeiten zu bereiten. Sein Gehirn ist vielleicht so porös wie seine Haut. Ich lege ihm das Blatt in die Hand und drücke ihm den angespitzten Bleistift zwischen die Finger. Hier oben in luftiger Höhe ist der Anblick des Götzen weniger furchterregend. Fast findet er mein Mitleid. Ich fange an mit Fluss, jetzt du, Essen, gut, Essen, auch Trinken, ja, auch Trinken. Länder, auf der ganzen Welt. Pflanzen und Tiere aus der Heimat. Dichter, Maler, Musiker, Jäger, Tyrannen. Ja, auch Jäger und Tyrannen. Kriege. Kriege, warum Kriege. Wenn du unbedingt willst. Da haben wir ja genug. Ein ganzes Lexikon von Kriegen. Was willst du noch. Ich habe dich nicht verstanden. Du nuschelst so. Krankheiten. Bereit. Gib mal deinen Stift. Du bist so langsam. Ich helfe dir. Fünf Punkte für Gleiches, zwanzig, wenn nur einer etwas gefunden hat, zehn, wenn jeder etwas weiß. Gut.

Ich sage A, du sagst Stopp. Nicht so schnell. Erst mal muss ich mit dem Alphabet beginnen. D. Also D. Dorschleberpastete, Dornfelder, Deutschland, Dahlien, Dackel, Dolomiten, Droste-Hülshoff, Dürer, Dessau, ich schweife ab. Dreißigjähriger Krieg, Dornenkrone, Depression, Dornröschen. Stopp. Wie, du hast nichts. Zeig mal. Nur Striche. Das kann doch nicht wahr sein. Such dir einen Buchstaben aus. F willst du, gut, nehmen wir F. Fleischwurst, Fruchtwein, Franken, Frauenmantel, Fisch, Fallada, Friedrich Caspar David, Furtwängler, Folter, Freiheitskriege, Friedenskuss, Fieber und Fronleichnam. Ach Krodo. Wieder nichts geschrieben. Krodo kaut immer noch auf seiner Unterlippe herum. Mein Spiel überfordert ihn. Es treibt ihm den Schweiß auf die Stirn. Kein Wort hat er zu Papier gebracht. Er zerknüllt meinen und seinen Zettel und wirft ihn von oben herab. Ich sehe das Papier hinuntersegeln. Ich stehe in meinem dünnen Schlafanzug auf der Plattform, der Abendwind weht eisig. Die beiden Angestellten da unten machen nicht den Eindruck, als ob sie mich herunterlassen wollten. Ich ziehe an den Seilen und versuche, auf mich aufmerksam zu machen. Keine Regung. Ich blicke nach oben. Krodos Kinn ist auf die Brust gesackt. Wahrscheinlich schläft er. Zur Strafe werde ich den kalten Abend hier oben verbringen müssen. Der Wind pfeift um meine Ohren. Ich ziehe die Filzkapuze fester, aber sie reicht nicht aus, um meinen kahlen Kopf zu wärmen.

Von hier oben habe ich eine gute Aussicht über den Harz. Ich blicke über die Buchenwälder, unterbrochen von Tannen und langgezogenen Bergketten, die sich in der hereinbrechenden Dunkelheit wie die Rücken einer Elefantenherde aneinander reihen. Diese Landschaft gibt mir Trost. Am Himmel ziehen grauschwarze Nachtwolken auf, eine Handvoll Raben wirft sich in die Höhe. Ihre Schreie hallen von den Bergen wieder. Etwas aber stimmt nicht mit dieser Zone. Eine Unruhe geht von dort unten aus. Und dann sehe ich, wie eine Menschenmenge durch die Wälder zieht. Schneisen aus Menschen, die langsam die Berge erklimmen. Mit gleichmäßigen, schleppenden Schritten schieben sie sich die Berge hoch. Sie machen einen müden und bedrückten Eindruck. Ein Volk von Männern und Frauen, Kindern, Gebrechlichen, Alten und Kranken. Ein Pilgerzug von Elenden. Ich schaue in eine jede Himmelsrichtung. Aus Norden, Süden, Osten und Westen kommen sie. Begleitet wird die Menge von Tieren, die genauso verwundet und erschöpft wirken wie die Menschen. Die Menge trägt Standarten und Banner, auf die ein Zeichen gemalt ist. Ein Blutstropfen, der in die Hand eines Kindes fällt, dessen Kopf von einer Krone umkränzt ist.

Dieser Prozession voran schreiten ein Junge und ein Mädchen. Hinter ihnen gehen die Not, die Pein, der Hunger, das Elend, die Krankheit. Die Haare des Mädchens sind zu blonden Zöpfen geflochten, der Junge hat einen Scheitel. Sie tragen Schüsseln mit dampfendem Brei in den Händen. Eine Opfergabe. Sie passen auf, dass er nicht überschwappt. Das heranziehende Volk versammelt sich vor den vier Eingängen. Die Wächter sind erwacht. Aus den Höhlen treten sie in Zweierreihen an. Im Laufschritt bewegen sie sich zu den Toren. Vor dem Zaun, auf dem inneren Gelände, nehmen sie Aufstellung. Wo kommen plötzlich die Hunde her. Schäferhunde. Ihre Zungen hecheln. Sie blecken ihre Zähne, das Nackenfell ist aufgestellt. Was wollen die Menschen hier. Sehen sie nicht, dass dies ein todbringendes Gelände ist. Durch die vier Eingänge wird jeweils ein Mensch eingelassen. Das scheinen Vertreter des Volks zu sein. Plötzlich beginnt meine Plattform zu kippen, die Wächter lassen mich herab.

Wieder auf der Erde angekommen, werde ich von ihnen zugeteilt. Sie heften ein Schild an meinen Schlafanzug. Darauf steht ›Abteilung Kindernacht‹. Fieberhaft überlege ich, was das zu bedeuten hat: Kindernacht. Märchen vorlesen. Schlafanzug anziehen. Kämmen. Bürsten. Zähne putzen. Zu Bett bringen. Das alles kann ich. Habe ich bei meinen kleinen Brüdern schon gemacht, wenn meine Eltern ins Gehege tanzen gingen. Aber es sieht nicht so aus, als ob hier jemand tanzen ginge. Die Menschenmenge schiebt sich immer näher an den Zaun. Der Zaun ist aus Draht geflochten und zieht sich um das ganze Gelände. Krodo, der bisher reglos in den Seilen hing, erwacht. Ein Raunen geht durch die Menge. Die Seile, mit denen Krodo gehalten wurde, werden gelöst. Der Koloss bewegt sich. Er gähnt. Ein zweites Raunen. Um Krodos Leib herum werden Schalen mit Feuer aufgestellt. Die vier Vertreter, die hereingelassen wurden, tragen jeder eine Aktentasche. Von zwei Wächtern werden sie zu dem kleinen Holztisch geleitet, nacheinander stellen sie ihre Aktentaschen auf den Tisch, öffnen die Schlösser und holen beschriebene Listen heraus. Der Schreibgötzendiener nimmt den Füllfederhalter und beginnt, die Namen, die auf der Liste stehen, in das Personenregister von A bis Z zu übertragen. Ich sehe, dass die Vertreter für die übertragenen Namen Geld, Urkunden und Medizin erhalten, diese Tauschgüter lassen sie schnell in ihren Aktentaschen verschwinden. Der Schreibdiener hat tintenblaue Finger von den Eintragungen. Die Menge drängt die in der ersten Reihe Stehenden gegen die Umzäunung. Die Hunde beginnen zu bellen. Krodo schlägt in die Hände. Das Klatschen lässt alle erstarren. Selbst der Nebel bleibt reglos hängen. In dieser Stille steigt der Schreibgötzendiener auf einen Holzblock. Er wird mit klarer Stimme die Namen verlesen.

Die Tore werden geöffnet. Zuerst fällt ein Jungenname. Ein Junge, wie für einen Ausflug feingemacht, hält sich an den Händen von Mutter und Vater fest. Sie starren mit zusammengebissenen Lippen in Krodos Richtung. Der Junge schaut zu seinen Eltern. Sie wenden den Kopf ab. Ein Wächter kommt, löst die Hände des Jungen aus denen der Eltern, und trägt ihn auf dem Arm in Krodos Revier. Die Mutter beginnt zu weinen und zu klagen. Der Vater hält ihr den Mund zu. Der Junge ist der erste in einer Reihe, die unaufhörlich wächst. Name für Name wird aufgerufen. Der Wind auf dem unheimlichen Berg treibt die Namen wie abgerissene Fetzen vor sich her. Sie verlieren ihre Bedeutung. Die Kinder sind still, sie betrachten mit entsetzten Augen die Szenerie. Sie klagen und weinen nicht. Sie gehen lautlos in die Hände des Götzen über. Auf ihren Gesichtern flackert der Schein der Feuer. In Zweierreihen stellen sich die Kinder auf. Die Disziplin, mit der das geschieht, ist beängstigend. Eine Ordnung im Leid noch. Die Kinder halten Papiere in den Händen. Eng beschriebene Zettel mit den Forderungen ihrer Mütter und Väter. Der Wächter sammelt die Papiere ein. Sie werden nach unterschiedlichen Leidkategorien auf Zettelhalter aufgespießt. Es versammeln sich Krankheit, Tod, Einsamkeit, Hunger, Verlust, Katastrophe. Auf den Zetteln steht geschrieben: Mein Haus ist abgebrannt, nur noch schwarze Asche, wo vorher mein Haus stand, Krodo, gib mir mein Haus wieder. Mein Mann ist tot, Krodo gib mir meinen Mann wieder. Meine Herde ist erkrankt, Krodo, gib mir meine Herde wieder. Meine Saat ist vertrocknet, Krodo, mach meine Felder wieder fruchtbar.

Jedem Wunsch wird ein Kind geopfert. Sie lassen den Götzen ihre Söhne und Töchter fressen. Sie bringen ihre Kinder, damit der Götze ihre Wünsche und Fürbitten erfüllt Der Hunger des Riesen ist unersättlich. Er wird all diese kleinen Menschen verspeisen, damit die Eltern weiterleben können. Sorglos. Darum ist Krodo so weiß und so fett, weil er sich von Kinderleibern nährt. Mein Dienst heißt Kindernacht, weil ich die Ahnungslosen auf ihren

Tod vorbereiten muss. Ich stehe hier in meinem papiernen Schlafanzug, wie ein Vorbote des Unglücks. Die Filzkappe kratzt, und die Eltern denken bestimmt, ich gehöre zu den Wächtern. Ein kleiner, zum Töten erzogener Kinderwächter. Was für ein Irrtum.

Vor dem Eingang wird es unruhig. Was ist da los. Ich erkenne die vier Kinder auf dem Foto von Ernst. Die beiden Brüder sitzen, sorgfältig angezogen, mit Mütze und Handschuhen ausgestattet auf einem Schlitten, in der Hand die Tüte mit dem Brot für die Schwäne. Die beiden Schwestern ziehen den Schlitten. Die Ältere von ihnen trägt ein dunkles Wollkostüm mit Edelweißblüten und Trachtenknöpfen und eine weiße Wollmütze, die jüngere eine Art Steppmantel. Sie hat ihre Hände tief in die Taschen gegraben. Jetzt erkenne ich neben dem Schlitten Ernst. Hier begann also seine Geschichte. Er ist der Vater dieser Kinder und hat die Hände fest um ihre Schultern gelegt. Die Winterkinder mit dem Schneeschlitten sehen aus wie die Insassen einer Schneekugel. Ein Familienidyll, nur die Mutter fehlt. Der Vater, Ernst, hat ein Papier in der Hand, er übergibt es seiner ältesten Tochter. Gib mir bitte meine Frau zurück. Ich will sie wiederhaben. Dein Ernst. Ich bin verzweifelt. Jetzt werden die Namen der vier Geschwister aufgerufen. Die vier Geschwister ziehen die Köpfe ein und halten sich an den Händen. Sie drängen sich an ihren Vater. Er soll sie nicht hergeben, er soll sie nicht im Stich lassen. Er soll fliehen von diesem Ort. Sie reißen den Schlitten zurück und versuchen, die dicht stehende Menschenmenge bergab und zur Seite zu stoßen. Weg hier. Von diesem unheilvollen Ort. Die Menschen wollen sie nicht durchlassen. Die Kinder stoßen die Kufen des Schlittens in die Menschenmenge.

Der Schäferhund zieht an meinem Schuh, er schlägt seine Zähne in meine Hose. Er zieht mich vom Schlitten. Er trägt ein Lederband um seinen kläffenden Hals. Darauf ein Totenkopf. Jetzt weiß ich, wessen Höllentier das ist. Papa versucht, uns mit Kraft durch die Menge zu schieben. Ein Wächter zielt mit einer Schlinge aus Leder, die er wie ein Lasso wirft, nach dem Hals meines Vaters. Ich sehe, wie das Band in seine Haut einschneidet. Er verliert den Halt und stürzt in den Schnee. Er hat sich die Schläfe aufgeschlagen. Eine Wunde. Blut tropft in den Schnee. Papa, ich helfe dir auf. Weg da. Ich kann ihm gerade noch das Foto zustecken. Er klammert seine Faust darum. Dann wird er fortgezogen. Ein Schrei, der mich frieren lässt, dringt aus seiner Kehle Wie der eines auf ewig verwundeten Tieres. Der Schrei meines Vaters lässt die Nachtwolkendecke ein Stück tiefer stürzen. Der Schrei meines Vaters lässt die Erde unter meinen Füßen beben. Die Adler, Raben, Bussarde und Eichelhäher schwingen sich von den knochendürren Wipfeln der Bäume und fallen mit ein. Das Echo hallt von den Bergwänden. Die Wächter packen meinen Vater, reißen ihn hoch und stellen ihn zur Abschreckung auf einen Stuhl. Die Augen der Umstehenden sind nun auf meinen Vater gerichtet. Sein Mund steht offen. Noch ein Schrei. Ich versuche, ihn mit meinen Blicken, meiner Stimme zum Schweigen zu bringen. Einer der Wächter zieht aus seiner Hosentasche ein Etui mit Nähzeug. Sorgfältig vernäht er den Mund meines Vaters.

LEERE

Das Trümmerfeld ist schwarz. Soweit das Auge reicht eine Fläche aus Stein, Schutt und Asche. Die Horizontlinie ein grauer Strich, der Himmel eine schwere Wand, die auf ihm liegt, Gott muss sie mit einer Hand nach oben stemmen, sonst bekommt er keine Luft. Wie soll hier jemals eine Pflanze gedeihen. Wie soll hier ein Baum seine Wurzeln schlagen, ein Biene ihre Blüte finden oder ein Igel einen Apfel. Aus dem zerstörten Boden ragen Ruinen. Gott und die Geistin müssen mit der Saat beginnen, es bleibt ja nur dieser eine Tag, und bevor die Nacht anbricht, müssen sie fertig sein. Gott stützt sich auf den Turm der St. Nikolai-kirche, der aus der Erde ragt. Er ist skeptisch, er versteht die Welt nicht mehr, obwohl er mit ihrer Erschaffung doch gerade erst begonnen hat. Mit der Hand fährt er in die Erde, fruchtbar ist sie nicht. Voller Wunden und tiefer Krater. Die Geistin schaufelt mit den Händen das Mühl-grabenbett frei. Unter der eingestürzten Stadtmauer schreit ein Tier. Gott zieht es, ein Lämmchen, behutsam heraus, es blutet. Er setzt es auf seinen Handteller und reinigt ihm mit dem Wasser aus dem Mühlgraben das Fell. Er gibt ihm zu trinken. Das muss ein letztes überlebendes Tier aus der Schlacht- und Viehhofanlage sein. Gott gibt dem Lämm-chen einen Gefährten, so allein kann es hier nicht auf der Welt bleiben. In einer Mulde, mit dem Kopf gegen den Wind, hockt ein Feldhase. Er ist ein Einzelgänger. Er ist schon einmal um sein Leben gerannt und ein Meister der Tarnung. Gott lockt ihn mit ein wenig Kohl. Der Hase kommt aus seiner Deckung und springt mit dem Lämm-chen über die Kutteltreppe davon.

POLIKLINIK

Das Zimmer von meiner Schwester und mir ist unter dem Dach. In Bademänteln und Hausschuhen gehen wir durch das Treppenhaus, in der Hoffnung, dass uns keiner sieht. Wir schließen die Tür zur Bodenkammer auf. Es ist immer etwas unheimlich, man kann nie bis zum Ende des Ganges sehen. Die Treppe zum Wäscheboden, an deren Ende eine schwere Luke ist, liegt im Dunkeln. Der Schein der Lampe reicht da nicht hin. Und da oben soll sich jemand erhängt haben. Und wenn sein Geist nun herunterkommt und an mir vorbeiläuft. Durch die Wand dringen Stimmen. Ein Ätherrauschen aus der ganzen Welt. Unser Nachbar ist Amateurfunker. Sein Funkerzimmer liegt neben unserem Mädchenzimmer. Wir hören Funker aus der ganzen Welt in einem einzigen Stimmengewirr durch unsere Wand sprechen. So schlafen wir in einem Kosmos von Botschaften, die kreuz und quer über den Erdball jagen, ein. Ich nehme die Sprachen der Welt in meinen Schlaf.

In der Nacht erwache ich von meinem Schrei. Etwas hat meinen Körper in Nierenhöhe in den Griff genommen und zerquetscht mich mit einer Zange. Mir verschlägt es den Atem. Der Schmerz ist so grell und wuchtig, dass ich glaube, er will mich umbringen. Schweiß steht auf meiner Stirn, in meinem Inneren zuckt und blitzt es. Ich liege oben im Doppelstockbett und will meine Schwester wecken. Ich versuche zu sprechen, aber ich erbreche mich. Auf das Kopfkissen meiner Schwester und auf meinen Teddybären, der vor Schreck aus dem Bett gestürzt ist.

Meine Schwester rennt aus dem Zimmer. Ich höre sie die Treppe herunter laufen. Ihre Schritte entfernen sich. Ich liege alleine in der Dunkelheit. Ich spüre, wie die Hitze in meine Poren dringt, bestimmt habe ich schon Fieberbläschen auf der Haut. Meine Organe befinden sich in Aufruhr, als wollten sie meinen Körper verlassen. Warum kommt niemand. Wenn ich jetzt sterbe, ist das die Strafe für das Schweigen. Ist das die Rache für die Schuld, dass ich die Kinder nicht gerettet, sondern zugesehen habe bei der Opferung, statt mich selbst zu opfern. Vielleicht will Gott mich töten. Ich höre das Klopfen des Schmerzes und mein eigenes Weinen. Mein Kopfkissen ist nass von Tränen. Meine Schwester bringt Mia, unsere Nachbarin von unten, mit. Sie hat einen Eimer mit warmem Wasser und einen Waschlappen dabei. Endlich, ein Erwachsener. Sie macht das Licht an. Sie klettert die Leiter zu meinem Bett hoch und wäscht mit dem Läppchen meine Stirn. Die Wasserperlen vermischen sich mit meinem Schweiß. Alles wird gut. Sie knöpft meine Schlafanzugjacke auf. Ihre kühle Hand tastet nach der Ursache meines Schmerzes. Sie findet nichts. Es wird nur noch schlimmer. Mia sagt tröstliche Worte zu mir. Mama, Papa, wo seid ihr. Warum lassen sie mich in dieser Nacht allein. Mama, Papa kommt schnell, es tut so weh. Mia ruft einen Krankenwagen. Ich schreie jetzt so laut, dass ich die anderen Nachbarn wecke. Tante Karin und Onkel Erwin sind auch schon da. Alle versammeln sich in meinem Zimmer. Sie legen mir die Hände auf die Stirn. Ihre kühlen Handflächen wechseln sich ab.

Es dauert eine Ewigkeit. Eine Notärztin durchbricht die Kette meiner Helfer. Sie trägt einen weißen, schief zugeknöpften Kittel. Ich weiche in meinem Bett bis an die Kante zurück. Ich bin ihr ausgeliefert. Sie klappt ihren Werkzeugkoffer auf. Metallische Geräte. Hämmer, Zangen, Pinzetten, Verbandszeug, Fläschchen mit giftigen Flüssigkeiten, Tabletten und Spritzen. Ich mag diese Frau nicht. Das Blaulicht des Krankenwagens irrlichtert durch das Fenster Die Notärztin boxt mir mit ihren knöchernen Fäusten in die Nieren. Sie fragt, ob das weh tut. Es tut so weh, dass ich kurz das Bewusstsein verliere. Ich sinke in ein schwarzes All. Ich erwache. Die Ärztin hat eine Spritze aufgezogen, die sie mir vor den Augen der Nachbarn gibt, um die Schmerzen zu lindern. Endlich kommen meine Eltern. Sie sehen so festlich aus, als wären sie aus einer Oper direkt zu mir ans Bett getreten. Mama riecht gut und trägt eine Perlenkette, Papa einen Schlips. Ich strecke die Arme aus. Sie sind gekommen, um mich zu retten. Ich weine Tränen auf das Brokatkleid meiner Mama und bin so froh, dass sie da ist. Die Notärztin sagt Nierenkolik. Das klingt wie eine seltene Vogelart. Kolik. Kolibri. Jetzt fällt mir auch ein Sprichwort ein. Das geht mir an die Nieren. Morgen soll ich in die Poliklinik. Gleich früh. Zum Röntgen.

Vielleicht sind die Schmerzen eine Rückwirkung der Wanderung. Irgendwo muss das Grauen ja hingewandert sein. Da ist es in meinen Körper gewandert. In meinem Traum stehe ich im Korridor der Schule. Die Notärztin hält einen Vortrag. Sie hat Folien mit Filzstift bemalt und legt sie auf einen Polylux. Das ist ein Gerät, das Bilder an die Wand wirft. Im Korridor stehen Patienten in Bademänteln. Die meisten Bademäntel sind braunblau gestreift, die Gesichter der Kranken sehen lang und gelblich aus. Ich stehe mit meinem verschmutzten Bären und dem offenen Schlafanzug zwischen ihnen. Meine Hausschuhe mit dem Fellrand sind zu klein und hinten an der Ferse heruntergetreten. Ich schiebe mich in die erste Reihe, um den medizinischen Ausführungen der Notärztin besser lauschen zu können. Ich muss mich mit den Händen an der ölfarbenen Wand abstützen. Mir ist ein bisschen taumelig. Was spricht sie denn so schnell. Sie wirft ein Bild an die Wand, das aussieht wie eine aufgeschnittene Mohnkapsel. In der Mitte sind viele Samen, eine dünne schwarze Linie führt in das Innere des Gebildes. Sie ist bezeichnet mit Gefäßknäuel. So fühle ich mich auch, wie ein Gefäßknäuel. Alles in mir ist in Unordnung geraten. Jetzt muss ich entknäult werden. Es gibt ein zuführendes und ein abführendes Blutgefäß. Ich glaube, bei mir funktioniert nur das zuführende, das abführende scheint defekt zu sein. Wie ein Korken haben sich Ereignisse angesammelt, die nicht mehr durch meine abführende Blutbahn passen. Mir wird schlecht. Die Luft hier ist nicht gut. Das Neonlicht flackert. Eine Schwester, meine Schwester, wie kommt sie hierher, bringt mir eine mit grauem Zellstoff ausgelegte Nierenschale. Ich will mich nicht mehr übergeben. Ich muss jetzt meine Innereien zusammenhalten. Die Ärztin setzt ihren Vortag fort. Die Niere, auf Griechisch nephros, das klingt viel schöner, finde ich, nach einem Schiff auf dem Meer, beim Menschen und bei Wirbeltieren Organ der Harnbereitung und der Regulation des Wasser- und Elektrolythaushalts. Die Nieren sind paarig angelegt. Das finde ich schön. Wenn die sich gut vertragen und nicht allein in meinem Körper sind. Die Nieren des Menschen liegen an der hinteren Körperwand, außerhalb der Bauchfellhöhle, links und rechts neben der Wirbelsäule. Der äußere Nierenrand ist konvex, das heißt nach außen gewölbt. So wie die Nierenschale. Die konkave Innenseite trägt den etwa in Höhe des zweiten Lendenwirbels liegenden Nierenhilus und ist durch den das Nierenbecken mit den Nierenkelchen, die Aufzweigungen der Blut- und Lymphgefäße sowie Nerven und Fettgewebe enthaltenden Nierensinus ausgehöhlt. Das klingt wie die Beschreibung einer Blüte auf katholischen Heiligenbildern. Kelche als Blutgefäße. Das kenne ich auch vom Leib Christi, der lässt sein Blut auch in einen Kelch fließen, den unser Dechant am Sonntag leer trinkt. Dem oberen Nierenpol liegt die Nebenniere auf. Beim Ein- und Ausatmen verschieben sich die Nieren nach unten und oben. Der Nierenoberfläche liegt eine aus derbem Bindegewebe bestehende Kapsel direkt an, außerhalb davon befindet sich eine von Bindegewebszügen durchsetzte Fettkapsel, die als Halterung dient.

Das klingt jetzt, als würde meine Niere im Fahrradschuppen von Opa Martin liegen. Dort, wo die Ersatzteile, das Flickzeug und alte Kugellager in Schmierfett warten. Unter der Kapsel befindet sich eine durch dunkelrote Pünktchen gekörnte, etwa ein Zentimeter dicke Rindenzone. Das Nierenmark besteht aus sieben bis zwanzig hellen Pyramiden mit papillenartigen Spitzen. Nierenpapillen. Spätestens jetzt muss ich an den Mittagstisch von Oma Luise denken. Es gibt Nierchen. Auch die sehen aus wie die Nierenschale in klein. Sie schmoren auf dem Herd in einem gemusterten Emailletopf. Auf der anderen Flamme kochen Kartoffeln. Von den Nierchen geht ein leicht süßlicher, stechender Geruch aus. Ich habe das Gefühl, dass Nierchen essen zu einer verbotenen, geheimen Leidenschaft gehört. Ich weiß nicht wirklich, ob die Nieren auf dem Teller, in einer braunen Soße schwimmend, von Menschen oder Tieren sind. Wie ich ja gerade gehört habe, sehen sie bei beiden gleich aus. Ich kann nicht mehr. Ich möchte aufwachen.

Der Morgen graut. Hinter dem Gehege, einem dunklen Stadtwaldstreifen vor meinem Fenster, wird der Himmel hell. Ich höre die Zorge und sehe die Leuchtziffern meines Weckers. Heute ist ein außergewöhnlicher Tag. Meine Mama geht nicht zur Arbeit. Sie geht mit mir in die Poliklinik. Wir müssen nicht in den Berufsverkehr. Ich wasche und kämme mich und suche meine schönsten Anziehsachen heraus. Wir verlassen das Haus. Meine Mama hat meinen Impfausweis und die Sozialversicherungskarte dabei. Sie nimmt mich an der Hand. Ich bin heute ihr einziges Kind. Ich werde alles langsam machen und diesen Festtag ins Unendliche hinauszögern. Es ist still draußen. Die Werktätigen sind schon in den Fabriken, die Kinder in der Schule. Nur alte Menschen und Kranke sind am helllichten Morgen anzutreffen. Meine Mama muss mich stützen. Mein Schmerz lässt mich nur kleine Schritte machen. Auf der Brücke bleiben wir stehen. Ich muss langsam ein- und ausatmen. Die Kolik hat sich in meinen Nieren festgebissen. Das Wasser der Zorge, das ich durch die Ritze der Brückenhölzer sehe, braust auf. Nur ein Stöckchen hineinwerfen und zusehen, wie es davon treibt.

An der Behringstraße warten wir auf die Straßenbahn. Sie ist das farbigste Fahrzeug in der ganzen Stadt. Wir werfen unser Geld in die Box und ziehen an einem Hebel. So bekommen wir einen kleinen grauen Schnipsel, den ich fest in meiner Hand halte. Die Umgebung da draußen verträgt sich mit meinen Schmerzen. Die Straßenbahn fährt die Leninallee herunter, bis zum Kaufhaus Magnet. Wir kommen am Städtischen Schwimmbad vorbei. Da schwimmen wahrscheinlich meine Klassenkameraden um ihr Leben. Hinter dem Schwimmbad kommt das Straßenbahndepot, in dem viele Straßenbahnen stehen und auf ihre Reparatur warten, daneben ist die Sparkasse, in die man die Sparbücher trägt. Dort ist das Licht immer grell, und blasse Mädchen in Strickpullovern sitzen hinter Glas. Es folgt der Schachtbau, eine große ziegelrote Fabrik mit einem Pförtner, einem Betriebsarzt, einem Speisesaal und vielen Gebäuden, in denen über Berge nachgedacht und gerechnet wird. Und es gibt Werkhallen für all die Werkzeuge, die man im Bergbau braucht. Unsere Straßenbahn fährt vorbei, ich winke meinem Papa zu, der irgendwo hinter den Fenstern sitzt. An der Kreuzung bleibt die Straßenbahn stehen. Sie fährt dann vorbei am RFT, da werden Radios und Telefonhörer produziert. In all den Fabriken sind um diese Zeit die Arbeiter. Darum ist die Straßenbahn auch so leer. Wir steigen aus und laufen bis zur Poliklinik in der Bahnhofsstraße.

In der Eingangshalle stehen Kinderwagen, Babywagen und Sportwagen. Sind denn alle Kinder krank in der Stadt. Es riecht nach Desinfektionsmitteln. Wir müssen uns an einer Schlange anstellen. Hinter einem kleinen Holzfenster steht eine Krankenschwester, die unsere Papiere entgegennimmt und in einen Wandschrank mit hängenden Akten einsortiert. Hinter jedem Buchstaben hängen Menschen mit Krankheiten. Im Wartezimmer spielen Kinder auf dem Fußboden. Es ist bedrückend hier. Die Mütter sehen auch aus wie Kinder. Wird es denn nie richtig hell in diesem Land, hinter den Dederongardinen. Viele Menschen werden aufgerufen, nur wir nicht. Ich nutze die Zeit und schmiege mich an meine Mama. Ich weiß, dass sie eigentlich viel zu tun hätte. Und nun muss sie hier mit mir in der Poliklinik sitzen. Das nächste Mal gehe ich allein. Endlich werden wir aufgerufen und dürfen in den Vorbereitungsraum. In diesem Raum werden die schreienden Babys ausgezogen und gewogen. Dazu werden sie auf eiskalte Metallschalen gelegt. Frau Doktor Laurin meine Kinderärztin, ruft mich auf. Ich bin stolz, dass sie mich kennt. Meine Ohren, meinen Hals, meinen Körper. Sie hat alle wichtigen Daten meines Wachstums auf einer Karteikarte vermerkt. Wenn ich mal verloren gehe, kann man mich mit diesen Eckkoordinaten meiner Existenz, die bei ihr auf dem Schreibtisch liegen, wiederfinden. Ich muss mich neben den weinenden Babys bis auf Hemd und Schlüpfer ausziehen. Meine Sachen zu einem Päckchen zusammenfalten und es auf eine Wachstuchablage legen. Auf dem Wachstuch sind, unbeeindruckt von dieser kalten Umgebung, lachende Seehunde, die einen bunten Wasserball auf ihrer Schnauze balancieren. Sie tummeln sich zu Hunderten auf der Ablage. Ich stehe auf der Schwelle. Niemals sieht mich meine Kinderärztin in Kleidern, immer nur in Unterwäsche. Ich muss auch das Unterhemd ausziehen. Sie hört mich ab. Das Stethoskop ist kalt. Ich bekomme Gänsehaut. Sie hört mein Herz schlagen. Ich sehe es an ihrem konzentrierten Gesicht. Ich muss mich auf eine Liege legen, sie betastet mich mit ihren prüfenden Händen. Nach der Untersuchung schickt sie mich ins Labor, für eine Urinprobe und zum Röntgen. In einer Toilette, die nach Wofasept riecht, muss ich das mitgegebene Glasfläschchen füllen. Mein Glas wird beschriftet und in einer Luke abgegeben. Ich gehe mit meiner Mama durch einen halbdunklen Gang zur Röntgenabteilung. Das Land spart Strom. Immer dieses Halbdunkel hier. Gibt es keine Glühbirnen mit strahlendem Licht.

Im Röntgenraum muss ich mich auf eine Liege liegen. Ich ahne nichts Böses. Ein großer Fotoapparat über mir fährt, von unbekannter Hand gesteuert, auf meinen Bauch zu. Eine Röntgenschwester tritt an meinen Arm heran. Sie hat eine Spritze in der Hand. Will sie mich bestrafen, will sie mir eine tödliche Injektion geben. Ich schreie auf. Ich will hier weg. Mit einer Lederschlaufe wird mein Oberarm auf der wächsernen Liege festgeschnallt. Meine Mama wird Zeugin dieser Misshandlung. Die Röntgenschwester muss mir ein Kontrastmittel spritzen, damit sie meine Nieren sehen kann. Sie ist wütend, weil ich so laut weine. Sie sticht die Spritze in meinen Arm, die weiße Flüssigkeit verschwindet in meinem Körper. Ich muss brechen. Schon wieder kommt die Nierenschale mit Zellstoff. Kurze Zeit darauf schauen wir uns das Röntgenbild an. Die Nieren liegen entzündet in ihrem Becken. Die Abbildung meiner Organe überrascht mich. Von innen hatte ich mich noch gar nicht gesehen. Mit einem großen Umschlag gehen wir wieder zurück zu Frau Doktor Laurin. Ich werde für sechs Wochen krankgeschrieben. Bettruhe wird mir verordnet. Frau Dr. Laurin streichelt mir über die Wange. Sie will mich in einer Woche wiedersehen. Wir gehen durch den halbdunklen Korridor nach draußen. Wir lassen die schreienden und kranken Kinder hinter uns. Die Steinstufen, auf denen die hochrädrigen Kinderwagen stehen, sind glatt und sehen aus wie schmutziger Regen. In dieser Vorhalle spüre ich eine tiefe Traurigkeit über unser schmutziges

Land. Ich glaube, die Kinder sind krank, weil sie keine Farben sehen. Wenn man ihnen mehr leuchtendes Gelb, Rot und Blau gäbe, wären sie gesünder. Alles erscheint mir so vorbestimmt. Wenn die Babys aus dem Sportwagen groß sind, werden auch sie ihre Babys wieder in einen Sportwagen setzen und zur Poliklinik schieben. Vielleicht sind die Krankenakten ja noch da, und es müssen nur die Vor- und Zunamen ausgetauscht werden. Wir gehen bis zur Kreuzung. An der Ecke ist ein Spielwarengeschäft. Weil ich so tapfer war, darf ich mir eine Puppe aussuchen. Sie steckt in einem durchsichtigen Karton und trägt einen hellblauweiß gemusterten Schlafanzug.

Das ist wirklich ein ganz ungewöhnlicher Tag. Ein solches Geschenk, für mich ganz allein. Obwohl gar nicht Ostern ist, noch Weihnachten. Ich nehme meine Puppe vorsichtig auf den Arm und gebe ihr einen Namen. Ich setze sie in der Straßenbahn auf meinen Schoß und zeige ihr meine Umgebung. Jetzt können wir uns ja ein Stück Welt teilen. Zu Hause angekommen, muss ich mich ins Bett legen, noch vor dem Mittagessen. Meine Mama zieht die Vorhänge zu. Große Schilfblätter und Schilfblumen sind auf den Stoff gedruckt. Das Zimmer taucht in ein dunkles Grün. Meine Nieren tun weh und meine Blase auch. Da haben sich all die Bakterien und Fremdkörper eingenistet. Die von meinen Nieren gereinigt werden müssen. Diese Infektion habe ich mir in der Welt des grausamen Götzen Krodo eingefangen. Das Zimmer liegt in einem Schattenreich. Hier findet mich keiner. Ich muss nicht mehr aufstehen, nicht in die Schule gehen, nicht in die Kaufhalle, nicht zum Akkordeonunterricht. Ich kann mich zusammen mit meiner Puppe tot stellen, bis die Genesung kommt und mich wieder zurück ins Leben holt. Meine Lider werden schwer. Die dunkelgrünen Blüten der Vorhänge legen sich auf meine Augen. In meinem Kopf geht ein Fieber umher. Meine Stirn ist heiß.

Die Bilder verschwimmen. Schwäne mit gerupften Hälsen und verrenkten Flügeln schwimmen im trägen Wasser auf dem Ententeich. Ich stehe am Gatter, nur mit Hausschuhen und Schlafanzug bekleidet. Es ist kurz vor sechs. Die Kirchenglocken läuten. Ich füttere die Schwäne mit dem harten Brot aus unserem Brotbeutel. Sie schnappen mit ihren Schnäbeln nach mir.

WÄLDER

Gott betrachtet die Erde, mit den fünf Fingern seiner rechten Hand zieht er Furche für Furche. Er ruft die Geistin, sie müssen das Paradiesfeld bestellen. Auf den Fundamenten der verglühten Stadt säen sie ihre Saat und bestellen das Land. Zwischen Pferdemarkt und Hagen beginnen sie mit der Aussaat der Bachweide, dort, wo einst die Synagoge stand. Gott und die Geistin küssen die Erde und bitten um Verzeihung für den Mord, sie streichen die Asche von der Mesusa und legen sie neben den Samen. Hand in Hand steigen sie über die Trümmer. Sie verstreuen die Samen der Zypressenwolfsmilch am Klosterhof. Zwischen dem Petersberg und der Morgenröte setzen sie die blaugrüne Mosaikjungfer aus, die Libelle flattert ein wenig verstört mit den Flügeln und macht sich dann auf den Weg. An der Wolfsgrube, dem Pfingstweg und der Osterstraße erschaffen Gott und die Geistin eine Schmetterlingskolonie, sie benennen den Kaisermantel, das Schachbrett, das Landkärtchen, den Braunen Bär und, zur Freude der Geistin, das Federgeistchen. Behände springen sie von Krater zu Krater, ihre Füße haben Brandwunden, ihre Arme und Beine sind zerschürft. Sie wissen in dieser Steinwüste nicht mehr, wo die Himmelsrichtungen sind. Am Kohnstein setzen sie Leberblümchen und Teppiche von Anemonen unter die noch unbelaubten Buchenhochwälder, in die finsteren Täler Waldziest, Hexenkraut und Schattenblümchen. Eine Harlekinspinne, die in alle vier Richtungen schaut, zieht ihren Faden bis zur Rosengasse. Duftendes gelbes Labkraut pflanzen sie dorthin, wo einst die Jacobikirche stand. Am Primariusgraben setzen sie eine Haselmaus aus, die dort kurz verharrt, bevor sie in ein Kellerloch springt.

TOTENBERG

Mein Nachtdienst beginnt. Die Kinder stehen in Zweierreihen vor mir und schauen mich an. Die Wächter bringen Ernst in eines der Bergwerke. Andere stellen sich
mit Gewehren und Stöcken bewaffnet an den Toren auf.
Mir haben sie eine Art Bedienungsanleitung dagelassen,
die genau auflistet, was ich mit den Kindern machen soll.
Erst einmal durchzählen. Es sind einhundertsechzig Kinder. Halb Mädchen, halb Jungen. Ich trage die Zahl in
die dafür vorgesehene Tabelle ein. Die Sterne scheinen
kalt auf uns herab. Unser Zug bewegt sich Richtung Kleiderkammer. Die Kinder sollen sich ausziehen. Für jedes
Kleidungsstück stehen dort große Pappkartons, auf denen Symbole aufgemalt sind. Im Kindergarten waren es
ein Fliegenpilz, ein Regenschirm oder eine Sonne, hier
sind es Schuhe, Hose, Jacke, Kleid, die Unterwäsche. Die
Kinder stellen sich in eine Reihe und legen, am ganzen
Körper zitternd, ihre Kleidungsstücke in die dafür vorge-
sehenen Kartons. Die älteren helfen den jüngeren. Binden ihnen die Schuhe auf und öffnen Reißverschlüsse,
Haken und Ösen und verknotete Schleifen. Wie soll ich
ihnen nur Mut machen. Wie kann ich verhindern, dass
sie morgen zum Wohl des Landes verspeist werden. Die
Wächter stehen grimmig an den Feuern und starren auf
die frierenden Leiber der Kinder. Ich gebe ihnen die papiernen Schlafanzüge, dazu die Filzkappen. Bevor sie
die neue Kleidung anziehen dürfen, müssen sie noch in
den Waschraum. Es gibt einen Waschraum für die Jungen und einen für die Mädchen. Gleich neben der Kleiderkammer. Im Waschraum steht ein Brunnen aus rotem
Granitgestein. Aus der mittleren Säule des Brunnens ragen ein Dutzend rostige Wasserhähne, aus denen eiskaltes Wasser in ein darunterliegendes Becken läuft. An

jedem Brunnen sind an einer Kordel ein Stück Kernseife und ein Schwamm befestigt. Die Spiegel im Waschraum sind abmontiert. Die Mädchen und Jungen müssen sich jeweils zwei Handtücher teilen, die aussehen wie die Putztücher für Krodos Riesenleib.

Ein Wächter tritt in den Waschraum. Er zieht einen Schlauch hinter sich her. Eisiges Wasser ergießt sich auf die Köpfe der Kinder. Sie werden mit dem eisigen Wasserstrahl gereinigt. Die nassen Haare hängen an ihnen herunter. Der Wächter hat eine Bürste in der Hand, die Kinder drängen sich in die Ecke und versuchen, ihre Blöße mit den Händen zu bedecken. Der Wächter greift sich eines der Kinder. Ein Mädchen mit rotem Haar und Sommersprossen, höchstens sieben Jahre alt. Der Wächter greift ihr ins Haar, wickelt es um sein Handgelenk und drückt ihren Nacken nach unten. Er fasst das Mädchen unter den Achseln und stellt es in das steinerne Becken. Er taucht die Bürste aus Wurzelholz in das eisig kalte Wasser. Er reißt den Arm des Mädchens nach oben und beginnt mit der Bürste, von ihrer Achselhöhle bis zu den Knöcheln abwärts zu bürsten. So wütend arbeitet er an dem dünnhäutigen Körper des Mädchens, dass sich seine Haut rot färbt. Es weint still. Der Wächter demonstriert noch immer an ihm, bürstend und immer kräftiger schrubbend, was er unter Sauberkeit versteht. Er lässt das zusammengekauerte Kind im Becken zurück. Wir treten an das Mädchen heran, reiben unsere Hände, um sie zu wärmen, und legen sie auf den verschreckten Körper. Unter den Rippen und am Schambein hat das Mädchen blutige Schürfwunden von der Grausamkeit dieser Waschung. Wir streicheln es. Ich helfe den Kindern in die Schlafanzüge hinein. Ich binde ihnen die Filzkappen zu. Ich gebe den Kindern Papier und Stift herum und bitte sie, einen Wunsch aufzuschreiben. Wer nicht schreiben kann, soll ihn malen. Ich werde die Wünsche in ein Konservenglas legen und aufbewahren. Ich sammle die Zettel ein und lese. Milchreis mit Himbeeren, ein weißes Schaf, ein Paar Schlittschuhe. Schwimmen lernen, ein neues Fahrrad, bei Mama und Papa in der Mitte schlafen. Diese Wünsche werden an diesem grausamen Ort nicht in Erfüllung gehen. Ich werde sie mitnehmen.

Draußen wacht der gefräßige Götze mit seinem kriegerischen Personal. Die Kinder haben Hunger. Ich habe noch das Glas Honig vom Imker mit den Bienenstacheln im Gesicht und ein Stück Brot in meinem Bündel. Ich muss nur überlegen, wie ich den Honig und das Brot durch die Anzahl der hungrigen Kinder teile. Wir hatten doch ›Die wundersame Speisung‹ bei Fräulein Menge im Religionsunterricht. Ich muss mich nur konzentrieren, dann fallen mir die richtigen Worte schon ein. Die Kinder schauen mich erwartungsvoll an. Ihre Papierschlafanzüge rascheln wie vereiste Blätter. Ich erinnere das Tafelbild der Muttergottes mit der Akelei. Sie reicht dem Jesuskind einen Apfel. Sie flüstert. Jesus aber sprach zu seinen Jüngern: Gebt ihnen zu essen. Sie sprachen: Wir haben nicht mehr als fünf Brote und zwei Fische, es sei denn, dass wir hingehen sollen und Speise kaufen für dies ganze Volk. Denn es waren fast fünftausend Mann. Er aber sprach: Lasset sie sich setzen in Gruppen, je fünfzig und fünfzig. Und sie taten also und ließen alle sich lagern. Da nahm er die fünf Brote und zwei Fische und sah auf gen Himmel und dankte dafür, brach sie und gab sie den Jüngern, dass sie dem Volk vorlegten. Und sie aßen und wurden alle satt.

Ich knote mein Bündel auf. Da liegt noch das Stück Brot aus meiner Heimatstadt. Das soll ich nun durch hundertsechzig teilen. Als Abendmahl vor der Schlachtung. Ich falte die Hände und knie mich vor den Brotkanten. Ich lege meine Hände, wie der Dechant Waclawek, segnend über das Brot. Kein himmlisches Wunder passiert. Ich singe, ich bete, ich flehe. Nichts geschieht. Ich nehme das Brot in beide Hände und halte es an meine Lippen. Mein Brustkorb weitet sich. Das muss der Atem Gottes sein. Er pustet mit mir den Brotkanten zu einem riesigen Laib auf. Das Brot wird groß und größer. Der Brotlaib rollt den Kindern vor die Füße, jedes bricht sich ein Stück ab und schiebt es sich in den Mund. Der Honig läuft solange aus dem Glas, bis sich jedes Kind gesättigt hat.

Die Kinder lecken sich den Honig von den Mündern und essen die letzten Krümel, als die Tür aufgestoßen wird, und einer der finsteren Wächter kommt. Er wittert Ungehorsam, kann aber nichts entdecken. Die Kinder schauen zu Boden und verraten mit keiner Miene, was eben geschehen ist. Der Wächter tritt heftig gegen die Bänke und verlässt den Raum. Der Rest der Nacht gehört uns. Bis zum Morgengrauen muss ich eine Lösung gefunden haben, die uns das Überleben sichert.

Wir gehen los. Wir versuchen so leise wie möglich zu sein. Ganz leise singe ich ihnen ein Lied vor. Maria durch den Dornwald ging. Die Feuerstätten der Wächter glimmen schwach, die glühende Kohle erinnert mich an unseren Stubenofen. Im Gänsemarsch schleichen wir uns über das dunkle Gelände. Wenn ich sie alle verwandeln könnte, in einen Schwarm von Wildgänsen. Dann könnten wir uns alle in die Lüfte erheben. Wir tasten uns voran. Die kleineren unter den Kindern wimmern. Jäh ertönt eine Sirene. Ich sehe im Halbdunkel, wie einer der Wächter die an einen Baum genagelte Handsirene ankurbelt. Die Kinder werfen sich vor Schreck auf den Boden und halten sich die Ohren zu. Wir sind umstellt. Im Laufschritt stürzen die Wächter aus ihren Löchern. Es werden immer mehr, ich wusste nicht, dass Krodo eine so riesige Filzarmee um sich versammelt hat. Die grimmigen Wächter kommen vor den Kindern zu stehen. Es ist die Armee der Haarabschneider. In ihren Händen, die Spitze nach vorn, halten sie Scheren.

Papierscheren, Nagelscheren, Schneiderscheren. Rostige, spitze und stumpfe Werkzeuge zur Vernichtung einer jeden Persönlichkeit. Ich habe die Prozedur schon hinter mir und die Zöpfe und Locken brennen sehen. Die Wächter stürzen sich grob auf die Kinder. Es geht zu wie bei einer Schafschur. Einer hält, einer schert. Vor Schreck weinen die Kinder. Sie schreien nach Mama und Papa. Panik bricht aus. Sie klammern sich aneinander fest. Die Wächter reißen sich aus diesem Knäuel ein Kind nach dem anderen. Ihre Scheren schneiden das dunkelblonde Haar mit den Spangen, sie schneiden den Pferdeschwanz mit den Zopfgummis, sie schneiden die dichten Locken, die glatten, die dicken, die feinen, die langen, die kurzen Haare. Sie treten mit ihren Stiefeln auf das weiche Haar. Das Klagen der Kinder muss man bis ans Ende der Welt hören. Sie stechen ungeschickt mit ihren Scheren in die Kopfhaut. Einhundertsechzigmal. Ich sehe, wie sich einer der Wächter die schöne Samtschleife eines Mädchen in die Tasche steckt. Wir müssen uns mit dem Gesicht nach unten auf den Boden legen. Die Erde ist kalt. Wir versuchen, uns zu wärmen. Ich bin so müde. Ich möchte schlafen. Schlafen. Meine Augen fallen zu. Was hat mich so schwer gemacht. Ich kann nicht mehr wachen. Schlaf, nimm mich mit. Ich erwache von der Kälte, meine Wange klebt angefroren an der Erde. Aus den Augenwinkeln schaue ich über das Land. Über den Gipfeln liegt Nebel. Grauweißer Wattenebel. Könnten wir durch den Nebel entkommen.

Durch den wattierten Morgen schneidet das Geräusch eines elektrischen Messerschleifers. So wie die Säge am Sonnabendmorgen, die zu Hause über den Hof kreischt. Messer klappern im Nebel. Die Kinder liegen eng, fast aneinander gefroren. Tau auf ihren Lidern, die Schlafanzüge steif von der Kälte der Nacht. Die Wächter fahren einen Wagen mit dampfenden Milchkannen heran. Die Kinder richten sich schlaftrunken auf. Die Wächter schütten die

Milch in viele Tassen. Sie drücken sie den Kindern in die Hände. Die Kinder klammern sich an die Tassen und wärmen sich die klammen Finger. Auf der Oberfläche der Milch schwimmen weiße Häutchen, die den Kindern an der Unterlippe hängenbleiben. Auf einem zweiten Wagen bringen die Filzwächter Milchbrötchen. Gibt es an diesem Unort einen Bäcker. Die Kinder strecken die Hände nach den Milchbrötchen aus. Sie stopfen sie hastig in den Mund. Der Messerschleifer setzt seine Arbeit fort. Mir bleiben die Bissen im Halse stecken. Die Wächter postieren sich um die frühstückenden Kinder. Es werden immer mehr. Sie schieben uns zu einem Viereck aus Leibern zusammen. Wir verschütten unsere Milch. Sie schwappt auf unsere Papierkleidung. Wir können die Tassen nicht mehr festhalten. Unsere Zähne schlagen auf den Rand des Porzellans.

Die beiden Kinder, die an der Spitze des Zuges die Opferspeisen getragen haben, stehen neben mir. Ich erkenne sie an dem eingestickten Emblem auf dem Schlafanzug. Wer verrät mir das Auswahlsystem. Da kommt auch schon der schwarze Hund. Mit seiner nassen Schnauze nimmt er Witterung auf. Er bleibt hinter den beiden Festkindern stehen. Mit einem Biss in den Nacken nimmt er den Jungen zwischen seine Kiefer und schleift ihn vor die Wächter. Er legt ihnen die Beute vor die Füße. Läuft den gleichen Weg zurück und packt das erstarrte Mädchen am Nacken. Ihr Blick heftet sich an meinem fest. Sie klammert sich an meine Augen. In dem Augenblick, in dem die scharfen Zähne des Höllentiers in ihre Haut schlagen, übergibt sie mir ihr Leben. Ich spüre, wie ihre Seele durch die Augen in mich wandert. Ihr Körper sinkt in die Gewalt des Wächters. Der Hund bekommt einen Knochen mit Fleisch. Die Hand des Wächters krault seinen Nacken. Der Schäferhund frisst den Knochen. Wir hören ihn splittern.

Ein Kind erbricht die Milch und das Milchbrötchen auf den Schlafanzug. Ich halte ihm den Kopf. Einer der Wächter hat einen grauen Stein in seiner rechten Hand. Ein anderer nimmt das Mädchen auf. Sie hängt leblos in seinen Armen. Der Wächter mit dem Stein tritt hinzu. Mit einem kurzen Schlag trifft er den Kopf des Mädchens. Der Kopf des Kindes leistet keinen Widerstand. Wir starren auf den Stein, der sich nicht in einen Käse oder einen Vogel verwandelt. Am Stein klebt das Blut des Mädchens. Mit dem blutigen Stein schlägt er auf den Kopf des Jungen, der ebenfalls wie schlafend in den Armen des Wächters hängt. Ein doppelter Kindermord. Der Nebel lichtet sich. Auf der Richtstätte thront der Leib von Krodo. Sein Gesicht schläft noch, aus seinem Mund tropft ein Spuckefaden, der in seinen Schoß fällt. Er wird uns alle verzehren. Er gähnt. Wir können in seinen dunklen Schlund sehen. Milch und Essen werden abgeräumt. Die Wächter werfen sich die toten Kinder wie Opfertiere über die Schulter. Sie schreiten in ihren Filzstiefeln zur Richtstätte. Die Schädel der Kinder schlagen gegen die Filzmäntel. Wir starren in Richtung Krodo. Auf einen Stein wird der Junge gelegt, auf einen anderen das Mädchen. Ein Wächter in einer grauen Schürze, an seinem Gürtel verschiedene Messer, tritt heran. Er zieht die Augenlider der Kinder hoch, um ihren Tod festzustellen. Er setzt am Hinterkopf einen Schnitt von Ohr zu Ohr. Der Schnitt verläuft säuberlich. Er zieht die Kopfhaut von hinten wie eine Pudelmütze über den Schädel. Jetzt haben die Kinder kein Gesicht mehr. Mit einer Säge durchtrennt er den Knochen und klappt den Schädel auf. Er entnimmt das Gehirn und legt es in eine silberne Schale. Mit einer Art Geflügelschere durchschneidet er den Brustkorb des Mädchens. Er entnimmt fachmännisch Herz, Leber, Lunge und Magen. Das Blut fließt in ein bereitgestelltes Gefäß. Die Haut zieht er wie einen Strumpf vom Körper. Genauso verfährt er mit dem Körper des Jungen. Die inneren Organe der Kinder liegen nun in Schüsseln. Das Blut ist aufgefangen und schwappt in einer

Schale. Speisung für Krodo. Die Häute der Kinder werden achtlos auf den Boden geworfen, die Schäferhunde balgen sich darum. Wieder erbricht sich ein Kind. Die Wächter zwingen uns hinzusehen. Wir dürfen unseren Blick bei Strafe nicht abwenden.

An diesem unwirtlichen Ort der Erde ertönt Musik. Fanfaren, Trommeln und Schalmeien. Ein Spielmannszug marschiert aus einem der Höhlentore. Die können nicht nur Milchbrötchen backen und töten, die können auch musizieren und marschieren. Durch den Körper des Götzen geht ein Ruck. Seine schläfrigen Augen öffnen sich, seine Hände zucken. Eine Gruppe von Speisewächtern trägt die Opfergabe vor seine Füße. Dann wird ihm eine Schale mit Blut in die Hand gedrückt, und er trinkt sie bis zum letzten Tropfen aus. Die inneren Organe der Kinder werden zu Heilbringern im Mund des Götzen. Wie er sie zwischen seine Zähne schiebt, sie zermalmt und gierig schluckt. Nach diesem Opfer sollen die Äcker wieder fruchtbar, die Tiere prächtig, der Himmel voller Regen, die Kranken gesund, die Verrückten geheilt, die Ruinen wieder Häuser werden. Was ist das für eine Welt, in der die Eltern ihre Kinder zum Tor hinaus jagen. Sie opfern, um sich selbst zu retten. Ich hoffe, dass die Kinder in seinem Magen zu Granit werden, zu einem Gebirge, das in seinem grauenhaften Bauch wächst, damit er von innen versteinert. Krodo wischt sich mit dem Handrücken die Lippen ab. Er stößt auf. Widerlich. Seine trüben Augen blicken über uns hinweg. Die am Opferritual beteiligten Männer werden ihrer Arbeit systematisch nachgehen. Die Schäferhunde wenden sich uns zu. Totenhunde. Wieder werden sie sich ein Kind aussuchen, ihm in den Nacken beißen und es zum Richtplatz schleifen.

Erde hilf. Ich kralle meine Fingernägel in den Boden. Ich wünsche mir lange Fingernägel, wie Schaufeln. Aber meine Mama hat sie kurz geschnitten. Ich kratze mit den

Nägeln die Erde auf. Krumen und Wurzeln unter meinen Fingern. Wie ein Maulwurf scharre ich mit der Hand ein Loch in die Erdoberfläche. Warum fallen mir erst jetzt die unterirdischen Erdbewohner ein. Das Kind neben mir wird aufmerksam und gräbt heimlich mit. Wir stecken schon bis zum Handgelenk in dem Loch, das wir gegraben haben. Die Hunde umkreisen uns. Gleich werden sie zuschnappen. Meine Fingerkuppen bluten. Ich grabe weiter. Dann baumelt meine Hand im Freien. In der Höhle. Eine winzige, raue Zunge leckt mir das Blut ab, spitze Zähne knabbern an meinen Fingern. Ich ertaste meine Führerfledermaus. Ich morse ihr, dass wir uns hier in einer schrecklichen Situation befinden. Ich bitte sie um unterirdischen Beistand. Wir sterben. Mit ihrer Zunge schreibt sie mir in die Handfläche. Haltet aus. Wir kommen. Die Botschaft geht von Kind zu Kind. Stille Post. Die Hunde weichen zurück. Sie werden nervös. Sie spüren, dass sich hier etwas verändert.

Die Erde unter uns beginnt zu schwingen. Sie verändert sich. Der Boden beginnt langsam nach unten zu sinken. Noch haben die Wächter nichts bemerkt. Wir Kinder spüren, dass unsere Rettung naht. Nur eine Schicht Erde trennt uns noch vom Aufstand. Wir spüren schon die Flügelschläge der Tausende von Fledermäusen. Ihre Flughäute schlagen gegen die Erde. Ihre Kraft überträgt sich auf uns. Es gibt einen Ausweg. Die Diktatur der Filzwächter, die Macht der Schäferhunde, die blutige Gefräßigkeit des Götzen ist endlich. Wie bei einem nahenden Erdbeben zeigen sich erste Risse, kleine Gräben. Meine Hand, die immer noch in der Höhle hängt, wird von einer anderen, festen Hand gepackt und gedrückt. Es ist die Hand von Ernst. Ich werde ruhig. Kein Kind wird heute mehr gefressen. Auch er morst mir eine Botschaft in die Hand. Nicht bewegen. Nicht provozieren lassen. Wir übernehmen das Gelände. Unter uns schwillt der Lärm an.

Die Höllenhunde richten ihre Ohren auf. Dann ein ohrenbetäubender, vielstimmiger Lärm. In einem einzigen Aufbegehren brechen die Fledermäuse durch die Erde ans Tageslicht. Erde stiebt von ihren Flughäuten. Die Luft schwirrt. Die Flughunde stürzen sich auf die Wächter, auf die Höllentiere. Es gibt kein Erbarmen. Die Fledermäuse saugen sich an den Verbrechern und Kindermördern fest. Sie schlagen ihnen die Zähne ins Fleisch und saugen ihnen das Blut aus. Die Filzwächter schreien um ihr Leben. Der bärtige Wächter, der mir die Haare abgeschnitten hat, kämpft mit meiner Führerfledermaus. Die Fledermaus hat sich in seinen Hals verbissen. Sie nagt sich auf seine Gurgel zu, sie rupft an seinem Kehlkopf. Sie hat sich so verbissen, dass das Rot in Strömen aus seinem Hals läuft. Der Wächter schaut mich an, als sollte ich das Tier von seinem Hals pflücken. Ich feuere die Fledermaus an. Recht so. Soll er leiden. Soll er sterben. Er hat es verdient. Ich sehe Ernst, der seine Kinder gefunden hat. Alle drängen sich um ihn. Ernst ist nun der Vater aller Kinder. Der Schwarm der Fledermäuse hat sich schwarz über die Wächter gesenkt. Sie sind unter den unzähligen Flügeln kaum noch zu sehen. Durch das Loch in der Erde kriechen jetzt die Grottenolme. Langsam und zielstrebig. Die blinden Olme mit den verkrüppelten Zehen bewegen sich auf Krodo zu. Er hat sie hier eingesperrt, dafür soll er büßen. Wächter und Schäferhunde sind von den Fledermäusen schon so zerbissen, dass sie nicht mehr helfen können. Totalausfall. Krodo sitzt regungslos auf seinen Platz. Nackt und weiß. Ein tumber Koloss. Die Armee der Grottenolme schreitet voran. Welche Tötungsart haben die sich für Krodo vorgenommen. Ich bin gespannt. Die Olme kriechen zu den Feuerstätten. Zwischen ihre Zehen klemmen sie brennende Stöcke. Sie bohren die glühenden Enden in Krodos Fleisch, der heult auf und versucht, ihnen zu entkommen. Wohin er auch flieht, die Legionen der Olme versperren ihm den Weg. Sein Fleisch ist mit Brandlöchern übersät. Wir müssen uns die Nase zuhalten. Ernst teilt uns in vier Gruppen auf. Damit wir uns etwas ablenken von diesem Gemetzel, singt er mit uns. Der Hahn ist tot, der Hahn ist tot. Der Hahn ist tot. Der Hahn ist tot, der Hahn ist tot. Kockokockokockokockodikockoda. Der Hahn ist tot. Der Hahn ist tot. Erst einstimmig. Dann vierstimmig. Wir haben gar keine andere Wahl, als mit einzustimmen.

Singend schauen wir den letzten Zuckungen von Krodo zu. Sein Reich löst sich auf. Seine Macht ist gestürzt. Die Fledermäuse und Olme schleifen alle Hunde, Wächter und den Riesengötzen zu einem Fleck. Dort liegen sie entstellt und ungefährlich aufeinander. Ein Totenberg. Wohin mit dem Unheil. Wie löst sich diese Bosheit auf. Die muss ja irgendwie entsorgt werden, und zwar so, dass sie keinen Schaden mehr anrichtet. Es gibt Container für Asche, Behälter für Kompost, für bösen Unrat gibt es keine Sekundärrohstoffannahmestelle. Wir stehen im Kreis, wie um ein Lagerfeuer versammelt. Die Fledermäuse, in einem dichten Schwarm aneinandergeklebt, fiepen in höchsten Tönen, die Grottenolme reiben sich die blinden Augen, und lecken sich die Brandwunden, die sie sich bei Krodos Vernichtung zugezogen haben.

Niemand bewacht uns mehr. Der Wind von den Bergen ist zu hören. Die Bäume beginnen sich wieder zu regen, die Vögel beginnen zu singen. Ich brauche einen Augenblick Besinnung. Ich trete aus dem mörderischen Kreis. Wo bin ich. Ich finde das Schwanengrab wieder, mit dem alles begann. Ich habe jedes Gefühl für Zeit verloren. Einst bin ich von den Hälsen der Schwäne gestürzt. Ich schaue in den grauen Himmel. Ist es Herbst, ist es Winter. Ich werde die Toten mit Schnee bedecken, damit im Frühling mit ihm auch ihre harten Herzen schmelzen. Lieber Gott, lass es schneien. Ziehe all deine Kräfte in Gestalt einer Wolke zusammen. Bitte, lieber Gott. Ich bete ein Vater Unser, ein Gegrüßest seist Du, Maria, ich bete mein Taufgebet und das Glaubensbekenntnis. Erste Schneeflocken fallen. Ein Schneestern schmilzt auf meiner Hand. Danke, Gott. Das ging aber schnell. Du hast mich erhört. Und jetzt trag deine Schneewolke über den Totenberg und lass eine Lawine von Schnee aus dem Himmel stürzen. Ich trete wieder in den Kreis. Über unseren Köpfen türmt sich eine eisgraue Wolkenformation. Dann öffnet sich der Himmel, und mit einem ohrenbetäubenden Lärm schüttet er wie aus einem riesigen Kipplaster Schnee auf die Bosheit. Der Schneeberg wächst. Ich darf mein zweites Gebet nicht vergessen, das für die Ewigkeit. Lieber Gott, wenn es Frühling wird, verwandle all die Wächter, die Hunde und den Götzen in weiße Schneeglöckchen mit grüngefleckten Spitzen. Die Olme klettern zuerst auf den Hügel. Den Kopf voran, sich mit den Zehen abstoßend, schlittern sie eine Rutschbahn aus. In einer Reihe rutschen sie den Berg herunter. Die Kinder verlieren ihre Furcht. Sie wollen es den Grottenolmen gleichtun. Aber erst müssen wir unsere Toten begraben. Wir suchen nach den Überresten der ermordeten Kinder und falten sie sorgfältig zusammen. Wir wickeln die Haut in weiße Papierstreifen, die wir von unseren Schlafanzügen reißen. Wir suchen einen Platz für das Päckchen. Hier oben können wir die Kinder nicht begraben. Die Fledermäuse bieten uns an, die Überreste mit in die Lichtgrotte zu nehmen. Wir versammeln uns noch einmal im Kreis. Der Junge und das Mädchen liegen in der Mitte, nur noch so groß wie eine zusammengelegte Kinderstrumpfhose. Wir schweigen. Wir hören nur den Schnee fallen. Die Fledermäuse nehmen das Paket und fliegen in einer feierlichen Prozession davon. Auf Wiedersehen.

Schließlich rufen wir die Kinder, die im Schneegestöber mit den Olmen um die Wette toben. Wir müssen nach Hause. Ernst pfeift auf zwei Fingern. Das hätte ich ihm gar nicht zugetraut. Die Kinder kommen angerannt. Die Papierkleider hängen ihnen in Fetzen vom Leib. Für die Wanderung nach Hause müssen wir sie warm anziehen und ihnen zu essen geben. Wir gehen mit ihnen in die Kleiderkammer. Dort stehen noch die Pappkartons. Wir können die Sachen unmöglich auseinanderhalten. Wir stellen alle Schuhe, die wir finden, in eine Reihe, legen alle Hosen, Jacken, Pullover, Westover, Blusen, Strumpf-hosen, Söckchen, Hemden und Schlüpfer in eine Reihe. Jeder darf sich nehmen, was ihm gefällt. Die nassen Papierschlafanzüge stopfen wir in einen Sack, den wir fest verschnüren. Die Kinder stürzen sich auf die warme Kleidung. Mir fällt etwas Wichtiges ein, das Glas mit den eingesammelten Wünschen. Die muss ich doch zurückgeben. Ich stelle mich auf einen Tisch, die Kinder werden ruhig. Ich rufe ihre Wünsche in den Raum. Die Wünsche erkennen ihre Besitzer wieder, und die Zettel wandern in die richtigen Hände, die sich um den zurückgekehrten Traum schließen. So sieht die Welt schon wieder etwas heller aus. Jetzt müssen wir nur noch etwas finden, um die frierenden Köpfe der Kinder zu bedecken. Ernst und ich haben eine Idee. Die Felle, die auf den Regalen im Tierstollen liegen, sind unsere Rettung. Aus diesen Fellen werden wir Wandermützen fertigen. Wir nehmen die Kinder mit in den Stollen. Sie spielen. Wir klettern auf die Regale, mit Schere, Nadel und Faden. Ernst schneidet zu, ich umsäume die Fellstücke und falte sie zu einer dreieckartigen Kapuze. Wir arbeiten im Akkord. Nach kurzer Zeit haben wir schon eine Menge wärmender Kopfbedeckungen geschaffen. Wir schauen von oben auf die ausgelassenen Kinder. Wir sind zuversichtlich. Wir finden einen Weg zurück. Auf dem Heimweg werden wir am Vergessen arbeiten. Wir bitten die Kinder zu uns. Wir werfen ihnen die Mützen zu. Wir zählen noch einmal durch, dass niemand im Stollen bleibt.

Fast hätte ich es vergessen, natürlich müssen die Kinder noch zu essen und zu trinken bekommen. Es wird ein langer Weg zurück. Wo haben die Wächter ihren Proviant, sie müssen sich ja von irgendetwas ernährt haben. Bestimmt haben sie große Mengen an Nahrungsmitteln gehortet. Ernst kennt den Weg zu ihren Vorratskammern, er ist während seiner Gefangenschaft allen Wegen gefolgt. Wir ziehen zum Speisesaal der Wächter. An den Wänden hängen Geweihe. Auf den Fensterbänken aus Stein stehen ausgestopfte Füchse. Die Tische sind aus rohem Holz und mit tiefen Kerben versehen. Wahrscheinlich haben die Wächter beim Essen ihr Fleisch gleich mit dem Messer auf dem Tisch geschnitten. Der Speisesaal ist von der Küche durch eine Anrichte getrennt. Ernst und ich bitten die Kinder, die Tische abzuwischen und die ausgestopften Füchse hinaus zu tragen. So kann man ja nichts essen, mit den toten Tieren überall.

Wir öffnen die Vorratsschränke. Es ist alles da, was ein guter Koch zum Kochen benötigt. Der Küchenchef hat ausreichend Vorräte angelegt. Die Kinder scheuern die Tische mit Wasser und Seife. Wir betrachten all die Gläser im ersten Schrank. Sie sind beschriftet. Das Jahrhundert fehlt, es sind nur die Jahrzehnte verzeichnet. Darum können wir die Geschichte der Einmachgläser nicht wirklich verfolgen. Der Schrank ist ungewöhnlich tief. Zwischen den Erdbeerkompottgläsern auf den Holzbrettern huscht eine Hausmaus hin und her. Jemand hat ihr einen Zettel an den Schwanz geknotet. Darauf steht Mus musculus. Wer beschriftet hier Mäuse. Unter einem der Tische gibt es eine Klappe mit einem Eisenring. Wir schieben den Tisch zur Seite und öffnen die Klappe. Eine Speisekammer im Fußboden. Darin liegen Wannen mit Fleisch. Rehfleisch. Da sind die Rehe also geblieben. In einer Emailleschüssel finden wir Rehleber. Ich blättere in meinem unsichtbaren Kochbuch, das noch aufgeschlagen in der Küche meiner

Großmutter liegt. Ich muss mich nur konzentrieren, dann kann ich die Seiten aus dem Gedächtnis lesen. Rehpastete nach Waidmannsart. Ich bitte Ernst um ein Blatt und einen Bleistift. In der Küchenschublade findet er einen alten Abreißkalender und einen Stift. Ich notiere die Zutaten für die Rehpastete. Mehl, Margarine, Salz, Eier. Rehfleisch aus dem Halse, Petersilie, Pfeffer, Majoran, Rehleber, frische Waldpilze und gute Butter. Margarine und edelsüßes Paprikapulver, frisches Eigelb. Vielleicht mache ich auch noch eine Nachspeise. Ich finde noch ein Rezept unter Z. Zitronencreme mit Waldhimbeeren.

Die Kinder rufen mich. Die Tische glänzen. Das alte Blut, der Schmutz und die Speisereste sind weggewischt. Das Schmutzwasser schütten wir vor die Tür. Ich muss ihnen eine Beschäftigung geben, damit sie sich nicht langweilen. Vielleicht könnten sie etwas ausschneiden. Girlanden basteln. Ich suche Papier. In einer Schublade finde ich große Bögen Butterbrotpapier und Scheren. Ich schneide aus einem Stück Pappe einen Musterhirsch, einen Stern und eine Eule. Daraus können wir eine Papierkette machen. Die Kinder sitzen auf den Bänken der Wächter und schneiden die Tiere und Himmelskörper aus. Mit Leim kleben sie die ausgeschnittenen Teile zusammen. Wir werden den Zimmerschmuck zwischen den Lampen aufhängen. Ich binde mir eine Schürze um. Aus Mehl, Margarine, Salz, kaltem Wasser und Eiern bereiten Ernst und ich einen Mürbeteig. Wir geben die Zutaten in eine Riesenschüssel und krempeln die Ärmel hoch. Wir kneten den Teig gemeinsam. Wir rollen die fertige Teigkugel zwischen uns hin und her. Wir müssen einen kühlen Platz für den Teig suchen, damit er ruhen kann.

In der Ruhezeit kümmern wir uns um das Fleisch. Wir suchen zwischen den Töpfen, Pfannen und Kasserollen nach einem Fleischwolf. Wir finden eine solche Gerätschaft ganz hinten im Schrank und befestigen sie am Tisch. Ernst schleppt die Wanne mit dem Rehfleisch zum Tisch. Er schneidet größere Stücke vom Rehfleisch ab. Ich schiebe jedes rohe Fleischstück in die Öffnung vom Fleischwolf. Dann drücke ich mit aller Kraft den Holzblock herunter, damit das Fleisch nicht entweichen kann. Mit der anderen Hand bediene ich die Drehkurbel. Das Fleisch wird durch die eiserne Spirale im Inneren des Wolfes gedreht. Während ich das Rehfleisch zweimal durchdrehe, denke ich an die Rehe im Stadtpark. Am Sonntag werden sie von den Kindern aus der Stadt mit Kastanien und hartem Brot gefüttert. Ich verknete die Masse und bitte das Reh um Verzeihung. Die Rehleber schneide ich in gleichgroße Würfel, zerlasse Butter in der Pfanne und brate sie an. Ernst kommt und nimmt sich ein Stück aus der Pfanne. Im Rezept steht, dass es frische Waldpilze braucht. Ich frage Ernst, ob er sich mit Pilzen auskennt. Am besten wären Steinpilze. Er bindet seine Schürze ab, nimmt einen Korb von der Wand, ein Messer vom Tisch und geht los. Ich rufe ihm noch hinterher, dass er sich nicht so weit vom Haus entfernen soll. Aber da ist er schon verschwunden.

Ich bitte ein paar Kinder um Hilfe. Wir suchen die Backbleche, Sie befinden sich in der großen Ofenklappe. Wir fetten sie mit guter Butter ein und bestäuben sie mit Mehl. Schließlich drücken wir behutsam den Mürbeteig darauf, streichen die Rehfleischmasse darüber und lassen die Ränder frei. Die Kinder stehen andächtig um den Rehkuchen herum. Die Tür geht auf. Ernst kommt zurück, den Pilzkorb in der Hand, gefüllt mit Steinpilzen. Wir mischen die in Butter gebratenen Rehleberwürfel und die gut abgespülten Pilze und drücken sie auf die Rehfleischmasse. Die Eier schlagen wir nacheinander auf, trennen in unterschiedlichen Gefäßen Eigelb und Eischnee. Das Eigelb wird verquirlt. Wir legen die zweite Teigplatte über das Reh und die Pilze, drücken die Ränder fest und bestreichen unser Abendbrot mit dem verquirlten Eigelb.

Der Backofen muss vorgeheizt werden. Das kenne ich ja noch von unserem Stubenofen. Ich suche Papier, Holzspäne und Streichhölzer und beginne mit einem kleinen Feuer, das ich anpuste. Ich schiebe Holz nach und schichte es so, dass das Feuer den Backofen heizt. Wir schieben die Backbleche in den Ofen. Nun zur Zitronencreme mit Waldhimbeeren. In den Küchenschränken finden wir Gläser mit Himbeeren. Wir lachen und schütten die Beeren in eine Schüssel. Auf dem Herd bringen wir Milch mit Zucker und Salz zum Kochen. Wir gießen die angerührte Stärke hinein und lassen die Milch kochen. Dann rühren wir Zitronensaft, Zitronenschale und Joghurt darunter. Wir suchen in den Geschirrschränken der Wächter nach Gläsern und füllen für jedes Kind Zitronenspeise hinein, obenauf Himbeeren. Ein ganzer Glaspalast wohlriechender Nachspeisen steht auf dem Tisch. Wir streichen mit den Fingern über die Glasränder. Sie klingen zwar nicht, glänzen aber so schön unter den Fingerkuppen.

Wir decken im Speisesaal den Tisch. Immerhin haben die Wächter genügend Geschirr gehortet. Ich zünde Kerzen an und stelle sie zwischen die Teller. Ernst und ich öffnen die Ofentür, die Rehpastete sieht herrlich aus. Wir müssen die Pastete so schneiden, dass die Speise gerecht verteilt wird. Ein Festtagsessen. Wir füllen die Teller mit gleich großen Stücken Rehpastete. Vor dem Essen ein Tischspruch. Ernst steht auf, klopft an das Glas mit der Zitronenspeise und beglückwünscht uns zu unserer Befreiung. Er dankt den Tieren, den Fledermäusen, den Grottenolmen und den göttlichen und kindlichen Mächten. Wir lassen die Gläser aneinander klingen und schauen uns in die Augen. Hurra, wir sind gerettet. Wir können wieder leben. Wir fassen uns an den Händen und sprechen unseren Tischspruch. Jeder esse, was er kann, nur nicht seinen Nebenmann. Die Rehpastete zergeht auf der Zunge. Wir schieben die Teller vom Hauptgericht beiseite und widmen uns der Nachspeise. Die silbernen Löffel kratzen die Speise aus. Wir tragen die Teller, die Bestecke und die Gläser in die Küche und weichen sie in warmes Seifenwasser ein. Wir waschen sogar noch ab und trocknen mit den gefundenen Geschirrtüchern Teller und Gläser. Wir polieren sie, bis sie glänzen. Wir räumen die Teller und Gläser wieder in die Schränke, vielleicht kommen ja neue Bewohner und eine neue Ordnung.

Wir müssen überlegen, welchen Weg wir nach Hause nehmen. Am besten laufen wir zu einem Bahnhof der Harzquerbahnlinie. Dazu müssen wir uns erst mal orientieren, wo wir hier sind. Und die Kinder reisefertig machen. Alle sollen sich noch etwas Proviant einstecken, in den Vorratsschränken ist genug. Sie sollen sich die Schuhe zuschnüren, dass sie nicht stolpern, die Jacken zuknöpfen, dass sie nicht frieren, die Fellmützen zubinden, dass ihnen der Wind nicht um den Kopf weht. Und die Hände mit Butter einreiben, dass sie nicht kalt werden. Die älteren Kinder sollen immer ein kleines in die Mitte nehmen, dass sie nicht straucheln und stolpern. Wir zählen noch einmal durch. Bis auf die zwei getöteten Kinder sind alle mit heiler Haut davon gekommen.

Ernst und ich erstellen eine Wanderroute. Wir finden in der Schublade einen Harzwanderführer. Die große Ausgabe mit dreiundzwanzig Karten, Plänen und einem Brockenpanorama. Wir schlagen Ellrich und Umgebung nach. Wir lesen. Ausflüge von Ellrich. Eins. Über den Staufenberg nach Zorge. Zwei Stunden nordwestlich durch das Limbachtal ansteigend, Waldweg nach der Staufenbergswiese, lieblicher Bergsattel an der braunschweigisch-preußischen Grenze. Von dort ziemlich steil auf den Großen Staufenberg (525 m), trigonometrisches Zeichen. Nach Westen fünfzig Schritt abwärts der Zorgeblick ins Zorgetal und auf die Zorge. Mein Fluss, der vor meinem Kinderzimmerfenster unter den Trauerweiden herfließt.

Wenn die Landschaft um uns herum Gegenstand einer solch ausführlichen Beschreibung ist, muss sie existieren. Zwei. Nach dem Großen Ehrenberg, sehr lohnend, Chaussee nordöstlich nach Sülzhayn. Dorf mit fünfhundert Einwohnern, inmitten der Berge malerisch und geschützt gelegen, Kurort für Lungenleidende mit Privatsanatorien. Im achtzehnten Jahrhundert besaß der Ort eine Synagoge, Grabdenkmäler mit hebräischen Inschriften sind noch erhalten. Die dürften jetzt wohl alle vernichtet sein, der jüdische Friedhof in Ellrich besteht ja auch nur noch aus umgestürzten Steinen. Und keiner will sich mehr erinnern. Spaziergänge, heißt es weiter. Auf den Kirchberg, ins Ellerbachtal, ins Reinbachtal, zur Heiligenbergklippe, auf den Poppenberg bei Ilfeld, zum Kesselberg und Roten Schuss. Durch das Dorf bis vor den ersten Kohlenschacht, dann nach der steilen Kretklippe mitten im Walde, mit hübscher Umschau bis Nordhausen, Eichsfeld. Die Klippe soll einst als heidnische Opferstätte (Krodo) gedient haben. Von dort nördlich auf dem Bergkamm in einer dreiviertel Stunde nach dem Großen Ehrenberg. Aussicht von der Kuppe verwachsen, dagegen am Westrande Blick auf Hohegeiß, Brocken, Wurmberg, Achtermannshöhe, Rehberg, Ravensberg, Göttinger Berge, Hohe Gänge bei Ellrich, Hainleite, Thüringer Wald, Nordhausen, Kyffhäuser. Von hier nach dem Jägerfleck. Nach Benneckenstein eine Stunde. Niemand hat geschrieben, dass man in dieser Gegend in Löcher hineinstürzen kann, die einen fast das Leben kosten. Keine Erwähnung, dass Krodo nicht war, sondern ist. Es gibt keine beruhigende Vergangenheit. Der Reiseführer verhält sich wie der Wald. Geschichtsneutral. Auskunftslos. Die Spuren sichern wir durch Schmerzen. Auf Kindesbeinen.

Wir packen den Reiseführer in eine unserer Taschen. Wir bilden einen Zug. Wir führen die Kinder durch einen dichten Wald. Moose und Farne liegen wie ein Teppich unter ihren Füßen. Es ist später Nachmittag, wir können die letzte Harzquerbahn noch erreichen. Ich kann ihr langgezogenes Pfeifen schon hören. Die Äste weichen zurück, und die Stämme verneigen sich zum Abschied. Eine Tanne schüttelt ihre Zapfen herab. Jedes Kind darf sich einen Zapfen mitnehmen, darin sind Samen, die wir zu Hause einpflanzen können. Vor uns ist eine Lichtung. Das Gras steht hüfthoch, der Himmel hängt schwer darüber. Ein majestätischer Hirsch tritt aus dem Wald, ihm folgen Reh, Fuchs, Hase und Igel. Die Tiere des Waldes verharren und stehen uns gegenüber. Wir winken. Auf Wiedersehen, ihr Waldtiere.

Der Weg wird immer steiniger. Ein Bach fließt in seiner Mitte. Wir versuchen, ihn zu umgehen und hüpfen von Stein zu Stein. Irgendwann gibt es kein Halten mehr, wir beginnen zu rennen. Der Wald fliegt an uns vorbei. Wir blicken uns nicht mehr um. Wir sehen schon den Bahnhof Benneckenstein. An der Wand des Fahrkartenhäuschens hängt ein Fahrplan. In dem Häuschen sitzt eine Fahrkartenverkäuferin. Sie schaut missmutig durch die Scheibe, blickt uns prüfend an und schüttelt den Kopf. Dann packt sie aus einer Brotbüchse ein belegtes Brot. Sie klappt mit einer gelangweilten Handbewegung die Hälfte ihres Brotes auf, zwischen dünn gestrichener Butter sehe ich Teewurst. Sie beißt in ihr Brot. Ich klopfe an die Scheibe und frage, wann der nächste Zug fährt. Sie sagt ›Achtzehn‹. Dankeschön. Darf ich einmal telefonieren. Sie reicht mir den Hörer durch die Luke, durch die man sonst Geld und Fahrkarten schiebt. Ich bitte sie, folgende Nummer zu wählen. Vier, Drei, Zwei, Eins. Sieben. Das ist die Nummer von Familie Nistler. Sie wohnen über uns. Das ist die einzige Familie in unserer Straße, die ein Telefon hat. Ich sage Onkel Erwin, dass ich jetzt nach Hause komme. Er soll nach unten gehen, klingeln und meinen Eltern sagen, dass sie mich vom Bahnhof Altentor abholen. Und die sollen es all den anderen Eltern sagen, dass ihre Kinder jetzt nach Hause kommen. Alle sollen zum Harzquerbahnhof Altentor kommen und ihre Kinder abholen. Sie sollen Decken, Blumen und heißen Tee mit Honig mitbringen. Ich reiche der Fahrkartenverkäuferin den Hörer zurück. Sie mustert die Kinder mit den Rehfellmützen. Wortlos reißt sie von einem Block die Fahrkarten und schiebt sie mir durch die Luke. Ist schon gut.

Von weitem hören wir den Zug heranschnauben. Der Bahnhof ist von einer weißen Dampfwolke eingehüllt. Wir öffnen die schweren Eisenriegel, um in den Zug zu gelangen. Die Abteile sind geheizt. Die wenigen Reisenden, die dort sitzen, rücken gleich zusammen. Unser Aussehen ist ihnen nicht geheuer. Der Zug fährt auf seiner Schmalspurbahn in nur eine Richtung. Wir lassen den Fahrtwind herein und versuchen, kleine Tannenzweige zu angeln. Die Harzquerbahn fährt an Kleingärten vorbei. Eine alte Frau, mit einem von zwei Weltkriegen gebeugten Rücken, zupft Unkraut. Der Zug fährt durch eine Schlucht, sie ist so schmal, dass ich die nasskalten Wände berühren kann. Wir nähern uns Salza, das ist die letzte Station vor dem Altentor. Ich sehe schon Vertrautes. Kohnstein, Stadtpark, Zorge. Vorbei am Neubaugebiet und den Garagen mit den Wellblechtoren. Die Lokomotive überquert die Straße. Hinter den Schranken stehen Menschen und winken. Am Bahnsteig stehen dicht gedrängt die Eltern und Geschwister. Die Kinder drängen zu den Fenstern und suchen ihre Eltern, klopfen gegen die Scheiben und rufen die Namen ihrer Brüder und Schwestern. Der Zug fährt in den Bahnhof ein. Die Kinder stürmen in die geöffneten Arme ihrer Mütter und Väter. Es gibt viel zu erzählen. Ich will mich von Ernst verabschieden, aber ich kann ihn nicht mehr finden. Er ist wie vom Erdboden verschluckt. Ich suche meine Familie. Der große Zeiger auf der Bahnhofsuhr springt vor. Meine Familie betritt die Bahnhofshalle. Meine Mama trägt ein zitronengelbes Kleid mit weißen Blumenmustern und eine rote Lacktasche mit einem goldenen Schnappschloss, ihre Haare sehen aus, als wenn sie duften. Mein Papa hat ein Hemd mit bunten Kreisen an. Meine Brüder tragen weiße Strickpullover und meine Schwester steckt in einem weißorangenen Kleid. Meine Familie sieht aus, als käme sie von einem Sommerfest. Ich laufe ganz schnell in ihre Arme. Ich freue mich so sehr, wieder hier zu sein. Sie haben mir einen Becher Zitroneneis und einen Plastiklöffel mit meinem Namen mitgebracht. Meine Mama streicht mit ihrer kühlen Hand über mein gerupftes Haar. Später, Mama, später erzähle ich euch alles. Jetzt will ich mit euch durch die Spielstraße nach Hause gehen.

Wir kommen am Haus des Imkers vorbei. Er steht am Zaun und raucht eine Pfeife. Noch immer zappeln die Bienenstacheln in seinem Gesicht. Aus meinem Bündel hole ich das leere Honigglas und gebe es ihm zurück. Es hat zwar einen Sprung, aber vielleicht kann er es noch gebrauchen, seine Wegzehrung hat gute Dienste geleistet. Wir biegen in unsere Straße ein. Die Nachbarn stehen am Gartenzaun. Wie lange war ich fort. Ich höre die Zorge fließen, sehe die Trauerweiden, die Nussbäume vor unserem Haus und weiß, ich bin wieder da. Vor unserer Tür stehen die Gummistiefel meiner Brüder, die Sandalen meiner Schwester, die Holzpantinen meines Vaters und die Schuhe meiner Mutter. Ich stelle meine dazu. So schnell werde ich das Haus nicht mehr verlassen. Im Badezimmer wasche ich mir die Hände mit Wasser und Seife. Ich schaue in den Spiegel. Ich bin älter geworden. Ich sage einfach, dass ich gewandert bin. Weit in den Wald, tief in die Berge, hoch auf den Gipfel. Wer es glaubt, wird selig.

Wir decken gemeinsam den Tisch. Die Plastikbrettchen werden auf den Tisch gelegt, die farbigen Becher mit den weißen Punkten dazugestellt. Mein Vater klappt den Küchenschrank auf, darin ist die Brotschneidemaschine. Mit der schneidet mein Vater das Brot in gleichmäßige Scheiben. Er kurbelt an dem Rad der Brotschneidemaschine, so wie der Mann, der am Rad der Zeit dreht. Wir stellen die Butter, den Kochkäse, die Teewurst und die Leberwurst auf den Tisch. Wir kochen eine Kanne Pfefferminztee. Endlich sitzt unsere Familie zusammen am Tisch. Unter der orangenen Lampe. Wie war deine Reise. Schön. Und schrecklich, aber das sage ich nicht. Ich habe euch vermisst, aber ich habe euch unterwegs getroffen. Mein Vater schneidet meinen Brüdern die Brote in Reiterchen. Gib mir mal den Zucker, Schwester. Einen Löffel nach dem anderen löse ich im heißen Tee auf. Mein Vater schält einen Winterapfel und teilt ihn in sechs Teile, die er auf einen Teller legt.

SESAM

Am Neuen Garten im Park beginnen sie mit dem Aufräumen. Sie fangen mit dem Beet zu ihrer Rechten an. Löwenmäulchen und Astern. Sie säen Sonnenblumen und Stockrosen. Im nächsten Beet sollen Salat und Erdbeeren wachsen, Oregano, Zwiebeln, Minze und Petersilie. Sie setzen Gladiolen und Malven nebeneinander. Johannisbeersträucher und Rhabarber. Sie legen einen Bohnenkeim in die Erde und züchten Paradiesäpfel. Sie beobachten das Wachstum einer Passionsblume und beugen sich über die Pflanze. Die Menschen werden in der Blüte eine Verkörperung der Marterwerkzeuge sehen. Gott schaut in die Blüte und zerpflückt sie mit einer Hand, er reißt die Narben und Kronblätter heraus. Die Geistin legt ihre Hand auf seinen Unterarm. Gott streichelt ihr über das Haar, sie spürt ein kurzes Ziehen in ihrem Herzen. Manchmal hat sie Angst, ihn zu verlieren. Sie hat sich in den letzten Tagen an seine Behutsamkeit und seine Schwerfälligkeit gewöhnt und möchte keinen Morgen ohne ihn erwachen, auf dieser noch unbewohnten Erde. Gott schenkt ihr die vier Jahreszeiten. So kann sie sich ihre liebste Umgebung sogleich erschaffen. An den Hängen aufgeschütteter Hügel lässt sie stufenartig Beete emporsteigen, mit Weizen und Gemüse. Sie säumt die blühenden Raps- und Baumwollfelder mit Rübsamen, Tabak, Mohn und Sesam. Sie pflanzt Schneeball, Hortensien, Brombeeren und Weißdorn. Aus den Wildnissen um Kirchen und Ruinen macht sie Haine, die sie mit Maßliebchen, Milchsternen, Schneeglöckchen, Gartenspringkraut und Kapuzinerkresse schmückt. Auf ein Rasenstück pflanzt sie das Rote Waldvöglein, eine besonders schöne Orchideenart. In einem Wäldchen lässt sie süße Kastanien und essbare Eicheln wachsen. Granatäpfel, Pfirsiche, Aprikosen, Äpfel, Birnen und Quitten gedeihen im Obstgarten. Gott sitzt an der Johannistreppe, umgeben von Trümmerblumen, und steckt Möhren, Radieschen und Salat. Die Geistin sieht, dass er hinter der Stadtmauer einen Nutzgarten angelegt hat. Schnurgerade Reihen hat er gezogen, die Beete beschriftet, sogar ein Gewächshaus aus zerbrochenen Glasscheiben und Stahl hat er errichtet. Darin wachsen Kürbisse und Gurken. Gott hat seine Gliedmaßen weit von sich gestreckt und betrachtet sein Werk.

HANOI

Meine Mama steht neben meinem Bett und legt ihre Hand auf meine Stirn. Ich lege meine Hand auf ihre und drücke sie fest. Wenn diese Verbindung nur ewig hält. Mama zieht die Vorhänge auf. Der Nussbaum vor dem Fenster hat sich nicht verändert. Mama hat für mich gekocht. Für mich allein. Meine Geschwister sind noch in der Schule. Ich ziehe meinen Bademantel über den Schlafanzug. Mama formt aus dem Hackfleisch Frikadellen. Sie hat Zwiebeln klein geschnitten, ein Ei und Gewürze in den Hackteig gegeben und ganz zum Schluss die Semmelbrösel. Sie legt die Frikadellen in die Pfanne und gibt gute Butter dazu. Sie gießt die Kartoffeln ab und streut Petersilie darüber. Ich decke den Tisch für uns zwei. Wie für ein Ehepaar. Die Teller mit dem Goldrand. Links, die Gabel. Rechts, das Messer. Neben das Messer eine Serviette, mit Serviettenring. Mama bindet ihre Schürze ab und setzt sich zu mir. Sie legt mir Frikadellen und Kartoffeln auf den Teller. Ich zerteile sie mit der Gabel. Wir essen nebeneinander. Ich schaue meine Mama von der Seite an. Ich finde sie schön. Ihr Haar ist kastanienbraunrot und leuchtet von innen. Ihre Augen sind blau und die Lippen rosenfarben. Ich habe Respekt vor ihr. In ihr verbergen sich viele Dinge. Sie ermahnt mich, dass mein Essen nicht kalt wird. Wenn ich sie so ansehe, fällt mir ein Foto ein. Es ist ihre heilige Erstkommunion. Sie trägt ein weißes Kleid mit einem runden Kragen. Ihre Haare sind in Wellen gelegt und schulterlang. Eine Haarspange teilt ihren Scheitel. Meine Mama hat eine Kinderhaarspange getragen wie ich. Aber das Geheimnisvollste an diesem Schwarzweißfoto sind ihre gefalteten Hände. In ihren Händen ist ein runder Lichtfleck gefangen, der auf ihrem weißen Kleid widerscheint. Sie trägt Licht in ihren Händen, in der Form einer Hostie. Ich bin mir sicher, dass sie eine

Heilige ist. Oder war. Als Kind. Und vielleicht hat sie mir ja die Gabe weitervererbt, Licht einzufangen. Aber das sind Gedanken, mit denen ich mich später beschäftigen muss.

Jetzt bin ich müde. Das Essen war anstrengend. Ich sitze im Bad und starre auf die weinroten Fliesen. Ich zähle ihre Ecken und verwünsche meinen brennenden und stechenden Bauch. Strafe. Für was nur. Ich gehe wieder ins Bett. Das ist ein solches Privileg, mitten am Tag ins Bett zu gehen, dass ich die Krankheit dafür gern ertrage. Mama zieht die grünen Vorhänge wieder zu. Ich höre noch eine Weile die Geräusche der Nachbarn im Treppenhaus. Dann versinke ich in die zweite Hälfte des Schlafes. Meine Puppe kommt mit. Mit geschlossenen Augen wandere ich hinunter zu meinen Nieren. Sie arbeiten immer noch an der Entgiftung. Ich höre die Stimme meines Körpers, sie flüstert mir ihr Wissen zu. Die breiten Basen der Nierenpyramiden grenzen an die Nierenrinde, die sie mit feinen Strichen, den Markstrahlen, durchziehen. Ich kenne ja nur Markknochen, von Fleischer Brüggemann, aus denen wir Brühe machen. Wir dürfen das Mark aus den Knochen essen. Die Rinde, sagt die Stimme leise, lässt sich zwischen den Pyramiden bis an den Nierensinus verfolgen. Die zur Markpapille hin konvergierenden Streifen der Pyramiden kommen durch Kanälchen zustande, die den in den Nieren bereiteten Harn sammeln und die Papillenspitze siebartig durchbohren. Ach du lieber Himmel. Der Harn gelangt zunächst in die die einzelnen Papillen umschließenden Nierenkelche, die in das Nierenbecken münden. Das ist ja eine richtige Fabrik in mir. Es klingt, als wären eine Fleischerei und eine Gärtnerei zusammengelegt. Blumenkelche und blutige Knochen. Der Harn fließt dann über den Harnleiter zur Harnblase. Das also tut so weh. Die in den Nierenhilus eintretende Nierenarterie teilt sich im Nierensinus in mehrere Äste, die zwischen den Pyramiden aufsteigen und nach weiterer Aufteilung bogenförmig an der

Markrindengrenze verlaufen. Nicht nur durch meine Landschaft, auch durch meinen Körper verlaufen Grenzen. Von dort aus werden Mark wie Rinde durch entsprechende Ästchen versorgt. Die senkrecht in die Rinde ziehenden Gefäße zweigen in regelmäßigen Abständen in kleine Arterien ab, die kugelig geformte Haargefäßknäuel, die Nierenkörperchen, bilden. Die Gesamtlänge der Nierenkapillaren wird auf fünfundzwanzig Kilometer geschätzt, ihre innere Oberfläche für beide Nieren auf eins Komma fünf Quadratkilometer. Das sind ja unglaubliche Ausmaße, da könnte ich auf meinen Nierenkapillaren bis zu meiner Landesgrenze und zurück laufen. So viele Kilometer sind in meinem Körper verborgen. Da ist es kein Wunder, wenn mal was kaputt geht. Ein so empfindsames Gebilde.

Ich schlüpfe unter meine Haut und sehe mich ein wenig um. Ein ohrenbetäubender Lärm hier. Wie unter einem Wasserfall. Kaum stehe ich in meinem rauschenden Blut, da schlägt es mir auch schon die Beine weg. Ich verliere das Gleichgewicht und treibe durch meinen Körper. Es ist sehr dunkel hier. Eine rote Riesenhöhle mit pulsierenden Organen. Es ist mir unheimlich. Lieber lege ich mich wieder auf mein Kissen. Alles still in der Wohnung. Meine Geschwister sind noch im Hort, und mein Papa sitzt in seiner Baracke auf dem Gelände des Schachtbaus.

Ich muss lernen, mich als ein selbständiges Wesen zu begreifen. Warum hat man mich auf diese Welt gebracht. Was habe ich in dieser Familie zu tun. Bin ich hier nur Gast. Meine Eltern haben mich zur Welt gebracht. Aber neben meinen Eltern, neben meinem Gott, muss es eine Landschaft geben, die jenseits der Erde liegt. Eine Wüste aus Sternen. Wenn ich meine Seele beschreiben könnte, dann als eine Ansammlung von Staub. Sternenstaub. Menschenstaub. Der sich um das Universum wie eine vergessene Schicht gelegt hat. Durch die bin ich, ungezählte Jahre lang, hindurchgeflogen. Auf meiner Seele, die ich mir vorstelle wie ein Gelatineblättchen, hat sich all dieser Staub versammelt. Von all den anderen Seelen, die vor mir da waren und die nach mir kommen. So lagern in mir winzige Partikel, millimetergroße Körnchen seelischer Abrieb, von Napoleon, Thomas dem Ungläubigen, Jesus, Katharina der Großen, Leo Tolstoi, dem Erzengel Gabriel, Rosa Luxemburg, chinesischen Kaisern, Jorinde und Joringel und all den anderen, die ich jetzt nicht aufzählen kann. Mit diesem Staubmantel über meiner Seelenhaut muss ich nun umhergehen. An dem Tag, an dem ich von dieser Welt gehe, gebe ich meinen um ein Leben reicher gewordenen Mantel wieder im Universum ab. Da fliegt er solange umher, bis eine neue Seele hineinschlüpft und hineinwächst. Manchmal ist mir das Erdenleben schwer, ist doch der Mantel mit den eingewebten Lebensfäden meiner Vorgänger recht beladen. Wer ist der Schöpfer von Gott. Der Mensch. Wer war zuerst da. Gott oder der Mensch. Ich glaube, hinter Gott steht ein Stern. So ein wüster, roher, unbehauster. Gott hat einen rasenden Steinstern im Nacken, der ihn zerschmettert, sobald er aufhört, an sich zu glauben. Der Mensch hat ebenso einen Gott im Nacken, der ihn zerschmettert, sobald er aufhört, zu leben und zu glauben. Vorläufig kann ich nur versuchen, mich solange wie möglich an das Innenfutter meines Mantels zu klammern, damit ich nicht vor der Zeit herausfliege. Ich frage mich, ob die anderen auch ein solches Kleidungsstück besitzen, oder ob sie von der Existenz so einer seelischen Bekleidung wissen. Oder ob es in der kosmischen Garderobe nur einige wenige Hüllen gibt, die ununterbrochen im Einsatz sind. Mein Mantel scheint etwas groß zu sein, ich muss da erst hineinwachsen, umtauschen kann ich ihn nicht. Ich habe schon einige frühere Bewohner ausfindig machen können, auch wenn sie kein eingesticktes Namensschild hinterlassen haben. In dem zerschlissenen Mantelfutter habe ich auf Herzhöhe aber die Initialen von Johann Sebastian Bach entdeckt. Manchmal singen mächtige Stimmen ihr Kyrie mitten in mein Herz. Ich weiß, dass er mir diese persönliche Botschaft hinterlassen hat, damit ich es leichter auf der Erde habe.

Meine Schwester ist aus der Schule gekommen. Sie hat mir ein Töpfchen mit Essen von der Schulspeisung mitgebracht. Jeden Tag gibt sie meine Essensmarke ab und trägt das Essen vom Speisesaal bis an mein Bett. Dafür bin ich ihr sehr dankbar. Sie hat mir noch etwas mitgebracht. Ein Stück roten Samt, sie hat daraus ein Kissen genäht und es mit Reis gefüllt. Durch meine Krankheit ist der Tagesablauf durcheinander gebracht. Vom Bett aus ziehen wir den Vorhang weg und schauen auf die Straße. Da ist die Putzmacherin. Ihr Mantel sieht aus wie eine blütenreine Glocke, auf ihrem Kopf thront ein Hut. Für wen macht sie eigentlich all die Filzhüte. Ich glaube, für die einsamen Witwen, von denen es viele in unserer Straße gibt. Ihre jungen Männer sind wahrscheinlich im Krieg geblieben, und jetzt tragen die alternden, allein gebliebenen Frauen Hüte, um ihre Trauer und ihre müden Augen zu verbergen. Der Hut auf dem Kopf einer Witwe scheint ein Erkennungszeichen zu sein. Begegnen sich die Witwen auf der Straße, neigen sie den Kopf voreinander. Jede von ihnen weiß um den stillen und versunkenen Schmerz der anderen. Bestimmt stehen auf ihren Nachttischen, Frisierkommoden und Fernseherschränken die gerahmten Fotos ihrer gefallenen oder verschollenen Männer. Und die Putzmacherin wird all die Lebensgeschichten kennen und jeder Geschichte einen eigenen Hut anfertigen.

In unserem Vorgarten wohnt ein Wolf, er zeigt sich in der Nacht. Sobald ich schlafe, liegt er auf dem Fensterbrett, fletscht die Zähne und ruft mich. Sein Fell ist struppig, auf dem Rücken hat er eine Fleischwunde, die ich mit Honigwasser pflege. Der Wolf ist mein Freund. Er hat keinen Namen und ist unsterblich. Auf dem Rücken des Wolfes mache ich nächtliche Streifzüge durch unsere Straße. Ich kann meine Hausschuhe und meinen Schlafanzug anbehalten. Ich lege mein Gesicht in sein Fell. Er klettert senkrecht an der Hauswand hoch. Ich kann in die Fenster der anderen Familien schauen. Seit ich krank bin, ist der Wolf sehr besorgt. Er holt mich nachts ab, damit ich mich nicht langweile. Vom Schlafen am Tag bin ich in der Nacht wach. Wir laufen auf dem Dachfirst entlang. Die Straße sieht von hier oben aus wie ein Tunnel. Wir haben kein Ziel, wir wollen nur ein wenig laufen und singen. Der Wolf kennt viele alte Lieder. Seine Stimme ist etwas brüchig. Wir springen von unserem Hausdach auf das nächste. Die Häuser verändern sich. Wir springen von den Gemeinschaftshäusern zu den Einfamilienhäusern, die ich um ihre Existenz beneide. Hinter diesen Häusern liegen Gärten mit Sandkästen und Spielzeug für die Kinder. Wir schauen durch einen Schornstein in das Bett eines Paares. Der Mann liegt mit dem Gesicht auf der Seite, die Frau schmiegt sich an ihn. Sie hat ihre Hand um seinen Bauch gelegt. Wir lassen sie schlafen. Wir schauen durch eine nächste Schornsteinöffnung. Ein Mann steht drohend im Raum, seine Frau kauert in der Ecke. Ihr Gesicht auf den Knien. Sie weint. Einen Hausschuh hat sie an den Füßen, mit dem anderen will ihr Mann sie schlagen. Senkrecht laufen wir durch den Schornstein, wir springen durch die Ofentür. Mit einem einzigen Hieb streckt der Wolf den Mann nieder. Er sinkt zu Boden. Ich schreibe es ihm hinter die Ohren. Schläger. Das kann am Morgen jeder lesen. In der Straßenbahn oder beim Bäcker. Wir setzen unseren Streifzug fort. Wir beschreiben noch einige Ohren mit blauer Tinte. Nach getaner Arbeit sitzen wir am Ende der Straße über den Dächern. Unter uns die schlafende Stadt. Wir teilen uns ein Butterbrot mit Leberkäse, das ich für den Wolf mitgebracht habe. Ich lehne meinen Kopf an den meines Freundes und lausche seinem Atem. Der

Wind treibt die Wolken über den Mond. Der Wolf erzählt mir ein Märchen. So wie es sonst nur meine Mutter tut.

Am Morgen verlässt mich meine Familie. Meine Eltern haben in ihrem Schlafzimmer ein großes Bücherregal. Ich ziehe ein Buch aus dem Regal. ›Kaltblütig‹, steht darauf. Eine amerikanische Familie wohnt in einem Haus, das allein auf einem Feld steht. Die Mörder kommen durch die Tür. Sie haben kein Motiv. Sie trennen die Familie und verkleben die Münder von Vater, Mutter und Kindern mit Klebeband, sie fesseln sie an Betten und Heizungsrohre, den Vater im Schlafzimmer, die Tochter im Heizungskeller, die Mutter in der Küche, den Bruder im Flur. Sie sind rücksichtslos. Nichts ist ihnen heilig. Sie schneiden mit Messern und töten. Die Qual und die Angst ihrer Opfer ist ihnen egal. Bruder und Schwester, Mutter und Vater schreien. Sie werden aus Freude und Übermut massakriert. Ich habe es gewusst, der Mensch ist eine Gattung ohne Sinn. Dass ich bisher überlebt habe, ist nichts als Zufall. Ein Glück. Jeder kann in meinen Lebensraum einbrechen und mich töten. Wenn er will. Mein Nachbar, ein zugereister Mörder aus Amerika, kann direkt durch den Waschkeller in unsere Wohnung kommen. Ich stehe auf und schaue unter alle Betten, ob sich dort nicht jemand versteckt.

Zur Beruhigung koche ich mir einen Kakao, so wie ihn Oma Luise zubereitet. In einen Topf drei Esslöffel Wasser, das Wasser aufkochen, dann drei Esslöffel starken Kakao hinein, alles verrühren und Milch dazu. Aufschäumen lassen und in kleinen Schlucken trinken. Die Wohnung ist still. Die Uhren ticken und zerteilen die Zeit. Ich bin zu einer entsetzlichen Wahrheit gelangt. Truman Capote hat es mir bestätigt. Der Mensch ist böse. Er bringt seine Mitmenschen um. Ich weiß nicht, ob ich eines natürlichen Todes sterben darf.

Auf der Suche nach Geheimnissen schließe ich den Schreibtisch auf. Die gesammelten Dokumente unserer

Familie liegen darin. Geburts-, Heirats-, und Taufurkunden. Ich schaue mir alles an. Die Namen meiner Geschwister und mein eigener stehen da. Sorgfältig mit Tinte geschrieben und erfasst. Alle Beweise unserer Existenz sind da. Ich schließe den Schrank mit den Fächern wieder zu. Ich ziehe die Schublade mit den weißen und gebügelten Taschentüchern auf. In einige ist ein Monogramm gestickt. Vielleicht ist unter den Tüchern eine Botschaft verborgen. In der nächsten Schublade liegen Taschentücher mit gehäkelter Spitze. Fliederfarben, honiggelb, orangenblütenfarben, gehäkelt für die Ewigkeit von Mariechen und Mielchen. Den Patentanten aus dem Eichsfeld. Sie haben ihr Liebesgarn von Hildebrandshausen bis in unseren Schrank hineingerollt. Aber auch hier finde ich nichts, was mich interessiert. Ich setze meinen Streifzug fort. Ich werde den Schreibtisch von Opa Walter untersuchen, der wie eine Festung in unserer Stube steht. Links ist eine Tür mit einem goldenen Schlüssel, einmal herumdrehen, dahinter drei schwere Kästen, gefüllt mit Papieren. Der untere Kasten klemmt. Er lässt sich nicht herausziehen, etwas hat sich zwischen Boden und Rückwand geschoben. Ich taste in die Tiefe und bekomme eine Zeitschrift mit einem roten Stern darauf zu fassen. Ein Mädchen schaut mir in die Augen und läuft mir schreiend in die Arme. Es ist nackt und rennt eine Straße entlang. Mit Entsetzen im Blick. Der kleine Bruder läuft hinterher. Die Häuser in dem Dorf sind schwarz. Rauch. Soldaten. Amerikaner. Die, die auch mich verbrannt haben. Die Haut des Mädchens ist über den Rippen gespannt. Ich konnte es nicht beschützen. Es schreit. Wo rennt es hin. Sein Haus brennt. Napalm. Was ist Napalm. Was machen die Amerikaner in Vietnam. Was wollen die da. Was hat das Mädchen ihnen denn getan. Es muss so alt sein wie ich. Die Mutter und der Vater sind bestimmt noch in dem brennenden Haus. Das Mädchen kam gewiss aus der Schule und wollte gerade Reis mit Hühnchen essen. Da brannte ihr Haus, und ein Fremder warf Napalm auf ihre Haut.

Ich drücke die Illustrierte an mich. Das Mädchen hat nichts zum Anziehen. Die ganze Welt muss das Mädchen so schutzlos in ihrer Angst sehen. Ohne Unterwäsche, ohne Kleider und Schuhe. Ich muss sie von hier wegbringen, aus dem dunklen Schreibtisch. An einen helleren Ort. In der Küche ist es auch wärmer. Sie schreit immer noch. Ihr Mund ist ein schwarzer Schreck. Ich mache ihr etwas Milch mit Honig warm. Ich hole die kleine Nagelschere und schneide sie aus. Ich muss sie aus dieser Titelseite herausholen. Bei den Fingern, Füßen und Ohren muss ich vorsichtig sein, dass ich sie nicht verletze. Ich bin nicht so geschickt, aber ich gebe mir große Mühe. Das fremde Mädchen hat schwarze Haare. Ich muss aufpassen, dass ich die nicht versehentlich abschneide. Ich hole eines von den Taschentüchern und schneide ein Unterhemd und einen Schlüpfer aus, die ich ihr anziehe. Aus den Taschentüchern mit dem gehäkelten Rand schneide ich ein kleines Kleid mit Kragen. Sie weint immer noch. Was mache ich nur mit ihr. Nun liegt sie auf dem Küchentisch. Ihre Blöße ist bedeckt, aber nicht ihr Grauen. Ihr Bruder will auch aus dem Bild heraus, ich befreie ihn ebenfalls aus der Zeitung. Er zappelt beim Ausschneiden, ich muss ihm gut zureden. Jetzt sind Bruder und Schwester zusammen. Für ihn schneide ich aus einem karierten Taschentuch meines Vaters eine kleine Hose. Die beiden zittern und weinen so. Ich muss sie erst einmal trösten. Ich lege jeden auf eine Hand und puste sie warm. Vielleicht sollte ich ihnen etwas Musik vorspielen oder zu essen geben. Ich suche zwischen den Schallplattenhüllen etwas Passendes und finde das Tierhäuschen, Mozart, Schubert, Bach, die Les Humphrey Singers und Brahms. Denn alles Fleisch, es ist wie Gras. Ich lege die Schallplatte mit dem Requiem auf, setze die Nadel und Bruder und Schwester auf den Plat-

tenteller. Nun lachen sie ein wenig. Ich suche im Küchenschrank nach Reis. Ich weiß, dass die Kinder in Vietnam
gern Reis essen. Ich finde Reis im Beutel. Ich setze einen
Topf mit Wasser auf. Solange das Wasser kocht und die
Schallplatte läuft, kann ich mir überlegen, wie ich die Geschwister zurückbringen kann. Den Amerikaner schneide
ich auch aus. Damit er kein weiteres Unheil anrichten
kann, verbrenne ich das Stück Zeitung mit seinem Gesicht
über der Gasflamme, bis nur noch ein schwarzverkohltes
Papier übrig bleibt. Ich werde für die Geschwister, zur Be-
grüßung und zu ihrer Rettung, ein Glas Erdbeeren aus
dem Keller holen.

Die beiden fahren auf dem Plattenteller Karussell, sie
halten sich an den Händen und versuchen, ihr Gleichgewicht nicht zu verlieren. Ich hebe sie behutsam herunter.
Ich schneide ihnen noch einen Wasserbüffel und blaue
Blumen aus. Sie lächeln. Sie wollen wieder zurück in ihr
Land. Ich hole den Atlas. Sie zeigen mir Vietnam. Hanoi.
Ho Chi Minh Stadt. Wir suchen einen großen Umschlag
mit Luftpolstern und schreiben ihre Adresse darauf. Vielleicht lebt ja noch jemand aus ihrer Verwandtschaft und
kann den Brief von der Post abholen. Wir schütten ein
wenig Reis in den Umschlag, noch ein wenig Watte zum
Schlafen, den Büffel und die Blumen zur Gesellschaft.
Dann stechen wir mit einer Stricknadel Löcher hinein. So
können sie Luft bekommen. Mein Vater sammelt Briefmarken, wir holen die Alben und finden Briefmarken mit
einem orangenen Vogel und einer Schildkröte. Wir kleben die Marken auf den Umschlag. Ich lege ihnen noch
mein Schweizer Taschenmesser dazu, damit sie sich im
Notfall verteidigen können. Die Geschwister klettern in
den Umschlag, ich klebe ihn zu und bringe ihn gleich
weg. Ich werfe den Umschlag mit der kostbaren Kinder-
fracht in den Briefkasten.

ATEM

Gott ruft die Kraniche herbei. Es sind gesellige Vögel, und sie kommen gleich in einem Schwarm angeflogen. Sie möchten tanzen. Gott und die Geistin bringen aus ihren Gärten Samen, Wurzeln, Blätter, Nüsse und Preiselbeeren. Die Kraniche stellen sich auf, sie bitten die beiden in ihre Mitte und beginnen, wild mit den Flügeln zu schlagen, sie werfen ihre langen Beine hin und her, lassen sich trunken in eine nur ihnen bekannte Bewegung fallen. Sie preisen den Himmel und die Erde. Sie stoßen laute Rufe aus und schleudern Grasbüschel und Wurzeln mit den Schnäbeln in die Luft. Zur Feier der Gärten kommen aus dem nahegelegenen Wald das Reh, das Hermelin, der Fuchs und die Krähe. Umschwärmt von Pfauenaugen, Kohlweißlingen und Distelfaltern. Das weiße Hermelin dreht sich immer schneller im Kreis, bis ihm schwindlig wird. Es umarmt den Fuchs, der sich etwas abseits hält. Der Fuchs nimmt die blauschwarze Krähe auf die Schulter und jagt den Schmetterlingen nach, die sich hinter Gottes Rücken versammeln. Die Geistin öffnet die Granatäpfel und teilt die roten Beeren aus, sie pflückt die Trauben und Walnüsse, sie sammelt den Honig. Die Früchte des Waldes reichen für alle. Gott wiegt den Kopf hin und her und springt mit den Kranichen in die Höhe. Noch nie hat die Geistin ihn so behände und froh gesehen. Sein Kopfschmerz scheint gänzlich verflogen zu sein. Die Geistin flicht ihm einen Kranz aus Persischem Rittersporn. Die weißen Blüten fallen ihm in die Stirn. Gott ist berauscht vom Lärm der Tiere, von den Tänzen und der Freude. Er fordert die Geistin zum Tanz auf und schenkt ihr eine rote Mohnblüte. Er hält sanft ihre Hände und ihre Taille, er muss sie hochheben, damit er ihre Augen sehen kann: In denen spiegeln sich der Himmel und der Turm der St. Blasiikirche. Gottes

Atem streift ihr Ohr. Sie schaut über seine Schulter bis zur Windlücke. Sie wünscht, dass ihre Arbeit nie zu Ende geht, dass sie im Winter die gefrorenen Schlehen pflücken, im Herbst die Hagebutten, im Sommer die Johannisbeeren, dass sie im Frühling die Krokuszwiebeln aussetzen. Und dass die schwarze Erde sich erholt von den Kratern und Wunden.

TRAUERWEIDEN

Vom Briefkasten aus gehe ich über die Holzbrücke zum Fluss. Zum Weinen und Nachdenken habe ich einen geheimen Platz unter den Trauerweiden. Da hängen die Zweige bis zur Erde, da ist es ruhig, und keiner kann mich finden. Meine grüne Höhle ist ein perfektes Versteck. Ich sitze dort und muss nichts machen. Bei uns zu Hause muss man immer etwas machen. Ich kann das Wort nicht ausstehen. Das Wort verfolgt mich bestimmt bis an mein Lebensende. In unserer kleinen Wohnungsfabrik gibt es viele Aufgaben. Nur für meine kleinen Brüder nicht. Die sind für alles zu klein. Meine Schwester und ich müssen vieles übernehmen. Die Schuhe putzen. Aber nicht etwa nur mit Schuhcreme und Bürste. Nein, alle Schuhe müssen vorher mit warmem Fitwasser abgewaschen werden. Dazu muss ich mich mit meiner Kittelschürze auf die Treppe setzen. Was ist, wenn jetzt Dirk Nistler, der Junge von oben, zur Haustür hereinkommt und mich so sieht. Mit dem Scheuereimer und einem nassen Lappen sitze ich auf der Treppe. Die Sohlen und Absätze der Schuhe müssen erst mit einem Stöckchen sauber gemacht werden. Bei den Gummistiefeln meiner Brüder und den Gartenschuhen meines Vaters kann das sehr lange dauern. Wenn die gewaschenen Schuhe im Hausflur stehen, so dass niemand mehr hindurch kommt, muss ich den Pappkarton mit dem Schuhputzzeug holen. Den kann ich gar nicht leiden. Alle Schuhputzlappen sind alte verklebte Strümpfe oder auseinandergeschnittene Schlüpfer, deren Muster man nicht mehr erkennen kann. Die Schuhcreme ist immer ausgetrocknet oder halbleer. Und kein Deckel passt. Immer muss ich die Reste aus den Tuben und Dosen herausquetschen oder reiben. Meine Finger sind grün, schwarz und braun. Und es gibt auch nur eine Bürste, und die ist auch schon ganz verfärbt. Bürste ich jetzt erst die grünen, dann die schwarzen, dann die braunen Schuhe. In welcher Reihenfolge denn. Und wie mache ich es, dass die Schnürsenkel nicht mit Schuhcreme verfärbt werden. Jetzt sitze ich zwischen den ganzen Schuhen, die sich alle geteilt haben, keiner passt mehr zum anderen. Auf meiner Schürze sind auch Schuhcremeflecke und an meiner Hand und meiner Wange. Ich werfe alle Schuhe die Hausflurtreppe hinab. Sie sollen sich alleine wieder zusammenfinden. Ich lege mein Kinn auf die Knie. Und warte. Sehr diszipliniert und kleinlaut stellen sich die Schuhe nebeneinander. Jetzt kann ich noch den Hausflur mit dem zweiten Wischwasser wischen. Ich schütte das Wasser im Vorgarten in den Abfluss.

Am schlimmsten sind die Tage, wenn die Kohlenmänner die Kohle auf unserem Hof abladen. Mit schwarzen Gesichtern, über die der Schweiß rinnt. Sie wollen uns mit ihrem schwarzen Kohlenberg zuschütten. Der Kohlenberg liegt vor unserem Kellerfenster. Wir müssen Schürzen und Handschuhe anziehen und die Schaufeln und Eimer holen. Bis es dunkel wird, schaufeln wir die Kohlen in den Keller. Einer muss sich drinnen auf den alten Kohlenberg stellen und mit einer Forke die Kohlen, die durch das Fenster fliegen, verteilen. Am Ende des Tages liegt der Kohlenberg drinnen. Wir sind so schwarz wie die Männer und dürfen das Badewasser einlassen. Wir schütten Schaumbad hinein. Mit dem Wasser, in dem wir gebadet haben, müssen wir dann zum Schluss den Keller wischen.

Jeden Tag liegt auf dem Küchentisch eine Liste mit vielen Aufgaben. Zum Schuster. All die Schuhe müssen besohlt, repariert, begradigt, ausgebessert, geweitet, verkleinert oder genäht werden. Der Schuster ist eingeweiht in alle Familiengeheimnisse. Er ist ein einsamer Mann. Er wohnt in der Leninallee, in einem Haus, wo alle Fenster blind sind. Er schreibt jeden meiner Wünsche auf einen kleinen Zettel und heftet ihn an den entsprechenden

Schuh. Ich bekomme die Zettel ausgehändigt. Zum Fleischer Brüggemann. Da steht schon eine Schlage bis zum Elektroladen. Die Erwachsenen drängeln sich immer vor. Ich gebe die Bestellung auf. Einhundert Gramm Leberkäse, einhundert Gramm Teewurst, einhundert Gramm Kalbsleberwurst, einhundert Gramm Rotwurst, einhundert Gramm Zungenwurst, einhundert Gramm Sülze, ein Stück Speck, ein Stück Schweinebraten für Sonntag und noch etwas von der Jagdwurst. Ich soll aufpassen, dass sie den Kindern keine Enden einpacken, weil sie den Kindern gerne Enden einpacken. Die Fleischerfrau gibt mir mein Päckchen. Ich muss mich beim Bäcker anstellen und ein Brot kaufen. Ich kaufe noch heimlich von meinem Taschengeld ein halbes dazu. Das gehört mir allein, ich kann die Kruste essen, das Brot aushöhlen und Leberkäse hineinstopfen, mich auf eine Treppe setzen und das Brot essen, ohne dass mich jemand ermahnt. Ich schlinge das halbe Brot hinunter. Nun muss ich noch zum Konsum. Zwei Flaschen Milch, für Papa Bier und für uns Brause, Vanillezucker, Backpulver, Zucker und Mehl und Kochkäse. Die Konsummarken zum Einkleben nicht vergessen. Nun zum Gemüseeck ins Altentor. Das ist ein neu gebauter Laden mit großen Fensterscheiben, durch die man auf die Kreuzung schauen kann. In den Regalen stehen Senfgurken, Gewürzgurken und Apfelmus. In einer Kiste liegen Kartoffeln und Zwiebeln. Manchmal gibt es hier Bananen aus Afrika. Das geht dann wie ein Lauffeuer durch die Stadt. Jeder erzählt es jedem. Bananen aus Afrika. Bananen aus Afrika. Ganz zum Schluss weiß es Mia, dann klingelt sie an unserer Tür, und ich muss schnell mit zwei Beuteln loslaufen. Die Schlange steht schon bis zur Kastanie. Nach einer Stunde bin ich schon auf der Treppe. Die Leute sind nervös. Es sind nicht mehr so viele Bananenkisten da. Sie fangen an zu drängeln und zu schieben. Ich schiebe mich mit meinen Ellenbogen dazwischen. Endlich stehe ich an der

Kasse und sage ›Einmal Bananen für kinderreich bitte‹. Die Verkäuferin mustert mich, als wäre ich eine Lügnerin, und die Menschen hinter mir sind wütend, weil sie Angst haben, dass ich ihnen die Bananen wegkaufe. Die Verkäuferin reißt mir die zwei Beutel aus den Händen, beugt sich über die Kiste und legt die Bananen hinein. Ich zahle und bin froh, der Menge entkommen zu sein.

Was ist so aufregend an diesen Früchten. Wahrscheinlich, weil sie aus einem Land kommen, in das wir niemals fahren können. Vielleicht kann man ein Stück Afrika und Sonne schmecken, wenn man die Banane schält, und vielleicht macht so ein Stück Sonnenafrikabanane die Leute ja glücklich. Zu Hause angekommen, wartet meine Mama schon auf die Bananen und schüttelt die Beutel auf dem Küchentisch aus. Die Bananen sind schlecht, die Schalen dunkel verfärbt. Meine Mama legt die Bananen wieder zurück in die Beutel und schickt mich los, um die verfaulten Bananen umzutauschen. Weiß sie denn nicht, wie blöd die Verkäuferin zu mir war und wie böse die Leute, die da standen. Ich will da nicht noch einmal hingehen. Keine Widerrede. Du gehst da jetzt hin und tauschst die Bananen um. Wir lassen uns doch nicht betrügen. Mama, bitte. Keine Widerrede. Ich geh ja schon. Ich haue die matschigen Bananen gegen das Gartentor, den Gartenzaun, das Brückengeländer, den Laternenpfahl, die Bordsteinkante. Wohin ich nur schlagen kann in dieses Land mit Gitterstäben. Durch die uns die Regierung nun Bananen steckt. Damit wir nicht merken, dass wir sie nicht pflücken können. Ich bin so wütend auf den Raub der Welt und überhaupt. Ich stelle der Verkäuferin die Beutel vor die Nase. Sie will rebellieren und mich wieder wegschicken. Ich ziehe den Bananen die Schale ab. Noch ein Wort aus deinem Mund. Was glaubst du, wer ich bin. Sie will mir keine neuen geben. Ich nehme die matschigen, faulen Bananen und stopfe sie ihr in den Mund, in die Nase, in die Ohren, in die Haare. Sie schreit. Ein klebriges Monster. So entstellt gefällt sie mir schon viel besser. Jetzt hat sie ihre Macht verloren, ihren Gemüsehändlerinnenstatus eingebüßt. Durch den Bananenbrei kurz erblindet, kann sie gar nicht sehen, dass ich die ganze Kiste mit den gelben, frischen Bananen entwende und nach Hause trage und meiner Mutter auf den Tisch stelle. Ich will nichts davon essen, esst ihr sie alle auf.

Auf der Liste steht noch Wäsche legen, Wäsche zur Heißmangel. Schwester, Schwester. Komm, lass uns Wäsche legen. Wir räumen die Stühle und den Küchentisch beiseite. Bevor wir die Wäsche legen, wird sie mit Wasser eingesprüht. Erst die Tischwäsche, dann die Kopfkissen, die Bettbezüge, die Laken, die Läufer, die Vorhänge. Die Wäsche muss für die Frauen in der Heißmangel vorgelegt werden. Wir müssen uns weit voneinander entfernt aufstellen. Jeder nimmt zwei Zipfel in die Hand. Genau in der Mitte müssen wir das Stück Wäsche halbieren und dann nochmal halbieren und nochmal. Bis wir nur noch einen schmalen Streifen haben. Wir ziehen in alle Richtungen. Das ist unser schwesterliches Band, das nie reißen darf. Wir schlingen es um unser Handgelenk und tanzen einmal um uns selbst herum. Immer schneller. Zum Tanze da geht ein Mädel mit güldenem Band. Zum Tanze da geht ein Mädel mit güldenem Band, das schlingt sie dem Burschen ganz fest um die Hand, das schlingt sie dem Burschen ganz fest um die Hand. Unser Band soll halten und halten. Der Wäschekorb schneidet in die Handflächen. Wir schleppen ihn über die Zorgebrücke zur Heißmangel. In der Heißmangel schlägt uns heißer Dampf entgegen. Die Wäscherinnen haben fleischige, weiße Arme und feuchtes Haar unter ihren Hauben. Sie stehen an großen Mangeln, Schleudern und Trommeln. Es tut mir leid, dass wir ihnen noch den Korb mit dem Riesenwäscheberg unserer Familie zu ihrer Arbeit dazu stellen.

Ich habe noch einen Paketschein in der Tasche. Die Post ist im Haus der Dienstleistung untergebracht. Auch da steht eine Schlange. Ich stelle mich an. Das Paket ist von einer Frau, die uns aus dem anderen Land Pakete schickt. Das Paket ist riesengroß, und ich weiß gar nicht, wie ich es nach Hause bringen soll. Heute ist bestimmt für mich und meine Schwester etwas dabei. Ich muss mir das Paket auf den Fuß stellen und es vor mir her stoßen. Von der Post bis zur Bahnschranke, dann bis zur Ampel, bis zur Spielstraße, bis zum Imker, bis zur Hutmacherin und endlich bis nach Hause. Meine Schwester und ich stellen es auf den Küchentisch. Wir nehmen ein Messer und stechen vorsichtig durch einen Spalt im Karton in das Paket hinein. Jetzt ist der Spalt so groß, dass wir mit den Fingern hineintasten können. Stoff, Wolle, etwas Metallisches. Ein Kettchen. Ich fühle es ganz genau. Schnell schieben wir alles zurück und warten bis zum Abend. Bis die ganze Familie um das gesandte Päckchen herum steht, der Knoten geöffnet wird, die Schnur gelöst wird, die Schnur in einer säuberlichen Acht um das Handgelenk aufgerollt wird und in die Schublade zu den anderen säuberlich aufgerollten Schnüren kommt. Das Papier mit dem Messer aufgeschnitten und gefaltet wird und zu den anderen Papieren in die Schublade kommt. Nichts darf umkommen. Unsere Augen sind auf das Packet gerichtet, darin ein dunkelgrünes Wollkostüm mit einem goldenen Kettchen und einer Blumenborte. Edelweiß, Kornblumen und Mohnblüten. Für meine Schwester ein Kleid, für meine Brüder eine Schokolade, für meine Mama Strumpfhosen und Parfüm. Jetzt wird der Karton zerschnitten, zum Ofen anheizen. Die Schokolade kommt in den roten Schrank im Schlafzimmer. Das ist unser Familienheiligtum. Hier sammeln sich aus all den Päckchen die Schätze. Nur an besonderen Feier- und Festtagen dürfen wir eine Dose Ananas oder eine Dose Mandarinen holen.

Manchmal, wenn ich von der Schule komme, schließe ich die Wohnungstür von innen zu, gehe ins Schlafzimmer, öffne den roten Schrank und schaue mir an, was da drin ist. Der Geruch aus Seife, Kaffee und Schokolade ist besonders. Ich möchte die schönen Dinge nur einmal berühren. Goldfischlis für Silvester, Ritter Sport Schokolade und Schogetten, Brausepulver mit dem kleinen Matrosen drauf, Maoam Kaubonbons, Hitschlerkaugummi, Jacobs Kaffee, Bahlsen Butterkekse, die Prinzenrolle, Kinderschokolade, Milka Schokolade, Kaba Erdbeergeschmack, Kaba Bananengeschmack, Maggitütensuppen, Knorrbrühwürfel, Persilwaschpulver, Bac Deo, Nivea Creme, Fa Seife, Hanuta Tafeln, Marsriegel, Granini Fruchtsaft, Teekannentee Hagebutte, Haribo Gummibärchen und andere Kostbarkeiten. Alle diese Dinge kommen direkt aus dem Paradies zu uns. Darum darf man sie auch nicht essen. Ich lege mich in den Schrank zwischen die Ananas, Himbeer- und Mandarinendosen, ich versuche, durch das geschlossene Metall den süßen Saft der fremden Früchte zu schmecken. Ich presse meine Stirn an die aufgeklebte Banderole, auf der eine aufgeschnittene Ananas mit grünen Stachelblättern zu sehen ist. Ich bohre mit einem Nagel ein Loch in die Konservendose. Aus dem Loch kommt süßer, klebriger Ananassaft. Ich lasse ihn mir in den Mund laufen, über die Zunge, direkt in den Bauch hinein. Ich liege auf einem Palmenblatt, direkt am Meer. Ich sehe nur Wasser und weißen Sand, unter mir eine Riesenschildkröte mit einem ledrigen Kopf. Ich trinke den Saft bis zum letzten Tropfen aus. Die Sonne scheint heiß. Die Dosen sind für die Geburtstagstorten bestimmt. Ich muss wieder herausklettern aus dem Schrank und die Tür aufschließen. Ein kurzer Ausflug ins Ananasland.

Der Zettel auf dem Küchentisch muss abgearbeitet werden. Die Fußböden. Der gekachelte Badezimmerboden, der Linoleumboden von Korridor und Küche, der

Teppich in der Stube, der Teppich im Kinderzimmer, die Läufer vor dem Bett im Schlafzimmer und der darunter liegende Fußboden. Meine Schwester und ich fangen im Badezimmer an. Die anderen Kinder sind im Freibad. Nun noch absaugen. Meistens ist die Staubsaugertüte verstopft und muss über dem Mülleimer geleert werden. Aber draußen. Schon wieder so eine Schmach. Immer kann man bei diesen Arbeiten ertappt werden. Ich schütte den grauen Schmutz weg und lege eine neue Papiertüte ein, das dauert ja eine Ewigkeit. Der Staubsauger zieht stumpf seine Bahnen. Die Fusseln klammern sich am Teppich fest. Die Sessel zur Seite, den Tisch zur Seite. Unter den Schränken, hinter der Tür. Um den Ofen herum. Da, wo die Asche und Kohleeimer stehen. Um die schwarzen Brandlöcher von der verglühten Asche herum. Was steht noch auf dem Zettel. In den Garten gehen. Unkraut jäten. Erdbeeren pflücken, grünen Salat und Schnittlauch ernten. Gießen. Ich suche meine Schwester und die Spankörbe, in denen wir die Erdbeeren nach Hause bringen.

Die Zeitung auf dem Boden des Spankorbes ist schon wieder ganz zermatscht. Die muss ausgewechselt werden. Ich finde das immer ein bisschen gemein, wenn die wichtigen Gesichter in Schwarzweiß, die um Mähdrescher oder Fabriken oder eröffnete Kindergärten herumstehen, von unseren Erdbeeren aufgeweicht werden. Hoffentlich werden wir dafür nicht bestraft. Wenn nun eine Kontrolle kommt und den Staatsapparat entstellt auf dem Boden unserer Spankörbe findet. Werden wir dann verhaftet. Man hört ja solche Geschichten. Dann nehme ich lieber die Sportseite. Da kann nichts passieren. Gartensachen anziehen. Nicht in den guten Sachen in den Garten gehen. Und noch ein bisschen Geld für Eis. Mein Papa lässt seine Jacken an der Garderobe hängen. Ich durchsuche die Innentaschen. Ich finde immer ein wenig Kleingeld. Das reicht für Eis an der grünen Holzbude. Wir gehen über die Zorgebrücke und stellen uns an. Die Kinder stehen bis zur Kreuzung. Die Eisverkäufer tragen weiße Kittel und weiße Schiffe auf dem Kopf und holen das Eis mit Kellen aus den silbernen Behältern. Die Sonne scheint. Die Handwerker reichen Thermoskannen durch das Fenster und kaufen gleich zehn oder zwölf Kugeln Eis. Dann muss das Eis neu gemacht werden, weil sie alles wegessen. Endlich haben wir unser Eis. Wir gehen durch die Kastanienallee bis zu unserem Garten. Wir suchen die Gießkannen. Im Garten gibt es ein kleines Bassin mit einem Wasserrad. Darin steht das Gießwasser. Der Garten ist groß, wir teilen uns die Felder und Beete. Ich gieße den Salat, die Radieschen, die Petersilie, den Kohlrabi, die Bohnen, den Schnittlauch. Meine Schwester die Erdbeeren und die Blumen. Die Gießkanne schlägt gegen die Knie. Vom Gießen kriegt man schmutzige Beine und blaue Flecken an den Waden, Knöcheln und Knien. Unser Gartennachbar hat einen Wasserschlauch und eine Hollywoodschaukel. In unserem Garten gibt es keine Hollywoodschaukel. Nur einen alten Korbstuhl und ein Indianerzelt für die Brüder. Wir holen aus dem Geräteschuppen die Hacke. Unkraut jäten. Brennnesseln und Disteln aus der Erde holen. Mein Rücken tut weh, und die Sonne sticht. Sabrina Roy, Marlen Jonas und Stefanie Sturm sind im Salzabad und können in ihren Bikinis auf der Wiese liegen, und ich stecke hier im Unkraut fest. Wir bringen die Schubkarre zum Komposthaufen im hinteren Teil des Gartens. Über die Treppe legen wir ein Brett und bugsieren sie hinüber. Hinter dem Garten fließt ein modriger Bach. Ich bin mir sicher, dass die Mörder aus dem Gehege und dem Stadtpark hier Leichen deponieren oder zumindest Leichenteile.

Wir knien zwischen den Erdbeerpflanzen, unter den Blättern sitzen die fetten Schnecken. Man muss aufpassen, dass man nicht in eine hineingreift. Wir pflücken

Erdbeere für Erdbeere in den Spankorb, bis er voll ist. Das ist der schönste Augenblick. Pause. Wir können uns auf die Wiese setzen und Gänseblümchen pflücken und daraus einen Kranz flechten. Wir stellen die Uhren ab. Mit dem Fingernagel muss man einen kleinen Schlitz in den Stängel ritzen und dann die Blüte hindurchziehen. Der Kranz wird immer länger. Ich flechte einen für meine Schwester und sie einen für mich. Wir krönen uns. Erdbeerprinzessinnen. Unter dem Rosenbogen einen Tanz. Nur die Eule schaut zu.

Wir schließen das Tor und machen uns auf den Heimweg. Durch den Stadtpark, über die Zorgebrücke nach Hause. Am Schönsten ist es, wenn die Erdbeeren in die Spüle geschüttet werden. Sie schwimmen im eiskalten Wasser. Wir zupfen die Blättchen ab. Der grüne Salat wird gewaschen, aussortiert, die Radieschen und der Schnittlauch werden geschnitten. Nach dem Essen wird abgewaschen. Das Geschirr wird gleich abgetrocknet und in den Schränken verstaut. Einmal kam meine Mama früher nach Hause, als angekündigt. Meine Schwester und ich stapelten gerade in den Unterschrank Töpfe nach einem bestimmten System. Wir reichten uns gerade die Töpfe zu, als meine Mutter mit einem ganz tragischen Gesicht in die Küche hineinsagt ›Pati ist tot‹. Pati ist eine von Mielchens und Mariechens Schwestern. Wir müssen lachen, wir müssen so laut und so viel lachen, dass wir in den Schrank zu den Töpfen kriechen. Wir kriechen vor lauter Lachen immer tiefer in den Schrank und verstecken uns dort. Der Tod löst eine so unmögliche Vorstellung in uns aus, er ist so überraschend in unseren Tag hineingeplatzt, dass wir nur über ihn lachen können. Was ist das für eine absurde Nachricht ›Pati ist tot‹. Das klingt so unwahr. Meine Mama findet das nicht lustig und hält uns für ungezogen. Für jede eine Ohrfeige. Jetzt erst versuchen wir ihren Ausdruck zu kopieren. Der Tod muss demnach etwas Schmerzliches, Feierliches sein. Ein Anlass zum Weinen. Aber das verstehe ich nicht. Jeden Morgen sind Mielchen und Mariechen mit ihren krummen Rücken die Dorfstraße zum Frühgottesdienst entlanggegangen. Mit frisch gepflückten Blumen aus ihrem Garten. Für Jesus am Kreuz. Oft waren sie mit dem Pfarrer die einzigen bei der Messe. Und Jesus war ihr einziger Verehrer, der einzige Mann, dem sie sich mit ihrer ganzen Liebe und Verehrung widmen konnten. Und jetzt ist doch Pati bei ihm. Sie sieht Jesus jeden Tag. Bestimmt trägt er im Himmel dieses hässliche Kreuz nicht mehr. Das ist doch lästig. Und die Nägel sind bestimmt auch aus den Händen und Füßen entfernt. Ich bin mir sicher, dass er Pati freundlich aufnimmt. Schließlich hat sie ihm ja über Jahre hinweg Blumen und Gebete gebracht. Das muss er ja jetzt mal honorieren. Ich frage mich nur, in welchem Alter man im Himmel ankommt. Wahrscheinlich in dem Alter der Seele und nicht in dem des Körpers. Und die Seele von Pati war die eines Mädchens. Vielleicht kann sie sich ja im Himmel noch einmal verlieben. Vielleicht gibt es ja eine Seele namens Hans oder Oskar, die meine Pati umarmt und sie streichelt und mit ihr zwischen den Wolkenbänken spazieren geht. Wir stapeln die Töpfe zu Türmen und kriechen sehr ernst aus dem Schrank heraus. Wir haben jetzt einen Todesfall in unserer Familie. Aber die Liste stört das nicht.

Was ist als Nächstes zu tun. Die Betten beziehen, das heißt sechs Kopfkissen, sechs Federbetten und sechs Laken abziehen, die Betten aufschütteln und wieder neu beziehen. Die starken Frauen aus der Wäscherei haben die Wäsche so heftig gemangelt und zusammengelegt, dass sie sich kaum auseinanderziehen lässt. Wie Wachspapier. Und jetzt soll ich die Zipfel finden. Irgendwann sind aber alle Betten bezogen. Und da dieser Tag besonders reinlich ist, werden uns zum Abschluss die Fingernägel geschnitten. Das ist so gemein. Mit frisch geschnittenen Fingernägeln im frisch gestärkten Bettzeug schlafen. Da kriege ich ganz schlimme Gänsehaut und könnte schreien. Warum muss das denn sein.

Die Nacht steht vor dem Fenster. Aus dem Gehege dringt Musik. Über mir ist die Tapete mit dem grauen Muster. Ornamente mit Kreisen. Ich starre ein Loch in die Tapete. Ich werde mich in ein Muster verwandeln. Dann findet mich niemand. Ich wähle mir zum Verschwinden den kleinsten Kreis aus. Er ist mit goldenen Punkten ausgefüllt. Mit meinen Augen öffne ich einen der Punkte, bis er schwarz wird. An den Papierrändern ziehe ich mich langsam nach oben. Ich brauche Kraft und muss mich mit den Zehenspitzen von meinem Kopfkissen abstoßen. Ich stecke zuerst den Kopf durch die Tapete und ziehe den Körper hinterher. Sorgfältig verschließe ich das Loch. Ich taste mit den Händen durch die Dunkelheit. Wer mag hier wohnen. Ich höre einen Atem. Ich bin in einem Hohlraum. Es ist meine Gestalt, die sich barfuß in einem Hohlraum zusammenkauert. Ich taste nach meiner Haut. Sie ist trocken wie Papier. Ich habe lang nichts mehr gegessen. Ich habe lang nichts mehr getrunken. Ich bin ja tot. Käfer um mich herum. Was machen sie hier. Ich erwache aus einem dämmrigen Halbschlaf. Es müssen Jahrzehnte vergangen sein. Mein Haar ist verbrannt. Wenn ich es berühre, fällt es wie Asche in meine Hand. Wo sind meine Eltern, wo ist mein Hase. Ich erinnere mich. An meinen Tod. Wer ist das Mädchen vor mir. Ich muss es ansprechen. Es trägt einen Schlafanzug. Ich zupfe an seiner Hose. Es erschrickt, beugt sich aber zu mir. Es schaut mir in die Augen. Seine Hand legt sich auf meine Wangen. Meine Tränen tropfen auf seine Hand. Wir kauern in dem Versteck. Ich erzähle dem verbrannten Mädchen mit der Papierhaut von den Walnussbäumen vor dem Fenster, dem Vorgarten mit den

Osterglocken, den Erdbeeren mit Zucker im Juni. Ich ziehe es auf meinen Schoß. Ich lege seine Füße auf meine Füße, seine Knie auf meine Knie, seine Beine auf meine Beine, seinen Rücken an meine Brust, seinen Hinterkopf an mein Gesicht Ich mache etwas Platz in mir. Schnell schlüpft das Mädchen in mich hinein. Ich bin jetzt etwas schwerer und höre es atmen. Aber das wird schon gehen. Wir werden uns aneinander gewöhnen.

Ich krieche durch das Loch zurück und lege uns jetzt erst mal schlafen. Die erste Nacht für sie in meinem Bett. Sie erzählt mir von ihrem letzten Tag. Als das Haus noch stand. Wir suchen nach Gemeinsamkeiten. Wir lieben das Märchen von Jorinde und Joringel. Allein, weil die Namen schon so schön sind. Wir erzählen uns das Märchen unter der Bettdecke. Ihre Stimme flüstert in mir. Es war einmal ein altes Schloss mitten in einem großen Wald, darinnen wohnte eine alte Frau ganz allein, das war eine Erzzauberin. Am Tage machte sie sich zur Katze oder zur Nachteule, des Abends wurde sie wieder wie ein Mensch. Sie konnte das Wild und die Vögel herbeilocken, und dann schlachtete sie alle und kochte und briet sie.

MEERE

Kein Gras wächst, keine Beere, kein Regen fällt, und kein Weltenmeer ist gefüllt. Alles so trocken und staubig hier, dass einem die Zunge am Gaumen kleben bleibt. Unter den Füßen die ewige Asche. Nun sind sie schon drei, das fühlt sich schon viel besser an. Sie müssen nun das große Wasser bringen. Sie laufen im Kreis. Immer wieder stoßen sie auf ihre eigenen Spuren. Sie setzten die Füße auf die Abdrücke in der Asche und drehen sich. Kurz halten sie sich an den Händen, der Gott, die Geistin und ein stummes, nasses Tier, und tanzen. Einen Schritt vor, einen Schritt zurück, einmal in die Hände geklatscht und gesprungen. Das Tier lacht sogar. Gott stochert ein wenig in der Erde herum. Nichts. Das Tier aber hat eine feine Nase, mit der Nase am Boden beginnt es zu laufen, immer schneller. Gott und die Geistin folgen. Das Tier beginnt zu graben, benutzt den eigenen festen Körper wie eine Schaufel und stößt sich immer wieder in die Tiefe, schaufelt unermüdlich Asche und Schlamm zu Tage. Gott und die Geistin schauen dem Tier zu, es ist schon ganz in einem Loch verschwunden. Immer mehr Schlamm gräbt es aus. Die Geistin findet im schwarzen Schlamm eine Muschel und lauscht hinein. Sie kann es schon hören, ein fernes Rauschen, ganz nah an ihrem Trommelfell. Solch einen Klang hat sie noch nie gehört, es wird zu einem gewaltigen Tosen, sie gibt die Muschel an Gottes Ohr weiter. Er weiß, dass nun der dritte Tag angebrochen ist. Die Schöpfung schreitet voran.

HARZRIGI

Ich gehe oft zum Spielplatz an der alten Gärtnerei. Da gibt es ein altes Karussell. Es ist rostig, die Farbe der Sitze ist abgeblättert. Es gibt vier Gondeln mit einem verbogenen Geländer. Sobald man sich ein wenig hin und her schwingt, kann man mit den Zehenspitzen den Kiesboden berühren. Hier bleibe ich, bis es dunkel wird. Ich drehe mich in stotternden Kreisen, ein Fuß zieht eine Spur in den Sand. Ich beobachte die Leute, die am Spielplatz vorbeikommen. Sie sehen mich nicht, weil sie es eilig haben. Sie tragen Einkaufstaschen, Aktentaschen, Tüten mit leeren Milchflaschen, Schulranzen. Sie schieben Fahrräder, Kinderwagen und Roller. Sie sind Teil einer Bewegung. Sie haben ein Ziel und laufen zielstrebig von Haus zu Haus, von Ort zu Ort, von Mensch zu Mensch.

Die dicke Gisela kommt mit ihrem Bollerwagen vorbei. Die Leute nennen sie so. Sie müssen ja den Dingen, die sie nicht begreifen, einen Namen geben. Gisela hat weißblonde Haare, die sie sich bestimmt mit Chemie aus der Drogerie selbst färbt. Gisela trägt immer rot, was ich sehr schön finde. Sie muss einen großen Vorrat an roten Kleidern und roten Mänteln mit goldenen Köpfen haben. Sie sieht aus wie ein großes Rotkäppchen. Eines, das nie erwachsen wird. In ihrem Bollerwagen hat die dicke Gisela immer Flaschen, die sammelt sie in der ganzen Stadt. Erst in der Unterstadt, dann in der Oberstadt. Die dicke Gisela hat kein Ziel. Jedenfalls kein geradliniges, eher ein kreisförmiges. Ich treffe sie an den unmöglichsten Orten. Sie kommt ohne Vorwarnung. Plötzlich ist sie da. Wie eine Erscheinung. Ich weiß nicht, ob sie sprechen kann. Ich habe sie nur lachen hören.

Auch jetzt ist sie plötzlich da. Mein Karussell neigt sich bedrohlich in eine Richtung. Gisela sitzt hinter mir. Sie hat ihren Flaschenbollerwagen neben meinem Turnbeutel abgestellt. Sie ist so stark und fröhlich, dass sich unser Karussell von allein dreht. Es dreht sich immer schneller und immer höher. Wir können schon die Gärtnerei von oben sehen. Mir ist etwas bange. Ich drücke mich mit dem Rücken an das Eisengeländer. Hier gibt es keine Eisenkette, die ich vor den Bauch spannen kann. Gisela legt mir ihre Hand auf die Schulter und beschleunigt unsere sich in den Himmel schraubende Fahrt. Sie muss über magische Kräfte verfügen. Ich liebe sie für diese Entführung. Mir ist etwas schwindlig, aber das ist normal in diesen Höhen. Die Menschen zeigen mit den Fingern nach uns. Sie können dieser Lufterscheinung nicht glauben. Es passiert nicht so häufig in der Stadt, dass die dicke Gisela mit einem Mädchen an der Hand auf zwei losgelösten Karussellsitzen durch die Luft fliegt. Wir schauen der Gärtnerei Gassmann aufs Dach. Wir sehen die angelegten Blumenfelder. Feuerrote und orangene Dahlien. Frau Gassmann ist nur noch eine kleine gebückte Gestalt mit einer Gießkanne. Sie hat noch die Mohrrüben und die Zwiebelfelder vor sich. Wir zupfen an einer Wolke und lassen es regnen. Frau Gassmann freut sich und stellt die Gießkanne weg. Sie schaut nach oben. Wir sind schon weitergeflogen. Mein Turnbeutel ist nur noch ein blaues Pünktchen neben dem grünen Bollerwagen. Wir fliegen über die Buchhandlung Rose und schauen durch das Dachfenster in ein offenes Buch hinein. Ich winke Frau Rose zu. Der Buchladen ist dunkel und geheimnisvoll. Ich finde für mein Taschengeld immer ein Buch für mich. Frau Rose hütet all die Schätze, Bilder, Worte und alte, kostbare Papiere. Sie weiß alles. Sie kann über jedes Buch eine Geschichte erzählen. Von Frau Roses Dach aus fliegen wir zum Bingerhof. Ein Geviert aus ordentlichen Häusern, deren Scheiben geputzt sind. Alle Wohnungen haben die gleiche Größe, und es gibt einen Hof mit einem Garten.

An dem Tag, an dem die Stadt brannte, sind die Menschen aus ihren brennenden Häusern in das Gehege gerannt. Man erzählt, ihnen wären die Lungen geplatzt, die Bewohner vom Bingerhof hätten mit Blut vor dem Mund tot im Laub gelegen. Ich weiß, warum ich nie im Gehege rodeln möchte. Dieser Laubwald war mir immer unheimlich. Dann bleibe ich noch mit meinem Schlitten im Schneelaub stecken, und die Lungen sind tief unter dem Laub. Das ist doch alles nur übereinandergeschichtet. Gerade mal eine Handvoll Laub über den blutenden Mündern, gerade mal Gras über die Sache gewachsen.

Auf der Krone einer Linde machen wir kurz Rast. Vor uns liegt die Unterstadt. Die Glocke im Turm der Altendorfkirche schlägt vier. Die dicke Gisela wickelt ein Bonbon für mich aus. Sahnetoffee. Es ist mit Krümeln aus ihrer Manteltasche verklebt, aber das macht nichts. Wir setzen unseren Flug fort. Da wir schon einmal unterwegs sind, können wir das ganze Gehege umkreisen. Neben der Treppe, die zur Villa des ehemaligen Fabrikanten führt, ist ein Bunker. Ich sehe unter dem Buchenlaub eine Schicht Erde und unter der Erde Beton. Unter dem Beton ragt ein Autodach hervor. Das Autodach gehört zu einem amerikanischen Jeep. Die Leute sagen, der Wagen wäre in einen Hinterhalt gelockt worden. Ich kann in die Fahrerkabine und auf den Rücksitz sehen. Die toten Soldaten sind nicht mehr da.

Ich werde nie mehr einen Amerikaner sehen, weder einen toten, noch einen lebendigen. Ich werde überhaupt keinen Fremden sehen, nur Einheimische. Nur die Menschen, die immer hier wohnen. Keinen Eskimo, keinen Indianer, keinen Franzosen, keinen Mexikaner, keinen Spanier. Ich bin mit meinem eigenen Volk in meinem Land eingeschlossen. Nur russische Soldaten gibt es noch. Jetzt, wo ich in der Luft schwebe, fällt mir das besonders auf.

Wir fliegen über die Gehegesiedlung, überqueren den Rosengarten Richtung Harzrigi. Dort ist ein Manövergelände. Russische Soldaten haben sich die Hügel rund um den Harzrigi genommen. Von hier oben sieht das Gelände aus wie eine Modelllandschaft für Panzerspielzeuge. Ich denke, der Krieg ist vorbei. Warum fahren denn dann Panzer über das grüne Gras. Für welchen Krieg üben die russischen Soldaten denn. Können sie nicht zu Hause üben. Die amerikanischen Soldaten sind tot oder verschwunden, die russischen Soldaten sind hiergeblieben. Sie wohnen am Rande der Stadt in einer großen Kaserne, die von einem Bretterzaun umgeben ist, durch den man nicht schauen kann. Neben den Panzern wachsen weiße Champignons. Wir können sie gut erkennen. Wir landen bei den Pilzen, sammeln sie ein und stecken sie in unsere Taschen. Später kann ich sie zusammen mit meinem Papa in Scheiben schneiden und auf eine Schnur ziehen. Er wird sich freuen, wenn ich so viele Champignons mit nach Hause bringe. Gisela will die Pilze lieber in guter Butter braten und mit Petersilie bestreuen.

Ich schaue mich um. Ein Panzerrohr ist auf uns gerichtet. Ich blicke in die Mündung. Ein dunkles Augenpaar blickt zurück. Ich zwinkere ihm zu. Die Luke vom Panzer steht offen. Ein russischer Soldat schaut heraus. Kolja. Mischa. Sascha. Sergej. So heißen die russischen Soldaten im Schulbuch. Aber er hat keinen Namen. Er ist aus Stein. Ein versteinerter Held in einem verrosteten Panzer, mit zwei noch lebenden Spähaugen, die mich mustern. Ich weiß nicht, wer ihn auf diesem verlorenen Außenposten vergessen hat. Hier auf einer Wiese vor dem Harzrigi. Gisela und ich haben noch kein Wort gewechselt. Aber das ist auch nicht nötig. Sie sitzt auf der Wiese zwischen den Champignons wie ein großes Kind.

Ich möchte mich ein wenig ausruhen. Gisela breitet ihren roten Mantel aus. Das Innenfutter ist aus schwarzer Seide und an manchen Stellen schon zerrissen. Sie wiegt mich an ihrem großen Körper hin und her und lacht mich in den Schlaf. Sie bettet mich auf ihren Mantel. Ich spüre, wie sie sich neben mich legt. Einen Arm legt sie schützend über meinen Körper. Es war ein anstrengender Tag. Ich träume von einem friedlichen Tag. Ohne Grenzen, Sendetürme, Panzermündungen und Napalm. Als die Erde entstand, muss es doch einen friedlichen Tag gegeben haben. An dem die Sonne auf die Schachtelhalme schien. Ich schmiege mich an Gisela und verkrieche mich unter ihrem Gewicht. So möchte ich liegenbleiben, bis die Sonne untergeht. Ich höre ihren Atem an meinem Ohr. Sie beginnt zu sprechen, nein, es ist eher ein Sprechgesang. Es geht ein dunkle Wolk herein, mich deucht, es wird ein Regen sein, ein Regen aus den Wolken, wohl in das grüne Gras.

Der Abend dämmert. Die Landschaft besteht nur noch aus Schatten, die sich übereinanderlagern. Gisela ist neben mir eingeschlafen. Ich betrachte ihr Gesicht. Ihr Mund ist leicht geöffnet. Ein Grashalm liegt auf ihrer Wange. Ich nehme ihn vorsichtig weg. So schlafend erscheint sie mir noch einsamer. Ein Mensch ohne Haus und Familie. Eine Vagabundin. Ich berühre ihre Schulter, sie dreht sich auf die andere Seite. Mir ist es unheimlich, ohne ihre Wachheit. In diesem unbekannten Manövergebiet. Vielleicht liegen hier noch Granaten und Minen oder nicht gezündete Bomben. Wenn in Nordhausen neue Häuser gebaut werden, gibt es häufig Alarm, da Bomben entschärft werden. Durch die ganze Stadt heult dann die Sirene. Man möchte sich am liebsten auf den Boden werfen und sich vor der gellenden Sirene verstecken. Es wird dunkler. Hallo Gisela. Aufwachen. Sie schlägt die Augen auf. Wir laufen am Harzrigi vorbei. Von hier oben aus hat man einen schönen Rundblick, wir sehen die Nachtlichter der Stadt. Das Leben mit Gisela gefällt mir. Ohne

Haus, ohne Landkarte, ohne Gepäck. Wir können ja einfach den Straßenbahnschienen folgen. Dann haben wir eine gute Orientierung. Erst müssen wir die Oberstadt durchqueren, dann durch die Rautenstraße bis zur Unterstadt. Wir haben die Stadt ganz für uns allein. Wir gehen die Schienen entlang. Wir halten uns an den Händen. Gisela geht links, ich rechts. Wir sind die einzigen, die noch wach sind. Mir fällt ein Witz ein. Wir singen hick, puff, tschatscha, hick, puff, tschatscha. So kommen wir an die Kreuzung zur Bahnhofsstraße. Wir sehen von der Kreuzung aus den hell erleuchteten Bahnhof. Vielleicht entdecken wir ja einen seltenen Zug, der in der Nacht durch unseren Bahnhof fährt. Den Orient-Express oder den Shanghai-Express.

Wir gehen die Bahnhofsstraße herunter. Die Poliklinik liegt im Dunkeln. Die Auslagen der Geschäfte sind nicht zu erkennen. Nur im Hotel Handelshof brennt noch in einem Zimmer Licht. Bestimmt ein schlafloser Gast, der in unserer Stadt keine Ruhe findet. Der Bahnhofsplatz ist hell erleuchtet. Im Inneren des Bahnhofsgebäudes stehen Polizisten. Sie bewachen die Fahrpläne, die Fahrkartenschalter und die Neonlampen, die von oben auf den braungekachelten Fußboden scheinen. Ich soll Gisela vorlesen, wo all die Züge hinfahren. Sie kennt die Buchstaben nicht. Halle. Halberstadt. Sömmerda. Leipzig. Dresden. Magdeburg. Sondershausen. Artern. Wernigerode. Sie schüttelt den Kopf. Sie möchte andere Namen hören. Namen von Städten und Ländern, in denen die Fahrpläne nicht bewacht werden. Ich erkenne zwischen den Zeilen der Fahrplantabelle die ausgestrichenen Namen. Venedig. Gisela lächelt. Paris, Barcelona, Lissabon, London, Rom, New York, Madrid, Mexiko City, Havanna, Athen, Damaskus, Istanbul, Brüssel, Bagdad, Tokio, Hong Kong, Shanghai, Detroit, San Francisco, Tunis, Amsterdam, Hamburg, Bochum, Düsseldorf, Bruchköbel, Bad Homburg, Frankfurt am Main, Zorge. Überall können die Züge hinfahren. Gisela nimmt meine Hand. Sie lächelt immer noch. Wir gehen zur großen Pendeltür, die auf den gekachelten Bahnsteig hinausführt. Wir schauen durch das Milchglas auf die verlassenen Bahnsteige. Nur erleuchtet vom weißen Licht der Bogenlampen. Auf den Gleisen patrouillieren Grenzsoldaten mit ihren Schäferhunden. Wir spüren ein unmerkliches Zittern. Die Hunde bemerken es nicht. Auch nicht die Polizisten und die Grenzsoldaten. Ein leises Dröhnen. Ein Luftzug. Und dann sehen wir die Lichter. Die Wagen sind hell erleuchtet. An den Fenstern hängen Gardinen aus rotem Samt. Auf den Tischen vor den hell erleuchteten Fenstern stehen Kerzen, Weintrauben und Teegläser. Frauen in silbernen Kleidern mit tiefen Rückenausschnitten tanzen mit Männern, die Anzüge mit Westen tragen. Sie tanzen zu einer Musik, die wir nicht hören. Ein Mädchen in meinem Alter steht hinter einem der Zugfenster. Sie hat schon einen Schlafanzug an und winkt mir zu. Es ist ein festlicher, ein fröhlicher Zug. Noch viele bunte Fenster rauschen an uns vorbei. Wie in einem fahrenden Adventskalender öffnet sich ein Bild nach dem anderen. Und jetzt kann ich auch lesen, was geschrieben steht. Orient-Express. Ich wusste es. Wir sind doch nicht ganz von der Welt abgeschnitten. Es gibt sie noch. Ich habe sie gesehen. Gisela schweigt und lächelt. Ich schweige und lächle. Wir haben ein Geheimnis. Das behüten wir.

Wir lassen den Bahnhof hinter uns. Wir müssen noch meinen Turnbeutel und ihren Bollerwagen abholen. Auf dem beleuchteten Bahnhofsvorplatz steht ein Springbrunnen, darin schwimmt eine aufgeweichte Eistüte. Das Wasser entkommt dem Brunnen nicht. Wir gehen über den Busbahnhof. Alles dunkel. In einigen Stunden werden hier die Werktätigen stehen, um in die Dörfer zu fahren. Wir kommen an den Harzer Stielwerken vorbei, dem ehemaligen Gaswerk, überqueren die Karl-Liebknecht-Straße, die Leninallee, die Hohensteinerstraße und kehren zum Ausgangspunkt unserer Reise zurück. Unsere Sachen sind noch da. Wir gehen nach Hause. Jeder in seine Richtung. Über die Holzbrücke nach Hause. In der Stube brennt noch Licht. Da sitzen meine Eltern in Sorge. Sie öffnen das Fenster, räumen die Alpenveilchen beiseite und ziehen mich nach oben.

ARBEIT

Plötzlich schießt das Tier aus der Tiefe empor. Die Erde bricht auf, ein riesiger Krater öffnet sich, und Wasser steigt nach oben. Das Wasser schleudert riesige Gesteinsbrocken hinauf. Einer dieser scharfkantigen Steine trifft Gottes Stirn. Betäubt von diesem Schlag sinkt er in die Fluten. Seine Stirn blutet, er schaut ungläubig. Er kann nicht schwimmen, nicht eine einzige Technik beherrscht er. Er versucht zu atmen, Wasser dringt ihm in Nase, Mund und Augen. Er verschluckt sich, er will etwas rufen und wird immer weiter in die Tiefe gezogen. Er schlägt verzweifelt mit Armen und Beinen um sich, sein schwerfälliger Körper wird ihm zum Verhängnis. Die Geistin sieht ihren Gott in die Tiefe sinken. Sie bindet ihre Strümpfe zu einem Band zusammen und schlingt es um das Handgelenk Gottes. Mit aller Kraft zieht sie Gott nach oben. Sie kämpft um seine Existenz. Er darf ihr jetzt nicht verloren gehen, sie will nicht allein auf dieser Erde bleiben. Betäubt treibt er nun an der Oberfläche, so nackt und hilflos. Sie versucht, ihn zu beatmen, sie presst ihren Mund auf seinen und gibt ihm von ihrem Atem. Er spuckt Wasser und holt endlich wieder selber Luft. Das Tier ist längst nicht mehr zu sehen, verschwunden in der Ferne. Da, wo eben noch Asche war, ist nun Wasser, soweit man nur schauen kann. Die Geistin hält Gottes Hand. Er hat ihr das Schweben beigebracht, jetzt bringt sie ihm das Überleben bei. Sie greift unter seinen Rücken und hält ihn so über den Wassern, sie redet ihm gut zu, und er glaubt ihr. Er schlägt seine Augen auf und trifft auf die ihren. Er erlangt sein Bewusstsein wieder, und das erste Mal in seinem göttlichen Leben erfindet er ein Gebet. Das Wasser treibt sie weiter bis an ein unbekanntes Ufer. Hier waren sie noch nie, eine große Ebene, von Bergen begrenzt. Zur Linken eine Bucht, aus der ihnen eine ungewohnte Hitze entgegenschlägt. Auf ihrer Haut bilden sich Schweißperlen. Sie setzen sich auf einen Stein und reden über die Liebe, dass sie groß und weit sei, dass sie Wärme bringe und Momente der Nähe, dass auch die Liebe ein Meer sei. Über der Bucht flimmert die Luft, die Steine glühen. Sie müssen das große Wasser umlenken, die Bucht fluten. Hier soll das Wasser immer warm sein, und alle Menschen, deren Herzen Schmerzen haben und von der Liebe verwundet sind, deren Risse und Verletzungen nicht mehr heilen wollen, können in das Wasser steigen und sich die Wunden waschen, ihre Sehnsucht treiben lassen und nichts mehr suchen. Sie sollen ruhig und langsam schwimmen durch das Meer und sich in Vergebung üben. Die beiden ziehen weiter, ihr Tier haben sie noch nicht gefunden. Sie rufen seinen Namen, aber es gibt keine Antwort. In einer Senke treffen sie auf eine Quelle, sie geben ihr den Namen Helmespring. Sie stoßen auf einen kleinen Bach und nennen ihn Sethe, sie finden einen Stein und lassen ihn dreimal über das Wasser springen. Sie gehen bachabwärts. Sie trinken von dem Wasser, indem sie die Hände zu einer Schale formen. Sie tragen das Wasser überall hin und schütten es aus, sie graben tiefe Löcher und füllen sie mit dem Wasser aus dem großen Strom. Sie stehen in den Fluten und vergessen die Welt. Gott nennt diesen Ort Mare Crisium, das Meer der Entscheidungen. Er trennt das Meer in zwei Hälften. Wer eine Entscheidung zu treffen hat, muss die beiden Meereshälften durchschwimmen, so lange hin und her, bis es nur noch eine einzige Antwort gibt. Sie wandern weiter, zwischen Hügelkuppen und Bergspitzen, kommen an Kraterketten und erloschenen Vulkanen vorbei. Eine Mondlandschaft. Versteinert und düster. Ein fremder Geruch, sie müssen sich die Nase zuhalten. Ein Gestank, als wäre etwas bei lebendigem Leibe verfault. Es verschlägt ihnen den Atem, sie treten in nachgiebige Erde und sinken bis zu den Knöcheln ein. Ein giftiger Nebel steigt auf, in ihm wohnen alle Krankheiten. Pest, Cholera, Typhus und Malaria. Fieber und Schmerzen. Auf Gottes Haut bilden sich Blasen. Er spuckt Blut und Galle. Sie versuchen, eine andere Richtung einzuschlagen, sie haben keine Orientierung. Überall Berge und Krater. Sie klettern weiter und helfen einander, wenn das Gelände abschüssig wird oder steil aufwärts geht. Sie gelangen zum Meer der Kälte. Eiskristalle haben sich an dessen Rand gebildet. Im eisigen Wasser versuchen sie, den Schmutz von Haut und Haar zu waschen. Schnee fällt auf sie, so etwas hat Gott noch nicht gesehen. Er will die Schneeflocken mit der Zunge fangen, will sie mit den Händen greifen. Schnee verfängt sich in seinem Haar. Gott wünscht, dass ein jeder Mensch die Einzigartigkeit einer Schneeflocke besitze, dass er eine außergewöhnliche und vollendete Struktur erhalte und dass ein jeder sich von jedem unterscheide. So wie die Kristalle dieser Schneeflocken. Gott schaut nach der Geistin, die sitzt am Uferrand und haucht in ihre Handflächen. Er nimmt sie hoch und wärmt sie mit seinem Atem. Er macht ihr ein kleines Feuer und dreht die Sonne in ihre Richtung. So ist es schon besser. Und siehe da, das verlorene Tier kehrt zurück und sitzt am Feuer mit der Geistin. Sie löscht das Feuer und sucht die nächste Himmelsrichtung. Sie müssen weiter. Sie brechen auf.

GOLGATHA

Es ist Sonntag. Etwas ist merkwürdig heute, aber ich weiß nicht was. Mein Vater wird von meiner Mutter in den Garten gesandt. Er geht widerstandslos. Wir Kinder werden in die Kirche geschickt. Sonst gehen wir alle zusammen, warum sollen wir heute alleine gehen. Ohne meine Mama, die sonst in ihrem roten Mantel mit den goldenen Knöpfen den Kindergottesdienst leitet. Sie schickt uns einfach weg. Wie im Märchen. Nur, dass es draußen nicht Nacht ist und wir keine Steine in der Tasche haben für den langen Weg durch den Wald. Meine Schwester und ich nehmen unsere Brüder an die Hand und machen uns auf den Weg. Die Sonntagsschuhe drücken. Die Kirchenglocken läuten. Die Gemeinde wird es bemerken, dass mit unserer Familie etwas nicht stimmt. Der Vater im Garten, an einem Sonntagvormittag. Die Mutter zu Hause, an einem Sonntagvormittag. Die Kinder allein zur Messe geschickt. Da kann es doch nicht mit rechten Dingen zugehen in der Familie. Wir lassen die Glocken einfach verklingen. Wir werden uns den schweigenden Blicken der Gemeinde nicht stellen. Wir laufen um die Kirche herum und versäumen den Gottesdienst. Unterhalb der Kirche, längs der Stadtmauer, verläuft ein verwilderter Pfad. Unkraut. Zerborstene Flaschen. Schutt. Kalksteine. Niedergetretenes Gras. Wir hören von dort die Gesänge der Gemeinde. Wir feiern die Messe heute draußen. Sie sind schon beim Kyrie. Herr erbarme dich. Christus erbarme dich. Wir singen mit. Der Himmel ist fahl. Die Stadt zu unseren Füßen ohne Farben. Jetzt sind sie schon beim Sanctus. Wir setzen uns ins Gras. Heilig, heilig, heilig ist Gott, der Herr der Mächte. Erfüllt sind Himmel und Erde von seiner Herrlichkeit. Hosanna in der Höhe. Wir flüstern die Zeilen mit. Christe, du Lamm Gottes, der du trägst die Sünd der Welt, erbarm dich unser.

Die Zeit quält sich. Wir sind auf diesen Grasplatz unterhalb der Domgemeinde verbannt, bis die Glocken uns erlösen. Ich glaube, wir können jetzt zurückgehen. Wir setzen unser heiliges Gesicht auf. Erlöst von unseren Sünden. Gebenedeit von unseren Leibern. Die heilige Kommunion empfangen. Den Beistand von Jesu. Seinen Blick im Nacken, die mächtigen Glocken im Ohr gehen wir nach Hause. Der Weg über die Holzbrücke will nicht enden. Die kleine Anhöhe ein steiler Berg. Christe, du Lamm Gottes. Wir ziehen die Schuhe aus, stellen sie in eine Reihe. Wir drücken die Türklinke herab. Stille. Kein Radio, kein Töpfeklappern. Niemand ruft nach uns. Im Badezimmer ist keiner. Wir schauen in die Küche. Das Netz mit den Kartoffeln liegt neben der Spüle, das Messer und die Zeitung auch. Die Vögel im Weißdorn schweigen. Ich gehe, wie bei einer gefährlichen Expedition, voran. Ich wage nicht, in dieser Stille die Türen zu öffnen. Im Schlafzimmer die gefalteten Betten.

Da liegt sie. Mit dem Gesicht nach unten. In einer hellblauweißen Schürze. Die Haut fahl, das Haar wie eine Perücke. Der Mund halb geöffnet. Was macht sie da auf dem Teppich. Ist sie tot. Wir versuchen, sie aufzusetzen. Sie ist bestimmt tot. Hilfe. Was sollen wir machen. Unsere Mama ist tot. Hilfe. Sie atmet nicht mehr. Sie ist so schwer. Sie ist so weiß. Ein leises Stöhnen. Tief von innen. Papa im Garten, und wir allein mit unserer verstummten Mutter. Tante Karin, unsere Nachbarin, hat ein Telefon. Ich muss einen Krankenwagen rufen. Vielleicht kann ihr noch ein Arzt helfen. Ja, bitte hierher, zu meiner Mama, in unsere Straße schnell, bitte schnell, bitte kommen Sie. Bitte. Bitte. Lieber Gott. Lass sie nicht sterben. Tante Karin ist neugierig und drängt sich hinter mir in unsere Stube, wo unsere Mama reglos auf dem Teppich liegt. Endlich, ein Krankenwagen. Sie kommen, in weißen Kitteln, und legen sie auf eine Bahre. Sie rufen ihren Namen.

Sie tragen sie auf der Bahre durch unsere Wohnungstür, an unseren Schuhen vorbei, durch den Vorgarten, durch die kleine Gartentür.

Was machen wir jetzt. Die Kartoffeln müssen geschält werden. Sie hat ja das Messer und die Zeitung hingelegt. Wenn wir die Kartoffeln geschält haben, kommt sie gewiss zurück. Wir setzen das Kartoffelwasser auf, schütten Salz hinein. Wir stechen den Kartoffeln die Augen aus, die Schalen fallen in den Mülleimer. Wir werfen die Kartoffeln in das kalte Wasser. Wir decken den Tisch für sechs Personen. Links die Messer, rechts die Gabeln. Wir kochen einen Vanillepudding. Wir panieren die Schnitzel. Erst salzen, dann pfeffern, in Ei wälzen, dann in Semmelbröseln. Wir legen ein Stück Butter in die Pfanne. Papa kommt aus dem Garten. Er stellt die Gartenschuhe vor die Tür. Er wäscht sich die Hände. Wir müssen es ihm sagen. Er trocknet sich die Hände ab. Er weiß es noch nicht. Wir müssen es ihm sagen. Papa, Mama ist in einem Krankenwagen weggefahren. Sie war tot. Dann haben die Ärzte sie mitgenommen. Papa geht. Wohin geht er. Geht er jetzt auch weg. Er geht dem Krankenwagen hinterher. Er zieht die Gartenschuhe wieder an. Mit den erdigen Schuhen geht er durch die Anlage, über die Zorgebrücke, das Gehege hinauf, durch den Rosengarten. Bis zum Krankenhaus.

Wir sitzen zu viert an einem Tisch für sechs Personen. Zwei der Teller bleiben leer. Wir können sie nicht abräumen. Wir teilen die zwei restlichen Schnitzel durch vier. Wir essen schweigend. Warum wollte sie nicht mehr leben. Warum hat sie uns weggeschickt. Liebt sie uns nicht mehr. Warum will sie sterben. Wenn sie einmal sterben wollte, will sie vielleicht wieder sterben. Wenn wir früher gekommen wären, hätten wir sie vielleicht retten können. Wir sind schuld, weil wir nicht in der Kirche waren. Wir sind schuld, weil wir um die Kirche herumgelaufen sind, statt schnell zurückzurennen. Und zu rufen, Mama, wir sind schon da. Nicht sterben. Bleib bei uns. Stattdessen haben wir zu Gott gebetet, der uns weder beschützt noch gewarnt hat. Er hat uns keinen Frieden ins Haus gebracht. Sondern eine lebensmüde Mutter auf den Teppich gelegt. Warum wollte sie sterben. Weil sie uns nicht liebt. Weil wir ihr zu viel sind.

Wir müssen Beweise finden. Etwas muss sie doch hinterlassen haben. Ein Lebenszeichen. Ein Totenzeichen. Eine Nachricht. Wir finden nur die alten Einkaufslisten und die Zettel, auf denen steht ›Badezimmer, Reinigung, Schuster‹. Im Badezimmer finden wir die leeren Tablettenröllchen, deren Inhalt sie geschluckt hat. Sie muss traurig gewesen sein. In der Zeit, in der wir an der Stadtmauer saßen, muss sie eine Tablette nach der anderen gegessen haben. Wir werfen die leeren Röllchen in den Mülleimer. Niemand soll das Geheimnis finden. Wir tragen den Mülleimer durch den Keller. Gemeinsam. Am Aschecontainer bleiben wir stehen und schütten die Kartoffelschalen und Tablettenröllchen hinein. Was machen wir jetzt. Wir waschen das Geschirr. Eine trostlose weiße Leere breitet sich aus.

Wir sitzen in der Stube. Wie Mehltau legt sich die geronnene Zeit auf uns, auf den hölzernen Eulenbriefständer, auf den Schreibtisch, auf die Sessel, den Fernseher, die Bildbände, auf die Eulen aus Glas, kriecht durch die Glasscheiben in die Vitrine, von dort in die Gläser mit den böhmischen Jagdmotiven, legt sich auf den Schallplattenspieler und die Fensterbretter.

Jetzt erst sehen wir den Fleck. Auf dem Teppich. Dort, wo ihr Mund lag. Wir holen den Eimer und lassen warmes Fitwasser hinein. Wir suchen die Bürste. Der Fleck muss weg. Wir versuchen, ihn weg zu schrubben, aber er wird immer größer. Kaum ist der Seifenschaum getrocknet, kriecht der Fleck unter dem Seifenrand hervor. Der

Fleck will sich nicht beseitigen lassen. Der Fleck schäumt sich schon bis zur Tür. Kriecht in den Korridor, schäumt sich bis zur Küche. Wir können unsere Tür noch so verschlossen halten, die Klingel abstellen, die Tablettenröllchen herausbringen, den Fleck beseitigen. Morgen werden es alle wissen. So ein Verschwinden ist nicht geheim zu halten. Aber heute ist ja erst Sonntag. Bestimmt bringt unser Papa unsere Mama wieder mit. Er braucht bestimmt so lange, weil er sie an der Hand nach Hause führen muss, wie ein entlaufenes Kind. Sie hat ja auch gar nichts zum Anziehen dabei. Keine Schuhe, keinen Mantel. Wir schrubben mit Unmengen von Wasser den Fleck weg. Reißen die Türen und Fenster auf. Bis der Fußboden wieder trocknet. Wir hätten sie retten können, wenn wir nicht immer um die Kirche herum gelaufen wären. Wir überlegen, was es gewesen sein mag. Das frühe Aufstehen, die langen Arbeitstage, oder weil wir gelogen haben. Wir haben das eigene Leben unserer Mama nicht bemerkt. Das sich ohne Ankündigung von uns weg bewegt hat. Uns nicht mehr brauchte. Unser Papa kommt ohne sie zurück. Er schweigt und sieht blass aus. Wir machen ihm die Kartoffeln warm und braten ihm ein Schnitzel in guter Butter an. Wir öffnen ihm eine Bierflasche und ein Glas mit Erdbeerkompott. Er kann gar nichts sagen. Es geht ihr nicht gut.

Was machen wir jetzt. Ohne Mutter. Ohne ihr Lachen. Ohne ihre Stimme. Ohne ihren Körper. Ohne ihre Wärme. Eine entmutterte Gemeinschaft. Vater und vier Kinder. Wir müssen die stille Wohnung verlassen. Raus hier. Wohin an diesem Totensonntag in dieser Stadt. Wir gehen durch die Kastanienallee bis zum Ruderteich. An der Bootsanlegestelle leiht uns ein alter Mann mit einer Geldtasche ein grünes Ruderboot. Meine Brüder setzen sich nach hinten, wir Schwestern nach vorn. Unser Papa in die Mitte, die Ruder in der Hand. Sein Haar fällt ihm ins Gesicht. Er rudert auf die Trauerweiden zu. Wir schweigen. Die herunterhängenden Äste streifen unsere Köpfe. Die Zweige beschützen uns. Unser Boot bewegt sich nicht. Wir sitzen in der Trauerweidenhöhle. Wir würden gerne weinen. Wir rudern zurück und helfen unserem Vater aus dem Boot. Heute Abend liest er uns das Märchen vor. Wir halten das Verschwinden unserer Mutter geheim. Noch können wir jedes Unglück leugnen. Unser Vater unterschreibt die Klassenarbeiten und bereitet die Schulbrote zu. Es ist leer und einsam hier. Die Wohnung wirkt verlassen. Nur unsere Großeltern wissen Bescheid.

Am Sonntag, eine Woche später, ist es endlich soweit. Wir dürfen sie wiedersehen. Wir ziehen unsere schönsten Kleider an. Wir möchten sie gleich mitnehmen. Wir haben einen Schokoladenrührkuchen gebacken und die Fußböden gewischt. Wir wollen nichts Böses mehr tun. Nicht streiten. Nicht lügen. Nicht faul sein. Die Rabatten vor der Villa Isermann sind ungepflegt. Ich denke, sie liegt in einem Krankenhaus. Was macht sie in einer so baufälligen Villa. Hier gibt es nicht mal Blumen. Die Rosen sind verwelkt. Die Tür geht nur mit einem Türsummer auf. Die Türen haben keine Klinken. Es riecht nach Wofasept. Beklommen steigen wir die Steintreppen nach oben. Noch eine Klingel. Die Krankenschwester öffnet eine Tür. Wir treten ein. Die blasse Frau im Bett am Ende des Zimmers ist unsere Mama. Sie erkennt uns nicht. Sie weiß nicht mehr, wer wir sind. Wir sagen unsere Namen. Wir schütteln ihre Hand. Wir streichen ihr über das wachsbleiche Gesicht. Sie hat unsere Namen vergessen. Ihre Hände sind mit weißen Binden an das Bett gefesselt. Ihre Lippen sind aufgesprungen. Die Augen sehen aus wie geronnene Milch. Das ist nicht unsere Mutter. Wo haben sie unsere Mutter versteckt. Was haben sie mit unserer Mama gemacht. Warum spricht sie nicht mehr. Warum erkennt sie uns nicht mehr. Irgendetwas müssen sie mit ihrem Kopf gemacht haben. Vor dem Fenster ist ein Balkon. Von dem wollte sie springen, sagt die Schwester. Ich glaube ihr kein Wort. Wir setzen uns auf die Bettkante. Streicheln ihre kalten Hände. Sie dreht schwach den Kopf. Sie lächelt nicht. In diesem Haus mit den Türsummern ist sie zum Sterben verurteilt.

Die Schwester kommt mit Tabletten und einer Spritze. Wegen der Aufregung. Wir sind doch keine Aufregung. Wir sind ihre Kinder. Sie schiebt uns hinaus. Wir sollen wieder gehen, ohne sie. Die Tür schließt sich hinter uns. Die Steinstufen wieder hinunter. Jetzt erst sehe ich das Schild. Nervenklinik. Warum haben sie meine Mama in eine Nervenklinik gebracht. Vielleicht war sie einfach nur müde und wollte einmal richtig ausschlafen. Statt ihr ein weiches Bett mit aufgeschütteten Kissen zu geben, sie in den Arm zu nehmen und ihr ein Schlaflied zu singen, haben sie ihr Medikamente gegeben, die bewirken, dass sie uns nicht wiedererkennt. Sie kann uns nicht mehr sehen, nicht mehr hören, nicht mehr sprechen. Wir existieren in einer anderen Welt. Unsere Welten sind voneinander getrennt.

Unsere Sonntagsgemeinschaft geht durch das Gehege nach Hause. Wir machen einen Umweg über das Wachtürmchen. In diesen Turm können wir hineinklettern und in einem dunklen Verlies sitzen bleiben, solange wir wollen. Ein dunkles Loch. Wir müssen uns erst einmal daran gewöhnen.

Ich muss noch einmal zurücklaufen. Ich muss wissen, was dort wirklich geschieht. Wer ist der Verwalter dieser Villa. Wem gehört meine Mama jetzt. Ich werde nicht an der Tür klingeln. Ich versuche einen anderen Weg. Einen Blick nur, vom Balkon in das Innere des Zimmers. Ich klopfe an die Scheibe. Sie kann mich nicht hören. Ihr Rücken ist mir zugewandt. Ihr Nachthemd ist oben mit einem Bändchen zugebunden, die Haare sind flach gedrückt.

Dabei föhnt sie sich sonst mit einer Rundbürste eine Welle in ihr kastanienbraunes Haar. Die Schwestern haben sie aufgerichtet. Sie reden auf sie ein. Eine versucht, mit einem Teelöffel ihren Mund zu öffnen. Sie fährt immer wieder mit dem metallenen Löffel zwischen ihre Zähne. Aber sehen sie nicht, das sie gar nichts will. Die andere hält ein cremefarbenes Plastikschälchen mit einer Quarkspeise. Ich sehe an ihren Lippen, dass sie den Namen meiner Mama ruft. Sie mag so einen Brei überhaupt nicht. Viel lieber isst sie Brot mit Leberwurst oder frischem Hackepeter. Und meine Mutter ist doch kein krankes Baby, dass sie auf eine so grobe und verletzende Art und Weise gefüttert werden muss. Sie dreht den Kopf von der einen zur anderen Seite. Quarkspeise auf ihren Wangen. Ich klopfe an die Scheibe. Endlich öffnet die Schwester. Ich schiebe die Schwestern weg und wische mit einem Waschlappen Mamas Mund sauber. Sie hat Durst. Die Schwestern sollen Tee bringen. Da draußen im Flur stehen doch Teewagen mit kaltem Pfefferminztee. Meine Mama erkennt mich immer noch nicht. Ich suche eine Bürste und bürste ihr Haar. Ich schüttle ihr das Kissen auf. Die Schwestern bringen eine Schnabeltasse aus Plastik. Ich halte ihr den Kopf und versuche vorsichtig, die Tülle zwischen ihre aufgesprungenen Lippen zu legen. Sie trinkt einige Schlucke und schläft dann ein. Ihre Handgelenke sind immer noch in diesen weißen Schlaufen. Vielleicht kann sie mich hören.

Liebe Mama, hör zu. Ich flüstere dir etwas ins Ohr. Und Jesus zog hinauf nach Jerusalem. Es ist aber zu Jerusalem bei dem Schaftor ein Teich, der heißt auf Hebräisch Bethesda und hat fünf Hallen, in welchen lagen viele Kranke, Blinde, Lahme, Ausgezehrte, die warteten, wann sich das Wasser bewegte. Denn ein Engel des Herrn fuhr herab von Zeit zu Zeit in den Teich und bewegte das Wasser. Wer nun zuerst, nachdem das Wasser bewegt war, hineinstieg, der ward gesund, mit welcherlei Leiden er behaftet war. Es war aber daselbst ein Mensch, der lag schon achtunddreißig Jahre krank. Da Jesus den sah liegen und vernahm, dass er schon lange gelegen hatte, sprach er zu ihm. Willst du gesund werden. Der Kranke antwortete ihm. Herr, ich habe keinen Menschen, wenn das Wasser sich bewegt, der mich in den Teich bringt, wenn ich aber komme, so steigt ein anderer vor mir hinein. Jesus sprach zu ihm. Stehe auf, nimm dein Bett und gehe hin. Und alsbald ward der Mensch gesund und nahm sein Bett und ging hin.

Es ist ganz klar. Mama muss in den Teich. Es gibt zwei in der Nähe. Den Goldfischteich im Meyenburgmuseum und den Neptunbrunnen in der Promenade. Ich brauche nur noch den Engel des Herrn, der hinabsteigt, um das Wasser zu bewegen. Mama ist über der Erzählung tief eingeschlafen. Ich öffne die Balkontür weit. Es ist nicht so einfach, das Bett über die Schwelle zu bekommen. Die Räder verhaken sich. Die Schwestern sind im Schwesternzimmer und trinken Kaffee, sie werden die Entführung nicht bemerken. Wenn ich meine Mama mit ihrem Bett zu dem Brunnen bringe und der Engel das Wasser bewegt, wird sie ihren Geist zurückbekommen. Der wie ausgelöscht ist. Ich bin ja ein Kind Gottes. Da muss er doch noch einige Wunder zur Verfügung haben. Ich muss das Bett ohne Hilfe über die Balkonbrüstung bekommen. Ich kippe es mit dem Fußteil nach oben, halte es kurz in der Luft. Dann fällt es mit den Füßen zuerst auf den Krankenhausrasen. Mama schläft. Ich schiebe sie durch den Garten, vorbei an den zusammengeharkten Laubhaufen und den Maulwurfshügeln. Ich pflücke einen Zweig vom Knallerbsenstrauch und schmücke das weiße Bett. Schließlich sind wir auf dem Weg zu einem Engel. Ich werde doch lieber den Neptunbrunnen nehmen. Wir müssen durch die Oberstadt. Überall Risse im Asphalt.

Ich stopfe das Kissen etwas fester unter ihren Kopf. An der Kreuzung zur Wilhelm- Neblung-Straße bekommt das rollende Bett richtig Fahrt. Ich brauche meine Kräfte, um die Kontrolle zu behalten. Durch die Promenade an den Beeten mit den kurz geschnittenen Rosen vorbei. Zum Glück sind am Neptunbrunnen keine weiteren Kranken. Nur einige Spaziergänger, die aber keine Notiz von uns nehmen. Besondere Vorfälle werden in diesem Land entweder übersehen oder weitergemeldet. Ich halte an und schiebe das Bett so, dass Mama den Neptun sehen kann. Er hat seinen Dreizack dabei und lächelt milde. Wie nur kommt ein Engel des Herrn hier vorbei. Wie kann ich ihn auf mich aufmerksam machen. Ich tauche die Hand in das trübe Brunnenwasser und bewege das Wasser hin und her. Es geschieht nichts. Ich muss mich konzentrieren und die richtigen Worte finden. Ich ziehe die Bettdecke glatt und klettere auf das Bett meiner Mama. Ich nehme ihren Kopf mit den geschlossenen Augen in meine Hände, richte sie etwas auf und knie mich hinter sie.

Ich schließe meine Augen und flüstere zum grauen Stadthimmel gewandt. Herr bleibe mir nicht fern und eile mir zu Hilfe. Ich flüstere durch den Hinterkopf meiner Mama, dass der Engel uns nicht verwechselt und sie in ihrer Not erkennt. Ich bin hingeschüttet wie Wasser, gelöst haben sich all meine Glieder. Mein Herz ist in meinem Leib wie Wachs zerflossen. Meine Kehle ist trocken wie eine Scherbe, die Zunge klebt mir am Gaumen. Du legst mich in den Staub des Todes.

Der Himmel ist eine graue Wand. Kein Riss verweist auf einen Engel im Flug. Ein Mann mit Hund geht vorbei. Eine Mutter mit einem Kinderwagen. Ich kann warten. Ich habe Zeit. Zuerst sehe ich die Veränderung im Wasser. Ein Wind geht über den Brunnen. Papier fliegt auf. Ein Rauschen in der Luft, von einem Flügelschlag. Ein Engel setzt sich auf den Brunnenrand. Mitten auf der Promenade.

Er ist schon etwas älter, dieser Engel. Er trägt Sandalen, hat ziemlich schmutzige Füße und ist zu leicht bekleidet für diese Jahreszeit. Ich biete ihm ein Stück Zudecke an. Er lehnt ab. Dann wollen wir mal sehen, sagt der Engel des Herrn. Ich vertraue ihm. Er hat so wenig heilige Allüren. Ich erzähle ihm von den Dingen, die vorgefallen sind. Während meiner Erzählung taucht er seine Hand in das Brunnenwasser. Er lächelt. So, sagt der Engel des Herrn. Dann wollen wir mal. Mit seinen recht starken Oberarmen trägt er meine Mama aus dem Bett. Ihr Körper fällt in seinen Händen in sich zusammen. In ihrem Nachthemd sieht sie aus wie ein sehr müder Mensch. Der Engel gibt mir ein Zeichen. Ich halte ihren Kopf, damit er nicht ins Wasser sinkt. Ihr Körper liegt schon auf dem Grund des Brunnens. Der wortkarge Engel schöpft mit der Hand das Wasser aus dem Brunnen und lässt es über ihre Stirn rinnen. Ihr Gesicht bleibt ausdruckslos. Dann, langsam, ein Lächeln. Sanft und vorsichtig. Der Engel schaut mich an. Seine Augen leuchten. Sie sind bernsteinfarben. Wenn ich einmal groß bin, möchte ich ein Engel werden. Ein fliegender Brunnenengel. Noch hält er meine Mama in seinen Armen. So eine Heilung braucht Zeit.

Plötzlich Lärm. Sirenen. Ein Krankenwagen hält neben Mamas Bett. Türen schlagen. Zwei Krankenpfleger und ein Arzt springen heraus. Sie schubsen mich und den Engel beiseite, reißen meine Mama aus dem Wasser heraus, ohrfeigen sie und schreien ihren Namen. Sie packen das Bett und schieben es in den Krankenwagen. Jetzt kann sie nicht mehr heilen. Der Engel war noch nicht fertig. Er hatte gerade erst mit seiner Arbeit begonnen. Ich klammere mich an den Hals meiner Mama. Ich will nicht, dass sie wieder in diese steinerne Villa ohne Türklinken kommt. Der Arzt stößt meine Hände fort und schließt die Tür. Mama. Der Krankenwagen fährt weg. Ich bleibe mit dem Engel am Brunnenrand zurück. Wir schweigen.

Gegen so einen Staat, gegen so eine Medizingewalt kommt kein Engel an. Die haben den doch überhaupt nicht akzeptiert, ihn ohne Respekt behandelt. Das hat den Engel gekränkt. Er muss weiterfliegen. Da warten noch ganz andere Leiden der Welt auf ihn. Er schenkt mir zum Abschied eine Sandale, die er von seinem Fuß gelöst hat. Um abheben zu können, klettert er auf die Stadtmauer. Er bewegt die Arme kräftig durch die Luft, und siehe da, es geht. Schon steigt er auf. Er fliegt über das Stadttheater, den Zentralen Platz, am Rathaus vorbei. Und schon ist er meinen Blicken entschwunden. Ich gehe durch das Altentor nach Hause.

Ich nehme mir das Nähkästchen von Mama, setze mich in ihren Sessel und beginne, die verschiedensten Knöpfe für meine Näharbeit herauszusuchen. Den silbernen Knopf mit dem Anker für meinen Papa. Ich wickle den Sternchenzwirnfaden ab und fädle ihn durch die Nadel. Den ersten Knopf für meinen Papa. Weil er so tapfer ist, selten weint und jeden Tag so lange zur Arbeit geht, um für uns alle Geld zu verdienen. Und weil er so schön mit den Ohren wackeln kann, ohne das Gesicht zu bewegen. Den nächsten Knopf, einen blauen mit einem Edelweiß, wähle ich für meine Mama aus. Ich setze ihn direkt neben den Vaterknopf. Den blauen Knopf für ihre blauen Augen. Ich wünsche mir ihre Wiederauferstehung. Ich möchte sie wieder zurückhaben. So wie sie war. Mit jedem Knopf vernähe ich einen Augenblick. Sie lacht und föhnt uns die Haare. Sie schüttet Kakao in den Kuchenteig. Sie liest uns Rapunzel vor. Sie schneidet die grünen Blättchen von den Erdbeeren. Sie putzt alle Fenster in der Stube und singt laut Mireille Mathieu. So, dass ich ihren Gesang schon von der Brücke höre. Sie singt Mon Credo. Ja, ich glaube, dass das Leben mit einem Wort der Liebe beginnt, ich glaube an all die Worte der Liebe, die du für mich erfindest. Solche Lieder singt meine Mama. Noch eine Handvoll Knöpfe. Sie trägt ihren weißen Kittel und zeichnet mit schwarzer Tusche Häuser auf das Transparentpapier. Sie bügelt ein Kindertaschentuch. Sie streitet sich mit Papa. Sie legt ihre Perlenkette um. Sie gibt mir eine Ohrfeige. Sie stellt die Gummistiefel zum Trocknen auf das Fensterbrett. Sie malt mir mit ihrem Augenbrauenstift Sommersprossen auf die Wangen. Sie zeichnet mit meinen Buntstiften Schwäne auf rosa Papier. Sie trägt ihren Sonnenhut und liest. Sie spielt Klavier. Sie schmeißt alle meine Sachen aus dem Schrank, weil sie unordentlich gefaltet sind. Sie gibt mir einen Gutenachtkuss. Sie cremt mir Stirn und Wangen mit einem Klecks Nivea Creme ein, gegen die Winterkälte. Sie singt das Lied von dem Mädchen, das zum Tanze geht. Sie lacht mit meinen kleinen Brüdern. Sie schickt meinen Papa zum Kämmen. Sie lässt das Badewasser ein. Sie versteckt die Weihnachtsgeschenke im Nachtschrank. Sie fegt das Laub auf. Sie trägt im Kindergottesdienst ihren roten Mantel. Sie kauft uns rote Stiefel. Ach. Alles. Vernähen, was man sich nur wünscht. Es ist schon dunkel geworden draußen. Der Wind schlägt die Zweige an das Fenster, und Wünsche werden später wahr.

TRÄNEN

Über verschneite Ebenen und Täler gelangen sie zur Mitte dieser Erde. Alles ist still, als hielte die Welt genau hier ihren Atem an. Sie gehen auf Zehenspitzen und versuchen, kein Geräusch zu machen und kein Steinchen loszutreten. Sie blicken in ein Wasser, es ist ein Spiegel, aber sie sehen nicht ihre Gesichter, sie sehen ihre Wünsche, die dort geschrieben sind, nur sichtbar für den Wünschenden. Gott wendet sich ab, er erkennt seinen Wunsch und ist erschrocken, er wäre gern ein Mensch, aber das ist ihm verwehrt, das weiß er, und so muss er seinen Wunsch ganz schnell wieder vergessen. Er weint eine Träne, und die fällt genau in die Mitte des Sees, so dass er über die Ufer tritt und das Wasser von da an ein wenig salzig wird. Noch aber herrschen Tumult und Chaos. Himmel, Wasser und Erde tragen in Feuerstürmen und Regenfluten ihre Kämpfe aus. Ungeschützt müssen sich Gott, Geistin und Tier in diesem entfesselten Unwetter ihren Weg suchen. Landschaften, die eben noch vor ihren Augen lagen, sind plötzlich verschwunden, andere tauchen auf. Wolken aus Wasser und Eis entladen sich sturzbachartig. Die Vulkane speien immer neue Asche und Glut. Magma steigt empor. Rauchwolken bilden sich, und schwarze Lava fließt den Berg herunter. Gott nimmt die Geistin auf die Schultern und zeigt ihr das wild bewegte Panorama. Im Innern eines unerhörten Sturms wird der Zyklus des Wassers in Gang gesetzt. Die sintflutartigen Regenfälle verdampfen auf dem heißen Boden eines Planeten, dessen Masse noch miteinander verschmilzt. Die drei Gefährten suchen ihren Weg durch diese Turbulenzen. Sie gelangen an den Lacus Mortis. Den See des Todes. In diesen See muss Gott alleine hinabsteigen. Die Geistin soll sich solange mit Flussauen und Quellen beschäftigen. Gott hält sich mit den Händen am steinigen Kraterrand fest. Am Grunde des Sees ist etwas, das er nicht erkennen kann. Soll er sich den Tod zum Freund oder zum Feind machen. Er ruft. Er hört nur sein Echo. Er wirft einen Stein. Unten, am Grunde des Sees, hat jemand seine Wohnung aufgeschlagen. Gott spürt den Atem eines anderen Wesens. Er kann nicht erkennen, um was es sich handelt. Unter dem Wasser liegt ein Gesicht, es ist modrig und so dunkel wie das Wasser selbst. Er muss es vorsichtig bergen. Zu dem Gesicht gehört ein Körper, der sich langsam aus dem Wasser erhebt. Er stützt sich mit einer Hand vom Grund ab und lässt sich von Gott herausziehen. Der Körper hat kaum Gewicht. Auch er ist nackt wie Gott, das Gesicht schwarz, wie verbrannt, oder als hätte es zu lange in einem Sumpf gelegen. Das Wesen schweigt und atmet schwer. Es lehnt sich an Gottes Brust, aus den Haaren tropft brackiges Wasser. In seinen Händen hält es eine Ente, sie lebt nicht mehr. Gott streicht dem Unbekannten über den Kopf. Der nennt seinen Namen: Tod. Gott reicht ihm die Hand. Der Tod rupft der Ente die Federn, löst die Innereien aus dem Tier und bietet sie Gott an. Sie teilen sich Herz und Leber. Jetzt, wo sie die Innereien gemeinsam verzehrt haben, Auge in Auge, fühlen sie sich einander nah. Der Tod schreibt etwas in den Schlamm, schaut auf und verwischt die Spuren. Gott versucht zu lesen, der Tod legt ihm die Hand auf die Augen. Er küsst ihn lange und innig. Gott schmeckt die Zunge des Todes in seinem Mund. Die Geistin zeigt Gott ihr Tagwerk. Etwas scheint er erlebt zu haben, er ist so stumm. Gott nimmt die Geistin auf die Schultern, so gehen sie bis zu der Stelle, wo die Zorge mit der Helme verschmilzt, von dort zur Unstrut, weiter zur Saale, bis zur Elbe, und endlich erreichen sie die Ostsee. Bis dahin gehen sie, dann ist die Welt zu Ende.

GRIMMEL

Morgen habe ich meine erste Akkordeonstunde in der Musikschule. Opa Walter hat mir sein Akkorden für die erste Stunde ausgeborgt. Der graue Koffer mit dem Lederriemen steht schon im Korridor. Sonst spielt mein Opa auf diesem kostbaren Instrument zu den großen Familienfeiern. Die Erwachsenen und die Kinder tanzen dann Polonaise und singen Hab mei Wage vollgelade, voll mit jungen Mädchen. Als wir zu dem Tor 'nein kamen, sangen sie durchs Städtchen. Drum lad ich all mei Lebetage nur junge Mädchen auf mei Wage. Hü, Schimmel, hü.

Eigentlich wollte ich ja lieber Geige spielen lernen, so wie die Mädchen aus der Oberstadt. Der Musikschulprüfer hat sich meine Hände angesehen. Ich musste sie vorstrecken. Er meinte, das reicht höchstens für Akkordeon. Kein anderes Kind spielt Akkordeon. Um drei Uhr fängt die Musikstunde an. Ich muss in die Bäckerstraße, in die Oberstadt. Ich laufe schnell von der Schule nach Hause. Ich will auf keinen Fall zu spät kommen. Ich hebe den grauen Koffer an, der sich nicht bewegt. Der Koffer mit dem Akkordeon ist viel zu schwer. Wie soll ich das Instrument jemals den Berg hochbekommen. Ich kann es nur hinter mir herziehen. Oder schieben. Zuerst die Treppenstufen herunter. In winzigen Schritten bringe ich mich und das Akkordeon über die Holzbrücke. Wenigstens bis zur Straßenbahnhaltestelle muss ich es doch schaffen. Am Grimmel muss ich aussteigen. Das Akkordeon schlägt mir an die Knie, die Knöchel, die Fersen. Meine Hände schmerzen. Mein Knie blutet. Ich kann nicht mehr. Ich bleibe auf meinem Akkordeon sitzen. Endlich kommt ein alter Mann mit einem Bollerwagen. Er lädt mit einem kräftigen Schwung mein Akkordeon in den Wagen und begleitet mich bis zu dem grauen Haus mit den Säulen.

Ich danke ihm. Durch die geschlossenen Fenster dringt Musik. Posaunen, Trompeten, Klaviere, Blockflöten, Geigen, Triangeln, Querflöten, Klarinetten, Oboen, aber kein Akkordeon. Ich öffne die graue Tür der Musikschule. Zwei weiße Spitze stürzen sich auf mich. Wo kommen denn diese kläffenden Hunde her. Eine Schwester in religiöser Tracht mustert mich. Sie bringt ein Tuch mit Jod und wäscht mein Knie. Sie scheucht die Hunde zurück und lächelt. Sie hilft mir die steile Treppe hinauf. Ich bin eine Stunde zu spät zu meinem ersten Unterricht. Ich nehme Platz auf einer weißen Bank. Eine gläserne Schiebetür öffnet sich, und Herr Hunger tritt heraus. Er trägt eine weinrote Strickjacke. Sein Gesicht ist rund und gütig. Ich habe ihn gern. Er gibt mir die Hand. Es tut mir leid, dass ich so spät komme. Er öffnet eine zweite gläserne Tür. Im Raum stehen zwei Stühle. Auf jedem Stuhl ein Akkordeon. Vor jedem Stuhl ein Notenständer. Ich hätte mein Akkordeon gar nicht mitbringen müssen. Er setzt sich neben mich und erklärt mir den Gebrauch. Ich verschwinde hinter dem Akkordeon. Nur mein Kopf schaut noch hervor. Ich fühle mich wie eine Schildkröte unter einem Panzer aus Tasten und Knöpfen. Herr Hunger will mit mir den Balg ausprobieren. Wir zählen und atmen gemeinsam und öffnen und schließen den Balg. Wir bewegen nur die Luft. Nur das Zählen und Luftholen ist zu hören. Ein verbindendes Geheimnis. Hier möchte ich gerne wieder herkommen. Alles ist so aufgeräumt und klar. Das Parkett. Die Fenster ohne Gardinen. Der Blick auf die andere Straßenseite. Wie in einem anderen Jahrhundert. Und es gibt sehr schöne Worte hier, die wir jetzt gemeinsam als unsere neue Geheimsprache buchstabieren. Passionato, leidenschaftlich. Smorzando, verlöschend. Solo, Spirito, Geist, Seele. Staccato, Stringendo, Tremolando, zitternd. Zitternd, andächtig, bewegt. Durch diesen Wohlklang entsteht ein anderes Land. Ich sehe es hinter den

Wörtern hervorschimmern. Ein Land mit Felsen und Orangenbäumen. Ein Land mit einem azurblauen Meer und Menschen, die an langen Tischen auf der Straße sitzen.

Herr Hunger gibt mir zum Abschied die Hand. Das Akkordeon lasse ich stehen. Opa Walter wird es bestimmt für mich abholen. Ich laufe die Johannistreppe hinunter. In der Grimmelallee bleibe ich vor dem Uhrmacher stehen. Herr Meusel sitzt hinter einer vergitterten Scheibe. Er trägt einen weißen Kittel, und mit der ihm eigenen Präzision setzt er Federn, Rädchen und Schräubchen zusammen. Vor seinem Auge eine Lupe. Herr Meusel hat eine schiefe Unterlippe, von einem Schlaganfall, sagt man. Ich klopfe an die Scheibe. Er nimmt die Lupe ab und lächelt kurz. Ich fühle mich ihm verbunden. Ich glaube, dass er sehr traurig ist, so allein, hinter Gittern, mit der zersprungenen Zeit.

Heute darf ich bei Oma Luise und Opa Walter schlafen. Das ist etwas Besonderes. Ich muss am Abend keine Schuhe mehr sauberwaschen und auch nicht das Treppenhaus wischen. Ich gehe über die Zorgebrücke und schaue ins Wasser. Eines Tages werde ich flussabwärts davonschwimmen. Vorerst gehe ich die kleine Treppe zur Geseniustraße hinunter. Vorbei am Haus des deutschen Turn- und Sportbunds. In diesem Haus finden unsere großen Familienfeste statt. Unser letztes Familienfest war eine vierfache Kommunion. Meine Schwester, meine Cousinen Marion und Manuela und ich feierten die heilige Erstkommunion. In weißen Lackschuhen, weißen Strumpfhosen, weißen Kleidern und mit weißen Kränzen im Haar. In den Händen die mit Myrrhe geschmückten Kommunionskerzen.

Im Religionsunterricht wurden wir künftigen Kommunionskinder auf das heilige Sakrament der ersten Beichte vorbereitet. Eine strenge Sünden- und Schuldschule. Ständig muss man sein Gewissen befragen. Der Dechant erzählt über das Bußsakrament. Wenn wir unsere Schuld einsehen, wenn wir sie bereuen und uns bemühen, es besser zu machen, verzeiht uns Gott. Er liebt uns immer. Wie der verlorene Sohn zum Vater kommt und zu ihm sagt ›Vater, ich habe gesündigt vor dir‹, so bekennen wir in der Beichte dem Priester unsere Sünden und werden von Gott wieder angenommen. Mich erinnert dieser Sündentausch an den Altstoffhandel in der Hohensteinerstraße Ein geiziger Mann, der im hinteren Raum seines eiskalten Ladens lebt. Er ernährt sich von den Resten, die in den Schnapsflaschen übrig bleiben. Goldbrand. Pfefferminzlikör. Doppelkorn. Cognac. Das trinkt er alles durcheinander. Und friert in seinem grauen Kittel. Einmal im Monat ziehen wir mit dem Bollerwagen los und klingeln an jedem Haus. Haben sie Flaschen oder Altpapier. Wir binden die Zeitungen zusammen, spülen die Flaschen aus, stapeln das kostbare Gut in unseren Wagen und bringen alles zum Altstoffhandel. Der Händler wiegt, zählt, rechnet alles aus und fingert aus seiner Kittelschürze Kleingeld. Das ist dann unser Taschengeld. Ich glaube, er betrügt uns. Dieses Tauschgeschäft erinnert mich an das Beichtsakrament. Ich sollte nicht bei Gott an unseren betrunken Altstoffhändler denken.

Am Sonntag darf ich im Dom zum Heiligen Kreuz die Lesung halten. Ich steige die Stufen zur Kanzel hinauf. Im Rücken die Blicke der Gemeinde. Das Wort Gottes gibt mir eine Stimme. Wenn ich kein Engel werden kann, weil mir die Flügel oder andere Fähigkeiten fehlen, werde ich Verkünder. Ich verkünde Worte und Geschichten, die es nur an Sonntagen gibt. Geschichten, die von Dingen und Wundern erzählen. Ich möchte in die Augen meiner Zuhörer schauen und sehen, ob die Geschichte ihren Geist bewegt. Familie Steinberg, Familie Bach, Familie Siegel. Sie hören nun zu. Jesus kam nach Jericho und ging durch die Stadt. Dort wohnte ein kleiner Mann, der Zachäus hieß. Er war Zollaufseher und hatte viel Geld. Er wollte Jesus gerne sehen, doch die Menschenmenge versperrte ihm die Sicht. Darum lief er voraus und stieg auf einen Feigenbaum. Als Jesus vorbeikam, schaute er auf und sagte zu ihm ›Zachäus, komm schnell herunter. Denn ich muss heute bei dir einkehren‹. Da stieg er schnell herunter und nahm Jesus freudig bei sich auf. Als die Leute das sahen, wurden sie unwillig und sagten ›Bei einem Sünder ist er zu Gast‹. Zachäus aber wandte sich an den Herrn und sagte ›Herr, sieh doch, die Hälfte meines Vermögens gebe ich den Armen, und wenn ich von jemandem zu viel gefordert habe, erstatte ich es vierfach zurück‹. Ich klappe das Buch zu und gehe langsam die Altarstufen herab.

Am Karfreitag ist die erste Beichte. Ich habe mein Gewissen durchforscht. Der Dechant kommt aus der Kapelle. Er trägt heute kein Ornat. Er erscheint in einem schwarzen Rollkragenpullover, ohne den Schutz der Gottesuniform. Der Dechant fragt, wer zuerst beichten möchte, ich melde mich. Ich war noch nie mit dem Dechant allein. Die erste Prüfungsfrage. Die Menschen sündigen, weil sie so leben, als ob es Gott nicht gäbe. Liebst du Gott. Ich weiß nicht, ob ich ihn liebe. Liebe scheint eine gefährliche Sache zu sein. Sie ist immer mit Schmerz, Streit und Leid verbunden, denke ich an meine Eltern, die sich eigentlich lieben sollten. Habe ich Dinge entwendet. Habe ich andern durch Lügen geschadet. Ja, Lügen ist die einzige Möglichkeit, um Streit zu vermeiden. Dinge entwendet habe ich auch. Aus dem roten Schrank, Schogetten und After Eight. Man kann die Schachteln aushöhlen. Ich habe meinen Geschwistern durch Lügen geschadet. Ich habe die auf dem Küchenschrank versteckte Milka Schokolade gegessen und gesagt, es war Markus. Gehörst du zu den Menschen, die glauben, dass sie durch Ausreden ihre Verantwortung abwälzen können. Macht es dir Spaß, Gegenstände zu zerstören. Wie behandelst du Pflanzen.

Wie gehst du mit Tieren um. Mein Gott. Was für Fragen, darauf habe ich keine Antworten mehr. Ich bin überfordert. Unkraut herausgerissen, Vasen zerworfen, Bienen zerquetscht, Ameisen zertreten, Spatzen erschossen, Kaninchen nicht gefüttert. Was willst du von mir. Verantwortung kann ich schon lange nicht mehr abwälzen. Die muss ich täglich übernehmen. Für meine Familie. Für mein nicht gewähltes Vaterland. Gott, du nervst mich. Mit deiner Fragerei. Ich dachte, unser Pakt wäre etwas größer gefasst. Und darf ich dich auch mal was fragen. Nein.

Die Menschen sündigen, weil sie sich gehen lassen. Der Mensch ist das Wunder der Schöpfung. Gott hat ihm viele Kräfte und Fähigkeiten geschenkt. Mit seinem Verstand kann er Dinge und Zusammenhänge erkennen, durch Wissenschaft und Geschicklichkeit lernt er die Erde beherrschen, er kann Freundschaft und Treue halten. Jeder muss an sich selbst arbeiten. Wobei musst du dich besonders zusammennehmen. Ich darf mir nicht mehr so viele Bücher aus der Kinderbibliothek ausleihen, weil ich sie in einer Woche gar nicht auslesen kann. Ich darf nicht mehr heimlich Maggi Tütensuppen essen, die für die Familie bestimmt sind. Ich darf nicht mehr bei Frau Wegener Fernsehen sehen, und ich darf nicht mehr halbe Brote aushöhlen und aufessen. Das ist Völlerei. Ich lese Am Ufer des Sewan Sees, Nana von Zola und Löwenspuren in Knullhausen. Ich weiß nicht, welches Buch du nicht magst, dann lese ich noch von Georges Simenon Maigret, das magst du bestimmt nicht, weil es da immer um Tote und Mord geht. Welche Filme ich mir ansehe. Dick und Doof am Freitag. Robinson Crusoe Junior, Versteckte Kamera, Professor Flimmrich, Das kalte Herz und Aktenzeichen XY ungelöst. Ich weiß schon, das gefällt dir nicht. Wegen der Toten. Die erstickt, erwürgt, erschossen, zerschnitten, erdrosselt, erschlagen und vergiftet worden sind. Ob mich mein Leben freut. Manchmal. Und langweilig ist mir nie.

Aber ich habe doch noch ein paar Fragen zu den Wundern deiner Schöpfung. Wenn die Menschen durch Wissenschaft und Geschicklichkeit die Erde beherrschen. Warum denken sie sich dann solche Sachen aus wie Öfen, in denen Menschen verbrennen, Duschköpfe, aus denen Zyankali kommt, Genickschussanlagen in Krankenbaracken, Schäferhunde, die Menschen töten, Schubkarren, in denen Tote transportiert werden und Konzentrationslager. Ich verstehe deine Schöpfung nicht. Deine Schöpfung ist mir unheimlich.

Gut, Herr Dechant. Wen ich mit meinen Sünden verletzt habe. Meinen Vater, meine Mutter, meine Schwester, meine Brüder, meine Lehrerin, meine Oma, meinen Opa, meine Tante, meinen Onkel, Sie selbst, Herr Dechant. Nein. Wen dann. Ich weiß es nicht. Wen bitte. Ach, den Herrn Jesu. Der die ganze Zeit an das Kreuz geschlagen über meinem Kopf hängt. Auch das noch. Das wollte ich nicht. Nun wird er noch trauriger. Darf ich jetzt gehen, bitte. Keine Erleichterung stellt sich ein. Ich gehe das Altentor herunter und betrachte die Fische in der Zoohandlung. Mein Gott. Du hast uns hier auf diese Erde geworfen. Jeden zu einer unterschiedlichen Zeit, in eine unterschiedliche Familie. Ich bin dir nicht böse, nur enttäuscht. Ich dachte, du vergibst mir. Am Sonntag esse ich deinen Leib zur Kommunion. Aber ich weiß nicht, ob das unsere Beziehung festigt.

Der Dechant legt mir zur heiligen Kommunion feierlich die Hostie auf die Zunge. Sie schmeckt nach nichts. Ich vermisse den Fleischgeschmack. Vom Leib und Blut Christi. Das Fest beginnt. Essen ist bei Feiern sehr wichtig. Die Tische stehen in einem großen U. Und alle sind sie gekommen. Es gibt große Porzellanschüsseln mit grünen Erbsen, Champignons aus der Dose, Spargel aus der Dose. Das Schönste bei Familienfesten sind Kartoffelkroketten und Schnitzel. Ich liebe es, wenn die Schüsseln von Hand zu Hand wandern. Oma Mitzi gibt die Schüssel an Mielchen weiter, und Mielchen gibt die Schüssel an Papa weiter, und Papa gibt die Schüssel an Opa Walter weiter, und Opa Walter gibt die Schüssel an Tante Ingrid weiter, und Tante Ingrid gibt die Schüssel an Tante Gitta weiter, und Tante Gitta gibt die Schüssel an Mikosch weiter, und Mikosch gibt die Schüssel an Opa Martin weiter, und Opa Martin gibt die Schüssel an Manuela weiter, und Manuela gibt die Schüssel an Kaija weiter, und Kaija gibt die Schüssel an Andreas weiter, und Andreas gibt die Schüssel an Markus weiter, und Markus gibt die Schüssel an Lukas weiter, und Lukas gibt die Schüssel an Onkel Schorsch weiter, und Onkel Schorsch gibt die Schüssel an Tante Ilse weiter, und Tante Ilse gibt die Schüssel an meine Mama weiter, und meine Mama gibt die Schüssel an Mariechen weiter, und Mariechen gibt die Schüssel an Tante Martchen weiter, und Tante Martchen gibt die Schüssel an Clara weiter, und Clara gibt die Schüssel an Marion weiter, und Marion gibt die Schüssel an Oma Luise weiter, und Oma Luise gibt die Schüssel an Onkel Eggi weiter, und Onkel Eggi gibt die Schüssel an mich weiter. Ich lege die grünen Erbsen auf meinen Teller. In dieser Gesellschaft ist es gut zu sein.

Nach dem Essen dürfen die Kinder aufstehen, die Erwachsenen bleiben unter sich. Sie reden über Tod, Krankheit, Trennungen und andere Angelegenheiten. Wir gehen zum Fluss und werfen Steine und Stöcke hinein. Bis zum Abend spielen wir in unseren weißen Kleidern am Ufer. Zum Abendbrot wandern die Platten mit den belegten Broten von Hand zu Hand. Es gibt Bier, Nordhäuser Doppelkorn und Cognac. Johannisbeerlikör für die Frauen. Für uns Kinder Brause und Eierlikör in Schokoladenbechern. Nach dem Essen tanzen alle Polonaise, Opa Walter spielt dazu Akkordeon.

Oma Luise schaut schon aus dem Fenster. Sie wartet auf mich. Nur meine Großmütter warten auf mich, sonst niemand. Oma Luise und Opa Walter wohnen in einem Neubau. Das sind fünfstöckige Häuser, die alle gleich aussehen. Mit Fenstern ohne Fensterläden, identischen Hausfluren, kleinen Vorgärten und beleuchteten Hausnummern. Von außen sind sie rotweiß gestrichen, so wie die Schranken im Grenzgebiet. Vor den Häusern sind Wäschetrockenplätze. Aufgeschütteter Kies, darin eiserne Stangen, durch Wäscheleinen verbunden. Neben den Wäschetrockenplätzen Garagen mit Wellblechtüren für die Autos. Im Treppenhaus riecht es nach rotem Bohnerwachs. Im Korridor hängt ein Gong. Ein goldener Elefant. Mit einem kleinen Stöckchen schlägt man auf eine Messingscheibe, das macht einen schönen Ton zum Empfang. Ich bekomme aus der Tasse mit den rotweißen Punkten selbstgemachten Kakao, ein Brot mit Rotwurst und eines mit Leberwurst, mit Butter darunter. Oma Luise sitzt auf dem Sofa und schaut mir beim Essen zu. Sie hat eine so große Ruhe in sich, dass man in ihrer Nähe ebenfalls ruhig wird. Jegliche Last fällt ab. Sie hat sich in eine Decke eingehüllt, die aus gehäkelten Maschen besteht. Ihre Augen leuchten in magischem Blau. Von diesem Sofa aus hält sie mit ihren blauen Augen und ihrem Mädchenlächeln Hof. Die Fäden zur Welt sind in ihrer Hand. Von hier aus schreibt sie mit gestochener Handschrift unzählige Briefe an die weitverstreute Familie. An ihre Schwestern in Hildebrandshausen, an einen entfernten Cousin, der es am weitesten gebracht hat und als Franziskanermönch in San Francisco lebt.

Luise ist aus ihrem kleinen Dorf im Eichsfeld geflohen. Sie hat sich ihre Zöpfe abgeschnitten und sich auf den Weg bis nach Hannover gemacht, um dort einen Beruf zu lernen. Sie wird Sekretärin bei einem Frauenarzt. Ihre Familie hat das nicht verstanden. So weit von zu Hause weg.

Ganz allein. Dann hat sie Opa Walter kennengelernt. Das Hochzeitsbild zeigt einen Soldaten der Wehrmacht und eine weiße Braut. Die Braut ist sieben Jahre älter. Auf der Hochzeitsanzeige werden diese sieben Jahre geheim gehalten. Niemand darf wissen, dass der Bräutigam eine ältere Frau ehelicht. Ein Jahr später wird die erste Tochter geboren. In jedem Heimaturlaub entsteht ein Mädchen. Den einzigen Jungen verliert sie während einer Bahnfahrt. Eine Fehlgeburt. Um den trauert sie lange. Walter ist auf dem Weg nach Stalingrad. Während Opa Martin in Nordafrika Karten in Wüstenzelten spielt, wickelt sich Opa Walter Lappen um die halb erfrorenen Füße. Das Wort Stalingrad darf in seiner Nähe nicht ausgesprochen werden. Falls es doch einmal passiert, schaut Opa Walter mit Augen, die nach innen blicken, stumm auf die Hauswand gegenüber. Er ist schon auf dem Weg nach Hause. Von Stalingrad nach Nordhausen. An der Elbe gerät er in eine Patrouille. Wieder zurück nach Russland. Da, wo er gerade herkam. Erst neunzehnhundertsiebenundvierzig entlassen ihn die Russen aus der Kriegsgefangenschaft. Er läuft bis zum Ravensberg. Das ist doch die falsche Richtung. Warum geht er nicht nach Hause. Möchte er ein neues Leben beginnen. Er hat doch drei Töchter und eine Frau, die auf ihn warten. Vom Berg aus kann man die zerstörte Stadt sehen. Wahrscheinlich möchte er ein neuer Mensch werden. Er hat eine Freundin. Luise macht sich auf den Weg. Sie holt den schon einmal Geschiedenen zurück. Er muss nach Hause kommen. In eine Ehe ohne Glück. Den Verrat verwindet Luise nicht. Ich glaube, darum hat sie sich in die Wohnung zurückgezogen. Sitzt sie in eine Decke gehüllt auf ihrem Sofa.

Jeden Sonntag im Frühling, Sommer, Herbst und Winter geht Oma Luise in den Dom zum Heiligen Kreuz. In ihrer Tasche das Gesangbuch, Heiligenbilder, eine Tüte mit Krügerol und ein Döschen mit Pfefferminzhütchen, mit

Zucker bestreut. Wenn der Gottesdienst beginnt, ist das ein Fest für sie. So etwas wie eine Vermählung, mit sich selbst und mit dem Heiland. Der Heiland ist eine Symbolfigur für die unerlösten Wünsche auf Erden. Luise singt sich mit jedem Lied zum Himmel hinauf. Jede Erdenschwere fällt ab. Sie kennt alle Lieder. Walter sitzt nicht neben ihr, sondern meistens im Chorgestühl. Wir dürfen aber neben ihr sitzen. Oma Luise hat sich mit uns Kindern verbündet. Meine Schwester ist ihr wie ein eigenes Kind. Alle Cousinen und Cousins sind bei ihr zu Hause. Ihr Tisch ist unsere Zuflucht. Wenn jemand Trost und Wärme braucht, geht er zu ihr, und bevor man auch nur ein Wort sprechen muss, hat sie den Kakao mit Wasser, Milch und Zucker verrührt. Einmal ist der Kakaotopf mit dem schwarzen Kakao auf den Teppich gefallen. Mit meiner Schwester hat sie solange den Fleck weggeputzt, damit Opa nichts bemerkt. Er kann sehr jähzornig werden. Manchmal sprechen meine Großeltern tagelang nicht miteinander. Nur Worte wie Butter, Messer, Brot, Schuhe.

Oma Luise schläft allein in dem großen Ehebett. Nur die Heilige Maria ist bei ihr. Über ihrem Kopf hängt ein Bild in einem goldenen Rahmen. Darauf die Gottesmutter, die über Wolken geht, von Engeln begleitet. Das Schlafzimmer ist ihr Reich. Es gibt eine Kommode mit einem Spiegel, den man aufklappen kann. In ihm kann ich verschwinden. Mein liebster Moment ist der, wenn ich die beiden Spiegeltüren bis an meine Wangen klappe und in den mittleren Spiegel schaue. Dann öffnet sich ein Spiegellabyrinth, in dem ich bis in eine unendliche Tiefe spazieren kann.

An diesem Abend darf ich mit Oma lange aufbleiben. Opa Walter schläft in einem eigenen Zimmer, in dem auch seine Architektenbleistifte und Transparentpapiere liegen. Zum Schlafen trägt er ein weißes Nachthemd mit blauen Paspeln und ein Haarnetz. Sobald Opa tief schläft, gönnt sich Oma eine Leidenschaft. Bis weit nach Mitternacht schaut sie Kriminalfilme, Tatort und am liebsten Hitchcock. Ich darf neben ihr sitzen und mit ihr gemeinsam raten, wer der Mörder ist. Wenn das Testbild kommt, gehen wir schlafen. Wir sprechen noch gemeinsam ein Gebet unter dem Marienbild. Oma Luise stellt den Wecker. Sie steht immer mit Opa Walter auf, kocht ihm Kaffee, schneidet ihm das Brot für den Tag. Eine lebenslängliche Verabredung. Sie macht mir die Schulbrote. So dicke Brote bekomme ich nur von ihr. Sie schneidet das Brot immer mit der Hand. Ihre Spezialität ist es, verschiedene Wurstsorten auf ein Brot zu legen und sie mit Senf zu bestreichen. Gehe ich von ihrer Wohnung aus zur Schule, kann ich meine Schule aus einem anderen Blickwinkel sehen.

Ich gehe durch die Ernst-Thälmann-Straße. Wir schreiben eine Arbeit in Staatsbürgerkunde. Ich habe mich bemüht, die Fakten auswendig zu lernen. Ich kann mir keine Zahlen merken. Sobald ich die Leninschule sehe, krampft sich mein Magen zusammen. Die Jungen stellen mir, wenn ich die Treppe nach oben steige, abwechselnd ein Bein. Ich falle die Treppe hinauf. Der Schulranzen fliegt mir von hinten gegen den Kopf. Ich darf nicht weinen.

Unsere Staatsbürgerkundelehrerin hat eine ungesunde Haut. Die Äderchen auf ihren Wangen sind geplatzt. Ihr Hals ist lang und vorgestreckt. Sie sieht aus wie ein kranker, böser Vogel. Das Leistungskontrollthema lautet: Vom schweren Anfang bis zur Gründung unserer Republik. Ich schaue vom Fenster auf den Sportplatz. Wind fegt über die Ascherennbahn. Die Harzquerbahn fährt vorbei. Mein Füller kleckst. Ich schreibe auf das karierte Blatt. Neunzehnhundertneununddreißig bis neunzehnhundertfünfundvierzig: Zweiter Weltkrieg. Befreiung des deutschen Volkes vom Faschismus. Der Krieg endet mit der Niederlage der deutschen Faschisten. Er brachte den

Völkern vierundfünfzig Millionen Tote, neunzig Millionen Krüppel, einundzwanzig Millionen Obdachlose, mit dem Lineal diese Summe unterstreichen, zusammenrechnen. Der Sowjetunion brachte der Krieg zwanzig Millionen Tote, einundsiebzigtausend zerstörte Städte und Dörfer. Vierzigtausend zerstörte Krankenhäuser, achttausendvierhundert zerstörte Schulen. Dem deutschen Volk sechskommasechs Millionen Tote, zerstörte Städte und Dörfer. Hunger und Tote, Not und Verzweiflung. Wer hat die Toten gezählt. Eine unabhängige Kommission. Sind sie in Kitteln und Gummistiefeln an den Millionen von Toten vorbeigegangen und haben ein Kreuz nach dem anderen in die Listen eingetragen. Waren die Zähllisten schon vorgedruckt. Gab es auf dem Tabellenkopf bereits vorgeschriebene Rubriken. Kind, Frau, Mann, Krüppel, Obdachlos. Und wer hat dann die Toten der einen Länder mit den Toten der anderen Länder zusammengezählt. Es muss ja einen Zusammenrechner gegeben haben. Der den ganzen Tag mit einem Rechenstab oder per Hand Tote zusammenzählt. In einem Rechenheft. Kann dieser Totenrechner überhaupt noch Zahlen sehen, ohne sie umzurechnen in Tote. Mir wird ganz wirr bei diesen vielen Toten, wenn ich mir die auf dem Rücken ausgestreckt alle nebeneinander vorstelle, reichen die doch wie eine Banderole einmal um die Erde. Nun ist Deutschland in vier Besatzungszonen aufgeteilt. In eine sowjetische, amerikanische, britische und französische. Ich wohne in der sowjetischen Besatzung. Die Lehrerin will wissen, was nach Kriegsende geschah. In Stichpunkten. Faschismus ausrotten. Verurteilung und Verhaftung aller Kriegsverbrecher. Nazis aus dem Staatsapparat entfernen. Bildungswesen demokratisieren. Schaffung antifaschistischer Verwaltungsorgane. Zulassung von politischen Parteien. Pflicht zur Wiedergutmachung. Der Faschismus muss also ausgerottet werden. Wo finden wir denn die Faschisten, und wie können wir sie ausrotten. In diesem Land wohnen ja nur Antifaschisten. Wo sind denn dann die Faschisten. In das andere Land hinübergerannt. Ausrotten klingt schon wieder nach Mord und Totschlag. Ich kann mich nicht länger auf Kriege und Tote konzentrieren und möchte mich an keiner erneuten Ausrottung beteiligen.

Die nächste Stunde ist Sport. Treppe runter. Über den betonierten Schulhof bis zur Turnhalle. Der Umkleideraum. Die Stunde der Offenbarung. Wer trägt welche Unterwäsche. Wer hat schon Brüste. Angetreten in einer Linie. Von groß bis klein. Ich bin die Drittkleinste. Zwei Mannschaftskapitäne werden ausgelost. Sie dürfen sich ihre Mannschaft aussuchen. Ich bleibe als letzte übrig. Weil ich so unsportlich bin, möchte mich niemand in seiner Mannschaft haben. Ich bin der Zuschlag, den man noch integrieren muss. Eine Funktion im Mittelfeld ist ausgeschlossen. Völkerball mit Medizinbällen. Abschießen, heißt die Aufgabe. Welche Mannschaft mit dem schweren, handgenähten Medizinball die meisten Mädchen abgeschossen hat, hat gewonnen. Alle beziehen ihre Position. Kaum betrete ich das Spielfeld, fliegt mir der Ball in die Magengrube. Ich schaffe es gerade noch zur Bank am Rande des Spielfelds. Ich bin im Aus und muss nicht mehr mitspielen.

Zeichnen bei Herrn Röthel. Ein heller Raum mit Bildern an den Wänden. Wir holen uns Tuschwasser und bauen die Tuschkästen auf. Herr Röthel spielt uns beim Zeichnen Schallplatten vor. Heute malen wir eine Stadt im zwanzigsten Jahrhundert. Wir sollen uns entscheiden, wo diese futuristische Stadt liegt. Ich verlege meine Stadt unter Wasser. Die Erde ist wahrscheinlich im nächsten Jahrtausend schon aufgebraucht. Jeder Quadratmeter abgewohnt. Wie ein verlassenes Haus sieht unsere Erde dann aus. Es ist ja nicht auszuschließen, dass sich das Eiszeitalter wiederholt. Und Nordhausen unter einem riesigen Eisblock liegt. Die Menschen hier erfrieren. Vereiste Herzen. Eine Froststarre, die das ganze Leben anhält. Das kommende Eiszeitalter ist wie das vergangene von eisigen Temperaturen und extremen Klimaschwankungen geprägt. Riesige Inlandseismassen sammeln sich an. Die sich vom Harz abwärts in die Stadt hineinschieben. Die Zorge transportiert Eisschollen. Die Zorgebrücke ist schon nicht mehr zu sehen. Ein Eisberg schiebt sich unaufhaltsam auf unser Haus zu und zermalmt es. Die Straße ist vereist. Noch versuchen die Menschen, ihre Hände mit ihrem Atem zu wärmen. Aber bald atmen sie nur noch schneidende Eiskristalle. Ihre Haut wird wächsern vor Kälte, und sie schlafen ein. Es sind nicht nur die kosmischen Einwirkungen auf die empfindliche Erde, Intensitätsänderungen der von der Erde empfangenen Sonnenstrahlung infolge von Schwankungen der astronomischen Erdbahnelemente, Änderungen der primären Sonnenstrahlung oder Veränderungen im interstellaren Raum. Auch irdische Faktoren spielen eine immer größere Rolle. Die düsterste Aussicht ist der ewig schwarze Himmel. Die Sonne hat ihre Kraft aufgegeben. Das einzige Geräusch, das auf der Erde bleibt, ist das Knirschen des Eises. Sonst herrscht Stille. Dieses Jahrtausend ist gar nicht mehr weit weg. Ich habe den Verdacht, dass es mit der Erde nicht mehr lange so weitergeht.

Ich gebe mein Bild ab. Es klingelt. Wir stellen uns mit unseren Tuschbechern an das einzige Waschbecken an, um die Pinsel auszuwaschen. Ein Gedränge hier. Das schmutzige Wasser fließt in den Ausguss. Ich ziehe die Schürze aus und stopfe sie in meinen Schulranzen. Große Pause. Ich bin heute zum Milchdienst eingeteilt. Wir müssen in den Keller zum Hausmeister, den Milchkasten holen. Die Klassen stürmen nach draußen. Die Jungs treffen sich am Tor, um Zigaretten zu rauchen. Ich stehe an den Rabatten und wünsche mir einen Freund. Oder eine Freundin, nur für mich allein.

Musikunterricht bei Frau Wachtel. Zum Auftakt singen wir einen Kanon. C a f f e e trink nicht so viel Caffee, nicht für Kinder ist der Türkentrank, schwächt die Muskeln, macht dich blass und krank, sei doch kein Muselmann, der das nicht lassen kann. Die Klasse wird durch drei geteilt. Wir singen. Heut kommt der Hans zu mir, freut sich die Lies, ob er aber über Oberammergau, oder aber über Unterammergau, oder aber überhaupt nicht kommt, ist nicht gewiss. Und der dritte Kanon. Es tönen die Lieder, der Frühling kehrt wieder. Es spielet der Hirte auf seiner Schalmei, trallalalalalala, trallalalalalala. Das ist mir der liebste Kanon. Aber was ist ein Muselmann, und wo liegt Oberammergau.

Werkunterricht bei Herrn Wirsing. Herr Wirsing trägt einen grauen Silastik-Kittel, der ihm um die Beine schlottert. Sein Adamsapfel ist riesig und hüpft beim Sprechen wie ein gefangener Vogel auf und ab. Ich starre auf den Adamsapfel und hoffe, dass er nicht herausspringt. Mit Herrn Wirsing stellen wir nützliche Dinge her. Wir bemalen einen Quirl und drehen Haken für die Topflappen hinein. Ein Geschenk zum internationalen Frauentag. Oder wir basteln einen Bleistiftanspitzer. Ein Brettchen, auf das wir Schleifpapier nageln. Aus grauem Plastik formen wir einen Briefständer. Eine ebene Kunststoffplatte wird zu einem Hohlköper mit kleinerem Querschnitt umgeformt. Tiefziehen nennt man diese Technik. Diese nützlichen Gegenstände sind eigentlich hässlich und unnütz. Aber wir bauen sie. Wir haben Mitleid mit Herrn Wirsing. Sein Werkraum liegt im Keller. Er wird von den Lehrern gemieden. Man spricht über ihn. Er hat einen Ausreiseantrag gestellt. Das ist kriminell. Ein Verbrechen. Er ist nur noch auf Zeit hier. Er versucht, das Land zu verlassen. Er hat ein Formular ausgefüllt und darf mit seiner Familie ausreisen. Aber er darf niemals mehr zurückkehren. Das gleicht einer Verbannung. Das Thema ist tabu. Nur flüstern darf man darüber.

Ich weiß nur von einer Fluchtgeschichte. Sobald Opa Martin und Oma Mitzi in Ellrich Besuch von ihren Freunden haben und Likör trinken, erzählen sie sich Fluchtgeschichten, mit gesenkten Stimmen. Im Grenzgebiet ist eine Eisengießerei. Die Arbeiter aus der Gießerei haben über Monate hinweg heimlich ihren Wartburg mit Eisenplatten gepanzert. So ist aus einem Personenwagen ein Panzerwagen geworden. Ich dachte, Panzerwagen kommen nur in der Großen Oktoberrevolution zum Einsatz. Wir sind doch das Ergebnis der Oktoberrevolution. Warum versuchen die Menschen, mit selbstgebauten Panzerwagen, einer Errungenschaft der Großen Oktoberrevolution, zu fliehen. Mit Tiefziehen lässt sich keine Flucht arrangieren. Deshalb hat Herr Kohl einen Ausreiseantrag gestellt. Ich feile den überstehenden Rand am Briefständer für meinen Papa ab. Ich wickle ihn in Zeitungspapier und stecke ihn in meinen Schulranzen. Ein Geburtstagsgeschenk. Selbstgemacht. Die Familie ist mit ihrem Panzerwagen auf die andere Seite gekommen. Zerschossen der Wagen, die Familie hat überlebt.

Die nächste Stunde ist Deutschunterricht. Herr Bitter wippt schon auf den Zehen auf und ab. Seine Schuhe quietschen. Herr Bitter trägt unter seiner grauen Berufsschürze Rollkragenpullover, die liegen eng an seiner weißen Haut und sind meist weinrot. Seine Mutter kauft sie ihm. Herr Bitter wohnt noch zu Hause. Ein erwachsener Mann. Das Zusammensein mit Kindern treibt Herrn Bitter den Schweiß auf die Stirn. Er ist der Situation, allein mit dreißig Schülern in einem Raum zu sein, nicht gewachsen. Schon vor Stundenbeginn breiten sich unter seinen Achseln Schweißflecken aus. Er klammert sich an seinem Lineal fest, das unter der seelischen Anspannung zu zerbrechen droht. Auf seinen Wangen leuchtet ein blaurotes Geflecht von Äderchen. Wir lesen Dshamila von Tschingis Aitmatow. Diese Geschichte scheint Herrn Bitter zu beruhigen. Er hört mit dem Wippen auf. Sein Blick wandert zu den Oberlichtern. Das Lineal saust auf meine Schulter. Vorlesen.

Danijar und Dshamila wanderten, ohne sich umzusehen, in Richtung auf die Ausweichstelle der Eisenbahn weiter. Zweimal tauchten ihre Köpfe noch über dem Dickicht des Steppengrases auf, dann waren sie verschwunden. Dshamila schrie ich, was meine Stimme hergab. Dshamila, rief ich noch einmal und stürzte den beiden wie von Sinnen mitten durch den Fluss nach. Eiskaltes Wasser spritzte mir ins Gesicht, meine Kleider wurden nass und schwer, doch ich lief weiter, ohne auf den Weg zu achten, bis ich über etwas stolperte und mit aller Macht hinschlug. Ich blieb liegen, ohne den Kopf zu heben. Tränen rannen über mein Gesicht. Die Dunkelheit schien sich schwer auf meine Schultern zu senken. In feinem, traurigem Ton pfiff der Wind durch die biegsamen Halme des Steppengrases. Dshamila, Dshamila schluchzte ich, an den Tränen fast erstickend. Ich verlor die Menschen, die mir am liebsten waren, mir am nächsten standen. Und erst jetzt, als ich verzweifelt auf der Erde lag, begriff ich, dass ich Dshamila liebte. Lange lag ich so, den Kopf an den feuchten Ellbogen geschmiegt. Ich nahm nicht nur von Dshamila und Danijar Abschied, sondern von meiner Kindheit.

Ich stocke beim Lesen. Tränen tropfen auf mein Lesebuch, weichen das Papier auf. Herr Bitter legt das Lineal zum zweiten Mal auf meine Schulter. Mit einer ungeschickten Bewegung versucht er, mich mit dem Lineal zu trösten. Mit Dshamila und Danijar war ich am Fluss, sie fehlen mir. Mir fehlen Menschen in meiner Umgebung, die sich innig lieben. Die beiden sind das erste Liebespaar, von dem ich höre. Sie nehmen ihr Bündel und gehen. Nehmt mich mit. Ich werde euer Bündel jeden Tag mit Brot und Honig füllen, euch ein Lager im Wald suchen.

Moospolster auslegen, die wilden Tier verscheuchen und eure Schuhe putzen. Ich kämme euch die Haare, pflücke wilde Beeren, schöpfe mit der Hand Wasser aus dem Brunnen. Singe euch Schlaflieder. Nähe eure zerrissenen Kleider, backe euch Rührkuchen mit Schokolade. Hauptsache, ihr nehmt mich mit. Dass ich einmal im Schatten der Liebe gehen kann. Meinetwegen als eure Magd. Das macht mir gar nicht aus. Wenn ich nur eure Liebesmagd sein darf. Ich trockne eure nassen Kleider über dem Feuer und schaue weg, wenn ihr euch küsst. Nur in eurer Nähe will ich sein. Ihr könntet mich ja adoptieren und als euer Kind annehmen. Ich brauche auch kein eigenes Pferd. Ich kann ja neben euch herlaufen.

Nach dieser Stunde gibt es die Schulspeisung. Die Stadt hat neben der neuen Kaufhalle das Stadtparkrestaurant gebaut. Die Schüler der Leninschule und der Gagarinschule können dort mittagessen. Wir haben graue Essensmarken. Da ich zu einer kinderreichen Familie gehöre, ist ein K darauf gestempelt. Ein Essen kostet fünfzig Pfennige. Wir gehen durch die Gärten, dann durch die Unterführung, die nur wir Schulkinder begehen. Vor dem Stadtparkrestaurant sind große Metallregale. In die werden alle Schulranzen und Turnbeutel geschleudert. Es ist laut im Speisesaal. Ich reihe mich in die Schlange ein. Die Frauen in der Großküche scheinen mit denen in der Großwäscherei verwandt zu sein. Die gleichen fleischigen Unterarme, die weißen Kittel und die weißen Häubchen auf dem Kopf. Wortlos und mächtig rühren sie in den großen Töpfen der Schulspeisung. Wie im Märchen vom süßen Brei scheinen die Töpfe immer gefüllt zu sein. Essen für neunhundert Kinder, jeden Tag. Darum haben die Küchenfrauen so kräftige Körper und arbeiten so schwer. Es gibt Jägerschnitzel mit Kartoffeln und Wirsing. Das Jägerschnitzel ist eine panierte Scheibe Bierschinken. Die Kartoffeln und der Wirsing sind nicht voneinander zu unterscheiden. Ich gebe meine Essensmarke ab und erhalte mein Essen und eine Nachspeise. Eine Plastikschale mit roter Grütze und Vanillesoße. Mit meinem Teller suche ich mir einen ruhigen Platz, neben der Blumenbank. In der Blumenbank liegen weiße Steinchen, darin stecken Sansevierien. Die Pflanzen geben mir etwas Sichtschutz. Sie ermöglichen es mir, den geheimen Auftrag von Dechant Waclawek auszuführen. Er hat uns genau instruiert. In öffentlichen Räumen, in denen nicht zu Mittag gebetet werden darf, sollen wir uns an einen nicht einsehbaren Ort zurückziehen und das Kreuz mit dem Besteck in die Speise zeichnen. Ich senke meinen Kopf, geschützt von den Sansevierien, und schneide mit dem Messer ein Kreuz in die panierte Jagdwurstscheibe. Keiner hat es gesehen. Komm Herr Jesu, sei unser Gast und segne, was du uns bescheret hast.

Hinter dem Fenster fährt die Harzquerbahn vorbei. Da würde ich jetzt gerne mitfahren. Meinetwegen als Heizer. Kerstin Mond hat auf mich gewartet. Ich darf noch mit zu ihr nach Hause kommen. Die Dederongardinen in ihrer Wohnstube gehen bis zur ockerfarbenen Teppichkante und fallen in regelmäßigen Abständen von der Gardinenleiste herab. Vier Stühle stehen akkurat um den Tisch. Der Vater meiner Schulfreundin ist Redakteur bei der Stadtzeitung. Das Wohnzimmer sieht genauso aus wie die Föhnwelle von Kerstin Mond. Sie hat jeden Morgen Zeit, sich ihren Scheitel zu föhnen und die Haare kunstvoll mit Haarspray zu einer perfekten Welle zu verkleben. Wir wollen ein Experiment machen. In der Küche, mit Blick zum Hof, steht auf der Fensterbank ein Käfig mit einem Wellensittich. Im Beiheft zum Chemiebaukasten gibt es eine Versuchsanleitung, wie man Horn nachweisen kann. Dazu braucht es eine Vogelfeder. Der Nachweis wird durch den stechenden Geruch beim Verbrennen erbracht. Wir öffnen den Käfig. Der Vogel ist völlig überfordert von der offenen Käfigtür. Wild flattert er zwischen den Holzstäben, dem Futternapf und einem klingenden Stehaufmännchen umher. Kerstin greift nach ihm und reißt dem armen Tier eine Feder aus. Der Vogel hackt mit seinem Schnabel in ihren Handrücken. Sie flucht. Ich schaue durch die Küchengardine auf den Hof. Die Wäschepfosten mit den gespannten Leinen bilden ein ordentliches Karree, so wie die Stäbe des Käfigs. Sie hält die Feder in die bläuliche Flamme des Bunsenbrenners. Ein stechender, beißender Geruch breitet sich aus. Das muss Horn sein. Wir reißen die Fenster auf. Der Horngestank verschwindet nicht. Ich nehme meinen Ranzen und mache mich auf den Nachhauseweg. Ich gehe den Trampelpfad über die Höfe. Unter der flatternden Wäsche hindurch. Vorbei an den Asche- und Müllcontainern, den hölzernen Schuppen der Klempner, Schlosser und anderen Handwerker, vorbei am dunklen Fenster der Zahnarztpraxis Dr. Horning, bis ich die Rückseite unseres Hauses erreiche.

Als ich einmal Zahnschmerzen habe, werde ich von einem Schüler der zehnten Klasse zum Zahnarzt begleitet. Das Wartezimmer von Dr. Horning ist ein trister Ort. Gelbliche Vorhänge, die auf den Linoleumboden stoßen. Tapeten, deren Muster man nicht mehr erkennen kann. In der Mitte ein Tischchen mit zerblätterten Illustrierten. Die Zeitungen sind so zerlesen, das man den Eindruck hat, die Patienten bekommen sonst nichts zu lesen. Die Leidensmienen der Frauen, Männer und Kinder reihen sich vor der Tapete aneinander wie ein Schmerzensfries. Warum haben alle Zahnschmerzen, vereiterte Mundhöhlen, schiefe Wangen. Dieses ungesunde, abgestandene Wartezimmer ist wie meine Stadt. Mein Name wird aufgerufen. Mein Backenzahn ist vereitert. Er muss gezogen werden. Ohne Betäubung. Eine Zange. Ein Knacken, ein Knirschen. Eine Blutfontäne schießt aus der Wunde. Ich schmecke den metallischen Geschmack von Blut in meinem Mund. Die Schwester tränkt einen Tupfer in eine Flüssigkeit und stopft damit die Wunde aus. Herr Horning hat mir den Zahn einfach so gezogen, ohne mich oder meine Eltern zu befragen. Nun habe ich im Mund eine Höhle. Ich vermisse meine Mutter, meinen Vater, meine Schwester und meine Oma Mitzi. Irgendjemanden, der mir beisteht. Mich kurz in den Arm nimmt und tröstet. Ich darf nicht weinen. Ich habe ja nicht einmal ein Taschentuch.

Der Schüler hat den Auftrag, mich in den Unterricht zurückzubringen. Die Leninallee herunter, die Johannes-R.-Becher-Straße entlang, über die Fußgängerbrücke bis zur Leninschule. Meine Klasse hat Sportunterricht. Leistungskontrolle. Frau Husum sagt, ich soll mich nicht so anstellen, schließlich sei ich schon lang genug dem Unterricht ferngeblieben. Ich soll mir meine Sportsachen anziehen. Es ist kalt in der Umkleidekabine. Die Anziehsachen und Schuhe der Mädchen liegen auf den Bänken. Es sind schon Frauensachen darunter. Feinstrumpfhosen, Spitzenhemden, Büstenhalter, Haarspray, Blusen mit Abnähern. Ich lege meine Kinderkleider dazu. Die Klasse wartet auf mich. Die Leistungskontrolle ist bei der Disziplin Kopfstand angelangt. Das Loch in meinem Mund pulsiert. Frau Husum ruft meinen Namen auf. Ich komme nach dem T und vor dem V, bin also die vorletzte in unserem Klassenbuch. Aber ich war doch eben beim Zahnarzt. Herr Horning hat mir einen Zahn gezogen. Ich versuche, mich auf den Kopf zu stellen. Ich sehe die Turnschuhe und die lachenden Gesichter. Den Schwebebalken, die Sprossenwand, das Dach der Turnhalle. Durch das Dach der Turnhalle in den grauen Winterhimmel. Wie im Kinderbuch über Doktor Eisenbart schießt das Blut aus meiner Wunde. Eine Fontäne, die zuerst auf die graue Gummimatte tropft, dann auf die Turnschuhe, die weißen Sporthosen, die Gesichter der Mädchen und Jungen. Frau

Husums Trainingsanzug ist beschmutzt. Das Blut schießt immer stärker. Es bricht durch die Wunde und beschmutzt die Wände. Es reicht bis zur Decke, durchschießt ein Fenster im Dach. Glassplitter fallen auf die Sprossenwände. Die Blutfontäne erreicht die geschlossene Himmelsdecke und rinnt wie Kondenswasser an ihr herunter. Ich beende meinen Kopfstand und gehe in den Waschraum.

Ein langgezogener schriller Ton. Schulalarm. Wir sind immer in Alarmbereitschaft. Falls uns der Feind von der anderen Seite angreift. Wir befinden uns mitten im Kalten Krieg. Ich habe Angst. Meine Mutter und mein Vater sind unerreichbar. Ich will nicht mit meinen Mitschülern untergehen oder mit meinem Schuldirektor zusammen sterben. Wenn der Feind kommt, laufe ich auf den Sportplatz und lege mich auf das freie Rasenfeld. Aber jetzt müssen wir diszipliniert das Treppenhaus passieren und vollständig auf dem Appellplatz antreten. So sind wir ein leicht auszumachendes Ziel. Kein Feigling soll sich unter der Schulbank oder im Keller versteckt halten. Die Gruppenführer erstatten Meldung. Unsere Schule ist vorbildlich. Wir zählen ab. Alle Schüler sind beim Katastrophenalarm vollständig in der gewünschten Zeit angetreten. Ich möchte nicht mehr Teil einer Gruppe sein.

FINSTERNIS

Immer noch schlägt Gott sich durch die Finsternis, flucht und fällt, auf seinem Rücken die Geistin, die ihm eines dieser Lieder ins Ohr singt. Sanctus, Sanctus, Sanctus. Er muss etwas tun gegen die anhaltende Dunkelheit. Er denkt nach. Er steht auf der kalten Erde, Kopf und Füße in der Finsternis. Er legt die Hand an die Stirn. Denken ist Kopfschmerz, für ihn bedeutet Denken, die Leere mit Schmerz zu füllen. Kein Bild zieht auf, kein Gedanke verfängt sich in seinem Kopf. Innen ist es so dunkel wie außen. Er durchforscht dieses greifbare Schwarz nach einer Ablagerung, einer Spur, einer Nachricht. Etwas glimmt auf, von ganz fern. Kaum sichtbar, ein Funken. So groß wie eine Stecknadel. Gott fährt mit seinen Fingerspitzen über die Augenbrauen und die Lider der schlafenden Geistin, deren Kopf über seiner Schulter hängt, er kann ein kleines Irrlicht in ihren geschlossenen Augen ertasten. Er pustet ein wenig von seinem Atem auf seine Gefährtin, und sie träumt von ihm. Nun muss er sich dem Licht widmen. Er muss das Licht finden und formen. Einen Funken kann er durch äußerste Anstrengung auf die Erde bringen. Ein winziger Funken, der vor seinem Auge hin und her tanzt. Er versucht ihn zu fangen, auf dem Rücken die immer noch schlafende Geistin. Was für ein Gespann. Wenn Gott sich sehen könnte, wie er hüpft und springt, über Schlacke, Stein und Tiefe, auf der Jagd nach diesem Funken Licht. Endlich hält er ihn zwischen Daumen und Zeigefinger, er bläst mit seinem Atem den Funken ein wenig auf, jetzt liegt er leuchtend auf seiner Handfläche. Eine weiße Kugel. Er kann nun sehen, was ist. Er kann nun sehen, was war und was noch werden kann. Nun gibt es ein Licht auf einer dunklen

Erde, die Geistin streicht Gott eine Strähne aus der Stirn. Sie nehmen das Licht in ihre Mitte. Ihre Gesichter sind von unten beleuchtet. Wie zwei Nachtkäfer in der Finsternis. Sie müssen das Licht vermehren, sie müssen es über und unter die Erde bringen. Das wird eine große Aufgabe. Sie zeichnen einen Kreis in ein Aschefeld, in den Kreis ein Kreuz, für die vier Himmelsrichtungen. Sie suchen einen Stein, mit dem Stein ziehen sie eine Furche. Sie bestellen das Aschefeld und ziehen Furche um Furche in die staubige Oberfläche. Sie vermehren den Funken durch Teilung und setzen nun Funken um Funken aus, legen jeden wie ein Samenkorn in die Erde, in der Hoffnung, dass er größer werde und wachse. Dass es ein Feld von hellen Kugeln gebe, eine leuchtender als die andere. Die Lichtkörper und das große Tagesgestirn. Ihre Handflächen brennen von der ungewohnten Arbeit. Sie legen eine Pause ein und graben ihre Füße in die Asche. Die Geistin schmiegt ihre Wange an Gottes Knie. So sitzen sie und schauen auf die Lichtgewächse. Gott vertraut der Geistin ein Geheimnis an. Er erzählt ihr von seiner Schlaflosigkeit und seinen unruhigen Träumen. Er kann schöpfen, was er will, er ist sich sicher, es ist nicht gut genug. Manchmal kann er im Schlaf die Welt vorträumen, er erblickt schon den fatalen Untergang und kann nicht einschreiten. Wie gelähmt ist er dann, und der Durst quält ihn und seine Nacktheit, die Wunden unter seinen Füßen und dass ihn niemand küsst. Die Geistin nickt, um ihn ein wenig zu beruhigen. Ihr fallen nicht die richtigen Worte ein, es scheint etwas sehr Kompliziertes zu sein, was ihren Begleiter so schwermütig stimmt. Aber nun muss geerntet werden, das ganze Feld leuchtet schon. Sie bauen aus ein paar Eisenteilen der verglühten Stadt eine Schubkarre, sie bergen behutsam das Licht. Es ist heiß, die Geistin schiebt die Schubkarre, und Gott legt die Kugeln hinein. Eine nach der anderen, die Erde muss bestückt werden, und den Harz dürfen sie auch nicht vergessen. Sie gehen Furche um Furche ab. Gott hat schon Brandblasen an den Händen, er spuckt hinein, die erste Hautschicht löst sich bereits ab. Die Geistin nimmt eines ihrer Haare und wickelt sie Gott um die verbrannte Handfläche. Er ist wirklich unbeholfen und kennt überhaupt kein Maß.

SANDKUHLE

Der Schachtbaubetrieb hat in Putbus ein eigenes Kinderferienlager. Die Kinder der Bergleute kommen aus der gesamten Republik dahin gefahren. Meine Schwester und ich fahren zusammen. In Putbus gibt es am Ende der Stadt ein Barackenlager. Eine Mädchenbaracke, eine Jungenbaracke, eine Krankenbaracke, eine Lagerleiterbaracke, eine Küchenbaracke mit Speisesaal. Klettert man durch den hinteren Zaun, steht man auf einem Maisfeld. Klettert man durch den linken Zaun, steht man in einer Sandgrube. Das Ferienlager hat eine eigene Wache mit Schilderhäuschen und rotweißer Schranke. Hat man Wachdienst, kann man den ganzen Tag in dem gestreiften Holzhäuschen bleiben und auf die Kinder aufpassen. Das ist eine schöne Aufgabe. Die Sonne scheint auf den heißen Sand unter den Füßen. Die Zeit steht still. Ab und zu kommt ein Auto und bringt Brot oder Milch.

Die Reise beginnt mit dem Kofferpacken. Wir müssen aus dem Ferienlager viele Briefe schreiben. An Oma Mitzi, Oma Luise und an die Familie. Die haben das Meer noch nicht gesehen. Darum müssen wir ihnen berichten. Vom Meeres- und Inselparadies. Denn Putbus liegt auf einer Insel. Auf einer Insel im Meer, nur durch eine schmale Brücke und den Rügendamm mit dem Festland verbunden. Dort enden die Zuggleise. Vielleicht kann ich von dort einfach wegschwimmen. Aber erst müssen wir uns am Bahnsteig sammeln. Die Kinder vom Schachtbau mit ihren Eltern, Koffern, Rucksäcken und Plüschtieren, Tränen und Taschentüchern. Noch das Taschengeld, den Impfausweis, die Badeerlaubnis und zwölf Mark Ferienlagergebühr. Wir winken aus dem Zugfenster. Die Eltern werden kleiner. Zuerst teilen die Ferienlagererzieher Provianttüten aus. In der Tüte sind eine Packung Sommermischung, Bonbons mit Marmeladenfüllung, Thekla Zuckerkekse, ein Apfel, ein hartgekochtes Ei, ein Schinkenknacker und ein Brötchen. Dazu gibt es eine Flasche Fassbrause. Wir fahren durch das Land. Von der Stadt an der Grenze zu der Stadt am Meer. Im ganzen Land machen sich zur gleichen Zeit Kinder auf den Weg. Von all den Orten, in denen es Bergwerke, Bohranlagen und Baustellen vom Schachtbau gibt. Kinder aus Karl-Marx-Stadt, aus Cottbus, aus Schwarzenberg, aus Bleicherode und Kinder aus Katowice. Auf den Gleisen und Straßen sind sie unterwegs, um sich zu treffen. Viele ihrer Väter sind oft tief unter der Erde und atmen nur wenig Sauerstoff. Da sollen ihre Kinder wenigstens gute Luft haben.

Unser Zug fährt von Nordhausen nach Halle. Das ist die erste Strecke einer langen Reise. Hinter Nordhausen liegen die Kiesteiche. Das Pumpwerk und die Kläranlage. Vorbei an Kleingartenanlagen, Obstgärten, durch die Goldene Aue, über Berga-Kelbra bis Sangerhausen. Im Eisenbahnabteil werden die ersten Freundschaften geschlossen. Vor dem Fenster der Kyffhäuser. Da wohnt der steinerne Barbarossa mit seinen Raben. Er sitzt in seinem unterirdischen Schloss. Auf einem Stuhl von Elfenbein, an einem großen, runden Tisch aus Marmorstein, und schläft. Den Kopf in die Hände gestützt. Sein roter Bart leuchtet wie Feuersglut und ist durch den Tisch hindurch bis auf die Füße gewachsen. Alle hundert Jahre erwacht der Kaiser aus seinem tiefen Schlaf, bewegt sein Haupt und blinzelt mit den Augen. So winkt er seinem treuen Zwerg Alberich, bittet ihn, hinaufzugehen und nachzuschauen, ob die Raben noch immer um den Berg fliegen und krächzen. Ist das der Fall, wird der Kaiser traurig und murmelt in seinen Bart, dass er noch hundert Jahre würde warten müssen, um zur Welt zurückzukehren, um Frieden und Einheit zu stiften. Dann schließt er seufzend die Augen und schläft abermals hundert Jahre. Erst wenn der

Bart ganz um den runden Marmortisch herumgewachsen ist, wird das Warten ein Ende haben, erst dann wird sich ein stolzer Adler in die Lüfte emporschwingen und die Raben vertreiben. Dann wird der Kaiser mit seinen verwunschenen Getreuen erwachen, zur Welt hinaufsteigen und Ordnung schaffen. Noch ist der Adler nicht erschienen. Und wie es aussieht, wird er so schnell nicht erscheinen. Der Frieden liegt noch in weiter Ferne. Der Schlaf und das Schweigen haben sich in einer stillen Vereinbarung über das Land gesenkt. Niemand hat Interesse an einer Erweckung. So kann der steinerne Kaiser im steinernen Berg noch Hunderte von Jahren ausharren.

Ich öffne meine Bonbontüte mit der Sommermischung. Die Bonbons sind eingewickelt in ein Papier mit einer aufgedruckten Johannisbeere. Ich lege das Bonbon mit der dunkelroten Füllung auf meine Zunge und meine Stirn an die schmutzige Fensterscheibe. Der Zug hält in Sangerhausen. Es gibt hier ein Rosarium, die MIFA Fahrradwerke und ein Mammut mit Stoßzähnen. Hinter Sangerhausen liegen die Halden vom Mansfelder Land. Pyramiden aus einer anderen Zeit. Ein Ägypten aus Staub und Stein. Mitten in der Goldenen Aue. Geduckte Siedlungen aus Backstein. Man sagt, die Menschen, die hier wohnen, sind so klein, weil sie in die unterirdischen Gänge passen müssen. Und dann kommt er. Der süße See. Eingebettet in Kirschplantagen. Auf dem See fahren weiße Segelboote. Gern möchte ich den See durchschwimmen. Aber das ist jetzt nicht möglich bei der Anfahrt auf Halle. In dem unübersichtlichen, dunklen Bahnhof müssen wir umsteigen. Richtung Pasewalk. Das Land vor der Zugfensterscheibe scheint unbewohnt zu sein. Industriebauten. Städte. Kirchtürme. Felder. Bahnsteige. Hügel. Wiesen. Aber keine Menschen. Nach langer Reise erreichen wir das Meer. Durch das geöffnete Fenster weht Wind, der nach Algen und Muscheln riecht. Der Zug fährt über den Rügendamm. In Bergen steigen wir aus. Die letzte Strecke fahren wir mit dem Rasenden Roland. So wie bei uns die Harzquerbahn gibt es auch hier eine Schmalspurbahn mit einer Dampflokomotive. Sie fährt uns bis nach Putbus.

Am Bahnsteig empfängt uns Herr Schinkel, der Lagerleiter. Er ist mit einem Bus gekommen, der uns in das Kinderferienlager bringt. Zuerst werden wir in Gruppen eingeteilt. Ich bin zum Glück mit meiner Schwester in einer Gruppe. Wir bekommen unsere Zimmer zugeteilt. Zwei Doppelstockbetten an der Wand und in der Mitte ein Ehebett. Bunte Steppdecken und Wolldecken. Für jede einen Schrank. Ein Tisch am Fenster und vier Stühle. Die Bettwäsche wird ausgeteilt. Zuerst beziehen wir die Betten. Wir haben bis zum Sammeln auf dem Ferienlagerplatz noch etwas Freizeit. Neben der Mädchenbaracke ist eine Sandgrube. In der Sandgrube wohnen Kaninchen. Sie leben in Höhlen. Der Sand ist heiß. Die Sonne scheint in die Grube. Versengtes Gras um die schwarzen Kaninchenlöcher. Wir warten, bis die ersten Tiere erscheinen. Wir streicheln das Fell der Kaninchen und legen uns zu ihnen in den Sand. Nun kann der Sommer kommen. Wir können mit den Kaninchen um die Wette laufen und uns im Sand kugeln. Wir laufen bis zum Rand der Grube. Wir halten uns an den Händen und stürzen uns kopfüber in den Sand hinab. Vorwärtsrollen, Rückwärtsrollen. Sand im Haar. Zwischen den Zähnen. Der Tag ist weit wie der Himmel.

Am Baum neben der Krankenbaracke hängt eine Handsirene, die alle Kinder zu wichtigen Ereignissen zusammenruft. Jetzt ruft sie uns zum Essen. Wir versammeln uns unter dem Baum. Unser Lagerleiter begrüßt uns und erzählt vom Programm, das auf uns wartet, er stellt uns die Betreuer und die Küchenfrauen vor. Die kommen aus der Stadt und tragen weiße Schürzen. Im Speisesaal sind die Tische gedeckt. Jede Gruppe hat einen eigenen Tisch. Der Tischdienst wird eingeteilt. Der Tischdienst muss auf- und wieder abdecken, am Morgen die frischen Brötchen auf den Tisch stellen und die Marmelade aus den Pappeimern in die Schüsselchen füllen. Täglich ruft die Sirene zum Frühsport. Am Morgen laufen wir um die Baracken herum und machen Hampelmann, Hochstrecksprung, Armkreisen und andere gymnastische Übungen. Zum Mittag kochen die Küchenfrauen Schinkennudeln, überbacken mit Ei. Zur Nachspeise gibt es Rote Grütze mit Vanillesoße.

Nach dem Mittagessen ist Mittagsruhe. In der Mittagsruhe dürfen wir uns leise unterhalten. Hauptsache, wir bleiben in unseren Zimmern. Geheimnisse werden geteilt. Es geht um Jungen, Zungenküsse und Entjungferung. Ich frage mich, was das ist. Ein so altmodisches Wort für eine offensichtlich so wichtige Sache. Die Mädchen im Zimmer scheinen eine Entjungferung herbeizusehnen. Zumindest fällt dieses Wort immer wieder, und sie wissen auch schon, wer entjungfert ist, wem die Entjungferung noch bevorsteht und welcher Junge welches Mädchen entjungfert hat. Und dass man bei einer Entjungferung sein Jungfernhäutchen verliert. Ich kann zu diesem Thema nichts beitragen. Das einzige, was ich weiß, ist eine Zeile aus König Drosselbart. Ich arme Jungfer zart, ach, hätt' ich genommen den König Drosselbart. Aber ich merke schon, das will hier niemand hören. Und Fräulein von Wagnern, die mit uns Sterne aus gelbem Wachspapier ausschneidet, fällt mir noch ein. Alle sagen, sie sei eine alte Jungfer. Carmen, die beneidenswert schwarze Locken hat, ist schon entjungfert. Sie erzählt uns davon. Wir dürfen zu ihr auf das Doppelstockbett. Es war kein Junge. Es war ein Fahrrad. In der Bleicheröder Straße. Da gibt es viele Schlaglöcher. Sie sagt, sie sei vom Sport nach Hause gefahren. Der Fahrradsattel hat sich gelöst. Die Stange vom Fahrrad hat sie entjungfert. Wir staunen. Ob sie das legendäre Jungfernhäutchen gesehen hat, wollen wir wissen, ob es weh tut. Sie winkt ab. Kinderfragen. Sie schüttelt ihre Locken und lacht mit ihrem schönen Mund. Fast schon eine Frau. Keine Jungfrau mehr.

Ich kann gar keine Jungengeschichten erzählen. Doch, eine, aber eine hässliche. Ich bin durch die Johannes-R.-Becher-Straße zu Oma Luise gegangen. Beladen mit Tüten, Töpfen und Taschen. Auf der Höhe der Gleise, gegenüber vom Schachtbau-Betriebsgelände, blieb ein fremder Junge vor mir stehen. Ein Junge mit einer großen Hornbrille, gescheiteltem Haar und einem schiefem Grinsen. Er fragte, wo ich hinwill, wie ich heiße, was ich in meinen Tasche habe. Ich war froh, dass sich ein Junge mit mir unterhielt. Und wollte gerade antworten, als er mich in die Brust kniff. Dann rannte er weg, und ich blieb verwirrt stehen. Meine erste Berührung. Aber das erzähle ich den Mädchen lieber nicht. Ines beschließt, sich in einen der Betreuer zu verlieben. Sie sagt, er sieht aus wie Jesus. Er trägt auch Jesuslatschen. Ich wusste gar nicht, dass Jesus, den ich ja ganz gut kenne, gleichaltrigen Mädchen zum Verlieben taugt. Aber wahrscheinlich ist Jesus doch ein Mann mit erotischer Ausstrahlung. Der Bart, die langen Haare, dieser charmante Ausdruck des Leidens. Der Körper, fast nackt.

Eines Nachmittags hatte ich den Schreibtisch in unserer Stube nach versteckten Geheimnissen durchsucht. Ich zog jede Schublade heraus, bis ich in der untersten Schublade eine bunte Zeitung entdeckte. Mit nackten Frauen, die in merkwürdigen Posen ineinandergeschlungen waren, sich küssten. Ihre Brüste oder ihren Po aneinander rieben. Sie trugen Unterwäsche mit Leopardenmuster, die so geschnitten war, dass man ihre Muschis sehen konnte. Oder die Muschis waren auf einer ganzen Zeitungsseite in Großaufnahme. Es gab auch ein paar Männer, mit öligen Oberkörpern, die in Frauen feststeckten, die wie Pudelhunde vor ihnen knieten. Die Zeitung war bebildert mit nackten Frauen und Männern, deren Münder weit geöffnet oder deren Augen verdreht waren. Ich sah Zungen, die Muschis ableckten wie Eis, oder Frauen, die männliche Glieder in ihrem Mund hatten, als ob sie gleich erstickten. Ich habe die Zeitung schnell unter meiner Hahntrittmusterschürze versteckt. Ich konnte sie keinem in unserer Familie zuordnen. Wer hatte die da versteckt. Doch nicht mein Vater, die Bilder darin hatten mit dem Körper meiner Mutter nichts zu tun. Sie trägt keine Unterwäsche mit Tigerstreifen, und mein Vater ölt sich auch nie seinen Bauch ein. Wer sind diese Frauen und Männer. Hatte vielleicht ein Westverwandter, der in unserer Stube gefrühstückt hat, die Zeitung in den Schreibtisch gesteckt. Über die Grenze geschmuggelt und bei uns deponiert. Ich muss die Bilder in Sicherheit bringen. Ich rolle die Zeitung fest unter meine Schürze und trage sie nach oben in unser Zimmer. Da ist sie sicher. Meine Mutter kann sie nicht entdecken. Das würde ein ganz falsches Licht auf meinen Vater werfen. Ich verstecke die Zeitung unter meiner Puppe Wanda. Nun liegen die entfesselten Nackten unter meinem Bett.

Die Mittagsruhe ist beendet. Der Weg vom Kinderferienlager am Stadtrand von Putbus bis zum Greifswalder Bodden ist weit. Wir müssen eine Stunde laufen. Zuerst an der Sandkuhle vorbei, die abschüssige Straße entlang bis zur Hauptverkehrsstraße. Dann sind wir schon am Wildpark. Hier stehen die schönsten Hirsche. Stolze Tiere mit prächtigen Geweihen. Vorbei an der alten Orangerie. Hinter dem Park liegt das Schierlingsfeld. Nur ein schmaler Trampelpfad führt durch die hohen Gewächse. Es heißt, wer sie berührt, bekommt Brandblasen. Wir gehen wie durch einen Zauberwald. Wir müssen aufpassen, dass die Pflanzen die nackte Haut nicht streifen. Noch ein Stück Landstraße. Das gelbe Ortseingangsschild von

Lauterbach. Wir können das Meer schon riechen und laufen schneller. Der Greifswalder Bodden. Ein Stück Strand, das nur uns gehört. In das Wasser kann man unendlich weit hineingehen, ehe es tief wird.

Die erste Berührung mit dem Wasser ist eine Entschädigung für das ganze letzte Jahr. Ich wandere weit ins Meer hinaus. Hinter mir die Rufe der Kinder, fliegende Wasserbälle und Strandspiele. Vor mir die Weite. Endlich. Der Blick bis zum Horizont. Auf diesen Blick habe ich ein Jahr gewartet. Dorthin, wo das Meer mit dem Himmel verschmilzt. Am Horizont fahren die Schiffe ferner Länder. Sie bringen Güter in fremde Häfen. Das Meer verbindet alles. Die Insel Bornholm. Trelleborg. Gotland. Öland. Malmö. Kopenhagen. Helsinki. Leningrad. Tallin. Klaipeda, Gedser und Puttgarden. Ich stehe mit dem gestreiften Badeanzug, auf dem ein Anker aufgestickt ist, im Meer und winke den Schiffen zu. Nehmt mich mit. Nehmt mich mit. Lasst mich nur ein Stückchen mitfahren und das weite Meer und die angrenzenden Städte und Länder sehen. Ich wische auch das Oberdeck oder schäle in der Küche Zwiebeln und Kartoffeln. Ich komme auch wieder zurück. Ich habe nur ein solches Fernweh. Das zieht zwischen Bauch und Herz wie ein Wunde. Besonders, wenn ich am Strand Milchtüten aus Dänemark finde, bedruckt mit einer fremden Schrift und einer kleinen roten Fahne mit weißem Kreuz, oder einen vom Meer abgenagten Mangokern. Solange das Meer diese Fundstücke an unser Land spült, Zeugen der Existenz ferner Länder, hört das Weh nicht auf.

Hier im Greifswalder Bodden liegt eine besondere Insel. Sie heißt Vilm. Es gibt auf ihr Sandstrände, Steilküsten, Nehrungen und Sandriffe, ein dichtes Waldgebiet mit schönen Lichtungen, Salzwiesen, Sumpf und mehr als dreihundert Farn- und Blütenpflanzen. Brandgänse, Uferschwalben, Gänsesäger und Waldkauze brüten auf der

Insel, Graureiher und Kormorane fischen im Bodden. Rehe, Füchse und Marder durchstreifen den seit Jahrhunderten naturbelassenen Wald. Ich muss mich den Füchsen und Mardern anschließen und die Insel besuchen. Ich brauche ein Boot. Zum Glück ist in Lauterbach ein kleiner Hafen. Ich suche ein einfaches Ruderboot aus. Das Rudern habe ich im Stadtpark bei meinem Vater gelernt. Die Ruderblätter nicht zu tief ins Wasser tauchen und schön durchziehen. Ich rudere zur Insel hinüber. Ich komme gut voran. Ich entdecke eine Bucht, in der zwei Schwäne schwimmen. Sie kommen mir bekannt vor. Das Ruderboot bleibt im Sand stecken. Ich binde es an einem Baum fest. Die Ruder stecke ich als Zeichen ins Schilf, so dass ich den Weg zurück finde. Die Schwäne folgen mir.

Im Sand sitzt ein altmodisch gekleideter Herr mit einer Brille und mehreren Büchern. Der Herr ist offenbar eingeschlafen. Seine Nasenflügel beben leicht. Auf seinem Schoß liegen beschriebene Seiten. Ich hebe sie auf, nehme dem Schlafenden die Feder aus der Hand, die herunterzufallen droht, und lese. Es ist nicht einfach, seine Schrift zu entziffern.

Was den Zweck der Erziehung anbetrifft, so glaube ich Eure Durchlaucht verstanden und also vorzüglich vor Augen zu haben, was man unter derjenigen Bildung versteht, welche aus Wissenschaft und Humanität zugleich hervortritt. Hier wäre also in Bezug auf Sprachen nur so viel Latinität erforderlich, als dazu gehört, dass der Prinz bei Gelegenheit eine öffentliche Aufschrift oder ein Gedicht und dergleichen sich zu verständigen wisse. Und der deutsche Fürst thut recht, wenn er vorzüglich sein Pferd zu regieren versteht, und da Geist und Körper gleichen Schritt halten, so stärkt in nachhaltiger Übung das eine das andere. Fechten, Voltigieren und Tanzen thun auch das Ihrige, besonders dadurch, dass edle Haltung des Körpers bewirkt wird.

Ich lege dem Herrn die Erziehungsschrift wieder in die Hand zurück. Seine Kniestrümpfe sind im Schlaf etwas heruntergerutscht. Ich ziehe sie nach oben.

Ein Junge tritt hinter einem Baum hervor. Er ist etwas blass und hat feingeschnittene Gesichtszüge. Er kommt auf mich zu. Ich begrüße ihn mit Handschlag. Er stellt sich höflich vor. Wilhelm Malte. Ich betrachte die blasse Hand von Wilhelm Malte. Sie liegt wie ein leerer Handschuh in der meinen. Sein jüngerer Bruder kommt dazu. Moritz Carl sein Name. Die beiden jungen Grafen verbringen hier ihre Sommerferien. Ihr Hauslehrer ist der Mann, der mit den Schriften in der Hand eingeschlafen ist. Ich bin offenbar in eine andere Zeit gerudert. Nun kann ich endlich persönlichen Kontakt aufnehmen mit den enteigneten Junkern, Grafen und Fürsten. Das Kinderferienlager kann warten.

Die beiden Jungen ziehen mich von ihrem Lehrer weg. Sie haben sich im dichten Unterholz, neben der Pferdekoppel, ein Versteck gebaut. Jeder der Jungen hat ein eigenes Pferd. Sie können ohne Sattel reiten, halten sich nur an der Mähne fest. Malte fragt, ob ich auf das Pferd aufsteigen möchte. Er hilft mir. Ich setze mich hinter seinen Rücken und lege meine Arme um seinen Bauch. Ich habe keine Angst. Wilhelm Malte erzählt mir von seinem verstorbenen Vater. Nach seinem Tod soll Wilhelm Maltes Vater als Schimmelreiter um Vilm geritten sein und darüber gewacht haben, dass Fischer und Holzdiebe keine verbotenen Dinge taten. Ich frage Wilhelm Malte nach seiner Mutter. Sie wird die Präsidentin genannt. Die Sommermonate verbringt die Familie auf der Insel, das Gehöft besteht aus einem Wohnhaus, einer Scheune mit Pferdestall, Koben und Backofen. Zum Inventar zählen fünf Pferde, fünfundvierzig Kühe und acht Schweine.

Wir kommen auf dem kleinen Gehöft an. Die Mutter begrüßt uns. Sie stellt sich mit dem etwas umständlichen

Namen Sophie Wilhelmine zu Putbus vor. Ich schüttle ihre blasse Hand, an der ein Ring glänzt. Wahrscheinlich der Ehering ihres verstorbenen Mannes. Die Präsidentin streicht mir über das Haar und mustert meinen Badeanzug. Sie fragt mich mit komplizierten Worten, ob ich zum Essen bleiben möchte. Ich möchte gerne. Eine Köchin und ein Diener geleiten mich in die Küche und zeigen mir, was sich in den Töpfen befindet. Heute steht ein großes Essen an. Es sind Gäste geladen, unter anderem ein Herr Humboldt. Die Köchin hat die Speisefolge zusammengestellt. Ich soll ihr bei den Tieren zur Hand gehen und ihr, da ihre Augen die Buchstaben nicht mehr entziffern können, die Rezepte vorlesen.

Auf dem Tisch liegen Vögel. Ihre Hälse sind traurig ins Leere gestreckt, die Füße zusammengebunden. Sie sind frisch geschlachtet. Ich lese im Buch der Köchin. Alles Federvieh, welches man zum Braten und zu braunem Ragout bestimmt hat, wird sogleich nach dem Abschlachten, während es noch warm ist, trocken gerupft, nur muss dies behutsam geschehen, damit die Haut nicht reißt. Man weidet es auf folgende Weise aus. Den jungen Hähnchen drückt man mit dem Daumen den Brustknochen ein, wo man ihn dann inwendig ganz bequem herausnehmen kann. Es dient dazu, dem Geflügel ein schöneres Ansehen zu geben. Nachdem schneidet man die Füße im ersten Gelenk ab, sticht Augen und Ohren mit einem spitzen Messer aus, zieht die Haut vom Kamm und die hornartige Haut vom Schnabel, reißt die Zunge aus, macht zwischen Hals und Flügel einen Schnitt, greift mit dem Vorderfinger hinein und zieht den Kopf nebst der Gurgel heraus. Dann macht man unten am Bauch einen Querschnitt, greift mit zwei Fingern, damit die Öffnung nicht weiter reiße und die Galle nicht weiter verletzt werde, hinein und nimmt das Eingeweide samt dem Herzblut behutsam heraus, schneidet die Fettdrüse ab, sowie auch die Stelle, wo der

Darm endet. Die Galle wird nun vorsichtig von der Leber entfernt, der Magen, wo die weiße Haut sich zeigt, aufgeschnitten und diese abgezogen. Darauf wird das Geflügel inwendig und auswendig gehörig gewaschen und gespült, eine Viertelstunde ausgewässert, abgetrocknet, in ein Tuch gewickelt und in eine Schüssel gelegt, weil es durch den Einfluss der Luft seine Weiße verliert. Will man es nun zurichten, so wird es noch einmal leicht abgewaschen und je nach Art des Geflügels aufgebogen. Leber, Herz und Magen werden in den Leib gelegt, da sie dort weniger leicht austrocknen. Dem Aufbiegen aber geht das Füllen voran. Man greift mit dem Vorderfinger beim Halsschnitt hinein, sucht die Haut über der Brust von derselben zu lösen und die Öffnung zu erweitern, steckt ein Stück Brotrinde in die offene Gurgelstelle, füllt die bestimmte Farce hinein und näht die Haut wieder zusammen. Die Täubchen werden ebenso vorbereitet, dann biegt man den Kopf am Rücken her und legt ihn unter einem Flügel nach der Brust hin. Den Krammetsvögeln, die auch auf dem Speiseplan stehen, steckt man die im Gelenk so abgeschnittenen Beine, dass das Gelenkknöchelchen bleibt, kreuzweise durch die Augenhöhlen.

Die Köchin beherrscht ihr Metier. Ihre Finger vollbringen das Werk. Mir bleibt es, die Federn in einen Sack zu stopfen und die ausgelösten Knochen zu vergraben. Der Vogel auf dem Baum vor dem Haus erzählt immer noch die alte Geschichte von dem Machandelboom. Dat is nu all lang her, wol twe dusend Johr… dann fliegt er auf und davon. Die Köchin spitzt mit einem Messer einen Bleistift. Ich soll schreiben. Auf ein weißes Papier. Mittagessen im August. Eins. Krebssuppe. Zwei. Feines, braunes Ragout von Hähnchen, Tauben oder Ochsenzunge. Drei. Schnittbohnen mit Hammelkoteletts und Hering. Vier. Gefüllte Kohlrabi. Fünf. Traubenpudding mit Weinsoße. Sechs. Enten mit Salat. Sieben. Krammetsvögel mit Kompott von Äpfeln nebst zerrührter Milch, Käse, Stippmilch mit Zimt und pulverisiertem Ingwer bestreut. Acht. Schwäbische Torte. Neun. Kleines Dessert, Trauben, Pfirsiche, gute Pflaumen und Birnen. Noch niemals habe ich ein solches Menü notiert. Nicht einmal bei Oma Mitzi oder unseren großen Familienfesten. Eine Üppigkeit hier. Aber ich kann ja in dieser Küche etwas lernen. Die Köchin gibt mir eine Schürze und ein weiße Haube. So eine wollte ich schon immer einmal tragen.

Wir wollen jetzt die Krebssuppe vorbereiten. In einem Eimer schwimmen sie, die Krebse. Die Köchin macht in einem großen Topf Wasser über dem Feuer heiß. Sie legt noch ein schweres Holzscheit nach. Das Wasser muss kochen. Ich streue schon einmal das Salz hinein. Wir werfen die Krebse in das kochende Wasser. Sie färben sich vor Schmerz rot. Wir nehmen sie heraus und brechen das Fleisch aus den Schwänzen. Die Schalen stoßen wir mit zweihundert Gramm frischer Butter, zwei bis drei altbackenen, im Ofen gedörrten Brötchen und drei Sardellen im Mörser fein. Die Köchin tut dies alles in eine Kasserolle und gießt vier Liter Fleischbrühe darüber. Ich schäle eine Zwiebel, putze die Champignons und gebe das Gemüse mit einer Nelke, Salz und Pfeffer dazu. Ich rühre die Suppe um. Ich schaue in den Topf und verabschiede mich von der Köchin. Ich habe etwas dazu gelernt, aber ich muss jetzt gehen. Ich will nicht länger für die Herrschaften kochen.

Ich suche den verwilderten Strand. Ich entdecke die Ruderblätter und mein Boot. Ich steige ein und stoße mich vom Ufer ab. Ich rudere zurück und bin wieder auf dem Greifswalder Bodden. Über mir ist nur der Himmel. Ich lege mich auf den hölzernen Boden vom Ruderboot. Sanft schaukelt das Boot hin und her. Die Wellen tragen mich. Die Sonne scheint auf meine Haut. Eine Möwe zieht ihre Kreise. Sie lacht. Sanft treibt das Boot zum Strand zurück. Niemand hat mich vermisst.

Der Busfahrer hat Proviant gebracht. Weißbrot mit Butter und Marmelade und in großen Blechkannen Milchkaffee. Die Kinder sitzen im Sand. In den Händen das weiße Brot und Becher mit Milchkaffee. Ich geselle mich zu ihnen. Ich beiße in das Brot, Sand zwischen den Zähnen. Der Busfahrer sammelt die Tassen und Kannen wieder ein und fährt das Geschirr zu den Küchenfrauen. Den Rückweg treten wir gruppenweise an. Schon müde gehen wir den ganzen Weg zurück. Wir dürfen noch in die Kaufhalle. Es gibt geräucherten Fisch. Man kann sich hundert Gramm geräucherte Makrele, Steinbutt oder Aal kaufen. Die Fischverkäuferin packt eine Portion Räucherfisch in Pergamentpapier. In der Tiefkühltruhe gibt es gefrorenes Wassereis aus roten Beeren. Ich kaufe Postkarten mit Leuchttürmen, Segelschiffen, Sonnenuntergängen und Seemännern. Wir müssen ja unseren Familien und Großeltern schreiben, wie gut es uns geht. An der Kasse zähle ich mein Geld zusammen, es reicht noch für Kekse mit Hagelzucker und ein Bernsteinarmband. Mit unseren Schätzen sitzen wir vor der Kaufhalle. Die Menschen in Putbus wissen, dass wir die Kinder vom Schachtbau-Ferienlager sind. Auf dem Rückweg fassen wir einander um die Hüfte und nehmen den Sandweg. Wir probieren den Matrosengang. Vor, zurück, zur Seite, ran.

Wir besuchen noch einmal die Sandkuhle. Die Kaninchen schlafen schon. Wir schauen in ihre Höhlen. Die rotweiße Schranke ist geöffnet. Wir setzen uns auf das Fensterbrett und essen unser Wassereis. Von hier aus haben wir einen guten Blick auf die Tischtennisplatte. Die Jungen spielen chinesisch. Die Mädchen begutachten sie. Ich hätte es so gerne, dass ein Junge von der Tischtennisplatte mal zu mir schaut.

Ich gehe zur Krankenbaracke. Vielleicht liegt ein krankes Kind im Bett, mit dem ich mich unterhalten kann. Ich schaue durch das angelehnte Fenster. Das Bett ist weiß bezogen und leer, das Zimmer still. Die Krankenschwester winkt mich herein. Sie fragt, ob ich ihr behilflich sein kann. Auf dem Tisch liegt ein großer Berg Watte. Daraus müssen Wattebällchen gezupft werden, die braucht die Krankenschwester, um die aufgeschlagenen Knie und Ellenbogen mit Jod zu desinfizieren. Mir ist diese Arbeit sehr willkommen. Wir zupfen uns durch den Watteberg. Die Krankenschwester trägt einen geflochtenen Zopf und kommt jeden Morgen mit dem Motorroller zu uns. Über ihrem weißen Kittel trägt sie eine Strickjacke. Von ihr geht etwas Tröstliches und Gütiges aus. Ich möchte mir gern mal das Knie aufschlagen und von ihr betupft und versorgt werden. Sie fragt mich, ob ich heute Abend nicht zur Disco gehen möchte. Doch, möchte ich. Aber ich habe Angst, dass mich niemand zum Tanzen auffordert. Sie weiß auch keinen Rat. Ich verabschiede mich von ihr, sie bedankt sich.

In unserer Baracke stehen die Mädchen schon vor dem Spiegel. Sie föhnen sich die Haare und bürsten ihre Wimpern. Von der Jungenbaracke kommen die Jungen geschlendert, von der Mädchenbaracke die Mädchen. Der Speisesaal ist am Abend ein anderer. Die Tische sind zusammengeschoben. Es gibt Brause und Würstchen. Die Mädchen nehmen links Platz, die Jungen rechts. Das erste Lied beginnt. Die Jungen fordern die Mädchen auf. Nur einige wenige bleiben sitzen. Auf der Tanzfläche bewegen sich die Tänzer, schütteln sich oder machen Schritte von links nach rechts. Ich kann von meinem Platz aus sehen, wer wen berührt und wie viel Raum noch zwischen den Körpern bleibt. Draußen wird es dunkel. Durch die Glasscheibe der Tür kann ich den Nachthimmel sehen. Jetzt kommt mein Lieblingslied. Atlantis. Ein Lied von einer versunkenen Stadt. In dem Lied gibt es eine Stelle, die ganz langsam ist und unendlich lange anhält. Jeder versucht, bei den ersten Takten dieses Liedes einen Jungen oder ein Mädchen zu finden. Die Jungen legen ihre Köpfe behutsam an das Haar der Mädchen und ihre Hände um deren Schultern. Die Mädchen halten ihre Köpfe gesenkt oder legen sie den Jungen an die Brust. In dieser unendlichen Langsamkeit, in der sich die Mädchen und die Jungen wiegen, scheint die versunkene Stadt wiederaufzutauchen. Goldene Kuppeln, Schlösser und glänzende Dächer sind zu sehen. Algen und Korallen schlingen sich um die Füße der Tanzenden. Muscheln wachsen unter ihren Händen. Sie schauen so sehnsüchtig und so innig. Ich sehe, wie sie sich im Schutz der alten Stadt und der Dunkelheit küssen. Wie sich ihre Münder suchen und die Lippen und Zungen nah beieinander sind. Die Mädchen und Jungen scheinen einer Gattung anzugehören, zu der ich keinen Zugang habe. Ich trete vor die Tür. Über dem Sandplatz, der von hohen Bäumen umgeben ist, steigt der Mond auf. So ein weißer, blasser.

Morgen machen wir einen Ausflug. In eine Stadt am Meer. Zuerst besuchen wir die Meerestiere. Die erste Attraktion sind die Seepferdchen. Sie schwimmen in klarem Wasser. Zierlich und geheimnisvoll. Wir stehen vor dem Aquarium und flüstern. Die Welt der Seepferdchen ist genauso abgeschlossen wie unsere. Merken sie denn nicht, dass sie in einem gläsernen Aquarium schwimmen. Wie mag das wirkliche Meer aussehen, das sie in Freiheit umgibt. Ich bin froh, dass auch sie eingesperrt sind. Sie haben sich ebenfalls an ihre Bedingungen gewöhnt und sehen gar nicht unglücklich aus. Über unseren Köpfen hängen die Riesenknochen von einem Bartenwal, der einst hier an der Küste gestrandet ist. Das Museum ist in einer Kirche. Da, wo sonst Gott hängt, hängt nun das Riesenskelett eines Wals. Unter den Walknochen fühle ich mich sicher und geborgen. Wer weiß, durch welche Weltmeere dieses Tier geschwommen ist. Was es alles schon gesehen hat.

Ob Jonas in seinem Bauch war. Wir betrachten das Becken mit den Meeresschildkröten, die steinalt und weltabgewandt auf dessen Grund liegen. All diese Meereswesen sind älter als unser Land. Im Bauch des Wals oder auf dem Rücken der Meeresschildkröte könnte ich mein begrenztes Land verlassen. Niemand würde mich erkennen und wiederfinden. Unter dem Wasser könnte ich entfliehen. Und an einer anderen Küste wieder auftauchen. Angekündigt von der großen Fontäne meines Wals, der mich an das Ziel seiner Weltreise transportiert hat. Die fremden Menschen würden mich am Strand finden, mit nach Hause nehmen, mir zu Essen geben und mich ihre fremde Sprache lehren. Bei einem Bäcker kaufen wir uns eine große Tüte Baiserplätzchen. Schneeweiß. Wir setzen uns auf eine Mauer und lassen die Tüte kreisen. Wir beißen in Baisers, Zuckerstaub rieselt auf unsere Knie. Der Sommer liegt vor uns. Die Glocke der Nikolaikirche schlägt die Nachmittagsstunde.

SONNE

Die Sonne wartet noch auf ihre Erschaffung, es mangelt den Schöpfern noch an Wissen. Gott liest keine Bücher. Er liest nicht einmal die unzähligen Botschaften, die seit Menschengedenken an ihn gerichtet werden. Jetzt ist ein Leuchtkörper zerschellt, aus der Pyramide herausgefallen. Sie müssen mit der Sonne beginnen, dem wahren Tagesgestirn. Sie brauchen eine Bauanleitung, hier dürfen sie nichts falsch machen, es ist eine große Aufgabe. Die Sonne darf ihnen auf keinen Fall missraten. Die Geistin beginnt mit dem Experiment, sie taucht tief unter Wasser und birgt vier Wasserstoffkerne, sie beginnt mit der Verschmelzung, und so entsteht das Helium. Eine große Hitze breitet sich aus und eine solche Energie, dass Gott und Geistin sich auf die Erde werfen müssen. Beide Augen müssen sie mit ihren Händen bedecken. Nur einmal werfen sie einen Blick in das gleißende Licht, fast drohen sie zu erblinden. Die Hitze versengt ihnen fast die Haut. Sie brauchen dringend eine Abkühlung und springen zugleich in die Zorge. Die Körper im Wasser verfolgen sie das Entstehen der Sonne. Sie wächst, wird größer und größer. Sie stellt den weißen Lichterberg in den Schatten. Aber wie sollen sie das Ungetüm bewegen. Sie wagen sich aus dem Wasser, und mit noch nassen Händen versuchen sie, die Sonne zu berühren. Das Wasser verdampft sofort. Sie brauchen eine Lösung. Sie finden einen Stab aus Eisen, mit diesem treiben sie die riesige Sonne vor sich her. Die Hitze verschlägt ihnen den Atem, aber sie bringt Licht. Und nun müssen sie die Sonne aufhängen, ganz oben am Firmament. Die Geistin klettert auf die Schultern Gottes, der versucht, das Gestirn zu fassen und es zu ihr nach oben zu stemmen. Vom Gewicht der Sonne zu Fall gebracht, stürzen beide. Die Sonne rollt davon, verfolgt ihren eigenen Weg, sie ist schnell. Sie rennen der Sonne hinterher. Sie darf ihnen nicht verloren gehen. Gott hält sie auf. Wieder klettert die Geistin auf die Schulter Gottes, mit der linken Hand hält er ihren Fuß, mit der rechten Hand stemmt er die Sonne. Die Geistin sucht nach einer Halterung, sie findet einen verlassenen Haken am Himmel. Vielleicht hing hier einmal ein Tier oder ein Mensch, sie weiß es nicht. Aber jetzt hängt sie die Sonne daran auf. Die schwankt noch ein wenig hin und her, bis sie ihr Gleichgewicht gefunden hat. Nun strahlt sie auf die beiden herab. Das Werk ist vollbracht. Jetzt müssen noch die anderen Leuchtkörper angebracht werden. Der Platz in der Mitte der Stadt muss beleuchtet sein. So unübersichtlich ist die Stadt. Schutt und Stein, Gott fegt mit dem Handrücken ein wenig von den Trümmern beiseite, rammt vier Stahlträger an die Eckpunkte des Platzes und hängt die Lichter daran auf. Die Geistin streut noch ein wenig Asche aus der Hand für die Ascherennbahn, und schon ist der Hohekreuzplatz fertig.

VILLA ISERMANN

Der Weg zur Villa Isermann führt durch das Gehege. Hier oben, am Rande der Oberstadt, wohnen die Verrückten. Mamas Verschwinden ist nicht mehr geheim zu halten. Die ganze Stadt weiß es schon, dass unsere Mutter verrückt ist, so sagen es die Leute. Ich möchte nicht in ihre Köpfe sehen. Wie es da wohl aussieht, was dort für Phantasien wohnen. Die Menschen sind unheimlich. Im Stadtpark hat in einer Gewitternacht ein Mann eine Frau mit ihrer eigenen Strumpfhose umgebracht, vielleicht war der nicht bei Sinnen. Einmal habe ich mit Oma Mitzi einen Tatort gesehen, Curd Jürgens stand nackt an einem Küchenherd, nur mit einer Schürze bekleidet, und kochte. Die Frau, der die Küche gehörte, hat er auch mit einer Feinstrumpfhose umgebracht, seitdem fürchte ich mich vor diesem Kleidungsstück. Auf solche düsteren Gedanken bringt mich dieser Weg. Er ist dunkel und schlammig. Nacktschnecken liegen zwischen den Pfützen. Ich mag ihn nicht.

Sie haben Mama wieder eingewiesen. Ich begreife das überhaupt nicht. Niemand spricht mit uns. Wir wissen überhaupt nicht, warum sie immer wieder gefangen genommen wird. Seitdem wir den Krankenwagen gerufen haben, hat sich unser Leben verändert. Ich habe den Doktor im Verdacht, dass er geheime Experimente mit unserer Mama macht. Vielleicht war meine Mama zu lebendig. Vielleicht soll sie jetzt genau so blass aussehen wie der Himmel über uns. Der Doktor übersieht mich, ich glaube, er verachtet mich. Es ist ein unsichtbarer Zweikampf. Er will meine Mutter bei sich haben, und ich will sie auch haben. Er hat die stärkeren Werkzeuge. Spritzen und Medikamente. Ich sehe doch all die bunten Tabletten. Wenn sie am Wochenende nach Hause kommen darf, zittert sie am ganzen Körper, und dann muss sie gegen das Zittern eine Tablette nehmen, daraufhin steht ihr der Schweiß auf der Stirn, und gegen dieses kalte Fieber muss sie wieder eine Tablette nehmen, und von dieser wird sie schrecklich stumm und müde und muss sich auf das Sofa legen, mit dem Gesicht zur Wand, und wenn sie erwacht, muss sie wieder eine Tablette nehmen, damit sie sprechen und wieder aufstehen kann. Von all diesen Tabletten ist sie sehr benommen. Ein mit Tabletten gefüllter Eierbecher ist das täglich. Oft hat sie Angst, dass wir sie vergiften, sie umbringen, ins Grab und unter die Erde bringen.

Ich stehe vor der Tür der Villa Isermann. In meiner Tüte sind zwei Flaschen Granini Fruchtsaft. Das ist etwas Gutes, und das gibt es nur im Delikatessenladen. Pfirsich und Banane. Das dürfen wir ihr bringen, damit sie zu Kräften kommt. Ich klopfe an die Pforte, ich werde eingelassen. Es gibt hier keine Türklinken, als wäre meine Mama ein ungezogenes Kind und müsste am Weglaufen gehindert werden. Sie sitzt aufrecht in ihrem Bett. Ich möchte sie so gerne trösten und mitnehmen. Ihre Haare sind ordentlich gekämmt, die Schleife vom Nachthemd ist gebunden. Auf dem Nachttisch liegen ihre Schreibbücher und ein Band Dostojewski. Die Schwester bringt ihr ein Tablett, darauf Kamillentee und Teewurstbrote. Aber die kann sie doch auch bei uns zu Hause essen. Ich nehme die Hand meiner Mama. Ihre Haut ist blass. Mit blauer Tinte hat sie in ihr aufgeschlagenes Tagebuch geschrieben.

Ich habe von der Liege aus beobachtet, wie die Vögel trinken und fliegen.

Schon so weit entfernt ist sie von der Welt, dass sie sich nach den Tieren sehnt. Sie selbst hat keinen Hunger und keinen Durst. In ihrer Armbeuge steckt eine Nadel mit einem dünnen Schlauch, die Haut um die Einstichstelle ist violett. Durch den Tropf fließt eine Flüssigkeit. Morgen haben meine Brüder Geburtstag, sie werden elf Jahre alt. Der Arzt hat ihr verboten, nach Hause zu kommen. Meine

Schwester und ich bestreuen den Frankfurter Kranz mit Haselnusssplittern und packen am Abend die Geschenke ein. Wir werden früh aufstehen, die Kerzen anzünden und das Geburtstagslied singen. Es ist noch dunkel draußen. Ohne die Stimme unserer Mama klingt das Lied nicht mehr. Sie fehlt.

Am Nachmittag stehen wir in der Küche und bestreichen Brotwürfel mit Marmelade und Senf für ein Würfelspiel. Wir verbinden den Geburtstagskindern die Augen und drehen sie im Kreis, bis sie die Orientierung verlieren. Sie stürzen unter den Tisch und suchen ihre Hausschuhe, sie tanzen auf dem Tisch und verkleiden sich als Gespenster. Zum Abendbrot gibt es Würstchen und Fassbrause. Wir stecken unsere Brüder in die Badewanne und dann ins Bett. Wir waschen die Tortenplatten ab und fegen die Küche. Meine Mama schreibt in ihr grünes Buch.

Jetzt geht der Kindergeburtstag zu Ende, meine Kinder werden heute viel erlebt haben, hätte ich euch nur für Minuten sehen dürfen, was gäbe ich darum. Aber Samstag darf ich heim.

Statt bei ihren Kindern zu sein, muss sie ihren Abend in einem Aufenthaltsraum verbringen. Dort steht ein Fernseher, der nicht mehr funktioniert. Auf dem Tisch ist eine Wachstuchtischdecke, auf der Bastelarbeiten liegen. In der Beschäftigungstherapie knüpft meine Mama eine Makramee-Eule. Ein scheußlich trauriges Tier aus Bindfäden, mit Holzperlen als Augen. Warum muss sie so etwas tun. Sie kann hervorragend mit Tusche und Skribenten umgehen, kann Häuser zeichnen und Baustellen betreuen. Die Brigade hat sie am Krankenbett besucht und ihr ein Duschbad mitgebracht. Sie hätten ihr lieber ein neues Projekt mitbringen sollen. Sie ist doch bei Sinnen und Herrin ihrer Gedanken, so schreibt sie in ihr Tagebuch, als Zeichen ihres Lebens.

Es ist Winter, und die Öfen müssen geheizt werden. Die Kinder haben das schöne Feuerwerk betrachtet. Morgens war das Aufstehen nicht so leicht. Wir sind durch die verschneite Drachenschlucht zur hohen Sonne gewandert, auf dem ganzen Weg flogen kleine Blaumeisen vor uns her. Oben haben wir zu Mittag gegessen, da wurde ein noch lebendes Spanferkel hereingebracht, als Geschenk für einen Direktor. Zurück ging es durch den verschneiten Wald. Am zweiten Januar war ich noch bei den Kindern daheim. Donnerstag: Am ersten Arbeitstag ist Lukas in die Zorge gefallen. Die Zwillinge haben davon nichts erzählt, ich bin erst durch den nassen Flur aufmerksam geworden. Am Sonnabend waren alle außer Clara und mir zum Wintersport im Harz. Markus war auf den Skiern sehr mutig. Ich hatte schlimme Migräne und musste mich übergeben. Heute Nachmittag war ich beim Doktor. Morgen muss ich in die Klinik, da werde ich bald wieder richtig gesund. Samstag habe ich noch etwas Rückwärtsfahren geübt. Meine große Familie wird viel zu tun haben, und mir werden dann alle fehlen. Gestern war Wanda das erste Mal zur Disco. Heute haben wir noch einen schönen Bademantel für mich gekauft.

Ich kann nicht ins Badezimmer, weil Mama sich so oft übergeben muss. Zudem hat sie schlimme Kopfschmerzen. Wir haben die Fensterläden schon am Tag geschlossen und ihr einen nassen Waschlappen auf die Stirn gelegt. In den Scheuereimer haben wir ein wenig Wasser gefüllt und ihn neben das Sofa gestellt. Wir bohnern die Küche und hören nebenbei die Hitparade, aber nur ganz leise.

In ihrem Buch steht: Klinik für Neurologie. Dahinter stehen sechs Striche, die ins Nichts verlaufen. So viele, wie wir sind. Eine sechsköpfige Familie. Sie schreibt:

Es fehlen viele Wochen, es war nicht gut, was ich alles erlebt habe, die ganze Krankheit konnte ich mir nicht vorstellen. Am 22. März. Das erste lange Wochenende, ich durfte schon Freitagvormittag nach Hause, jetzt freue ich mich, dass es bergauf geht. Wolfram hat ganz allein die Wohnzimmergardine gewaschen und die ganzen zwölf Wochen die Kinder versorgt. Heute kann ich wieder richtig schreiben, und auch das Erinnerungsvermögen funktioniert wieder, dazu sind noch viele böse Beschwerden verschwunden. Heute ist Wandas Geburtstag, seit einer Woche darf ich daheim schlafen. Das Schreiben macht mir noch Kummer, darum schreibt Wanda selbst, es schneit, aber die Amseln singen trotzdem.

Ich schreibe in das grüne Buch eine Liste meiner Geschenke, damit Mama sich daran erinnert. Mama kommt am Nachmittag aus der Klinik wieder. Zum Geburtstag habe ich das Buch Denkst Du schon an Liebe, einen Nicki von Clara, Unterwäsche, einen Ondulierstab, einen Schlafanzug und ein Tellerchen Pralinen bekommen. Gäste bekomme ich keine. Meine Schwester und ich backen eine Frukotorte. Wir stellen Mamas Hausschuhe parat, decken den Tisch in der Stube und zünden die Kerzen an. Wir kochen den Kaffee und legen Mama ein Stück Kuchen auf den Teller. Wir schenken ihr Kaffee ein, sie schaut aus dem Fenster. Ihre Augen haben einen merkwürdigen Glanz. Auf dem Fensterbrett sitzt eine Amsel. Mama schaut durch den Vogel hindurch. Ihre Hand zittert, sie verschüttet den Kaffee. Macht nichts, Mama. Eine Träne fällt auf die Frukotorte, in den Pudding hinein, und hinterlässt eine kleine Mulde.

Wir streicheln ihre Hand, sie lächelt traurig. Vielleicht möchte sie sich ein wenig hinlegen oder einen kleinen Spaziergang durch die Anlage machen. Wir könnten durch den Frühlingsschnee spazieren und der Amsel etwas von dem Kuchen geben. Wie sie so langsam zwischen uns geht, könnte sie unser großes Kind sein, das wir behutsam durch den ersten Schnee führen. Mein Vater wird schmaler und stiller. Er wackelt in letzter Zeit kaum noch mit den Ohren. Am vierzehnten Mai schreibt sie in das grüne Buch:

Wollte vorigen Sonntag gern meine Schwester besuchen, Doktor Tiefengrund hat es aber nicht erlaubt. Seit dem Wochenende ist herrliches Wetter, nur weht noch ein kalter Wind. Wanda ist zu Oma Mitzi gefahren, Clara ist bei Oma Luischen. Heute durfte ich nachmittags erstmalig in den Garten, Wolfram hat mich abgeholt. Bin nun schon die zweite Woche auf der Kinderstation und habe mich mit Ini angefreundet, sie sieht nicht, kennt aber Schritt und Stimme schon und spricht auch mit mir. Am Abend haben wir die Zwillinge besucht, sie sind seit einer Woche in Hainrode in einem alten Schloss und haben sich dort wunderbar eingelebt. Sie führen Krieg gegen die Ameisen, aber den werden sie verlieren. Auch ein schwerer Verkehrsunfall hat unsere Stimmung getrübt. Papi kümmert sich lieb um mich. G. war kurz zu Besuch, er war sehr nett, hat kein Wort von Arbeit gesprochen und von der Brigade schönes Duschbad gebracht, habe mich gefreut, aber es hat mich angestrengt. Wir haben Himmelschlüssel und Tausendschönchen aus dem Garten in der Stube. Am fünfzehnten Mai. Ich bin gerade im Durchgangszimmer angekommen. Schwester M. hat interessant über einen Kindergarten im Gropius-Stil berichtet, so etwas gibt es heute nicht mehr, überall nur Rundungen, keine scharfen Kanten. Die Kinder wurden im Gänsemarsch abgeholt und gingen drei Kilometer Fußweg bis zum Kindergarten, und abends wurden alle heimgebracht. Trat der kleine Fluss über die Ufer, mussten abwechselnd die Bauern im Wagen die Kinder fahren. Der Klinikgärtner hat uns Pflanzen gegeben, morgen kommen sie in den Garten, und dort werden sie hoffentlich schön blühen.

Meine Mama ist in die geschlossene Kinderstation verlegt worden. Es riecht nach Desinfektionsmitteln. Das Linoleum ist abgetreten. Ich stehe vor der Tür, die Scheiben sind vergittert. Ich schaue durch das Schlüsselloch. Auf dem Fußboden sitzt ein Kind mit verwachsenen Beinen. Ich drücke den Klingelknopf. Eine Krankenschwester kommt. Wo ist denn meine Mama. Warum ist sie bei all den unheilbar kranken Kindern, die hier eingeschlossen sind. Ich stehe im Korridor, das Kind auf dem Fußboden rutscht auf allen Vieren heran und greift nach meinem Hosenbein. An der Wand ein Gitterbett. Auf einer roten Gummiunterlage sitzt ein Junge mit einem Wasserkopf. Der Junge schaukelt den Kopf hin und her und macht dabei traurige Tierlaute. Da kommt sie auch schon. Ich will auf sie zu rennen, sie umarmen, aber an ihrem Arm hat sich ein blindes Mädchen festgeklammert, es scheint zu ihr zu gehören. Es ist wie beim Kindergottesdienst im Dom zum Heiligen Kreuz. Dort trug sie ihren roten Mantel mit den goldenen Köpfen, und alle Kinder lauschten ihr und wollten auf ihren Schoß. Nun geht sie in einem Bademantel umher und teilt mit den Kindern die Zitronenspeise, die ich für sie mitgebracht habe. Sie streichelt dem Jungen mit der Hasenscharte die Wange und zieht einem anderen Kind die Strumpfhose hoch. Das blinde Mädchen weicht nicht von ihrer Seite und flüstert ihr etwas ins Ohr. Ich möchte weinen, aber nicht hier, bei den fremden Kindern. Ich habe Sehnsucht, und ich schäme mich, dass meine Mama hier zwischen den Gitterbetten eingesperrt ist. Ich laufe davon. Ich nehme das Einweckglas, wo die Zitronenspeise drin war, und werfe es gegen eine Hauswand. Ich drücke meine Hände fest in die Scherben auf dem Boden. Das Blut hinterlässt einen Abdruck auf dem Pflaster. Ich schiebe die Scherben mit dem Fuß in das Unkraut. Ich lecke das Blut von meiner Hand ab. Es schmeckt nach Eisen.

Die Kirche ist mit Zweigen geschmückt. Es ist Mamas erster Versuch, eine Messe zu besuchen. Es ist ihre erste Rückkehr in eine Gemeinschaft. Wir spüren ihre Anstrengung, sich aufrecht zu halten. Auf ihrer Stirn bilden sich feine Schweißperlen. Wir haben extra ein Taschentuch eingesteckt. Der Kaplan liest aus der Apostelgeschichte. Mama möchte die Kirche wieder verlassen, sie ist weiß im Gesicht. Ihre Haut ist ganz wächsern. Wir haben Angst, dass sie ohnmächtig wird, und versuchen, sie vorsichtig aufzurichten und aus der Kirchenbank zu begleiten. Die Menschen schauen uns an. Wir schämen uns. Wir halten unsere Mama in der Mitte, sie kann nur winzige Schritte machen. Wie eine kaputte Aufziehmaus. Wir schauen auf den Kirchenboden und flüstern ihr zu, noch einen Schritt, nur noch einen Schritt. Die heilige katholische Gemeinde im Mittelschiff, im Seitenschiff und im Chorgestühl starrt uns an. Niemand hilft uns. Die schwere Kirchentür am Ausgang ist unendlich weit entfernt, wenn sie nun auf dem Steinboden aufschlägt. Die Blicke der Menschen brennen auf Mamas Haut. Wir können sie nicht vor der Neugierde der Menschen beschützen, die nur sehen wollen, wie traurig und verrückt wir sind. Der Kaplan liest weiter.

Zu Beginn des Pfingstfestes waren alle Jünger wieder beieinander. Plötzlich kam vom Himmel her ein Brausen wie von einem gewaltigen Sturm und erfüllte das ganze Haus, in dem sie sich versammelt hatten. Zugleich sahen sie etwas wie züngelndes Feuer, das sich auf jedem Einzelnen von ihnen niederließ. Auf der Erde werdet ihr Wunderzeichen sehen, Blut, Feuer und Rauch. Die Sonne wird sich verfinstern und der Mond blutrot scheinen, bevor der große Tag kommt, an dem ich Gericht halte. Wer dann den Namen des Herrn anruft, wird gerettet werden.

Das werde ich gleich mal versuchen. Rettung tut immer not. Gott könnte seine schöne weiße Taube in den Kopf meiner Mama senden, damit sie mit ihrem züngelnden Licht alles erhellt. All die Schatten, Narben und Kerben, die sich in ihrem Kopf befinden. Ich versuche, ihren Todeswunsch zu begreifen.

Ich glaube, dass sich die tägliche morgendliche Dunkelheit auf sie gelegt hat. Nie konnte sie ausschlafen. Zudem das Ticken der Uhren, das Quietschen der Straßenbahnen, das Weinen der Kinder, die unzähligen Schritte zum Stadtrand, die Termine, die Zahlen und Linien, die Projekte, die Baustellen, das Kombinat, die Treppen, die Gardinen, die Bettbezüge, die Kartoffeln, die Kohlen, die Fußböden, die Fensterscheiben, der Hausflur, die Schuhe, die Brote, die Zeichenrollen, die Häuser, die Wände, die Gartenerde, der Vater, die Mutter, der Ehemann, die Kinder, die Schwiegermutter, die Kuchenformen, die Öfen, der Gottesdienst, die Milchflaschen, die Mülleimer, die Waschmaschine, die kaputte Schleuder, die Wäschekörbe, die Wäscheleinen, der Besteckkasten, der Brigadeleiter, der Bohnerbesen, die Zeugnisse, der Staubsauger, die Töpfe, die Kartoffelschalen, das Unkraut, die Erdbeerpflanzen, die Kontrolle, die Konservengläser, die Aschekästen, der Fleiß, die Verantwortung, die Laken, der Vorgarten, die Fürbitten, die Leute, die Haare der Kinder, die Fingernägel der Kinder, die Füße der Kinder, die Krankheiten der Kinder, die Einkaufstaschen, die Bleistifte, die Tusche, die Abgabetermine, die Elternversammlungen, der Kinderfasching, die Gemeinde, die Bratklößchen, die Brauseflaschen, das Fit, der Wischeimer, der Fußabtreter, der Briefkasten, der Schuster, der Bäcker, der Fleischer, die Architektenkammer, die Stahlträger, der Beton, der Gott, die Poliklinik, die Nachbarn, die Bügelwäsche, die Teppiche, die Stachelbeeren, die Wachsbohnen, die Kellertreppe, die Geburtstage, die Namenstage, die Briefe, die Päckchen, die Kaufhalle, die Schubkarre, der Schweinebraten, der Vanillepudding, der Gasherd, der Sonntagsspaziergang, der Dachboden, die Heißmangel, die Handtücher, das Weihnachtsfest, die Torten, das Tischtuch, die Kindergeburtstage, der Badeofen, die Hausaufgaben, das Geschirr, die Tulpen, das Kollektiv, der Kohlenanzünder. All das hat sich auf sie gelegt und mit dem ganzen Gewicht erdrückt, erstickt und begraben. Nun muss augenblicklich die Taube her, sie soll wieder Licht in das Dunkel bringen.

Lieber Gott, erhöre das Gebet unserer heiligen Familie, senke deinen Geist auf unsere Mama. Lass uns wie früher zusammen mit der Harzquerbahn in den Wald fahren, mit einem Rucksack für die Familie, in dem Brot und Speck sind, den wir durch sechs teilen. Gib uns einen Kompass und eine Karte mit. Und lass uns bitte nicht aus den Augen, wenn wir uns verlaufen. Amen.

Meine Schwester und ich erwachen von einem heftigen Sturm. Die Nussbäume vor unserem Fenster biegen sich gefährlich hin und her. Abgebrochene Zweige schlagen an unser Fenster. Frau Wagner steht in Mantel und Hut vor ihrer Tür, in ihrer Handtasche den Personalausweis und ein wenig Überlebenswäsche. Sie scheint sich sicher zu sein, dass sie nie wieder zurückkehrt. Sie zittert und hat ihre Fassung verloren. Meine Schwester und ich müssen sie stützen und durch das Treppenhaus begleiten, sie möchte jetzt nicht allein sein.

Unsere Familie sitzt im Dunkeln am Tisch. Mitten im Juni stürzen eisige Hagelkörner vom Himmel. Gott muss sehr wütend sein. Ein Vogel, der es nicht geschafft hat, ein sicheres Versteck zu finden, wird gegen die Scheibe geschleudert. Sein Hals ist verdreht, er starrt uns verschreckt an und stirbt auf dem Fensterbrett. Auch meine Eltern beginnen, unsere Dokumente zu suchen. Was nehmen wir mit auf die Flucht, wenn wir unser Haus verlieren. Der Sturm fällt den ersten Haselnussbaum, die Krone stürzt auf das Gartentor und zerschlägt es. Mein Bruder weint und klammert sich an seiner Plüschschildkröte fest. Was sollen wir mitnehmen, wir kommen ja nicht weit. Unsere Personalausweise, meinen Impfausweis, den Führerschein meines Vaters,

unsere Schwimmabzeichen, die Medaillen, den Haustür-
schlüssel, die Fotoalben und ein wenig Proviant. Vielleicht
noch eine Decke und Stiefel, falls wir weit laufen müssen.
Von mir aus kann der Sturm das ganze Haus aus dem Fundament heben und weit über die Landesgrenzen tragen.
Er kann uns gleich mit entwurzeln, durch die Luft wirbeln,
die Windrichtung wechseln und uns gen Westen treiben.
Über Mauern und Zäune hinweg. Über die Baracken und
Garagendächer. Über die Grenzen. Wir halten uns an den
Händen und ziehen die Stecker aus den elektrischen Gerä-
ten. Nicht, dass es noch einen Stromschlag gibt. Dann verbrennen wir, statt zu fliegen. Ein Eisklumpen durchschlägt
unsere Scheibe. Er landet auf dem Tischtuch. Am nächsten Morgen sehen wir die Schäden. Die Trauerweiden am
Fluss sind entwurzelt. Der Sturm hat nur wenige Stunden
gebraucht, um die jahrhundertalten Bäume umzustürzen.
Die Landschaft unserer Stadt hat sich über Nacht verändert. Die Silhouette vom Gehege ist verschwunden, der
Park Hohenrode ein ineinander gestürzter Dschungel. Wir
klettern zwischen den geborstenen Stämmen umher und
suchen nach toten Vögeln, die wir beerdigen können.

Am siebzehnten Juni schreibt Mama in ihr Buch:
Dem Arzt hat heute früh meine Schrift nicht gefallen, er
hatte Mühe, sie zu lesen. Morgen wird die ganze Familie
die Stube tapezieren.
Das ist eine schreckliche Arbeit. Eine große Heimat-
losigkeit befällt uns bei einer solchen Renovierung. Niemand weiß mehr, wo er hingehört. Nichts ist mehr am
rechten Fleck. Das einzig Schöne sind die Hüte aus Zeitungspapier, die mein Vater faltet. Wir müssen mit dem
Ausräumen der Vitrinen beginnen. All die Gläser aus
böhmischem Glas werden einzeln in Zeitungspapier gewickelt und in einen Karton gelegt. Ich bin mir ganz sicher, dass es jemanden gibt, der mein Leben beobachtet,

der es schon kennt, bevor ich überhaupt auf die Welt gekommen bin. Jetzt zum Beispiel, in dem ausgeräumten
Zimmer, kann ich die Anwesenheit der Blicke von den
Wänden direkt auf mir spüren. Durch meine Schürze und
durch meine Haut gibt es eine Zwiesprache. All die Menschen, die in diesen Räumen gestritten, gegessen und
geliebt haben, können direkt zu mir sprechen. Ich sehe
die Erde, bevor das Haus gebaut war, und die Knochen
darunter. Auf der nackten Wand sehe ich jetzt geheim-
nisvolle Zahlen und Zeichen. Vielleicht muss ich die nur
zusammenaddieren, den Mittelwert bilden, noch einmal
mit meinem Lebensalter multiplizieren, und dann erfahre
ich mein Sterbedatum. Die silberne Tapete, die wir von
der Wand ziehen, hat ja auch den Fleck gesehen und wie
meine Mutter da auf dem Boden lag. Und vielleicht sah
meine Mutter in dem Moment, in dem sie das Bewusstsein verlor und ihren Mann und ihre Kinder, vielleicht sah
sie genau in diesem Augenblick ein Stück dieses Musters,
das nicht mehr zu fassen war und sich tausendfach wie in
einem riesigen Teleskop ineinander schob. Und vielleicht
war dieses winzige Stück Tapete der einzige und letzte
Gesprächspartner. Verschwiegen und unberührbar. Wir
bereiten die Wohnung für ihre Ankunft vor.

*Am zweiten September gehe ich nach fast acht Mo-
naten das erste Mal wieder arbeiten.*

Ich freue mich so sehr für sie. Nun ist sie wieder unter ihren Kollegen, die weiße Kittel tragen und Häuser
projektieren und zeichnen. Nun kann sie endlich wieder
unter würdigen Bedingungen leben. Aufrecht und stolz.
Ich kann sehen, wie sie am Zeichenbrett steht und sich
über ein Transparentpapier beugt, eine Linie zieht oder
eine Zahl korrigiert. Das Haar fällt dunkel auf den weißen
Kragen. Das Telefon klingelt, und sie sagt ihren Namen.
Sie ist wieder in ihrem Berufsstand. Nun kann uns nichts
mehr geschehen. Ich kann am Nachmittag unter der

Holzbrücke sitzen und ihre Schritte hören, wenn sie von der Arbeit kommt, ich kann am Morgen erwachen, sie frühstückt mit uns und verlässt mit einer Zeichenrolle das Haus. Wir sind gerettet. Ich werde drei Kerzen anzünden, eine für die Mutter Gottes, eine für den Heiligen Antonius und eine für die Heilige Elisabeth. Unsere Mutter ist nun wieder in ihrem Kollektiv aufgenommen, sie passiert jeden Tag den Betriebspförtner und hat eine Arbeitszeit und ein Projekt.

Am zweiundzwanzigsten September schreibt Mama in ihr grünes Buch:

Ich bin wieder von meiner Krankheit eingeholt. Die Fensterstürze waren böse Erlebnisse.

Wie muss ihr zumute sein, wenn vor ihren Augen, von ihrem Fensterbrett, Menschen in den Tod springen. Wie soll sie hinter diesen Fenstern genesen oder in den Garten schauen, in dem soeben noch ein verdrehter und getöteter Körper lag. Es ist ein trauriger, dunkler Herbst. Oma Mitzi ist auch in ein Backsteingebäude eingeliefert worden. Sie ist auf der Station Radiologie in der Karl-Liebknecht-Straße. Aufrecht sitzt sie auf ihrem weiß bezogenen Bett, das Haar gebürstet. In ihrem Rücken die Fenster, der Verkehrslärm lässt die Scheiben klirren. Es fällt trotzdem kaum Licht in dieses Zimmer. Da, wo ihre Brust war, ist eine große Narbe. Auf dem Oberkörper mit roten Zahlen beschriftete Felder. Sie sehen so ähnlich aus wie die Springfelder für Himmel und Hölle, die wir mit Straßenkreide auf das Pflaster malen. Nur dass die Felder auf ihre blasse Haut gezeichnet sind. Oma Mitzi betupft ein Spitzentaschentuch mit Eau de Cologne und reibt sich das Parfüm hinter Ohrläppchen und Nacken. Sie ist sehr tapfer. Die Krankenschwester bringt einen Teller mit Broten. Schmelzkäse und Bierschinken. Wir teilen uns, auf dem Krankenhausbett sitzend, das Abendessen. Zuhause wartet niemand auf mich. Die Ursachen des Krebses sind vielfältig und noch nicht geklärt. Vielleicht ist ja dieses dunkle Land nicht unschuldig an der Invasion. Vielleicht ist es zu düster hier. In den Gebäuden, Zellen und Körpern. Ich habe Angst, dass mir die liebsten Menschen in diesen neonbeleuchteten Räumen einfach so wegsterben, dass sie verletzt werden von Strahlenkanonen und Injektionen. Ach. Mein Papa ist auch seit einer Woche krankgeschrieben, morgen muss sein Magen geröntgt werden. Nun fällt schon der erste Schnee, die Knallerbsensträucher sind weiß, und die Blaumeisen suchen nach Futter.

Meine Mama schreibt in ihr grünes Buch:

Endlich durfte ich wieder einmal übers Wochenende nach Hause. Es geht mir gut, nur fange ich wieder an zu stottern und vergesse alles, so muss mir W. die ganze Lotterie aufzählen, und jedes Mal habe ich wieder etwas vergessen. Hoffentlich darf ich Weihnachten heim, denn auf der Kinderstation ist es recht eng. So kann man fast alle Tage mit einem oder mit einem anderen Brot füttern.

Dieser Satz geht mir nicht mehr aus dem Sinn. Die Tage mit Brot füttern. Das verstehe ich gut. Jeden Tag ein anderes Graubrot, die Rinde abgeschnitten, in Wasser eingeweicht, in kleine Stücke gerissen, in Milch getunkt, hart geworden, zerbröselt und wieder aufgebacken. Es ist immer das gleiche graue Brot, von dem wir zehren. Ein Einerlei. Ein tägliches Brot.

Am Vorweihnachtsabend schreibt sie:

Ja, morgen ist schon Heiligabend. Aber seit vorgestern darf ich am Tage zu Hause sein und muss mich nur morgens in der Klinik melden. Es wird wieder ein verregnetes Fest werden, der viele Schnee ist weggetaut.

Meine Brüder dienen in der Christmesse. Die Krippe ist aufgebaut. Die Heiligen Drei Könige stehen an der Krippe. Jeder bringt eine andere Gabe. Das Jesuskind friert, immer noch liegt es in Stroh gebettet. Wie eh und je.

Der Weihnachtsstern leuchtet. Stille Nacht, heilige Nacht. Der Dom ist ungeheizt. Wir sitzen nebeneinander und singen. Und als Maria ins Haus hin kam, da war sie froh, Joseph, nimmt heraus ein Kesselein, das Kind tät ein bisschen Schnee hinein, und das sei Mehl. Es tat ein wenig Eis hinein, und das sei Zucker, es tat ein wenig Wasser drein, und das sei Milch.

Zwei Tage vor Jahreswende schreibt Mama in ihr grünes Buch:

Nun ist das Jahr fast vorbei, leider gibt es keinen Schnee. Ich war heute früh beim Doktor und muss Freitag wieder in die Klinik, es ist ja bald Silvester.

Weiter:

Ein neues Jahr beginnt. Es hat sich mit einem Nachtgewitter, Sturm und Schnee angekündigt. Komme gerade vom Arzt, ich glaube langsam, dass ich ein schwieriges Objekt bin, lasse auch alle wie ein Kind von mir reden, hinterher ärgere ich mich darüber.

Was gibt es für einen Grund, sie zu bestrafen. Mit dem Entzug der Familie, mit Amitriptylin, mit Taubheit und Verwirrung, mit Injektionen, mit Schlafentzug, mit Lithiumtherapien und Elektroschocks. Im Januar schreibt sie in das grüne Buch:

Heute schneit es den ganzen Tag, es ist so, als würde jemand ein Riesenfederbett herumschleudern. Heute früh ging es mir nicht gut, bekam eine Spritze, in einer Stunde hat sie mich wieder auf Trab gebracht. Dann kam ich heim und wollte die Öfen anheizen, in der Stube war das Rohr nicht angeschlossen, und in der Küche war das Papier nicht entfernt. Wir sitzen in der Riesenräucherkammer. Oma Mitzi sah gestern krank aus, sie muss ja noch einmal operiert werden, hoffentlich ist dann alles gut.

Gar nichts ist gut. Von oben schneit es. Wunderschöne Schneekristalle sinken zur Erde hinab. Endlich kam das Mädchen zu einem kleinen Haus, daraus guckte eine alte Frau, weil sie aber so große Zähne hatte, ward ihm Angst, und es wollte fortlaufen. Die alte Frau aber rief ihm nach, was fürchtest du dich, liebes Kind. Bleib bei mir, wenn du alle Arbeit im Hause ordentlich tun willst, so soll dir's gut gehen. Du musst nur achtgeben, dass du mein Bett gut machst und es fleißig aufschüttelst, dass die Federn fliegen, dann schneit es in der Welt. Ich schüttle ja schon aus Leibeskräften, dass sich der Schnee über das staubige Land senkt und alles still und friedlich bedeckt. Aber die Stubenöfen qualmen, der Rauch zieht nicht ab. Asche legt sich auf den glitzernden Schnee und tritt sich in grauen Spuren in die Herrlichkeit. Nichts bleibt liegen. Asche auf dem Hof, Asche auf der Kellertreppe. Asche vor dem Ofen, Asche an meinen Händen. Wir rütteln und schütteln, der Aschekasten wird immer voller. Glut verbrennt das Papier.

Nur noch Krankenakten. Die meiner Mama und die meiner geliebten Mitzi. Und stetig fällt diese matte Dunkelheit durch die schmutzigen Fenster. Wie soll sie denn an der Straßenkreuzung Karl-Liebknecht-Straße, Leninallee genesen. Kein Park, kein Brunnen, kein Schneegebirge. Nur Straßenbahnen und Ölsockel, kaum beleuchtete Treppenaufgänge und das Schild der Frauenklinik. So zerschnitten und vernarbt sitzt sie nun auf dem Bettrand. Ich bringe ihr frisch gewaschene Nachthemden, Taschentücher und Mineralwasser. Mein Hals schnürt sich zu, und meine Kniekehlen werden schwach von dem Desinfektionsgeruch in diesem Krankenzimmer und den Wunden, die ihrem Körper zugefügt worden sind. Ich soll etwas Schönes erzählen, was soll ich nur erzählen. Mir fällt gar nichts Schönes, nichts Fröhliches mehr ein.

Eine Woche später schreibt meine Mama in ihr Buch:

Auf dem Hof wurde ein schöner Rotdornbaum abgesägt, er wird uns nie mehr Schatten spenden. Dies wird meine letzte Klinikwoche, ich werde invalidisiert und bin darüber sehr traurig. Hoffentlich kann ich wenigstens drei Stunden täglich arbeiten.

Und weiter:

Ich bin aus der Klinik entlassen und habe meinen Antrag auf Invalidenrente mitbekommen.

Am Samstag kommt Mama von der Klinik nach Hause. Wir putzen und fegen, wir bohnern den Küchenfußboden. Wir füllen die Eimer mit Kohlen, wir gießen die Usambaraveilchen, wir bügeln die Taschentücher, wir saugen Staub, wir schütteln die Kissen auf, wir wischen den Hausflur, wir putzen die Schuhe, wir lüften die Betten, wir reiben den Schreibtisch mit Möbelpolitur ein, wir kaufen Brot bei Bäcker Wernecke, wir kaufen Aufschnitt und Schnitzel bei Fleischer Brüggemann, wir sortieren die Briefe und Zeitungen nach Wochentagen, wir kämmen unser Haar und das Haar unserer Brüder.

Wir lächeln, und dann kommt sie. Sie kann nur ganz kleine Schritte machen, wir laufen ihr entgegen. Wir nehmen sie in den Arm. Wir führen sie die Treppenhausstufen nach oben. Über die Schwelle der Wohnungstür. Wir schließen die Tür und drehen den Schlüssel hinter uns zweimal im Schloss um. Nun kann sie uns niemand mehr wegnehmen. Nun bleibt sie bei uns. Wir haben den Tisch gedeckt. Wir streichen ihr Honig auf das Brötchen, denn ihre Hand zittert. Wir führen sie zum Fenster und zeigen ihr die ersten Schneeglöckchen. Sie schaut seltsam lächelnd durch uns hindurch. Sie gibt sich Mühe, es kostet sie sichtlich Kraft. Sie möchte sich hinlegen, wir schütteln das Kissen auf und legen vorsichtig die Decke über sie. Ihr ist übel, sie muss wieder aufstehen, wir bringen sie zur Toilette. Sie muss sich übergeben.

Ihre Augen füllen sich mit Tränen. Wir wissen nicht, ob es Freude oder Leid ist. Eine Träne tropft auf ihren Pullover und hinterlässt einen nassen Fleck. Wir geben ihr Kartoffeln, Schnitzel und Blumenkohl. Wir schneiden das Fleisch in kleine Stücke. Wir füttern sie. Sie lächelt und weint gleichzeitig. Wir braten Semmelbrösel in guter Butter und geben die Panade über den Blumenkohl. Sie steht auf, wir bringen sie zum Badezimmer. Wir halten ihr den Kopf, wir wischen ihr mit dem Waschlappen über Mund und Stirn, wir trocknen ihr die Hände. Sie ist ganz schwach und muss sich am Waschbecken festhalten. Wieder muss sie mit unsicheren Schritten den Korridor durchqueren. Sie fällt hin. Nun liegt sie auf dem Teppich. Wie damals, nur dass sie jetzt gar keine Kraft mehr hat. Nicht mal mehr die Kraft, nicht mehr leben zu wollen. Immerhin war es ihr eigener Wille. Nun scheint sie gar keinen Willen mehr zu haben. Weder zu leben, noch zu sterben. Wir heben sie auf, ihr Körper ist schwer. Sie liegt weinend in unseren Armen.

Von nun an kann ich meine Mama jeden Donnerstag sehen, wenn ich in den Speisesaal des Rundfunk- und Fernmeldetechnikbetriebs gehe. Hier lernen wir, wie die Produktion funktioniert. Wir sitzen neben den Arbeiterinnen an einem Fließband und legen verschiedenfarbige Drähte in einen Telefonhörer. Wir müssen schnell arbeiten, damit wir den Anschluss nicht verlieren. Wenn es dann endlich Mittag ist, dürfen wir uns mit einem Tablett an die Essensausgabe anstellen. Es gibt Wirsingeintopf und Quarkspeise. Meine Mitschüler drehen sich um und lachen. Schaut einmal, da kommen die Verrückten und Mongoloiden aus der Rehawerkstatt. Sie packen dort die Telefonhörer in Pappkartons. Zwischen den Invalidisierten, den Rollstuhlfahrern und Kranken, die mit dem Kopf wackeln oder Vogellaute in die Luft schreien, geht meine Mutter. Aufrecht und stolz, wie eine Heilige. Sie hält die kleinsten der mongoloiden Kinder an der Hand. Ein seltsamer Zug. Ich möchte die Zeiger rückwärts drehen, die Geschichte rückgängig machen. Es ist zu spät. Wir sind enttarnt. Meine Mutter, meine Familie und ich. Gott schaut nicht in diesen Speisesaal, er hat sich abgewandt.

ZEIT

Gott und die Geistin gehen durch die leere Stadt zum Dom. Sie steigen in die Krypta hinab, sie halten sich an den Händen, es ist dunkel und feucht. Das nasse Tier sitzt in der Ecke und schweigt, es hat schon viel gesehen. Dunkle Augen, die jede Bewegung der beiden verfolgen. Gott und die Geistin setzen sich auf eine Kirchenbank. Staub liegt darauf und ein Gesangsbuch, die Seiten sind aufgeweicht. Sie frieren im Keller der Kirche, so nackt und bloß, wie sie sind. Im Weihwasserbecken waschen sie sich Knie, Hände und Gesicht, bis das heilige Wasser aufgebraucht ist. Sie stellen ein Licht in die Krypta. Ihre Schatten werden an das Gewölbe geworfen. Sie sprechen ein Gebet für die Zeit, dass sie gnädig ist. Das nasse Tier schließt sich ihnen an. Sie gehen nach oben, über den zerschlissenen Teppich der Altarstufen, jemand hat die heilige Monstranz umgeworfen. Der Altar ist in zwei Teile zerfallen. Das Buch darauf liegt eingeklemmt unter dem Stein. Sie stellen das Ewige Licht in den Tabernakel und sprechen ein Gebet. Für einen Augenblick knien sie auf dem kalten Stein und wünschen, dass das Leben zurückkehre und die Sonne einen jeden wärme. Im Tabernakel finden sie eine Schachtel Streichhölzer, durch den Kreuzgang gehen sie nach draußen. Sie können bis zu den Bergen schauen. Sie beginnen, Holz zu sammeln, vom nahen Gehege. Sie tragen Äste und Zweige zusammen. Sie zünden ein Feuer an und wärmen sich die Hände. Das Tier sitzt neben ihnen und schaut sie an. Die Geistin lehnt sich an die Schulter Gottes. Sie wollen die Gebiete besprechen, die mit Licht zu beliefern sind, sie sind ja noch lange nicht fertig mit der Auslieferung der Lichtkörper. Gott stochert in der Glut herum, er murmelt etwas. Es klingt wie eine Aufzählung, er memoriert Städte und Orte. Von irgendwoher hören sie Musik, vielleicht eine Kapelle unter der Erde, die mit ihren Instrumenten in einer Höhle musiziert. Das Tier leckt Gottes Hand mit einer rauen Zunge. Er streichelt es zwischen den Augen. Die Geistin ist eingeschlafen. Schließt sie die Augen, sieht sie ein goldenes Licht und unzählige verzauberte Fischschuppen, die ständig in Bewegung sind. Gott verschränkt die Hände unter dem Nacken und dem Kopf auf der Erde. Mit jedem Lidschlag erschafft er ein Licht. Ein Nordlicht für Reykjavik, eine Neonlampe für ein Postamt in Seattle, einen Kronleuchter für einen Speisesaal in St. Petersburg, unzählige Glühlampen für eine Stadt an der Seine, eine Lichterkette für einen Ausflugsdampfer, eine Sonnenfackel für eine Statue, eine Grubenlampe für einen Bergmann, ein Feuerwerk für einen chinesischen Kaiser, eine Öllampe für die törichten Jungfrauen, Wunderkerzen für die Silvesternacht, Scheinwerfer für eine Bühnengöttin, Kerzenlicht für eine schwarze Madonna und unzählige Glühlampen für Behausungen, Kandelaber, kleine Lämpchen für einen Tannenbaum, die Positionslichter für einen Flughafen, Lichter für einen Bohrturm, ein Licht für ein Kirchenfenster, einen Lichterbogen für eine Moschee und weitere ungezählte Lichter, entzündet an Orten, die bald entdeckt und belebt sein wollen. Gott hat heute keine Kopfschmerzen, er fühlt sich ausgesprochen wohl. Licht zu bringen ist eine Sache, die ihm Vergnügen bereitet. Die Brandblasen sind vergessen, die Schmerzen auch. Fast hätte er versäumt, Ordnung in dieses Gefunkel zu bringen. Er muss das Licht und das Dunkel nun teilen, jedem die Hälfte der Zeit zuweisen. Das stumme Tier legt vierundzwanzig einzelne Haare auf Gottes Hand. Er soll nun zählen lernen, zwölf in die linke, zwölf in die rechte Hand. Ein Haar ist eine Stunde, vierundzwanzig Haare, das ist ein Tag. Gott verzählt sich immer wieder. Er verwechselt links und rechts, Tag und Nacht. Das Tier ist geduldig. Gott legt Haar um Haar, nimmt hier eine Stunde weg, legt dort eine hinzu. Hantiert mit Sonne, Mond und Sternen und der Erde, bringt alles in die richtige Umlaufbahn. Die Geistin sitzt auf der untersten Stufe der Johannistreppe. Sie sucht ein Stöckchen und zeichnet einen Schaltplan für die Stadtwerke. Das Kopfsteinpflaster vom Altentor glänzt, eine Lampe ist über die Straße gespannt. Die Lichtbringer haben ihr Tagwerk vollbracht. Sie löschen das Feuer und setzen ihre Wanderung fort: die Geistin unter dem Arm Gottes. Das ewig nasse Tier hat sich ihnen angeschlossen.

SCHWARZENBERG

Ich muss mich übergeben. Ich taste mich an der Wand entlang, der ziegelrote Stein hinterlässt Spuren auf meiner Haut. Ich finde einen Mauervorsprung. Die Passanten treten einen Schritt beiseite oder hasten einfach weiter. Mir ist so schlecht, dass ich mich an der Mauer festhalten muss. In dem Grasbüschel unter mir stecken Glassplitter. Das Gras ist staubbedeckt. Die Gehwegplatten sind zersprungen. Ich habe es genau gesehen. Der Handschuh, den er ausgezogen hat, war blutig. Er hat den Handschuh schnell in den Mülleimer geworfen. Mein Bauch schmerzt. Etwas ist mir nicht geheuer. Ist es die sengende Augusthitze. Ist es die Sonne, die so weiß am Himmel steht. Der Schweiß steht mir auf der Stirn. Ich versuche, das Ereignis zu rekapitulieren. Schwindel in meinem Kopf. Ich kann nichts mehr erkennen. Ein milchiges Licht legt sich über den Nachmittag.

Ich bin an diesem Augusttag von zu Hause aufgebrochen. Zur Betriebsuntersuchung. Ich muss mich untersuchen lassen, ob ich ein tauglicher Lehrling werde. Der Weg zum Hydrogeologie-Kombinat führt durch eine Einöde. Vorbei am Schlachthof. Die Schweine quieken. Ein süßlicher Geruch hängt in der Luft. Es riecht nach Blut. Der Pförtner möchte meinen Ausweis sehen und weist mir den Weg zur Betriebspoliklinik. Ein beleibter Arzt im weißen Kittel öffnet mir, eine Krankenschwester ist nicht zu sehen. Das Wartezimmer ist leer. Die kunstledernen Sessel mit den Armlehnen sind abgewetzt, aus einigen quillt der Schaumstoff. In der Ecke steht eine Sansevierie mit verstaubten Blättern. Schaut man durch das Fenster, blickt man auf eine rotweiße Schranke, die sich öffnet und schließt. An der Wand im Warteraum hängt ein Wandkalender, auf dem ein Berg mit einer Schneekuppe zu sehen ist. Der Arzt bittet mich herein, ich soll hinter einem Vorhang meine Kleidung ablegen. Es ist mir nicht angenehm zu wissen, dass der Arzt am Schreibtisch sitzt und darauf wartet, dass ich in Unterwäsche heraustrete. Ich muss mich auf eine Waage stellen, werde gewogen und vermessen. Ich beantworte zahlreiche Fragen nach den Krankheiten und Todesfällen in der Familie. Ich muss mein Unterhemd ausziehen, der Arzt will sehen, ob ich für mein Alter ausreichend entwickelt bin. Ich muss mich auf eine Liege legen. Das schwarze Kunstleder ist kalt. Ich fürchte mich, ich hätte jetzt gerne eine Krankenschwester mit einem weißen Häubchen und kühlen Fingerspitzen, die mir den Kopf hält und beruhigend auf mich einspricht.

Der Arzt kündigt an, mich zu untersuchen. Er will klären, warum ich meine Tage noch nicht bekommen habe. Er will schauen, ob alles in Ordnung ist. Ich liege hier in Unterwäsche und möchte weglaufen, doch ich wage es nicht, mich zu bewegen. Hinter dem Fenster höre ich die quiekenden Schweine von gegenüber. Weit entfernt ist der Kiessee, dort gehen jetzt die anderen Mädchen schwimmen. Es dauert eine Ewigkeit, mir ist kalt. Ich schäme mich. Kein Junge und kein Mann hat mich bisher in Unterwäsche gesehen. Der Arzt kehrt zurück. Es ist beklemmend still, eine Fliege versucht, einen Ausgang zu finden. Immer wieder fliegt sie gegen die Scheibe. Mein Rücken klebt am Kunstleder fest. Der Arzt tastet und drückt auf meinem Bauch herum. Ich kann die Poren auf seiner Nase erkennen und den Schweißrand der Brille auf seinem Nasenrücken. Seine Hände sind grob, und seine Berührung schmerzt. Er streift ein Paar Handschuhe über. Er fährt in meinen Körper hinein. Ich zucke zusammen, ich möchte schreien, ich habe keine Stimme. Die fremde Hand des Arztes in mir scheint etwas zu suchen. Mir ist schlecht. Ich kann mich nicht bewegen. Der Arzt wirft die Handschuhe in den Mülleimer. Ich soll mich wieder anziehen. Es ist alles in Ordnung, keine Auffälligkeit. Ich setze meine Füße auf die Erde. In der Umkleidekabine ziehe ich mich wieder an. Das Kleid, die Strümpfe, die Sandalen. Ich möchte nicht wieder heraustreten aus der Kabine. Lieber bleibe ich im Schutz des Vorhangs stehen. Ich möchte den Arzt nicht wiedersehen. Wie komme ich nur an ihm vorbei, ohne dass er mich bemerkt. Er ruft nach mir. Er gibt mir einen Stempel auf das Papier. Ich bin nun berufstauglich. Meine Knie zittern. Der Arzt wäscht sich gründlich die Hände und trägt etwas in eine Akte ein.

Ich gehe am Betriebspförtner vorbei. Er öffnet die rotweiße Schranke. Ich überquere die Straße. Ich muss langsam gehen, jeder Schritt schmerzt. Ich muss mich übergeben. Ich bleibe an der Brücke stehen. Die Zorge ist nur noch ein Rinnsal. Der Nachhauseweg ist unendlich lang. Ich lege das Papier mit der Tauglichkeitsbescheinigung zu den Zeugnissen und Dokumenten, die schon in einer Mappe liegen. Ich öffne den Kühlschrank. Ich trinke ein Glas Milch. Ich möchte jetzt niemanden sehen und hören. Obwohl es noch heller Tag ist, gehe ich in mein Zimmer und lege mich aufs Bett. Die Sonne scheint auf die Dachziegel, ich kann die ziegelrote Hitze riechen, vermengt mit dem Blut, das aus meinem Bauch kommt. Ich möchte am helllichten Tage einschlafen.

Dieser heiße Sommer betrübt mich. Ich werde jetzt ein Hydrogeologiefacharbeiter. Mein Körper ist hinter der rotweißen Schranke, in der Betriebsambulanz, zu einem fremden geworden. Er gehört mir nicht mehr. Eine fremde Hand mit einem Handschuh ist wortlos in mich hineingefahren. Ich möchte gerne einschlafen, aber es gelingt nicht. Ich gehe ins Badezimmer. Ich wasche mich von Kopf bis Fuß. Ich lasse Wasser und Schaumbad in das grüne Waschbecken einlaufen, ich nehme einen Waschlappen und ein Handtuch aus dem Schrank. Das verwaschene Frottee ist kratzig. Ich schaue in den Badezimmerspiegel.

Ich habe mich nicht verändert. Erst das Gesicht, dann den Hals, die Schultern, die Brüste. Den Bauch, besonders den Bauch. Mit Wasser und Seife. Die Berührung muss doch abgehen. Ich reibe mit dem Waschlappen so lange, bis die Haut rot ist. Bauch und Scham. Auf dem Hof spielen Kinder Cowboy und Indianer. Ich wringe den Lappen aus, ich reibe weiter. Mit heißem Wasser, mit eiskaltem Wasser. Mit Handtuch und Waschlappen. Bis nur noch die gewaschene und brennende Haut übrig bleibt. Ich schäme mich. Ich wringe den Waschlappen aus, ich hänge ihn auf die Leine. Ich ziehe frische Unterwäsche und ein Kleid an. Ich lege die Kette wieder um, ich kämme mein Haar. Ich bin wiederhergestellt. Niemand hat etwas bemerkt.

Ich werde ein paar Einkäufe machen, ich schreibe eine Liste. Millimeterpapier in verschiedenen Größen, Regenbekleidung, Bleistifte in verschiedenen Stärken, einen Satz Skribente und schwarze Tusche. Ich werde zu Schreibwaren Bötel in die Ernst-Thälmann-Straße gehen. Ich habe in meiner Mappe eine Broschüre. Auf der Vorderseite steht geschrieben: Auf Schatzsuche für uns alle. Ich lege die Broschüre auf den Küchentisch und schlage die erste Seite auf. Ein Foto, darauf ein Bohrturm, umgeben von Baracken, die mit Wellblech verkleidet sind. Ein blassblauer Himmel, im Bildvordergrund wilde, gelbe Blumen. Menschen sind nicht zu sehen. Auf einem staubigen Plattenweg, der durch das Gelände führt, liegen rostige Eisenplatten und Autoreifen. Der Bohrturm überragt alles. Diese Szenerie soll also in wenigen Tagen mein Arbeitsplatz sein. Auf Seite siebzehn ist eine Frau im weißen Kittel zu sehen, sie sortiert in einem Labor Bohrkerne, darunter ist ein Schwarzweißfoto. Darauf ein Mädchen in einem kurzärmligen Kittel, vor ihr ein Zeichentisch, auf dem Dreiecke, Kurvenschablonen und gespitzte Bleistifte liegen. Sie zieht mit Lineal und Skribent eine Linie.

In ihrem Rücken steht eine Sansevierie. Ich weiß nicht, warum es gerade diese Zimmerpflanze geschafft hat, überall zu erscheinen. Ich muss jetzt einmal nachschlagen und lese, Sansevieria, auch Bogenhanf oder Bajonettpflanze genannt, Liliengewächs, im tropischen Asien und Afrika wegen ihrer Blattfaser angebaut. Die afrikanische Art hat stielrunde, spitz zulaufende Blätter. Die Art, die meist in unseren Räumen steht, hat aufrechte, feste Schwertblätter mit graugrünen Querbändern. Darum also. Schwert, Bajonett, eine nahezu kriegerische Zimmerpflanze. Die Jungen in der Broschüre tragen keine weißen Kittel, sondern stehen mit freiem Oberkörper, schwer arbeitend, neben einem Bohrturm oder mit Helm und Schutzbrille an einem Schweißgerät. Auf jeden Fall sehen sie viel abenteuerlicher aus.

Ich gieße mir noch ein Glas Milch ein und lese den Text neben den Abbildungen. Die Überschrift ist fett gedruckt und lautet: Geologiefacharbeiter oder Schatzsuche für die Wirtschaft von morgen. Darunter der Text: Um die Schätze der Erde kämpfen die Menschen schon seit vielen Jahrhunderten. Meist ging es ihnen dabei um Gold, Silber oder Diamanten, und viele gingen dabei jämmerlich zugrunde. Wer kennt nicht die Abenteuergeschichten von Jack London über Goldsucher in Alaska. Nachrichten von großen Diamantenfunden in Südafrika waren die Sensation vor hundert Jahren. Doch das alles hat nichts mit unseren Schatzsuchern zu tun. Es geht nicht um Zufallsfunde, um schnellen Reichtum für wenige, sondern um verstärkte Erkundung und intensive Nutzung wertvoller einheimischer Bodenschätze für unsere sozialistische Wirtschaft. Konkret, es geht um Erdgas, Erdöl, Braunkohle, Erze, Salze, um Rohstoffe für die Bauindustrie wie Tone, Sande, Kiese, und es geht auch um kostbares Grundwasser. Bei der Suche und Erkundung hilft uns die Geologie. Der Geologe hat die wissenschaftliche Aufgabe, die Geschichte der

Erde und den Aufbau der Erdkruste zu erforschen. Diese wissenschaftliche Forschungstätigkeit ist Grundlage und Fundament für die planmäßige Suche nach nutzbaren Lagerstätten. Wir verlassen uns also nicht auf den Zufall, wenn wir auf Schatzsuche gehen. Aber nicht nur die Methoden, sondern auch die Schatzsucher selbst haben sich gewaltig verändert. Unsere Geologiefacharbeiter sind die unmittelbaren Mitarbeiter der Geologen und arbeiten oftmals mit Mineralogen, Paläontologen und Hydrologen in einem Arbeitsstab zusammen. Ihre Arbeitsplätze sind heute die Bohranlage, das Laboratorium der Erkundungsstützpunkte und der Bergbaubetrieb.

Ich denke an Wölfe und Braunbären, undurchdringliche Wälder und dass ich vielleicht bei diesen Erkundungen auf einen Teil der Erde treffe, der noch unbewohnt und nicht kartiert ist. Einen Flecken mit wilden Farnen und bemoosten Stämmen, eine ursprüngliche Quelle, aus der noch niemand getrunken hat. Vielleicht gibt es ja unter der Erdoberfläche noch ein weiteres Land. Existiert eine Schicht, die mir Aufschluss und Zeugnis gibt, warum hier alles so endlich und verschwiegen ist. Dann will ich gerne getarnt durch einen solchen Beruf einen Ort zutage fördern, den noch keiner gesehen hat, der in keinem Lexikon und keinem Lehrbuch verzeichnet ist. Vielleicht finde ich auf meinen Streifzügen unter der Erde ein noch unentdecktes Element. Einen Stoff, der beschrieben ist mit den Stimmen der Toten. Ich habe immer noch keine Antwort auf meine Frage nach dem Ausmaß der menschlichen Bosheit. Vielleicht finde ich unter der Erde Aufschluss über Ursprung und Eigenschaften einer im Menschen wohnenden Grausamkeit. Vielleicht ist auch diese Substanz zu vermessen und zu erforschen, unter dem Erzgestein.

Ich blättere die Seite um. Ein Farbbild, darauf drei graue Bauwagen, ein Bohrturm und ein Mädchen mit einem Helm, an dem eine rote Blume befestigt ist. Der

Himmel ist immer noch blau. Sie untersucht einen Bohrkern, den sie aus einer Kiste nimmt. Ich lese weiter.

Überall da, wo der Geologe im Gelände tätig ist, zum Beispiel in Steinbrüchen, bei der geologischen Kartierung oder auch gelegentlich im Bergbau unter Tage, ist der Geologiefacharbeiter mit dabei. Er hilft bei der Aufnahme der erbohrten Gesteine, entnimmt Gesteinsproben und bereitet diese für die laborativen Untersuchungen vor. Und er arbeitet auch selbständig, wie beispielsweise bei kleineren Bohrungen, wo er ohne Hilfe des Geologen die erbohrten Gesteinsproben aufnehmen und beschreiben muss. Die gesammelten Daten werden sorgfältig gesichtet und ausgewertet. Das geschieht meistens im Betrieb. Hier müssen Listen zusammengestellt, Diagramme und Karten gezeichnet, das mitgebrachte Untersuchungsmaterial genauer untersucht und gelegentlich auch mikroskopische Arbeiten durchgeführt werden.

Besonders freue ich mich auf die Arbeit unter freiem Himmel. Nach all den Stunden in den letzten zehn Jahren, die ich in dem Schulgebäude verbringen musste. Die Zeit in den Gebäuden, die nach Schulmilch und Kreide riechen, den Fenstern unter der Decke, den nackten Wänden ohne Farben, den Treppenhäusern aus Stein, den betonierten Schulhöfen, den mit Asche und struppigem Gras bedeckten Sportplätzen, sie ist vorbei. Nach all diesen Jahren ohne Himmel freue ich mich auf die vier Jahreszeiten. Im Frühling kann ich die Schneeglöckchen und Märzenbecher, im Sommer die kreisenden Bussarde, im Herbst die Hagebuttensträucher und im Winter die gefrorenen Gewässer sehen.

Zum ersten Tag meiner neuen Lehrzeit bekomme ich eine Zuckertüte, darin sind Geleebananen und Bleistifte. Ich stehe mit der Zuckertüte vor der Tapete im Wohnzimmer. Auf der Tapete sind große Schilfhalme, die sich über meinem Kopf wiegen. Ich halte die Zuckertüte mit den Geleebananen fest umklammert. Ich muss an diesem Septembertag zur Darre, eine am Rande der Stadt liegende Industriesiedlung. Die Luft riecht nach Kastanienfeuer. In meiner Tasche ruhen Pergamentpapier, Skribente, Lehrbücher und Arbeitsblöcke. Ich gehe durch die Ernst-Thälmann-Straße. An der Ecke Karl-Liebknecht-Straße werden Möbel in das Möbelhaus geliefert. Komplette Zimmer stehen im Schaufenster. Ein Ehebett mit einer gesteppten, rosafarbenen Tagesdecke. Ein verspiegelter Schlafzimmerschrank und eine Frisierkommode. Im nächsten Schaufenster ein Wohnzimmer mit Schrankwand, darin Fächer für den Fernseher, die Glassammlung, einige Bücher, dazu ein Couchtisch und ein dunkelgrünes Sofa. Ich schaue mir die Möbel an und denke darüber nach, in wie vielen Räumen und Leben diese identischen Einrichtungsgegenstände stehen. Ich überquere die Freiherr-vom-Stein-Straße. Hinter der Fleischerei Trautvetter muss ich über die Eisenbahnbrücke.

Hier stand der dicke Peter, der Sohn der dicken Gisela, mit einem Stöckchen, um die Züge zu dirigieren. Ich weiß nicht, wohin er verschwunden ist. Wahrscheinlich lebt er nun in einem Heim und kann nicht mehr um zehn Uhr Kinderfilme im Kino des Friedens sehen. Ich bleibe auf der Brücke stehen und schaue nach unten. Es gibt Züge, die nach Halle fahren, nach Erfurt und bis Ellrich. Ich zerbreche ein Stöckchen und werfe es hinunter. Ich muss weiter, an den Kasernen entlang. Hier wohnt die Russische Armee. Man sieht die Soldaten nicht in der Stadt. Sie dürfen vermutlich ihr Gelände nicht verlassen. Ein Trampelpfad führt an der Kaserne vorbei. Ich schaue durch ein Astloch. Auf einer niedergetretenen Wiese steht ein vermummter Soldat in Winterkleidung. Er trägt einen Steppmantel, sein Gesicht ist durch einen Schal geschützt. Seine Arme sind dick umpolstert. Jemand schreit einen Befehl. Aus einem Holzverschlag jagt ein Schäferhund, er stürzt sich auf den Soldaten, der wie eine Puppe umfällt. Der Hund verbeißt sich in den Mantel, schleift den Wehrlosen über den Boden und lässt dann von ihm ab. Der Mann auf der Wiese steht wieder auf, ein neuer Befehl. Ein nächster Schäferhund jagt über den Platz. Diesmal kann der Soldat den Angriff abwehren. Ich weiß nicht, was er verbrochen hat, dass sie am Morgen die Hunde auf ihn hetzen. Er tut mir leid. Wenn der Hund ihm nun ins Gesicht beißt. Der Schal reicht doch gar nicht. Ich trete vom Astloch zurück und gehe weiter. Am Rand des Pfads liegen zerbrochene Flaschenhälse und alte Taschentücher, ich überquere die Straßen. Ein Niemandsland. Es gibt nicht einmal einen richtigen Weg für die Fußgänger.

Ich erreiche das Hauptgebäude. Das Haus riecht nach Beton und Staub. Im Treppenhaus fällt die Sonne durch das Milchglas. Der Lehrausbilder öffnet die Tür. Er sieht aus wie ein Wildhüter. In dem Raum an einem großen Tisch sitzen noch drei weitere Mädchen, eines davon gefällt mir sofort. Es hat leuchtendblaue Augen und sieht sehr wach aus. Wir packen unsere Taschen aus. Es ist ja doch eine Fortsetzung der Schule, nur dass unsere Klasse kleiner ist und wir in einem volkswirtschaftlichen Betrieb lernen. Wir machen eine Betriebsbegehung. Die Lehrlinge werden dem Kollektiv vorgestellt. Die Männer mustern uns, sie schauen auf unsere Körper. Wir überqueren den Hof. Der Ausbilder zeigt uns die Werkstätten, die Schlosserei, die Telefonzentrale, die Kantine. Von all diesen Gebäuden, gepflasterten Wegen, linoleumbelegten Korridoren geht eine trostlose Ödnis aus. Kein Ort für verwegene Abenteuer.

Ich wünsche mich weit weg. Ich möchte meine Schultasche nehmen, sie am Straßenrand liegenlassen und solange laufen, bis mich niemand mehr sieht noch findet. Alle Straßen, bis zum äußersten Punkt von Neuseeland. Ich möchte sehen, wie ein Känguru über die Straße hüpft, einen Überlandbus anhalten, an einem Ort aussteigen, dessen Namen ich noch nie gehört habe und dort bleiben. Fragen, ob es irgendetwas für mich zu tun gibt. Brot verkaufen, einen Garten umgraben oder Fische schuppen. Egal. Nur nicht hier auf der Darre sein.

Frühstückspause. In der Kantine bestellen wir uns Brötchen mit Bockwurst und Senf und Kakao. An einem Tisch schläft ein Arbeiter mit dem Kopf auf den Armen. Die Küchenfrau schält die Kartoffeln für das Mittagessen, sie wirft die Schalen in einen Eimer. Wir Lehrlinge sitzen an einem Tisch. Wir erzählen uns, in welchen Schulen wir waren. Käthe Kollwitz, Oberstadt. Wladimir Iljitsch Lenin und Juri Gagarin, Unterstadt. Wir eröffnen einander, über welche Beziehungen wir unseren Ausbildungsplatz bekommen haben. Onkel, Vater, Bruder, Kollegen. Der große Zeiger der Uhr über der Essensausgabe steht auf der Zehn. Wir bringen das Tablett mit den leeren Tellern zum Rollwagen und wischen den Tisch ab. Der Arbeiter ist aufgewacht. Noch im Halbschlaf zündet er sich eine Zigarette an. Er ist so müde, dass das Streichholz zwischen Daumen und Zeigefinger abbrennt. Durch die Pendeltür kommt eine Brigade, sie drängt uns an den Rand des Korridors. Wir folgen unserem Lehrausbilder bis zu unserem Ausbildungsraum. Wir erlernen das Kartenzeichnen. Wir öffnen unsere Skribente und ziehen die Tusche auf. Jeder bekommt eine Originalkarte. Wir legen ein transparentes Papier darüber und kopieren das Kartenmaterial. Die unterschiedlichen Gesteine bekommen verschiedene Muster. Ton, kleine Punkte. Mergel, kleine Kreise. Schiefer, kurze Striche. So sitzen wir in unserem neuen Klassenzimmer. Es ist wie in der Vorschule. Wir malen, punkten und stricheln. Das Fenster ist weit geöffnet. Über den staubigen Plattenweg fahren Lastwagen, beladen mit Schweinen. Das geht so den ganzen Tag. Nur unterbrochen von einer Mittagspause, die wir in der Kantine an den Plastiktischen verbringen. Um sechzehn Uhr endet der erste Ausbildungstag. Ich gehe den langen Weg zurück. In der Geseniusstraße biege ich ab und besuche Oma Luise und Opa Walter. Ich erzähle von meiner neuen Arbeitsstelle und bekomme ein Brot mit Rotwurst und Leberwurst und eine Tasse Kakao.

Ich sitze neben Oma Luise auf dem Sofa, versunken in all die Kissen. Auf dem Tisch liegen zwei Zeitungen, die Stimme des Herrn und die Stimme des Volkes. Ich kann mich für keine von beiden entscheiden. Ich möchte lieber unter all die Kissen kriechen und mich mit der Mittagsschlafdecke von Oma Luise zudecken. Ich werde nun jeden Tag wie ein Werktätiger zur Darre gehen. Mit all den anderen Werktätigen. Ich esse den letzten Rest von meinem Rotwurstbrot und bohnere noch den Hausflur. Zum Abschied küsse ich Oma Luise auf die linke Wange und gebe Opa Walter die Hand. Der Flur riecht nach rotem Bohnerwachs. Ich gehe zurück durch die Bleiche.

So gern hätte ich einen Freund, mit dem ich Hand in Hand gehen oder den ich einmal küssen könnte. Noch nie habe ich jemanden geküsst. Nur gelesen habe ich darüber, oder in Liedern davon gehört. Vielleicht wartet ja hinter einem Haselnussbaum ein Junge auf mich, tritt hervor, nimmt mich in den Arm und geht mit mir ein Stück Weges, bringt mich wenigstens bis zur Haustür. Aber meine Straße bleibt leer, frei von Wundern und Überraschungen. Ich gehe in mein Zimmer. Ich lege eine Schallplatte auf. Die Beatles singen. Strawberry Fields Forever. Die Erdbeeren in unserem Garten sind schon abgeerntet. Mit meiner Schwester sitze ich am weit geöffneten Fenster. Wir schauen auf das Gehege und die gegenüberliegenden Backsteinhäuser. Es wird dunkel. Ein Mann mit einem afghanischen Windhund geht vorbei.

Am nächsten Morgen gehe ich den gleichen Weg zur Lehre. Nie fahre ich mit dem Bus oder mit dem Fahrrad.

Diese weiten Wege gehen, das habe ich von meiner Mama übernommen, die ging auch jeden Morgen bis zum Rande der Stadt, um Häuser und Garagen zu zeichnen. Manchmal begleite ich meinen Vater ein Stück, er trägt eine Aktentasche, darin sein Brot. An der Ecke Karl-Liebknecht-Straße verabschieden wir uns. Eine flüchtige Umarmung, ein kurzes Ziehen am Ärmel. Das Haus an der Kreuzung, Freiherr-vom-Stein-Straße, ist nur noch eine Ruine. Ich warte darauf, dass es eine Tages vor lauter Verwahrlosung vor meinen Füßen zusammenbricht, mich unter Schutt und Asche begräbt. Die Fenster sind blind, die meisten eingeschlagen. Von diesen Häusern gibt es viele in der Stadt. Gespenster und Tote wohnen darin. Mitten unter uns. An der Eisenbahnbrücke bleibe ich wie immer stehen. Ich schaue in jede Himmelsrichtung, kein Zug zu sehen.

Unser Lehrausbilder ist schon da, er trägt eine Weste mit unzähligen Taschen. Heute bekommen wir ein Formblatt zum Üben ausgehändigt. Darauf steht: Schrift für Zeichnungen nach TGL 31034. Darunter das Alphabet und die Zahlen von eins bis zehn. Zum Schreiben der Schrift einen Skribent benutzen, geschriebene Formen nicht verändern. Misslungenes stehen lassen, sich bemühen, die nächste Form besser zu schreiben. Den rechten Arm beim Schreiben gut auflegen. Striche werden von oben nach unten oder von links nach rechts gezogen. Rundungen werden aufgeteilt und von der oberen zur unteren Zeilenabgrenzung gezogen. Sieben Seiten mit Buchstaben und Zahlen sind so zu zeichnen, immer aufpassen, dass die Tusche nicht zerläuft. Auf dem letzten Formblatt stehen zwei Worte, die nachzuschreiben sind. Das erste Wort ist Zeit. Ich wiederhole Zeit, Zeit, Zeit. Je häufiger ich das Wort hintereinander setze, desto mehr rückt die Zeit zusammen. Gedrängt auf eine Zeile Lebenszeit. Meine Zeit ist eine Abfolge von Verrichtungen, von identischen, genormten Buchstaben. Das nächste Wort heißt bohren. Bohren, bohren, bohren. Ich werde diesen Beruf erlernen, um mich durch alle Schichten der Zeit zu bohren. Auf der Seite ist noch Platz. Wir dürfen ein Zitat wählen und es in Schönschrift unter die Übungen schreiben. Ein Kind, ein junger Mensch, die auf ihrem eigenen Wege irregehen, sind mir lieber als manche, die auf fremdem Wege recht wandeln. Johann Wolfgang von Goethe.

Es ist Mittagszeit. Wir gehen über den Plattenweg zur Kantine. Wir können zwischen Kartoffelsuppe mit Bockwurst und Szegediner Gulasch wählen. Wir nehmen die Plastiktabletts und reihen uns ein. Wir sitzen an einem Tisch. Ich schaue aus dem Fenster. Ein LKW wird ausgeladen. Ein Hund streunt durch das Unkraut zwischen den Produktionshallen. Sein Fell ist fleckig. Ich würde gern mit ihm mein Essen teilen und mich ihm anschließen. Dann könnte ich vor Ende der Arbeitszeit das Betriebsgelände verlassen und mit ihm ein wenig spazieren gehen. Wir könnten zum Schurzfell laufen und dort wilde Äpfel pflücken, Hagebutten sammeln und Schlehen. Das Besteck klappert. Wir müssen unsere Teller zur Rückgabe bringen. Nach der Mittagspause geht es weiter mit Fragen von Ordnung, Sicherheit und Disziplin während des Einsatzes der Lehrlinge in der Berufspraxis. Erster Punkt, Arbeitszeit von 6.45 bis 16.00 Uhr. Insgesamt sind es zwölf Punkte, die wir untereinander schreiben. Zäh vergeht die Zeit.

Es wird Herbst. Die Blätter färben sich gelb. Ich streife durch den Park Hohenrode und pflücke Knallerbsen und wilde Schlehen. Es wird früh dunkel. Morgen fährt mich mein Vater nach Johanngeorgenstadt. Das ist ein Ort tief im Erzgebirge, wo unsere theoretische Lehrausbildung stattfinden soll. Auch Lucia wird von ihrem Vater dorthin begleitet. Wir fahren durch das Land. Ich möchte nicht so weit weggebracht werden. Wir nähern uns dem Wald.

Am Straßenrand stehen graue Häuser. Wir überqueren Bahngleise, die Straßen werden kurvenreicher. Einen solchen Wald habe ich noch nicht gesehen, er ist dunkel, unzugänglich und abweisend. Eine rotweiße Schranke. Hinter der Schranke eine Straße, die ins Nichts verläuft. Links und rechts davon zweistöckige Häuser, die aussehen wie Baracken. Hinter den Häusern derselbe undurchdringliche Wald. Hinter dem Wald die Halden. Schwarze Berge, übriggeblieben vom Uranbergbau. Die Straße eine Lagerstraße. Der Ort, an dem ich nun bin, war erst ein Kriegsgefangenenlager, dann Wohnstätte für die Bergarbeiter von Wismut Aue. Die beiden Fahrzeuge sind die einzigen auf dem Parkplatz. Wir verabschieden uns von unseren Vätern.

Nun sind wir allein. Der Wind treibt bleierne Wolken über den Berg. Es ist still. Nicht mal ein Vogel oder ein Reh wohnen hier. Wir erhalten einen Schlüssel, wir können unser Zimmer im Haus Drei beziehen. Wir öffnen die Tür. Ein endloser Korridor. Noch ist niemand da. Wir sind einen Tag zu früh angereist. Im zweiten Stock finden wir unser Zimmer. Der Boden ist aus Stein. Dunkelrot gestrichen, die gleiche Farbe wie das Treppenhaus. Wir schauen von hier oben in den gegenüberliegenden Speisesaal. Dort brennt eine Neonlampe. Lautlos bewegen sich hinter den Scheiben der Küche Menschen. Das müssen die Mongolen sein, man hat uns gesagt, hier werden auch junge Männer aus der Mongolei ausgebildet. Wahrscheinlich sind sie auch von ihrem Land geschickt worden, um alles über Bodenschätze zu lernen. Wir trauen uns nicht in den Speisesaal. Wir halten uns in dem leeren Gebäude versteckt. Nur unsere nächste Umgebung erkunden wir. In unserem Zimmer stehen zwei eiserne Betten. Darauf rostbraune Pferdedecken. Die Bettwäsche, blauweiß kariert. Ein Schrank, dessen Türen nicht mehr schließen. Auf dem Schrank eine Bratpfanne mit eingetrockneter Rotwurst und verschimmeltem Brot. Wir treten in den Korridor. Nur die Neonröhren summen. Am Ende des Ganges die Toiletten und Duschen. Alles riecht. Es gibt noch eine Küche mit einem schmutzigen Gasherd. Einen Raucherraum mit einem Eimer als Aschenbecher. Einen Fernsehraum mit einem Fernseher in einer kaputten Schrankwand. Wir schalten den Fernseher ein, das Bild flimmert, rauscht und bleibt schwarz. Einen Tischtennisraum ohne Tischtennisplatte. Andere Zimmer mit eisernen Betten. Das also ist die Zentrale Ausbildungsstätte.

Es ist so unheimlich, dass wir nur zusammen das Zimmer verlassen. Wir packen unsere Sachen auf die Pferdedecke. Unsere Vorräte reichen noch bis morgen früh. Rührkuchen von zu Hause, eine Flasche Tee. Hartgekochte Eier und ein Butterbrot. Gegen das Heimweh einen kleinen Affen Wir setzen den Affen auf das Kopfkissen. Wir versuchen, unseren Zauberwürfel so zu drehen, dass sich eine rote Fläche ergibt. Wir legen den Zauberwürfel zur Seite. Wir probieren auf unseren Blockflöten ein irisches Volkslied. Das Lied verklingt in dem hohen Raum, die Flötentöne verstärken die stille Einsamkeit des Hauses. Es wird Nacht. Wir legen uns in die klammen Betten. Es ist kalt. Weißes Mondlicht kriecht über die Pferdedecken. Es beleuchtet die Buchstaben ZAS. Ich halte mich mit den Händen an der Decke fest. Die Mongolen singen traurige Lieder. An das Fenster schlagen Zweige. Der Wald bewegt sich auf das Haus zu. Aus den Halden kriecht ein Schweigen. Eine Träne löst sich von meinem Auge und rollt bis zum Mund. Ich fange sie mit der Zunge und esse sie auf.

In der ersten Woche haben wir Zivilverteidigung. Es ist eine Erniedrigung. Wie wir da antreten müssen. In einer Reihe. Eingezwängt in verwaschene Schlosseroveralls, die uns kaum bis zu den Knöcheln reichen. Morgenappell, Waldlauf, Granatenwerfen, Sprinten. In Kolonnen laufen wir die Waldwege entlang. Wir sollen uns Befehle zuschreien. Links kehrt, rechts kehrt, im Gleichschritt Marsch. Eine Mädchenarmee im Erzgebirge. Eingesetzt gegen den Feind, den es nicht gibt. Falls eine Neutronenbombe abgeworfen wird, sollen wir uns mit dem Gesicht auf den Boden legen. Wir üben das schon mal. Später beginnt der Unterricht. Lehrer in grauen Silastik-Kitteln schreiben mit Kreide Formeln der Geophysik an die Tafel. Nach dem Theorieunterricht gehen wir in den Konsum. Es gibt nicht viel zu kaufen. Zwieback, Zwiebeln, Milch und Leberkäse. Wir kaufen ein, legen uns mit den Vorräten schon am Nachmittag ins Bett und lesen. Es gibt einen Weg in die Stadt. Steil führt er den Berg hinunter. Bis zum Bahnhof, dessen Züge hier enden.

Wir besuchen das Deutsche Haus. Die einzige Gaststätte. Der Raum ist hoch und leer. In einer Ecke sitzen Soldaten. An der Wand steht eine Musikbox. Dieser Ort scheint die einzige Zuflucht für alle Fremden zu sein. Eine Kellnerin nimmt die Bestellung auf. Wir bestellen Würzfleisch und ein Steak mit Kräuterbutter. Zum Essen trinken wir eine Flasche Wermut. Ein süßes, klebriges Getränk. Heute fühlen wir uns erwachsen. Die Soldaten sprechen nicht mit uns und wir nicht mit ihnen. Wir werfen Geld in die Musikbox. Hier gibt es nur kitschige Lieder, Santa Maria und Über sieben Brücken musst du gehen. Es ist gleich Mitternacht. Wir sind betrunken. Wir gehen über die Gleise. Wir suchen den Weg zurück. Wir halten uns an kleinen Tannen fest und finden den Bach. An dessen Ufer müssen wir nach oben klettern. Wir haben die Orientierung verloren. Wir bleiben auf der Erde liegen. Der Mond steht hinter den Wolken. Wir müssen weiter. Wir krallen uns an Wurzeln und Steinen fest und ziehen uns den Berg hinauf. Hinter den Stämmen tauchen unwirklich die Häuser auf. Unsere neue Heimat. Die Fenster sind dunkel. Nur die einzige Straße ist beleuchtet. Im Wald treffen wir die Mongolen aus dem Speisesaal. Sie stehen hinter den Bäumen. Wir beginnen zu rennen, verlieren uns aus den Augen. Wir kommen in unserem Zimmer an. Ich falle auf mein Bett. Schrecklich wie nie zuvor beginnt sich das Zimmer zu drehen, die himmelblaue Decke kreist abwärts. Ein Strudel. Am nächsten Tag gehe ich nicht in die Klasse. Ich bleibe in meinem Zimmer und koche mir Tee. In den Korridoren ist es still. Ich schreibe einen Brief an meine Schwester.

Liebe Schwester. Ich möchte gerne mit dir auf dem Fensterbrett sitzen und Penny Lane hören. Was machen unsere Brüder. Es ist kalt und grau hier. Gestern haben wir zu viel Wermut getrunken. Ich glaube, ich habe den falschen Beruf ergriffen, ich interessiere mich überhaupt nicht für Steine. Ständig müssen wir rechnen und Formeln üben. Ich lerne jetzt Gitarre spielen. Drei Griffe kann ich schon. Ich würde jetzt gerne mit dir zur Windlücke wandern. Oder Kleider färben. Brombeerrot und violett. Vielleicht können wir auch Zitronenhonig kochen. Ich habe Heimweh. Was macht Mama, liegt sie noch so oft auf dem Sofa in der rosa Mollydecke. Und was macht deine Schule. Ich habe immer noch keinen Freund. Ich finde auch keinen. Die anderen Mädchen sind viel schöner und weiter entwickelt. Von einem Abend muss ich dir erzählen. Unten im Dorf ist eine Kirche, und die hat ein Gemeindehaus. Jeden Mittwoch gehen wir dorthin. Es gibt einen Raum mit hohen Paneelwänden, in dem es nach Ölpapier und Buntstiften riecht. An den Wänden hängen Strohsterne und Heiligenbilder. Wir sprechen mit dem Pfarrer über Frieden und Vertrauen oder singen Lieder. An dem Abend gab es Pfefferkuchen und Glühwein. Wir haben Kerzen angezündet. Da habe ich das erste Mal gesehen, was für schöne grüne Augen Torsten Nawrocko hat. Mit langen Wimpern. Ich sah seine Augen hinter der Kerze und hätte Torsten gern geküsst. Ich habe ihn heimlich betrachtet und gehofft, dass er mich hinter der

Laterne mit den Krippenfiguren küsst. Ich habe mit der Schere einen Stern zerschnitten. Wir traten ins Freie. Es hatte geschneit. Der erste Schnee auf den Dächern und Zäunen. Wir gingen nebeneinander her. Gewiss hat er meine Gedanken gelesen. Der Waldweg war beleuchtet von den Bogenlampen, ein orangenes Licht. Nur das Knirschen unserer Schritte war zu hören. Er legte seinen Arm um mich. Ich geriet in Panik. Dort, wo die Bäume dicht beieinander stehen, hielt er an. Er zog mir die Kapuze ab, schloss seine grünen Augen, auf seinen Wimpern hatte sich ein Schneekristall verfangen. Ich tat es ihm nach und schloss ebenfalls meine Augen. Wir küssten uns. Sterne funkelten über den Halden.

Ich hoffe sehr, dass ich ihn noch einmal küssen kann, aber so richtig glaube ich nicht daran. Er hat nämlich eine Freundin mit langen schwarzen Haaren und braunen Augen, und die verlässt er ganz bestimmt nicht. Vielleicht wollte er mit mir nur über Gott reden, oder vielleicht habe ich ihm einfach nur leidgetan. Vielleicht hat er auch gemerkt, dass ich noch nie einen Jungen mit Zunge geküsst habe. Liebe Schwester, grüß mir alle, auch die Zorge, Mama, die Brüder, Papa, Oma Mitzi, Oma Luise, Opa Walter und Opa Martin.

Eines Tages finde ich in unserem Briefkasten mit der Eule einen an mich adressierten Brief. Noch nie hat mir ein Junge geschrieben. Torsten schreibt, dass er mich besuchen möchte, um mit mir Silvester zu feiern. Ich stecke den Brief sogleich in meine Schürze und laufe damit hinaus, solche Briefe kann man nur unter freiem Himmel lesen. Eine Schneeflocke fällt auf die Tinte. Ich freue mich so sehr. Er fährt mit dem Zug von Berlin nach Nordhausen, um mich zu sehen. Ich binde meine Schürze ab und renne durch den Schnee. Ich trete wilde Spuren in den Hofschnee. Hurra. Die Spatzen fliegen auf, ich werfe ihnen Hände voll Schnee zur Speise hin. Hurra, ich bekomme Besuch. Ich werde Sekt kaufen, und wir können eine Rakete aufsteigen lassen. Vom Wachturm im Park Hohenrode oder in der Anlage vorm Haus oder am Flussufer. Und wir können uns um Mitternacht küssen. Zwölfmal, solange die Domglocken schlagen. Wir können Hand in Hand durch das Altentor gehen oder die Rautenstraße entlang. Ich kann ihm meine Stadt zeigen und den Wasserfall im Park. Ich stecke den Brief ein. Ich öffne ihn wieder und wieder, das Papier ist schon ganz dünn geworden, die Tinte vom Schnee zerlaufen.

Er kommt nicht. Ein paar Tage vor Silvester sagt er einfach ab. Vielleicht war es nur ein Scherz. Ich habe von Anfang an nicht geglaubt, dass er sich eine Fahrkarte kauft, um mich zu sehen. Ich verstecke den Brief weit weg von mir und packe mein Akkordeon aus. Es ist in eine hellbraune Decke gewickelt. Das Akkordeon riecht nach Opa Walter. Die Lederriemen sind schon ganz zerschlissen. Ich suche den ersten Ton und spiele. Es ist eigentlich ein Totenlied für Erwachsene, aber es passt. Adieu Emile, ich liebte dich. Adieu Emile, ich sterbe nun, es ist schwer, wenn man im Frühling stirbt, du weißt. Ich geh' mit Frieden in der Seele. Ich will Gesang, will Spiel und Tanz, wenn man mich unter'n Rasen pflügt.

Morgen ist Silvester. Ich werde also allein zu Hause feiern. Ich werde ein Glas Heringssalat von Opa Walter abholen. Jedes Jahr um diese Zeit sitzt er am Küchentisch und schneidet Kartoffeln, Rote Beete, Salami, Eier und Heringe in kleine Würfel. Er füllt den Salat für die ganze Familie in Gläser. Ein Ritual. Morgens werden schon die ersten Raketen in den hellen Himmel fliegen. Es wird schneien oder frieren, und am Morgen darauf beginnt wieder ein neues Jahr. Ich packe das Akkordeon in die Kiste. Schluss, aus, vorbei. Ich höre den langgezogenen Ruf der Harzquerbahn. Ich wäre ihm mit diesem Zug eine Station entgegen gefahren. Ich mache einen Spaziergang zum Bahnhof. Ich schaue mir wenigstens an, wie sein geplanter Zug ankommt und auf dem Gleis einfährt. Ich stelle mir einfach vor, er könnte aussteigen. Ich laufe den Weg wieder zurück. Ich werde diese Silvesternacht einfach verschlafen, die Glocken, das Feuerwerk, den Sekt. Ich schließe mich in meinem Zimmer ein und drehe den Schlüssel zweimal herum. Niemand soll mich stören. Der Fluss vor meinem Fenster rauscht. Ich ziehe die Decke über meinen Kopf. Der Himmel explodiert. Eine einzelne Rakete verglüht über der Leninallee.

Wir gehen auf unsere erste Exkursion. Lucia, mit der ich zusammen lerne und die sehr leuchtende blaue Augen hat und wunderbar Gitarre spielen kann, und ich. Wir fahren mit dem Zug bis Stendal. Die Landschaft wird immer verwaister. Hier oben scheint es gar keine Menschen mehr zu geben. Eine Fabrik, ein Bahnhof. Ab und zu ein Zaun. Nun also soll das große Abenteuer beginnen. Nur sieht Stendal nicht aus wie Alaska. Kein unerforschtes Land, in dem man sich verlaufen kann, in dem wilde Tiere wohnen und die Lachse durch die Flüsse springen. Keine Bären und Elche am Straßenrand. Wir reiben mit dem Ärmel das Zugfenster von innen sauber. Unsere Station. Wir steigen aus. Ein Ingenieur der Bohranlage holt uns ab. Die Bohranlage steht auf einem Feld. Wir sollen hier in den nächsten zwei Wochen geophysikalische Messungen durchführen. Wir bekommen zwei Liegen in einem Wohnwagen zugewiesen. Die Toilette und die Küche teilen wir uns mit den Arbeitern auf der Bohranlage. Es geht ein Gerücht um, dass auf den Bohranlagen Gefängnisinsassen arbeiten. Wir schließen uns in der Nacht ein.

Am Morgen dürfen wir mit in die Kaufhalle fahren. Es werden Milch, Brötchen, Kaffee und Konservendosen gekauft. Wir frühstücken in dem geheizten Wohnwagen. Die Ingenieure schneiden die Konservendosen in der Mitte mit einem scharfen Taschenmesser durch und essen dann das Corned Beef von der Messerspitze. Diesen Trick schauen wir uns ab. Wir bekommen unsere Arbeit zugewiesen. Ein weiter Acker liegt vor uns. Hier soll Grundwasser erschlossen werden. Der einen von uns werden Stäbe aus Metall in die Hand gedrückt, der anderen ein Messgerät. In regelmäßigen Abständen stecken wir die Stäbe in die Erde, sie werden unter Strom gesetzt, und der Messwert gibt Auskunft über die Tiefe des Grundwassers. Es handelt sich um eine Widerstandsmessung, es gibt einen Plus- und einen Minuspol, und der Strom, der zwischen den beiden fließt, wird von uns gemessen. Wir wissen auch, dass mineralisiertes Wasser den Strom noch besser leitet. Das Ganze ist ein Verfahren der Geoelektrik.

Ein Acker und ein grauer Wintertag liegen vor uns. Der Tag bekommt doch noch etwas von einem Abenteuer. Unter freiem Himmel, mit einem bedeutenden Auftrag. Immer, bevor wir einen Stab in die Erde stecken, müssen wir ein wenig graben. Wir finden in dieser Erde und an diesem Tag viele Gegenstände. Lucia eine Taschenuhr, ich eine Pfeife aus Ton und abgeschlagene Puppenköpfe. Wir können gar nicht mehr aufhören zu graben. Unsere Neugierde wird immer größer. Wir legen unsere Schätze an den Feldrain. Porzellankronen von alten Bierflaschen mit unbekannten Schriftzügen, Scherben, durch die man die Wintersonne betrachten kann. Das schönste Fundstück entdeckt Lucia. Wir halten es in den Händen. Ein Stadtsiegel mit einer Gravur. Am Abend legen die Ingenieure unsere Schätze in eine chemische Lösung. Sie beginnen zu glänzen. Wir reiben sie mit einem Lappen trocken.

Unter dem Sternenhimmel öffnet einer der Ingenieure eine Flasche Wein. Er erzählt von einem Lagerfeuer in der Taiga. Einer Gegend, die so abgeschieden war, dass nur Mörder und Wölfe blieben. Er erzählt von dem Feuer, an dem die Geologen saßen und Lieder sangen und Gedichte deklamierten. Von Majakowski, Marina Zwetajewa und Ossip Mandelstam. Manchmal kam ein Mörder oder ein Wolf und setzte sich mit ans Feuer. Der Ingenieur gießt Wein in die angeschlagenen Gläser. Vor dem Fenster der Bohrturm, von Scheinwerfern erhellt. Er rezitiert. Die Luft vertrunken, und das Brot vergiftet. Wie diese Wunde heilen. Schwer. Die Schwermut Josephs, in Ägypten, sie war nicht schwerer, lastender. Der Sternenhimmel. Es tilgen Feuerzungen mein trocknes, morsches Sein: Vom Holz sei jetzt gesungen, geschwiegen jetzt vom Stein. Die Worte von Mandelstam verhallen zwischen dem Bohrturm und der Himmelsweite. Es ist Nacht. Wir treten auf die kleine Treppe heraus. Über uns der Mond.

Wir schlafen im Doppelstockbett in blauweißkarierter Bettwäsche. Das ganze Land liegt unter blauweißkariertem Stoff. Die Kinder im Kinderheim, die Gefangenen in den Strafanstalten, die Mädchen und Jungen im Jugendwerkhof, die Bohrarbeiter und wir.

Der nächste Morgen ist eisgrau. Wir stellen die Milch auf den Herd und trinken sie mit Honig. Wir ziehen unsere gefütterten Stiefel, die Wattejacken, die Handschuhe an und wandern aufs Feld hinaus. Auf dem Acker sitzen schwarze Krähen. Sie hacken mit ihren Schnäbeln Löcher in die Zeit. Wir gehen unserer Arbeit nach. Stab für Stab stecken wir in die Erde. Wir führen unsere Messungen durch. Wir notieren die Zahlen auf ein Klemmbrett. Wir durchforsten das gesamte Feld, nichts entgeht unserer Vermessung. Hinter dem Feld liegt eine Stadt. Wir sehen Häuser und Schornsteine. Die Stadt ist unerreichbar für uns. Wir sind hier draußen unter freiem Himmel, und wir haben einen Auftrag. Mittagspause. Wir holen eine Konservendose mit Halberstädter Leberwurst und zerteilen sie mit dem Messer, wir essen Brot mit Wurst und trinken dazu eine Flasche Kakao. Die Krähen fliegen auf. Wir werfen ihnen ein wenig Brot zu. Sie fangen das Brot im Flug. Wir legen uns, die Arme unter dem Kopf, auf die Erde. Wir schließen die Augen.

Unsere Exkursion ist bald beendet. Wir kommen wieder am Bahnhof in Nordhausen an. Niemand holt mich ab. Ich nehme meine Tasche und gehe nach Hause. Am Busbahnhof stehen die Werktätigen in Zweierreihen, sie warten stumm auf ihre Busse, die sie in die umliegenden Dörfer bringen. Man hört nur die Durchsagen, die Ort und Abfahrt ansagen. Der Riemen meiner Tasche schneidet sich in meine Schulter. Ich überquere die Karl-Liebknecht-Straße.

In der Stadt gibt es ein Mädchen, eigentlich eher ein Cowboy, eine einsame Antilope, mit einer Lederjacke, einem Gang, als ob sie Wasser pflügt, und einer selbstgedrehten Zigarette im Mundwinkel. Sie stemmt sich mit ihren Schultern gegen den Dom, gegen das Altentor, gegen den Zentralen Platz, gegen die Regeln und die Goldene Aue. Ihre Augen sind grün und leicht schräg wie bei einer wilden Katze, die in einem Dickicht wohnt, ihre Stirn ist hoch und bietet einem jeden Widerrede, sie stemmt sich mit ihrer Stirn gegen die vorherrschenden Meinungen der Stadt. Wenn sie die Hohensteiner Straße entlang geht, mit gesenktem Kopf, die Hände tief in den Taschen vergraben, die Schultern bereit zum Sich widersetzen, nein, dann ist das ist kein Gehen im normalen Sinn, es ist eher ein Schreiten, ein Lauern, ein Jagen. Ein Fuchs oder ein Wolf bewegen sich so. Wenn sie also mit diesem unsichtbaren Raum um ihre Schultern durch die enge Stadt zieht, schließen sich die Fenster. Die Menschen rufen ihr, der Königin der Wildnis, Worte zu, die sie gar nicht hört. Die Vögel fliegen von den Bäumen auf und schließen sich ihr an, die Menschen weichen zurück und fühlen sich bedroht. Sie packen ihre Aluminiumbrotdosen in ihre traurigen Aktentaschen und laufen auf ihren geharkten Wegen vor und zurück. Gerda aber, so heißt sie nämlich, wird alles. Kosmonautin oder Forscherin, Bildhauerin, Nomadin, Chronistin. Vielleicht geht sie eines Tages durch eine Wüste oder die Straßen von New York, vielleicht wird sie durch die Anden wandern oder in Andalusien auf dem Rücken eines Pferdes davonreiten. Aber noch bewegen wir uns zwischen Salza, der Unterstadt und der Oberstadt. In ihr wohnen alle Möglichkeiten, sie kann zeichnen, singen, mit den Zähnen Sonnenblumenkerne knacken, ihr Kopf ist ein wildes Feld. Sie zieht umher wie eine Revolutionärin, ihre physische Größe überragt die Walnussbäume, die Verkäuferinnen der Drogerie, die Brückengeländer und alle Möglichkeiten und Horizonte. Wir laufen einander in die Arme und erkennen uns sofort. Gemeinsam singen wir White Rabbit, trinken schwarzen Tee bis vier Uhr früh, tanzen zur Musik vom Tonband, lesen uns Gedichte von Achmatowa, Mandelstam, Zwetajewa und Majakowski vor. In der Nacht gehen wir durch die regennassen Straßen, in denen nur ein vereinzeltes Licht brennt, und drehen uns aus den Tabakkrümeln eine Zigarette, die wir im Torbogen der Gärtnerei Gassmann rauchen. Wir teilen unsere Gedanken und Wünsche. Am Tag steigen wir die Treppen zum Park Hohenrode empor und öffnen das schmiedeeiserne Tor zu diesem verwunschenen Reservat, mit Bäumen aus aller Welt, aus Zeiten, in denen es noch eine Welt gab. Die hohen, mächtigen Bäume sind die Zeugen ihrer Existenz. Einer Welt mit klangvollen Namen, Ländern und Herkünften. Wir lehnen uns an die rissige Borke und streicheln mit den Fingerspitzen die Tafeln mit den Namen und Geburtsorten, beschrieben vom Gärtner, der kurz nach dem verheerenden Sturm ums Leben gekommen ist. Wir streifen durch den verwilderten Park, der einst ein Arboretum des Tabakfabrikanten Kneiff war, wir legen uns unter den Kaukasischen Bärenklau, er wächst im ausgetrockneten Becken eines ehemaligen Teichs, wir stecken uns Hinokiblüten und Tulpenmagnolien ins Haar und besuchen die Blut- und die Trauerbuchen. Sie haben viel zu beklagen, wir weinen mit ihnen um die nicht gekannten Länder und Orte und diesen eigentümlichen, dumpfen Schmerz, der tief unter der Herzgegend wohnt und von einer offenen Wunde herrührt. Die Abwesenheit der so tief ersehnten Welt. Darum umarmen wir die orientalische Buche und den Persischen Bergahorn, die mispelbärtige Traubeneiche und alle Gehölze der Pazifischen Küste, Ostamerikas, Westamerikas und des Atlantik. Wir durchstreifen die Gegend, gehen Hand in Hand durch das Dickicht, sammeln Blätter und Blüten und erträumen uns ein abenteuerliches und unabhängiges Leben. Weit weg von hier. Wir schauen von dem verfallenen Tempel im Park auf die Zorge und die Dächer hinab, wir werfen Steine ins Wasser und an die Wände, Tore, Türen, Scheiben, Grenzen und Zäune unserer Gegenwart und wünschen einander, nicht zu verloren zu gehen. Der Himmel öffnet sich für einen Augenblick und schickt uns einen Lichtstreif.

Mein Herz macht einen winzigen Sprung. Da oben hinter dem Fenster wohnt Floyd. Floyd ist eine Legende. Er wohnt alleine und besitzt alle Schallplatten, die man sich nur wünschen kann. Floyd arbeitet nicht, darum sagt man auch, er sei ein asoziales Element und kein Umgang für mich. Floyd hat wilde Haare und trägt einen schwarzen Hut. Um sein Handgelenk schlingen sich aus Wollfäden und Perlen geflochtene Bänder. Floyd trägt für einen Jungen ungewöhnliche Farben, brombeerviolett, weinrot und fliederfarben. Er trägt auch Fellwesten und Ketten. Er bietet mir Tee an. Wir sitzen uns im Schneidersitz gegenüber, in seinem großen halbdunklen Zimmer. Wir trinken den Tee aus einer Schale. Im Rücken von Floyd läuft ein Tonband. Eine hohe, metallische Stimme singt so, dass mir ganz schwindlig wird. Das Mädchen heißt Grace Slick und ist Sängerin der Band Jefferson Airplane, sagt Floyd. Floyd zündet ein Räucherstäbchen an und dreht sich eine Zigarette. Sein Vater ist im Westen und schickt ihm Geld und Schallplatten. Floyd, sagt man, habe einen Ausreiseantrag gestellt. Das heißt, er ist nur ein Besucher auf Zeit. Mit seinen Gedanken ist er schon in Paris, Kairo oder Kreta. Darum geht vielleicht so etwas Faszinierendes, Weltliches von ihm aus. Trinke ich mit ihm Tee, kann ich vielleicht schon einmal ein Gefühl bekommen von einem anderen Leben. Floyd hat immer Zeit. Er kann sich den ganzen Tag so schönen Dingen widmen wie beispielsweise Musik hören. Ich habe gar keine Zeit, um Musik zu hören. Hinter den Fenstern von Floyd findet mich keiner, und Grace Slick singt so schön. Floyd hat grüne Augen mit langen Wimpern, die wie schwarze Tätowierungen über seiner Wange liegen. Er dreht mir eine Zigarette. Wie ein Magier holt er Tabak aus einer Dose, legt ihn auf ein dünnes Papier, rollt es zusammen und leckt den Klebestreifen mit der Zunge an. Er reicht mir die gedrehte Zigarette wie eine Hostie.

Unter dem Fenster gehen die Menschen die Karl-Liebknecht-Straße auf und ab. Sie gehen in die Fleischerei, in die Drogerie oder in den Blumenladen. Es ist Feierabend. Floyd spult das Tonband noch einmal zurück. Die Perlen an seinem Handgelenk klappern. Um den Hals trägt er eine Kette aus Sonnenblumenkernen und getrockneten Feuerbohnen. Vielleicht könnte ich diese Kette ja aufessen. Kern für Kern würde ich zwischen meinen Zähnen zerknacken, bis nichts mehr übrig ist von dem schönen Schmuck. Gray singt noch einmal. If you feel, if you feel like China breaking, if you feel like laughing.

Vielleicht könnte ich ja mit ihm nach Shanghai fahren, wir könnten uns von gebratenen Enten und Mangos ernähren. Könnten auf einer Barke den gelben, trägen Fluss entlang fahren, Mandarin erlernen, an einem Reisfeld anlegen. Die Bäuerinnen würden uns eine Handvoll Reis schenken, und ich würde alle diese Reiskörner zu einer Kette auffädeln, die ich Floyd um den Hals hänge. Eigentlich darf ich solche Träume gar nicht träumen, denn Floyd gehört mir nicht, er gehört zu meiner Freundin Gerda. Die beiden Liebenden sehen in meiner kleinen Stadt aus wie zwei seltene Königstiere. Manchmal werfen ihnen die Leute Steine nach, sie mögen keine Fremden. Ich muss jetzt gehen. Floyd bringt mich zur Tür. An seinen Korridorwänden hängen wundersame Kräuter.

Ich gehe die Johannes-R.-Becher-Straße entlang. Ich komme zu Hause an. Meine Eltern haben mich nicht erwartet. Manchmal glaube ich, sie haben vergessen, mich zu lieben. Ihnen gefallen meine Ansichten nicht. Sie finden, ich solle mich in der Öffentlichkeit nicht so auffällig bewegen. Sie finden, ich provoziere die Leute. Sie finden, ich bringe unsere Familie in Gefahr. Sie finden, ich umgebe mich mit Menschen, die einen schlechten Einfluss auf mich haben. Die Angst hat meine Eltern ergriffen. Sie fordern mich auf, die mit Filzstift gemalte Friedenstaube und das Antiatomraketenzeichen von der Tür zu wischen. Das könnte uns alle in Schwierigkeiten bringen. Ich soll es mit Fit und Ata herunterschrubben. Ich empfinde Verachtung für die Angst meiner Eltern. Ich darf meine Freunde nicht mit nach Hause bringen. Meinen Eltern gefallen ihre Kleider und ihre Haare nicht.

Ein Freund hat ein Haus in der Rosengasse gepachtet. Er fragt, ob ich dort einziehen möchte. Meine Eltern sagen, wenn ich das tue, bin ich nicht mehr ihre Tochter. Sie sagen, dass ich dann Schande über sie und die ganze Familie bringe, wenn ich mit zwei jungen Männern in einem Haus wohne. Sie wissen ja nicht, dass ich noch immer Jungfrau bin. Das sage ich ihnen auch nicht. Ständig verdächtigen sie mich, schlimme Sachen zu tun. Ich schreie, sie schreien. Es ist wie früher, als die Kohlen durch den Korridor flogen. Nur fliegen jetzt Worte. Böse, verletzende und ungerechte Worte. Ich weine. Ich nehme den grünen Wanderrucksack und stopfe meine Kleider hinein. Ich will meine Eltern nie wiedersehen. Sie sind ungerecht. Sie versuchen, mich festzuhalten, ich bin stärker. Sie halten mich am Arm, ich reiße mich los, ich bin stärker. Mein Vater schlägt mich auf den Mund. Meine Unterlippe platzt auf. Blut tropft auf den Hausflurboden. Auf die achteckigen Flurkacheln, die ich immer gewischt habe. Mein Vater steht auf der obersten Treppenstufe. Ich kann nicht mehr zurück. Er ist außer sich vor Wut. Er schlägt mich noch einmal. Auf den Mund und ins Gesicht. Ich kann meinen Vater nicht vor seinem Zorn retten. Er sieht so hilflos aus. Ich sitze weinend zwischen Haustür und Kellertür. Ich lehne meinen Kopf an die Hausflurwand. Mein Vater reißt die Haustür auf. Ich stürze an ihm vorbei. Am Walnussbaum, nur als schwarzer Schatten erkennbar, lehnt Floyd. Wie ein Kutscher aus einem fernen Märchen. Mein Vater weicht zurück. Floyd nimmt meinen Rucksack über die Schulter und geht mit mir über die Zorgebrücke. Ich werfe meinen Wohnungsschlüssel in den Fluss. Soll das Wasser ihn mitnehmen. Nun gehe ich einem Mann mit Hut hinterher. Er trägt meinen Rucksack, als wäre ich selbst darin. Vielleicht stehen meine Geschwister hinter dem Fenster und legen mir Zucker auf das Fensterbrett, damit ich zurückkehre. Ich darf mich nicht umdrehen, sonst muss ich weinen. Ich muss mich entfernen. Über die Brücke, durch die alte Gärtnerei. Da, wo der Mörder hinter der Tür steht. Durch das Altentor bis zur Rosengasse.

In dem kleinen Haus brennt ein Licht. Ich nehme die Treppe nach oben in mein neues Zimmer. Morgen baue ich mir ein Bett, und übermorgen kaufe ich mir ein Messer und einen Teller. Nun kann ich nicht mehr nach Hause. Denn da steht mein Vater vor der Tür, der mich nun hasst. Jetzt habe ich keine Eltern mehr. Floyd kocht einen Tee.

Die Sonnenblumenkerne an seinem Handgelenk klappern leise. Seine Augen sind durch seine Locken verdeckt. Er streicht mir über das Haar. Ich könnte mich an ihn lehnen, und er könnte mich in seinen Arm nehmen und mir von Kreta erzählen. Das ist die Insel, wo er hin möchte. Schafe, Götter und Olivenbäume. So stelle ich mir das vor. Heute darf ich in seinem Bett schlafen. Ich liege still. Durch das Fenster sehe ich den schwarzen Dom zum Heiligen Kreuz. Zu Gott kann ich auch nicht mehr zurück. Der Dom steht da wie ein Wächter. Er schaut mir ins Gesicht, er sieht alles und schweigt.

LIEBE

Die Geistin schläft und träumt. Ihre Wange liegt auf dem Moos am Saum des Sees. Es ist noch sehr früh am Morgen und empfindlich kalt. Sie reibt im Schlaf ihre Zehen aneinander. Gott sitzt neben ihrem Kopf und schaut auf sie herab. Er pustet in seine Handflächen und erwärmt sie, er legt seine Hände in die Senke zwischen ihren Schulterblättern. Er kann ihre Träume fühlen. Der Himmel ist milchig. Eine Taube fliegt auf und setzt sich auf Gottes Schulter. Sie flüstert ihm etwas ins Ohr. Er neigt sich zu ihr, er kann nicht verstehen. Die Taube bringt ihm eine Botschaft, sie erzählt ihm etwas von dem Geheimnis des Leibes. Gott legt seine Hand auf das Gefieder der Taube, er vertraut ihr auch ein Geheimnis an. Die Taube legt den Kopf zur Seite und gurrt ein wenig, dann flattert sie auf, zieht eine schwungvolle weiße Linie am Himmel, steigt nach oben, bis zur Sonne, und ist nur noch ein weißer Fleck. Wo soll Gott hin mit seiner Empfindung. Er spürt eine Neigung, sich zur Geistin zu legen. Sein Herz schlägt lauter, der Kranich kann es hören und wendet den Kopf. Er fliegt auf und streift mit seinem Flügel das Haar Gottes. Gott taucht sein Gesicht in einen See, er kann bis auf den Grund sehen, sieht dort seine Augen, in denen ein Begehren wohnt. Er will das Alphabet der Liebe erfinden, er will der Schöpfung eine Idee von Zärtlichkeit hinterlassen, wenn er nur wüsste, wie das geht. Er versucht noch mehr von sich zu erkennen. Im Wasser gespiegelt sieht er seinen Bauch, den Nabel, sein Geschlecht. Er muss auch noch eine erste Erfahrung mit dem Schmerz machen, der ist ihm genauso fremd wie die Liebe. Ach, wäre es nur schon Morgen. Er fürchtet sich vor diesem Schöpfungstag. Eins hat er schon gespürt, Gefuhle, einmal da, sind nicht mehr zu beherrschen. Nicht einmal er kann ein ausgelöstes Gefühl wieder zurückholen. Wie ein Wüstensturm fegt es über die Erde, reißt alles mit, verirrt sich, verfängt sich in Disteln und Kletten, stürzt sich von hohen Felsen, dreht sich panisch im Kreis und kehrt erschöpft zurück.

AUGENLICHT

Mein Vater fährt mich in die Donaustraße. Ich führe jetzt ein neues Leben. Ich verfüge über eine neue Identität. Man hat mir nahe gelegt, die Stadt und den dazugehörigen Kreis zu verlassen und nie wieder zurückzukehren. Man hat mir mitgeteilt, dass es völlig aussichtslos sei, irgendeine Anstellung zu finden. Nun bringt mich mein Vater über die Kreisgrenze. In die Bezirksstadt. Der stellvertretende geologische Direktor des Kombinats war so freundlich, mir das Leben seiner Tochter zu übergeben.

Eines Tages, zur Mittagszeit, ließ er mich in sein Büro rufen. Ich war mir sicher, es sollte wieder eines der vielen Kadergespräche werden. Die ich damit verbrachte, aus dem Fenster zu sehen oder die geschliffenen Kanten der klobigen Kristallaschenbecher auf dem Tisch zu betrachten. Die Gesichter der Herren hinter den Akten und Aschenbechern sagen mir nichts. Ich kann sie nicht erkennen. Sie tragen senfgelbe Anzüge und sprechen meine Sprache nicht. Die Augen hinter ihren formlosen Brillen sind klein und stechend. Sie mustern mich. Sie versuchen, in meinen Kopf hineinzuschauen, sie versuchen, meine Gedanken zu lesen. Ich muss meine Gedanken vor ihrer kalten Neugier in Sicherheit bringen. Ich schweige. Jemand trommelt mit einem Fallbleistift auf die Sprelacarttischplatte. Draußen scheint die Sonne. Die Gardinen sind gelb vom Rauch. Meine Kollegen sind bestimmt schon beim Frühstück und bestellen sich Bockwurst mit Brötchen und Senf. Die fremden Männer stellen ihre Fragen. Immer und immer wieder. Auf den Fensterbrettern liegt schwarzer Staub. Fährt man mit dem Finger darüber, hinterlässt der Staub einen Ölfilm. Ein Fenster ist geöffnet. In dem ziegelroten Gebäude gegenüber werden Schweine geschlachtet. Am Morgen geht das Gequieke los, und schon am Mittag riecht es nach Blut. Die Angst-schreie der Tiere hängen in der Luft, kriechen durch das Mauerwerk, kommen durch die Fenster. Besonders im Hochsommer ist es schlimm. Man atmet die Todesangst der Schweine ein. Kennen Sie diese Handschrift. Nein. Kennen Sie diesen Absender. Nein. Sind Sie bereit, auf den Kontakt zum nichtsozialistischen Ausland zu verzich-ten. Nein. Kennen Sie diese Postkarte. Nein. Möchten Sie uns sagen, mit wem sie liiert sind. Nein. Gut, dann werden wir es ihnen sagen. Kann ich jetzt aufstehen. Wir sehen uns morgen wieder. Auf Wiedersehen. Ich schließe die Tür. Das Leben auf den Korridoren geht unbeirrt wei-ter. Mustert mich jemand. Das Kollektiv sitzt schon ge-meinsam an einem Tisch. Ich nehme ein Tablett. In den Plastikrillen schwimmt Kaffee. Ich reihe mich in die Warte-schlange ein, die am Tresen vorbeizieht. Das Angebot ist überschaubar. Schnittkäsebrötchen, Eibrötchen, Leber-wurstbrötchen, Russisch Ei in Aspik, Soljanka, Bockwurst mit Brötchen, Frikadellen und Fleischsalat. Kaffee, Milch oder Kakao. Ich lege auf mein Tablett eine Flasche Kakao und ein Eibrötchen. Ich muss mich erst einmal sammeln. Mein Herz schlägt mir bis in die Zunge.

Ich gehe an einer Steinmauer entlang. Ich bin mir si-cher, ein Jemand verfolgt mich. Ich höre Schritte, ich drehe mich um. Mein Begleiter ist gut getarnt. Er kann sich in die Farben des Landes schmiegen. Von Steingrau über Erdfarben, Ocker und Senfgelb. Ich beginne zu lau-fen. Ich laufe über die Zorgebrücke, die Leninallee ent-lang. Bestimmt wartet mein Verfolger hinter einem Baum, oder er überholt mich mit der Straßenbahn. Ich renne. Mir ist schlecht. Am Schwimmbad vorbei, über die Holz-brücke. Meine Eltern dürfen auf keinen Fall erfahren, dass ich verfolgt werde, sonst wird der Ärger noch größer, und ich gefährde ihre Existenz. Ich stolpere durch die An-lage. Ich öffne die Haustür. Ich schlage sie hinter mir zu.

Ich öffne die Wohnungstür. Ich schließe dreimal hinter mir ab. Ich schaffe es gerade noch ins Badezimmer, um mich zu übergeben. Die Angst sitzt mir in der Kehle.

Der stellvertretende Direktor, der mich heute zur Mittagszeit in sein Büro bestellt, ist allein. Ich kann niemanden hinter dem Schrank oder unter dem Schreibtisch entdecken. Bis auf die Sekretärin, die Kaffee mit Kondensmilch und Zucker bringt. Wir sind uns bisher selten begegnet. Ich bin überrascht, dass er überhaupt von meiner Existenz weiß. Er sitzt mit übereinander geschlagenen Beinen auf einem Ledersessel. Es gibt keinen Kristallaschenbecher in diesem Büro, was ich beruhigend finde. Der Mann mustert mich milde. Seine Augen suchen meine Augen. Ich bin unsicher. Was ist der Grund dieses Treffens. Es vergeht Zeit. Der Mann faltet die Hände. Gleich wird er eine Entscheidung verkünden, irgendetwas Endgültiges, Bedeutendes sagen. Aber nein, er spricht von seiner Tochter. Er legt mir nahe, die Stadt zu verlassen. Ich könne das Leben seiner Tochter übernehmen. Ihre Wohnung im Schwesterheim und ihren Arbeitsplatz an der Medizinischen Akademie. Die Kündigung ist vorbereitet. In beidseitigem Einvernehmen. Mein Aufenthalt in einem so bedeutenden hydrogeologischen Kombinat ist nicht länger erwünscht. Ich bin ein die Sicherheit und das Grundwasser gefährdendes Element.

Mein Vater hat für die Fahrt einen Anhänger besorgt. Im Anhänger liegen mein Teppich, den ich einst aus einem Container gezogen und wieder gereinigt habe, Bücherkisten, ein Schreibtischstuhl, ein Radio, ein Plattenspieler und eine Kiste mit Geschirr, darunter sechs Suppenteller. Wir fahren über Sondershausen und Greußen nach Erfurt. Die Bezirksstadt. Wir erreichen die Donaustraße.

Niemals wollte ich in einem solchen Haus leben. Schlammgrauer Putz, kleine Fenster. Ein Fünfzigerjahrebau. Wir halten vor dem letzten Eingang. Ich wohne mit einer Krankenschwester zusammen. Mein Vater hilft mir, die Sachen nach oben zu tragen. Mein Zimmer ist so eng, dass ich, wenn ich die Arme ausbreite, mit den Fingerspitzen beide Wände berühren kann. Den Teppich kann ich nur zu einem Drittel ausrollen. Den Rest muss ich unter dem Bett verstecken. Mein Vater verabschiedet sich. Ich packe meinen Plattenspieler aus. Ich habe eine Schallplatte von den Beatles. Ich setze die Nadel auf das Lied. Penny Lane. Schaue ich aus dem Fenster, sehe ich einen Neubaublock mit begrünten Balkonen. Einen Plattenweg und Hauseingänge, vor denen Kinderwagen, Fahrräder und Roller stehen. Auch in diesem Block wohnen Angestellte der Medizinischen Akademie. Medizinstudenten und angehende Ärzte. Ich wohne im Haus für die Krankenschwestern. Dabei habe ich noch nie etwas mit dieser Berufsgruppe zu tun gehabt. Nur aus der Perspektive des Patienten. Ich räume die Küche ein. Die Schwester hat gar keinen Platz für mich vorgesehen. Sie macht auch nicht den Eindruck, als ob sie etwas teilen möchte. Ich suche meine Bratpfanne, ich werde mir Bratkartoffeln machen. Während die Kartoffeln im Topf kochen, gehe ich noch einmal zum Fenster. Vor meinem Fenster steht ein Essigbaum. Seine Blätter sind schon rötlich gelb. Wir werden jetzt Freundschaft schließen. Ich knüpfe die Gardinen ab. Nun fällt Licht in mein Schwesternwohnheimzimmer. Meine Mutter hat mir ein Geschenk mitgegeben. Einen hellgrünen Glastropfen an einem Bindfaden. Die Welt spiegelt sich umgedreht in diesem Tropfen. Das gegenüberliegende Haus steht auf dem Kopf. Die Räder der Kinderwagen zeigen nach oben. Der Himmel zuunterst, die Erde zuoberst. Ich gieße das heiße Wasser ab und schäle die Kartoffeln mit einem stumpfen Messer, das ich im fremden Besteckkasten gefunden habe. Ich steche den Kartoffeln die Augen aus, ich schneide die faulen Stellen weg. Ich lege sie auf meinen Teller. Ich nehme das Salz und streue es auf die Kartoffeln. Ich esse sie. Ich spüle den Teller ab und stelle ihn zu dem fremden Geschirr.

Im Badezimmer gibt es nur ein winziges Fenster. Davor liegt ein Putzlappen. Die Wanne ist zerkratzt und zerschunden vom Putzen und Säubern, dass man sich nicht hineinlegen möchte. Wäscheleinen ziehen sich durch das Bad. Darauf Feinstrumpfhosen und Büstenhalter in einer großen Größe. Ein Wandschrank mit Spiegel, der schon angeschlagen ist. Ich räume meine Seife und meine Zahnbürste ein.

Ich werde einen Spaziergang machen und die Gegend erkunden. Hinter dem Haus beginnt das Feld. Dahinter liegt die vierspurige Fernverkehrsstraße. Über das Feld führt ein Pfad. Auf den Feldern wächst Kohl. Ich wohne nun an den Kohlfeldern. Kein Fluss in der Nähe. Ich warte an der Straße. Am liebsten möchte ich die Hand hochhalten und dieselbe Strecke zurückfahren. Ich laufe weiter durch Felder. Blumen und Gemüse. Am Feldrand ist eine Gärtnerei. Gewächshäuser. Traktoren. Frauen mit Handschuhen, die tief gebeugt über der Erde stehen und Unkraut ausreißen. Ich grüße sie und gehe an ihnen vorbei. Ich muss die Straße, das Blumenkohlfeld und das Schwesternwohnheim hinter mir lassen. Ich erreiche ein kleines Dorf, durchquere die Straßen, vorbei an Häusern mit Geranien, Petunien, Wäscheleinen und Briefkästen. Am Konsum werden Milchkästen ausgeladen. Die Verkäuferin zählt die leeren Flaschen. Ich kaufe mir eine Flasche Milch und ein trockenes Brötchen. Mein Wanderproviant. Ich erreiche eine Kirche. Ich trete ein. Ich schlage das Kreuz. Im Namen des Vaters, des Sohnes und des Heiligen Geistes. Ich sitze auf einer Kirchenbank. Durch ein farbiges Fenster fällt Licht. Ich kann kein Gebet mehr sprechen. Mein Kontakt mit Gott ist schon lange brüchig. Wir haben uns nichts mehr zu sagen. Nur seine Orte suche ich noch auf. Vielleicht finde ich ihn ja eines Tages wieder.

Ich trete durch die Kirchentür auf einen Friedhof. Ich gehe an den Gräbern der Verstorbenen entlang. Über der Friedhofskapelle steht ›Des Daseins Kreise gehen zu Ende‹. An einem Holzgestell hängen sechs grüne Gießkannen. Sie alle sind akkurat in dieselbe Richtung ausgerichtet. Eine schwarz gekleidete Witwe kommt mit einem Besen. Sie fegt das Laub an der Grabstätte ihres Mannes zusammen. Sie zündet ein Licht an. Sie zupft die verdorrten Blumen aus den Vasen. Ich schaue ihr zu und fühle mich ihr sehr verbunden. Ich habe keinen Mann verloren, ich habe niemanden zu bestatten. Nur einen Lebensabschnitt, der nicht mehr zu betreten ist. Ich beende einen Beruf, den ich erlernt habe. Meine Ausbildung zum Hydrogeologiefacharbeiter wird ab morgen keinen Wert mehr haben. Ich drücke den Aluminiumdeckel der Milchflasche ein und trinke einen Schluck. Die Witwe schaut mich an. Sie schüttelt den Kopf. Die Glocke der Kirche schlägt sechs Uhr. Ich muss den Rückweg über die Blumenkohlfelder und die Fernverkehrsstraße antreten. Erde klebt an meinen Schuhen. Die Sonne geht hinter dem Roten Berg unter. Ich taste nach meinem neuen Schlüsselbund. Einen für den Briefkasten, einen für die Haustür und einen für die Wohnungstür. Drei Schlüssel liegen nun in meiner Hand. Es ist schon dunkel, als ich in mein neues Zuhause komme.

Hinter der Tür der Schwester brennt Licht. Ich kann ihren Schatten sehen. Ihr Mantel hängt am Kleiderhaken. Ich atme flach, ich möchte nicht angesprochen werden. Mein Zimmer liegt im Halbdunkeln. Ich mache das alte Radio an. Ein grünes Licht flackert auf. Ich suche Sender auf der Mittelwelle. Stimmen aus Belgrad, Moskau oder Paris. Ein Klang, eine Musik, eine fremde Sprache. Ich beziehe mein Bett. Ich schlafe ein.

Der Wecker klingelt um fünf Uhr morgens. Draußen ist es noch dunkel. Ich steige in die raue Wanne und muss beim Duschen darauf achten, nicht die über mir hängenden Feinstrumpfhosen und Büstenhalter nass zu machen. Der Spiegel beschlägt. Ich reibe mit dem Handrücken darüber. Ich lächle mir zu. In der Küche trinke ich Tee. Ich esse ein Brot mit Butter. Ich spüle Glas und Teller ab. Ich habe noch Zeit. Im Haus gegenüber sind schon die Lichter an. Die Kinder werden angezogen und frühstücken. Ich ordne noch einmal meine Dokumente. Meinen Sozialversicherungsausweis, meine Zeugnisse, meine Abschlüsse. Nichts in meiner Ausbildung verweist auf eine Qualifizierung oder einen Berufswechsel als OP-Hilfe in der Augenklinik der Medizinischen Akademie.

Ich überquere die Straße an der Ampel und gehe zum Betriebspförtner. Ich muss mich anmelden. Er weist mir den Weg zur Kaderabteilung. Ich bin hier in einer eigenen Stadt. Jedes der ziegelroten Gebäude hat einen eigenen Namen. Zwischen den Häusern, mit römischen Zahlen beschriftet, liegen Grünanlagen, Bäume, Rasenflächen, kleine Wege und Bänke. Es gibt hier zwei Kategorien von Menschen. Die einen gehen gesund und zielstrebig in weißer Kleidung umher. Die anderen erkennt man an ihren vorsichtigen Schritten, den Umschlägen und Rezepten in der Hand und den dunkel gestreiften Bademänteln, in denen sie heimlich hinter Bäumen rauchen.

Ich klopfe an eine Tür. An einem Fenster, hinter dem alphabetisch sortierte Ordner hängen, empfängt mich eine Frau mit Brille und einer weißen Schürze. Sie nimmt meine Dokumente entgegen, blättert in ihnen herum und händigt mir einen Laufzettel aus. Er ist aus grauem Löschpapier. Ich muss mich jetzt bei den verschiedensten Dienststellen vorstellen und melden. Ich gehe mit meinem Laufzettel zur Wäscherei. Dort bekomme ich meine Berufsbekleidung. Eine Garnitur mit einer grünen Hose und einem grünen Hemd. Weiße Hauben und Gummihandschuhe. Beim Betriebsarzt muss ich mich vermessen und wiegen lassen. Ich betrete die Augenklinik. Jemand weist mir den Weg zur OP-Station. Einmal tief durchatmen. Mein neues Leben beginnt. Eine Krankenschwester eilt auf mich zu. Sie stellt sich als Schwester Hiltraud vor. In der Kleiderkammer gibt es ein Regal für die persönliche Kleidung. Ich ziehe die steife, grüne Hose an, die mir bis zum Bauchnabel geht. Ich schließe sie mit einem weißen Band. Ich ziehe das unförmige grüne Hemd an. Die weiße Haube muss ich mit Haarklemmen feststecken. Das Schuhwerk wechseln. Ich trete aus der Kleiderkammer heraus.

Es ist Frühstückspause. Die Schwestern sitzen um einen Tisch herum. Schwester Hiltraud isst nicht. Sie raucht. Ihre Fingerspitzen sind gelb, ihre Gesichtshaut auch. Sie sieht aus, als wäre sie nie von einer Gelbsucht genesen. Ein kranker, gelber Vogel. Die Schwestern stellen sich vor. Schwester Lieselotte, Schwester Ingeborg, Schwester Angelika. Ich gebe ihnen die Hand. Ob ich schon weiß, wo der Zucker und die Milch stehen. Nebenan, das soll ich mir gleich mal merken. Und drei Löffel kann ich auch gleich mitbringen. Eine der Schwestern löst ein Kreuzworträtsel. Eine andere faltet sorgfältig ihr Butterbrotpapier und streicht mit dem Daumennagel über die Kanten. Ich soll schon einmal das Geschirr zusammenstellen und zur Spüle tragen. Mir wird schnell klar, dass meine neue Berufsbezeichnung nur eine Attrappe ist. Tatsächlich bin ich eine Putzfrau. Schwester Hiltraud will mir meine Aufgaben zeigen. Wir schreiten die Zimmer und Korridore ab. Rechts beginnen wir mit der Kleiderkammer, die Schuhe täglich abwaschen und reinigen, dann das Zimmer, in dem die sterilisierten Geräte und Tücher lagern, den Kühlschrank, die Arbeitstische zum Legen der Wäsche, das Zimmer des Oberarztes, das Zimmer des Professors, das Schwesternzimmer, den Waschraum, die Damentoilette und die Herrentoilette. Schwester Hiltraud, die Gebieterin, schreitet voran. Der Vorbereitungsraum, der erste OP-Saal, der zweite OP-Saal, ein dritter OP-Saal, der Korridor, die Wände. Alles ist zu wischen und zu desinfizieren. Das wird meine Aufgabe sein.

Am Nachmittag gehe ich in die Stadt und kaufe Waschpulver, Zucker, Tee, Zwiebeln, Brot und Butter. Ich gehe durch die Marktstraße bis zum Fischmarkt. Dort gibt es einen Süßwarenladen. Ich lege eine Schokolade in den Korb, eine solche Schokolade habe ich auch zu Hause gegessen. Ich gehe am Rathaus vorbei bis zur Krämerbrücke. Ich setze mich auf die Stufen am Wasser und füttere die Enten mit kleinen Schokoladenstückchen, sie haben nichts dagegen. Die Stadt gefällt mir. Nur wohne ich nicht in der Stadt, sondern am Rande der Stadt. Ich kehre mit meinen Einkäufen zurück. Am Abend höre ich ein Hörspiel.

Das Licht der Straßenlaterne wirft ein Muster auf meine Bettdecke. Ich fühle mich von allem, was ich liebe, abgeschnitten. Die Schwester nebenan hustet schwer, sie raucht zu viele Zigaretten. Heute sind wir uns im Korridor begegnet. Ihre Haare sind stark blondiert, die Ansätze schwarz. Ich habe gesehen, dass sie einen Balkon hat, der direkt auf die Kohlfelder hinausgeht. Ich wünsche ihr einen Freund, der ab und zu mal mit ihr Motorrad fährt.

Der nächste Tag ist da. Ich dusche erst heiß und dann kalt. Ich trinke einen Tee und breche auf. Ich wechsle in der Kleiderkammer meine Schuhe, ich streife mir die grüne Kleidung über. Schwester Hiltraud geht voran. Ihr rosa Kittel ist zwei Nummern zu klein. Man kann ihre Achselhaare sehen und ihren vogeldünnen Körper. Ihre Kniekehlen sind sehnig, die Beine glatt rasiert. Sie öffnet die Tür zum Wasch- und Putzraum. Hier stehen die Kanister mit den scharfen Lösungen. Ein stechender Essiggeruch schlägt mir in Mund und Nase. Schwester Hiltraud spricht im Befehlston mit mir. In der Hierarchie eines Krankenhauses stehe ich vermutlich an unterster Stelle. Vielleicht gerade noch vor dem Heizer oder der Küchenfrau. Nun den Kanister. Desinfektionsmittel. Hier die Essiglösung. Gummihandschuhe. Hier der Schrubber, und dies ist der Putzeimer für die kleinen Flächen, die Türen, Fensterbretter. Ich will hier kein Stäubchen sehen, keinen Fussel, kein Fädchen. Nichts. Ich erwarte absolute Sauberkeit. Ich nicke. Im Erfüllen fremder Aufgaben scheine ich eine besondere Begabung zu haben. Ich trage den großen Eimer, den kleinen Eimer, diverse Putzlappen und Trockenreibetücher in die Kleiderkammer. Es beginnt eine neue Zeitrechnung. Bis zum Frühstück muss ich mit dem rechten Trakt fertig sein. Ich überschlage die Minuten, die für jeden Raum bleiben. Zuerst muss ich die Schuhe abwaschen. Das kenne ich ja von zu Hause. Aber dies sind keine Kinderschuhe, sondern OP-Schuhe. Innen kleben Heftpflaster mit den Namen der Ärzte. Es hat etwas sehr Intimes, die Schuhe fremder Leute zu waschen. Ich fahre mit der Hand in den Schuh und reibe ihn sauber. Manchmal brauche ich etwas länger, wenn getrocknetes Blut am Schuh klebt. Die Tür öffnet sich. Ein Arzt streift seine Sandalen ab und schlüpft in seine sauberen Schuhe. Ich grüße ihn, aber er mich nicht. Weiter in den nächsten Raum. Hier stehen die Schränke mit den Tüchern und Instrumenten. Schwester Ingeborg aktualisiert das Bestellbuch. Sie lächelt mir zu und rechnet weiter. Ich weiß nicht, ob sie mir das Lesen und Schreiben zutraut.

Auf dem Fensterbrett stehen Hydrokulturblumentöpfe. Zu meinen Aufgaben gehört es, die Blätter der Pflanzen abzustauben. Mit einem weichen Tuch reibe ich die Sansevierien ab. Ich nehme mir viel Zeit. Die fleischigen, grünen Pflanzen gestatten mir eine Pause. Beim Abstauben kann ich aus dem Fenster sehen. Ich schaue auf den Hauptweg. Dort gehen schöne Frauen und Männer in offenen Kitteln entlang. Sie machen einen sehr wichtigen

Eindruck. Ich beneide sie um ihre strahlende Zukunft, der sie von diesem Hauptweg aus entgegeneilen. Bestimmt junge Medizinstudenten, die nun Ärzte werden. Kinder aus der Oberstadt oder Kinder reicher Eltern.

Ich weiß nicht, was aus mir werden soll. Ich werde mein Abitur an der Abendschule machen. Und dann studieren. Medizin, Geologie, Germanistik, Archäologie. Ich werde noch einmal von vorn anfangen. Vorerst stehe ich versteckt hinter den Grünpflanzen. Die kleinen Steine aus den Hydrokulturtöpfen liegen immer wieder auf dem Fensterbrett. Ich muss sie zurückstreuen. Ich wische das Fensterbrett ab, die Fenstergriffe, die Arbeitsflächen, die Schranktüren, die Schrankflächen innen und außen. Ich wische die Tür ab, die Scheiben und die Türklinke. Im Frühstückszimmer wird es abwechslungsreicher. Ich kann die karierte Tischdecke ausschütteln, die Kissen auf dem Sofa aufschütteln, die Stühle hochstellen, fegen und wischen. Die Sammlung von Porzellantellern, Auszeichnungen und zerfledderten Romanen ein- und ausräumen. Das Regal abstauben. Die Stühle wieder herunter stellen. Für jeden eine Kaffeetasse, Löffel, Zucker, Sahne. Aschenbecher.

Nun das Zimmer des Professors. Ein Heiligtum. Er hat eine Liege, auf der er sich zwischen den Operationen ausruhen kann. Er ist das, was man eine Kapazität nennt. Ich kann mich in seinem Zimmer einschließen und farbige Abbildungen des Auges betrachten. Verschiedene Augenkrankheiten. Grüner Star, Grauer Star, Netzhautablösung. Vielleicht könnte ich ja noch die Augenmedizin in meine Berufswünsche mit aufnehmen. Ich setze mich kurz an den Schreibtisch von Professor Krebs und mache ein paar Notizen. Das Blatt lasse ich in meiner Tasche verschwinden. Ich beziehe die Bettdecke auf der Liege für den Professor.

Es folgt das Zimmer des Oberarztes. Fegen, wischen, abstauben. Den Aschenbecher leeren. Dann die Damen-

und Herrentoiletten. Die Waschbecken putzen, die Toiletten, die Spiegel, die Kacheln. Ich putze die Herrentoilette. Schwester Hiltraud hat sich angeschlichen und steht plötzlich hinter mir. Ich erschrecke. Sie zeigt mit ihrem gelblichen Finger auf einen Fleck an der Kachel. Den habe ich mit einer Rasierklinge zu beseitigen. Ich kann diese Frau nicht ausstehen. Ich weiß, dass sie die Macht liebt. Es ist ihr eine Freude, mich zu unterdrücken. Ich wische noch die Fußböden, spüle die Eimer aus, hänge die Putzlappen und die Gummihandschuhe auf die Leine. Ich öffne das Fenster, ich brauche frische Luft. Ich fühle mich gedemütigt. Ich werde jetzt nicht weinen.

Jemand ruft meinen Namen. Ich bekomme einen Stift und einen Zettel von Schwester Lieselotte. Ich soll die Runde machen. Wer möchte was frühstücken. Für den Doktor ein Fleischsalatbrötchen, für die Narkoseärztin einen Kakao und ein Käsebrötchen. Die Bestellung wird lang. Ich darf den OP-Saal mit einem Tablett verlassen. Mit dem Fahrstuhl in die oberste Etage zur Kantine fahren. Dort gebe ich die Bestellung auf. Ich balanciere das Tablett wieder hinunter. Sie nehmen sich die Brötchen, und ich gebe ihnen das Restgeld. Es fehlt nur noch, dass sie mir über das Haar streicheln.

Auf dem Korridor liegen Patienten. Im Schwesternzimmer hängt der OP-Plan. Auf den Betten der Patienten ruhen Mappen mit den persönlichen Daten. Gewicht, Größe, Alter. In einem Bett liegt ein kleines Mädchen. In ihrer Akte steht, dass sie sieben Jahre alt ist und in ihrem rechten Auge einen Tumor hat. Das Mädchen umklammert einen Affen. Der Affe hat Glasaugen. Eines hängt nur noch an einem Fädchen. Ich stelle mein Tablett ab. Ich setze mich auf den Bettrand und erzähle dem Mädchen eine Affengeschichte. Ich kann nichts erkennen an ihren Augen. Ich weiß nicht, wie ein Tumor aussieht. Ich streiche ihr das Haar aus der Stirn und schüttele ihr das

Kissen auf. Das Mädchen wird in den Vorbereitungsraum geschoben. Ihr Körper ist von weißen Tüchern bedeckt. Da, wo sich das Auge befindet, ist eine Öffnung in den Tüchern. Professor Krebs sitzt auf einem Stuhl. direkt über ihrem Kopf. Tief gebeugt. Er schaut durch ein Mikroskop. Die Narkoseärztin überwacht Atmung und Herztöne. Die Schwestern bewegen sich virtuos, sie tragen einen Mundschutz, was ihnen ein verwegenes Aussehen gibt. Ich schaue ihrem Tun durch eine dicke Glasscheibe zu. Instrumente werden hin und her gereicht. Wortlos. Das Tuch färbt sich rot. Schwester Lieselotte zieht einen Faden durch ein Nadelöhr. Ich muss die Wäsche einsortieren. Nach Größe und Farbe.

Schwester Lieselotte stellt ein Glas auf den Kühlschrank. Mit einem Augapfel darin. Es ist das Auge des Kindes. Sie schreibt darauf Bulbus Oculi, das Datum, Vor- und Zunamen. Ich sehe, wie ein Tumor aussieht. Das Auge ist zersetzt. Ich soll das Auge in die Pathologie bringen. Es schwimmt in Spiritus. Ich streiche mit dem Finger über das Reagenzglas. Das Auge sieht mich nicht mehr. Blicklos treibt es in der trüben Flüssigkeit. Jetzt hat das Mädchen eine schwarze Höhle im Gesicht. Das Bett wird an mir vorbei geschoben. Ein dicker Mullverband bedeckt die Augen. Der Affe liegt mit dem Gesicht nach unten am Fußende. Armes Kind. Schwester Lieselotte gibt mir einen grünen Einkaufskorb. Sie stellt das Glas hinein. Sie schreibt einen Einkaufszettel in Sütterlin. Ich soll noch etwas für den Nachmittag aus dem Konsum mitbringen. Kaffee, Leberkäse, Brötchen und Kakaomilch. Ich ziehe meine Straßenschuhe an und gehe los. Ich gehe vorsichtig, damit das Auge nicht umkippt oder herausfällt. Aber der Stopfen auf dem Glas muss undicht sein. Ich merke schon unten an der Treppe, dass der in Sütterlin geschriebene Einkaufszettel nass wird. Die Schrift zerläuft unter der Flüssigkeit. Ich gehe mit dem Auge unter Bäumen entlang, ich zeige ihm noch einmal den Himmel und den gelben Löwenzahn auf der Wiese. Ich zeige ihm einen Springbrunnen und eine Katze, die sich hinter einem Papierkorb versteckt. Ich zeige ihm ein Kugel Vanilleeis in einer Waffel, die ein Kind an uns vorbeiträgt. Es soll noch etwas Schönes sehen, bevor es in den Keller muss. Ich suche den Eingang und finde eine Hintertür. Auf einem Klingelschild klebt ein Pflaster. Pathologie steht darauf. Ich klingle. Der Zettel im Korb ist von der verschütteten Flüssigkeit schon aufgeweicht. Ich kann ihn nicht anfassen. Ein Summton. Die Tür öffnet sich von allein. Ein stechend süßlicher Geruch schlägt mir entgegen.

Ich rufe. Niemand antwortet. An den Wänden sind Vitrinen. In hohen Gläsern befinden sich Köperteile und Organe. Ein Herz schwimmt in Spiritus. Diese Präparate scheinen schon sehr alt zu sein. Ich habe Angst, eine falsche Tür zu öffnen. Ich fürchte mich vor einem Anblick, dem ich vielleicht nicht gewachsen bin. Körper, die aufgeschnitten, ausgeweidet plötzlich vor mir liegen. Untote, die durch die Gänge irren mit herausgeschnittenen Herzen oder abgetrennten Gliedmaßen. Ich schaue mir eine Vitrine mit lateinisch beschrifteten Föten an. So etwas habe ich noch nie gesehen. Der Geruch wird süßlicher. Ich halte mir die Hand vor den Mund. In der Mitte eines Raumes steht eine blecherne Wanne. In der Wanne liegen weitere Gläser mit Augen. Augen, die sonst paarweise vorhanden sind, liegen nun, getrennt von ihren Besitzern, hier im Keller. Verurteilt zu ewiger Blindheit. Ich lege schnell das Glas hinzu. Ich fliehe durch die Korridore zurück. Ich erreiche, gejagt von abgetrennten Füßen, Händen, Beinen, Armen, Ohren, Nasen, Köpfen, die rettende Ausgangstür. Ich kann sie gerade noch hinter mir zuschlagen.

An einem Baum bleibe ich stehen. Ich lehne mich mit dem Rücken an seine Rinde. Ich versuche, den verlaufe-

nen Zettel zu entziffern und gehe in den Konsum. Leberkäse, Kaffee, Brötchen und Milch. Benommen schichte
ich die Waren in den Korb. Zurück in die Augenklinik.
Nun heißt es, den OP-Trakt säubern. Den OP-Tisch abwaschen. Auf dem schwarzen Kunstleder sind noch die
Spuren der vorangegangenen Operationen. Mit der Desinfektionslösung reibe ich das Leder ab. Dann die Geräte.
Die Wäsche auflesen. Alles, was sich im OP-Saal befindet, muss gereinigt werden. Zuletzt der Fußboden. Ich
hole frisches Wasser. Essiglösung dazu. Der Eimer ist so
voll, dass das Wasser mir in die Kniekehlen schwappt. Ich
schiebe die medizinischen Geräte weg und beginne die
große Reinigung. Operationssaal Nummer eins, Nummer zwei folgt sogleich. Ich beginne zu wischen. Wieder
und wieder tauche ich den Scheuerlappen ins Wasser. Ich
wringe den Lappen aus, schlinge ihn um den Schrubber.
Ein Stich. Eine gebogene Nadel steckt in meinem Finger.
Ich ziehe sie heraus und werfe sie ins Wischwasser. Die Kacheln sind mit Fädchen und Nadeln übersät. Wenn ich an
der Kante der Fußbodenleiste unter der Fensterfront angelangt bin, wische ich wieder zurück bis zur gegenüberliegenden Kante. Der Raum glänzt. Die gleiche Prozedur
im Saal nebenan. Anschließend den gesamten Korridor.
Ich zähle die Felder, addiere sie zusammen, bilde größere
Flächen, arbeite die gezählten Quadrate ab. Über der
Glastür hängt eine Uhr. Das Ziffernblatt aus Strichen. Die
Zeit kriecht dahin. Sobald zehn Minuten vergangen sind,
springt der große Zeiger mit einem nüchternen Klicken
auf den nächsten Abschnitt. Ich versuche, ein Gedicht zu
rekonstruieren oder den ersten Satz eines Buches zu wiederholen.

Mein Rücken schmerzt. Das Schmutzwasser schütte ich
in den Ausguss. Ich hänge die Handschuhe und Scheuerlappen auf die Wäscheleine. Öffne die Fenster. Die Sonne
scheint. Ich kann noch zur Krämerbrücke fahren, mich

dort auf die Treppe setzen und lesen. Schwester Hiltraud steht neben mir. Triumphierend hält sie eine Nadel in der Hand. Eine Trophäe. Wer weiß, wo sie die gefunden hat. Sie führt mich in den ersten Saal. Dort hat sie gelegen. Sauberkeit und absolute Hygiene. Das werden wir doch wohl lernen. Sie geht voran. Ihre Haare sind am Nacken so kurz geschnitten, dass die Kopfhaut zu sehen ist. Wir stehen wieder im Waschraum. Hektisch füllt sie einen Eimer mit Wasser. Kippt aus den Kanistern Essiglösung und Desinfektionsmittel dazu. Reißt den Eimer aus dem Spülbecken. Schwungvoll schüttet sie das Wasser auf den eben gewischten Boden. Ich unterdrücke meine Wut und beiße die Zähne zusammen. Ich fange noch einmal an. Wie ein Schwimmer ziehe ich meine Bahnen, Kachelfeld um Kachelfeld. Dieser gelbe Totenvogel hat es darauf abgesehen, meinen Willen zu brechen. Der neue Verwalter meiner Kaderakte hat bestimmt diese Gegenspielerin für mich auserwählt. Ich bin fertig. Schwester Hiltraud drückt ihre Zigarette im Kristallaschenbecher aus. Sie kontrolliert den doppelt gewischten Boden. Für heute darf ich gehen.

Ich fahre mit der Straßenbahn zum Domplatz. Am Rande des Platzes steht ein Bratwurstverkäufer hinter einem Grill. Seine Schürze ist von Senf und Fett schmutzig. Aus einem Papiersack holt er Brötchen heraus, die er mit einem Messer einschneidet. Ich reihe mich in die Schlange ein. Ich bekomme eine Bratwurst. In einem Pappeimer befindet sich Senf. Ich habe Feierabend. Ich gehe die Domstufen empor. In meinem Rücken der Platz und eine Reihe von Fachwerkhäusern. Der Anblick der mittelalterlichen Stadt, ihrer Brücken und Kirchtürme ist eine Freude. Hinter dem schmiedeeisernen Tor liegt der Dom. Am Eingang lehnt ein junger Mann. Er trägt einen dunkelblauen Anzug, darunter ein weißes Hemd. Die Ärmel und Hosenbeine sind etwas zu kurz. Er hat die Haare nach hinten aus der Stirn gekämmt und raucht eine Zigarette. Er scheint Zeit zu haben und mit der Mauer hinter ihm verwachsen zu sein. An der Fassade ist ein Relief. Mädchen, mit verschiedenen Gesichtsausdrücken und Haltungen. Manche lachen, andere weinen, eine schlägt die Hände über dem Kopf zusammen. Die steinernen Gesichter der Mädchen sind so lebendig, dass sie zu mir sprechen. Der junge Mann löst sich von der Mauer. Er gibt mir die Hand und stellt sich vor. Benedikt. Er zieht ein Buch aus seiner Tasche. Eine Haarsträhne fällt ihm ins Gesicht. Der junge Mann sieht aus wie ein Heiliger. Benedikt will mir die Marienstatue hinter dem Dom zeigen. Von dort aus schaut man auf den Bergstrom und das Priesterseminar. Die Glocke schlägt zur Abendmesse. Graue Schwestern in Ordenstracht kommen die Treppe hinauf. Sie tragen schwarze Männerschuhe unter ihren Faltenkleidern, und Hauben. Sie nehmen den jungen Mann in ihre Mitte. Sie scheinen sich zu kennen. Im Inneren des Doms höre ich die Orgel. Ich gehe die Domstufen hinab. Ich entdecke eine Bibliothek. Dort melde ich mich gleich an. In einer großen Tüte nehme ich Bücher und Schallplatten mit nach Hause. Ich schließe mich in mein Zimmer ein. Ich höre ein Violinenkonzert und lese Gedichte von Anna Achmatowa.

Aus der Abteilung Medizin habe ich ein Buch über das Auge mitgenommen. Ich muss mehr über das Auge erfahren. Ich werde gewiss noch viele Augen sehen. Entzündete, verletzte, verätzte. Schielende Augen. Augen, in denen Fremdkörper stecken. Eisensplitter, Glasscherben, Holzspäne. Bisher wusste ich von geophysikalischen Messungen, Tiefenbohrungen, geologischen Exkursionen und so weiter. Nun tausche ich die Erde gegen ein so empfindsames Organ ein. Das menschliche Auge, lese ich, besteht aus Augapfel und Hilfsorganen. Der Augapfel liegt in der knöchernen, trichterförmigen Augenhöhle, an der Spitze des Trichters tritt der Sehnerv ein. Der Augapfel setzt sich aus der lichtempfindlichen Netzhaut und dem lichtbrechenden Anteil Hornhaut, Linse, Glaskörper zusammen. Die Lederhaut schützt als sehnenartige, äußere Hülle das Augeninnere und gibt dem Augapfel seine Festigkeit, sie ist weiß durchscheinend. Vorn geht sie in die durchsichtige Hornhaut über, die dem Augapfel uhrglasartig aufsitzt. Die Aderhaut liegt zwischen Leder- und Netzhaut und stellt eine Blutgefäßschale dar, die die äußeren Schichten der Hornhaut ernährt. Nach vorn geht sie in den Strahlenkörper über, eine verdickte, ringförmige Zone, die kammartige Leistchen trägt. Zwischen diesen hervor ziehen Fasern zur Linsenkapsel, an ihnen ist die Linse aufgehängt, ein aus durchsichtigen Fasern bestehender elastischer Körper. Die Regenbogenhaut liegt wie eine Blende vor der Linse. Ihre Öffnung, das Sehloch, die Pupille, kann durch Muskeln je nach Lichteinfall verändert werden. Der Pigmentgehalt der Regenbogenhaut bestimmt die Augenfarbe. Zwischen Hornhaut, Regenbogenhaut und Linse liegt die vordere Augenkammer, zwischen Regenbogenhaut, Linse und Glaskörper die hintere Augenkammer. Sie enthalten das Kammerwasser. Hinter der Linse liegt der Glaskörper, eine von der Glaskörperhaut umschlossene gallertartige Masse. Die Netzhaut enthält in ihrem den Augenhintergrund auskleidenden Teil die eigentlichen Sinneszellen, Stäbchen und Zapfen, die mit den Fasern des Sehnervs in Verbindung stehen.

Ein hochkompliziertes Bauwerk. Kammerwasser. Was für ein schönes Wort. So viele zarte Begriffe. Ich taste nach meinen Augen. Jetzt weiß ich sie umso mehr zu schätzen.

Ich gehe jeden Tag putzen. Meine Aufgabengebiete erweitern sich. Ich darf nun als unsterile Schwester arbeiten. Während der Operation stehe ich zwischen den OP-Schwestern und Professor Krebs. Ich darf eine Pinzette oder eine Nadel mit einem Catgutfaden anreichen.

Das sind Fäden aus Schafs- oder anderen Naturdärmen, die sich von selbst im Auge wieder auflösen. Ich darf die Patienten beruhigen und mit ihnen sprechen. Ich darf ihnen den Schweiß von der Stirn wischen. Ich entwickle eine gewisse Routine. Ich wische, putze, gehe zur Wäscherei, zur Pathologie. Ab und an stellt Schwester Hiltraud mir eine Falle. Sie steht hinter mir, ihre knöchernen Kinderfäuste in der Kittelschürzentasche. Vielleicht sucht sie einfach einen Menschen, mit dem sie in eine Art von Beziehung treten kann. Ich melde mich an der Abendschule an. Ich habe am Abend Deutschunterricht. Nicht viele Schüler sitzen in der Klasse. Der Lehrer gibt sich Mühe. Wir sprechen über Kleist. Ich freue mich, seinen Schriften und Stücken zu begegnen. Ich will nichts versäumen, ich möchte wissen und lernen. Mein Kopf fällt nach hinten in den Nacken. Ich bin so erschöpft, dass ich nicht mehr aufrecht sitzen kann.

Die Tage gehen dahin. Die grünen Kleider, die weißen Schuhe. Die Scheuereimer. Desinfektionslösung. Essiglösung. Die Rückkehr in das winzige Zimmer. Die angelehnte Tür der Nachbarin, die schwer und müde in ihrem Sessel sitzt und raucht. Hinter dem Haus die Kohlfelder. Rotkohl, Weißkohl, Grünkohl, Blumenkohl. Die Gräber auf dem Friedhof sind verschneit. Auf der Bank liegt nasser Schnee. Ich fege ihn mit der Hand weg. Krähen sitzen in den kahlen Bäumen und rufen. Krah. Krah. Ich weiß, dass sie Grab, Grab rufen. Ich lasse mich einschneien, die Krähen sollen mich morgen früh wecken.

Einmal bekomme ich von einem Studenten Besuch, der mit einem VW-Käfer aus Göttingen kommt. Er schläft auf dem Teppich meines winzigen Zimmers und hat mir Schallplatten mitgebracht. Ich hatte ihn einmal, als er sich mit einer katholischen Jugendgruppe verirrte, eingeladen und ihm meine Adresse gegeben. Ich werde meinem Besuch meine Heimatstadt zeigen. Einmal möchte ich in einem

VW-Käfer mitfahren. Ich bin mir nicht sicher, worüber ich mit dem Fremden reden soll, der selbstgestrickte Schafswollpullover und Handschuhe aus Peruwolle trägt und Klaus Hoffmann hört. Es ist ein klirrend kalter Tag. Frost. Blauer Himmel. Sonnenschein. Das Thermometer zeigt minus fünfzehn Grad. Wir ziehen uns warm an. Ich bitte ihn, das Verdeck des Käfers aufzuklappen. Einmal möchte ich in einem Cabrio an den Kohlfeldern vorüberfahren. Erfurt, Greußen, Sondershausen. Vorbei an der Salamifabrik, der Zuckerfabrik, dem Jugendwerkhof, einer Talsperre, einem Krankenhaus. Wir fahren durch Wälder und dann endlich die große Serpentine. Die Straße schlängelt sich abwärts. Von hier oben sieht man den Petri-Kirchturm von Nordhausen. Was für ein Ausblick. Die entgegenkommenden Autofahrer zeigen uns einen Vogel. Sollen sie. Wir genießen unsere Freiheit. Ich fahre in einem VW-Cabrio. Der Frost nimmt uns den Atem. Ich reibe meine kalten Hände aneinander. Wir erreichen die Stadt. Meine Eltern erwarten uns. Meine Mama hat Nudelsuppe gekocht. Ich zeige dem Studenten aus Göttingen den Dom, den Roland, das Altentor, die Salzquelle und das Konzentrationslager Dora. Alles, was unsere Stadt zu bieten hat. Am Abend gibt es Salzstangen und Bier. Am Sonntag fahren wir abends wieder zurück. Die Scheinwerfer des VW-Cabrio erhellen die nächtliche Landschaft. Bahnwärterhäuschen, Ortsschilder. Das Unterholz in einem Waldstück. Die pyramidenförmigen Halden der Kalischächte, Obstplantagen. Wir hören Joni Mitchell. Das Armaturenbrett leuchtet grün.

An einem Dienstag, am Essigbaum blühen schon die Knospen, öffnet sich die Tür. Ein Mädchen steht auf der Schwelle. Eine Schwesternschülerin. Ich gehe auf sie zu. Sie gefällt mir. Ihre Augen sind fröhlich, ihre Haare schwarz gelockt. Ihr Mund ist rot geschminkt. Sie ist für einen Monat hier eingesetzt. Nun können wir alles gemeinsam tun. Wir stellen uns vor. Wir verabreden uns.

Wir fahren gemeinsam mit der Straßenbahn. So wird das Leben viel leichter. Mit einer Freundin in der Stadt. Sie wohnt noch zu Hause. Ich besuche sie. Wir machen uns mit Käse überbackene Toastbrote und trinken Tee. Im Badezimmer ihrer Wohnung sticht sie mir eine Nadel durch das Ohr. Ich halte einen Eiswürfel an das Ohrläppchen. Nun trage ich Ohrringe. Wir tauschen Bücher aus. Tolstoi und Dostojewski. Meine neue Freundin hat die Angewohnheit, beim Lesen Äpfel zu essen. Sie liest Anna Karenina und isst dabei ein Kilo grüner Äpfel. Wir gehen alle Wege gemeinsam. In die Wäscherei, in die Pathologie, in die Kantine. Die Zeiger der Uhr quälen sich nicht mehr so langsam. Es gibt einen Menschen in der fremden Stadt, dessen Handschrift und Augenfarbe, dessen Wohnung und Mutter ich kenne. Die Namen der Straßen verbinden sich, die Straßenbahnlinien haben ein Ziel.

Im Luisenpark blühen die Bäume, die Wiesen werden grün. Krokusse stehen unter den Bäumen. Am Wasserwehr treiben Äste und Holzstücke. Die Kinder fahren Rollschuhe. Jeden Mittwoch gibt es in der Predigerkirche ein Orgelkonzert. Wir setzen uns in die erste Reihe der Empore. Durch die farbigen Glasscheiben fällt Sonnenlicht. Die Heiligen in den Fenstern beginnen zu leuchten. Die ersten Takte der Orgel erklingen. Das Kirchenschiff bebt. Die Klänge tragen uns hinweg. Die Kirche öffnet sich. Die Toccata steigt bis zum Himmel hinauf. Gebirgszüge tauchen auch, Silhouetten, auf denen man entlanglaufen kann. Zerklüftete Felsen, Wege, die bis zum Gipfel führen. Schneevereist. Nebel über den Bergmassiven. Geröll und Fels. Schwarze Wälder mit reißenden Bächen. Meere zwischen den Kontinenten. Der Organist könnte immer so weiterspielen. Benommen bleiben wir nach dem letzten Takt sitzen. Es ist dunkel geworden.

Wir gehen über den Fischmarkt zur Krämerbrücke. Menschen sitzen am Ufer. Sie spielen Gitarre und singen

Lieder. Wir rauchen eine Zigarette und trinken Rotwein aus der Flasche. Wir halten die Füße ins Wasser. Wir sprechen über Mütter, Väter und Geschwister. Jede von uns möchte in die Nähe dieser Brücken, Flüsse und Kirchen ziehen. Wir gehen zur Straßenbahnstation und fahren in entgegengesetzte Richtungen. Wir winken uns durch die Scheibe zu. Ich schließe die Tür zu meinem Schwesternwohnheim auf. Meine Nachbarin sieht fern. Eine Unterhaltungssendung. Mädchen in goldenen Paillettenhosen und Federschmuck, die auf einer Bühne tanzen. Meine Nachbarin trinkt Cognac und raucht. Ich wünsche ihr einen Tanzpartner, der mit ihr Walzer tanzt. Das Licht der Straßenlaterne fällt in mein Zimmer.

Ich gehe meiner Beschäftigung nach. Ich reiche Nadel und Faden an, lege Instrumente in die Hände des operierenden Arztes. Eines Tages entdeckt er mein schielendes Auge. Sobald ich erschöpft und müde bin, wandert mein Auge weg. Schon drei Operationen zu verschiedenen Lebenszeiten liegen hinter mir. Eine schrecklicher als die andere. Und jetzt hat Dr. Krebs bemerkt, dass ich schiele. Ein Stellungsfehler der Augen, bei dem sich die Gesichtslinien nicht im Fixierpunkt treffen. Die Ursache liegt in den anatomischen Verhältnissen der Muskeln oder einer Fusionsstörung. Nun will mich der Professor untersuchen, der ja eine Kapazität ist. Ich weiß, dass die Liste der Kranken, die von ihm operiert werden möchte, lang ist. Er lädt mich zu einem Untersuchungstermin ein. Endlich sieht mir jemand in die Augen. Er hätte diesen Stellungsfehler nie gesehen, wenn er mir nicht in die Augen geschaut hätte. Ich bin ihm für diesen Blick dankbar und möchte mich gern von ihm operieren lassen. Ich habe ihm schon so oft zugesehen und seine ruhige Hand und seine sanfte Art bewundert. Wie ein Gott saß er über diesem komplizierten Organ und hat gerettet, gelindert, getupft, geschnitten, gelasert, genäht. Von diesem Mann möchte ich gerne operiert werden. Ich freue mich darauf. Ich kann es kaum erwarten. Ich bekomme einen Termin und sitze im Warteraum der Augenklinik. Ich bin nun keine Putzhilfe mehr, sondern eine Patientin. Ich kann mir eine Zeitung vom Tisch nehmen oder die an den Wänden hängenden Abbildungen über Verletzungen am Auge betrachten. Ich werde aufgerufen. Professor Krebs bittet mich, das Kinn auf die Unterlage des Gerätes zu legen. Er untersucht mein Auge. Er schlägt einen Operationstermin vor und verspricht mir, dass diese Korrektur für immer gültig sein wird. Ich willige ein. Auf der Augenstation bekomme ich ein Bett, darauf liegt meine Patientenakte. Größe, Gewicht, Alter und Name. Ich werde zur Operation abgeholt. Aus einer ungewohnten Perspektive, die Hände unter dem Kopf verschränkt, schaue ich auf den mir bekannten Korridor. Fahre an den Wänden und Türen vorbei, die ich kenne. Die Schwestern kommen zu meinem Bett gelaufen. Sie streichen mir über das Haar. Sie sind heute alle für mich da. Sie lächeln. Durch das große Fenster fällt Licht. Sie schieben mich in den Vorbereitungsraum. Ich habe keine Angst. Ich bekomme eine vorbereitende Spritze. Sie betten mich auf den OP-Tisch um. Die Narkoseärztin stellt sich vor, Professor Krebs legt seine Hand auf meine Stirn und sagt, dass der Schmerz bis zur Hochzeit vorbei ist. Ich sehe die große Lampe über mir. Die Schwestern stehen bereit. Ich schlafe ein. Ich weiß, was sie jetzt tun werden. Ich überlasse ihnen meine Augen.

Ich erwache auf der Station. Mein Mund ist trocken. Ich kann nichts sehen. Dunkelheit. Meine Augen sind dick verbunden. Die nächsten Tage werde ich in Dunkelheit verbringen. Die Augen brauchen Ruhe. Ich rufe nach Wasser. Eine Schwester kommt. Sie hält meinen Kopf. Sie gibt mir aus einer Schnabeltasse Kamillentee zu trinken. Am Abend füttert sie mich mit kleingeschnittenen Brotwürfeln. In dem operierten Auge brennt und sticht es. Ich befinde mich in Schwärze und lausche. Ich versuche, die Stimmen zu unterscheiden. Der Professor kommt zu einer Visite, die Augenbinde wird kurz abgenommen. Er ist mit seiner Arbeit zufrieden. Noch einige Zeit muss ich so blind liegen. Die Schwestern kommen mich besuchen und legen mir kleine Geschenke in die Hand. Ich ertaste Schokolade und eine Nelke. Eines Morgens wird die Mullbinde abgenommen. Unter meinem Auge ist die Haut grün und blau geschwollen, das Augenweiß ist rot.

Ich möchte nach Hause. Ich bitte auf eigene Verantwortung um meine Entlassung. Noch unsicher taste ich mich am Geländer zum Ausgang. Meine Anwesenheit hier hatte ihren Sinn. Nun treffen sich die Gesichtslinien im Fixierpunkt. Ich sehe das Gebäude, das mich so lange beherbergt hat, von außen. Ich gehe an den Pappeln vorbei. Das Licht ist grell. Meine Augen tränen. Ich halte mir die Hand vor mein noch wundes Auge. Ich habe Heimweh. Ich packe nur das Notwendigste in meine Tasche. Hinter dem Haus die vertrauten Kohlfelder. Ich gehe den Pfad zur Straße entlang. Erde klebt an meinen Schuhen. Ich erreiche die Straße. Mir ist schwindlig. Ich hebe die Hand. Mit der anderen verberge ich die Wunde. Ein Auto nimmt mich mit. Ich fahre nach Hause. Es ist Zeit.

KÖRPER

Gottes Schritt ist behände. Er trinkt von der Quelle im Wald und springt übermütig über einen Stein. Er balanciert über einen Stamm und nennt diesen Ort im Vorübergehen Windlücke. Er findet die Geistin immer noch schlafend. Er kniet neben ihr. Noch im Schlaf legt die Geistin ihre Hand auf sein Haar. Er senkt seinen Kopf in ihre Hand. Er lässt das Gewicht seines Geistes in ihre Hand sinken. Eine schwere Ruhe überkommt ihn, der Kopfschmerz, der ihn sonst begleitet, löst sich auf. Seine Fingerspitzen streichen über ihre Stirn und verweilen in der Region zwischen den Augenbrauen, in dieser kleinen Mulde lässt er seine Finger ruhen. Die Geistin spürt ihr Herz schlagen, sie will auf keinen Fall die Augen öffnen. Die Geistin versucht, ihren Kopf in seine Armbeuge zu legen. Wie sie so liegen, können sie unter die hohen Pflanzen schauen. Die Tiere versammeln sich auf der Lichtung. Fuchs, Reh und ein Hermelin. Sie schauen auf die beiden. Die Geistin legt die Hände auf ihren Bauch. Alles beginnt, sich unter den Augen Gottes zu verändern. Im Auge des Rehs folgt sie jeder Erhöhung und Vertiefung, in ihrem Bauchnabel sammelt sich Wasser. Gott trinkt es aus. Sein Kopf bleibt auf ihrem Bauch liegen. Wie Honig, Harz und Erde. Er würde gerne von ihr essen, ganz vorsichtig beißt er ein kleines Stück aus ihrem Leib. Gott schaut unter ihren Nabel. Der Fuchs wechselt die Position. Er wandert vom Kopf zum Fuß, nichts soll ihm entgehen. Er sieht die Hand Gottes auf der Haut der Geistin, er sieht, wie die Hand zittert. Die Geistin schließt die Augen. Sie möchte jetzt kein Tier und keinen Himmel mehr sehen. Mit einer einzigen Bewegung stemmt Gott sie nach oben, kurz hängt sie in der Luft, so wie damals, als Gott ihr das Schweben beibrachte und um sie herum nur Wasser war. Gott lässt sie langsam auf seinen Bauch sinken. Sie umarmt seine Hüften, ihr Körper sucht den seinen. Sie singen gemeinsam. Das Reh springt in großen Sätzen davon. Das Hermelin hat sich ein wenig näher geschlichen. Es ist nicht mehr auszumachen, wer Gott, wer Tier ist. Dann schreit Gott auf, so dass der Himmel aufreißt und ein Stein neben ihnen ins Rollen kommt. In ihrem Bauch sein Samen. Und da soll er bleiben und zu einem Menschen werden. Das Kind Gottes und der Geistin soll ein schöner Mensch werden, gut und zart soll er sein, aufmerksam und liebevoll. Er soll umhergehen und erzählen von den Wundern. Beide hoffen, dass ihr Kind die blauen Augen des Himmels hat und Haare, so weich wie das Fell des Hermelins. Gott und die Geistin liegen umschlungen, nie wieder möchten sie aufstehen. Später können die Menschen diesem Ort einen Namen geben. Sie können ihn Paradies nennen, sie können Erdbeeren pflanzen und Äpfel. Sie können Schafe züchten und Hühner, diese Erde wird immer fruchtbar sein. Gott und die Geistin schweigen. Die Sterne stehen hoch am Himmel. Sie blättern in den zukünftigen Zeiten, endlich schlafen sie ein. Im Morgengrauen setzt Gott die Geistin auf seine Schultern und bringt sie nach Hause. Dorthin, wo die Wälder sehr dunkel und dicht stehen und das Wasser von den Bergen stürzt.

CONSTANŢA

Der ungarische Autofahrer lässt uns am Dorfrand aussteigen. Er schlägt die Tür hinter uns zu und fährt davon. Staub
und Sand in der Luft. Wir stehen am Straßenrand. Vor uns
liegt ein unbekanntes Dorf. Das Haar meiner Freundin
fällt in dunklen Locken. Sie schminkt sich ihre Lippen rot.
Sie steht an dieser staubigen ungarischen Landstraße wie
eine vom Himmel gefallene sizilianische Schönheit. Ich
weiß, dass ich sie beschützen muss. Das ist der Preis der
Schönheit. Ich darf sie begleiten. Sie leiht mir ihren Glanz.
Ich kann mich unter ihrem Haar verstecken. Ihre Augenwimpern reichen für uns zwei. Ich bewundere ihre Gestalt.
Wie königlich sie geht. Ich werde nicht den Tag vergessen, an dem sie in der Tür der OP-Station stand.

Zwei Mädchen auf dem Weg zum Schwarzen Meer.
Nur, weil der Name Schwarzes Meer einen solch fernen
Klang hat und jemand sagte, dort gebe es Melonen.
Wassermelonen mit rotem Fruchtfleisch und schwarzen
Kernen. Zu diesem Abenteuer sind wir aufgebrochen. Ein
Sommer von Bratislava bis Constanţa.

Nun stehen wir hier. Maisfelder und Obstbäume um
uns. Allein in einem fremden Land. Wir schultern unser
Gepäck. Es gibt nur diese eine Straße. Wir gehen sie entlang. Der Abendsonne entgegen. Das Dorf duckt sich
unter einem weiten Himmel. Gartenzäune, dahinter Sonnenblumen und Gemüse. Wir wissen nicht, wo wir heute
unser Bett finden. Eine Gruppe von Menschen kommt
auf uns zu. Wie ein schwarzer Scherenschnitt treten sie
aus der Landschaft. Die Jungen tragen goldene Ketten
und Lederjacken, die Mädchen lange Röcke. Sie nehmen
uns in ihre Mitte. Sie wollen unsere Rucksäcke tragen. Wir
überlassen sie ihnen. Sie nehmen uns mit in ihr Haus. Ihr
Haus ist klein und liegt am Rande des Dorfes. Dort, wo

die Felder beginnen. Fernab von allen anderen Häusern. Auf dem Hof scharren Hühner mit schmutzigen Federn im Staub. Ein schwarzer Hund liegt an der Kette. An der Mauer lehnt ein Kontrabass. Die gesamte Familie empfängt uns. Es sind unzählige Kinder, Halbwüchsige, Erwachsene, Großmütter und Großväter. Alle sprechen auf einmal und gestikulieren. Eine Frau mit goldenen Zähnen streicht mir über Haar und Wangen. Eine andere befühlt mein Handgelenk. Die Jungen suchen einen Stuhl für meine Freundin. Der Großvater öffnet eine Flasche ohne Etikett. Er wischt mit dem Zipfel seiner Strickjacke zwei Gläser aus, in die er bis zum Rand Schnaps eingießt. Wir müssen mit ihm anstoßen. Die anderen männlichen Mitglieder der Familie wollen ebenfalls mit uns trinken. Ein Tisch wird über den Hof getragen. Ein Mann schärft ein Messer. Ein Huhn wird gerupft und ein Eimer mit heißem Wasser bereit gestellt. Es wird ein Essen geben. Ein Fest für uns. Für den Besuch aus einem anderen Land. Aus einem Deutschland, in dem es keine Roma gibt. Jedenfalls gibt es keine in unserer Stadt. Wie viele Roma sind in den Konzentrationslagern getötet worden.

Die Großmutter legt ein weißes Tischtuch auf. Ein Kind bringt einen Teller mit Äpfeln. Eine Tante füllt rote Paprika mit gekochtem Reis. Das Essen wird in großen Plastikschüsseln angerichtet. Es muss für alle reichen. Die Jungen kommen von den Feldern und öffnen ihre Lederjacken. Maiskolben fallen heraus. Wir dürfen helfen. Wir ziehen die grünen Blätter ab und werfen sie in eine Schüssel. In einen Topf prasseln die goldenen Maiskörner. Ein Onkel holt sein Akkordeon, ein anderer den Kontrabass. Sie singen Lieder in einer Sprache, die wir nicht kennen. Unsere Hände arbeiten von ganz allein. Wir könnten noch lange hier sitzen und den Mais der ganzen Felder schälen. Das Huhn ist gekocht, die Gläser sind gefüllt. Ein weißes Brot liegt auf dem Tisch, Salz dazu. Der Mais ist in Butter gebraten. Die Familie drängt sich um den Tisch. Wir in ihrer Mitte. Wir heben das Glas mit dem Schnaps. Er brennt in der Kehle. Betäubt die Zunge. Gesichter lachen uns zu. Münder mit goldenen Zähnen oder Schwärze, da wo Zähne waren. Wir stoßen an. Der Schnaps rinnt über die Hand. Wir wiederholen die Trinksprüche, die wie fremde Zauberformeln klingen. Ein Cousin spielt die Geige. Ein Mann und eine Frau tanzen zusammen um den Tisch. Er hat seine Hand um ihre Hüften gelegt, sie ihren Kopf an seine Schulter. Die Nacht steht schwarz vor der Tür. Wo sollen wir schlafen. Das einzige Bett mit Messingkugeln am Kopfende wird für uns bereitet. Federbetten werden herangetragen. Da sollen wir ruhen. Wir schließen trunken die Augen. In den frühen Morgenstunden werden wir geweckt. Kaffee wird mit heißem Wasser aufgebrüht. Hastig getrunken. Wir müssen gehen, sofort. Die Nachbarn sollen nichts erfahren. Sie sollen nicht wissen, dass wir hier in dem Bett mit den goldenen Messingkugeln geschlafen haben. Die Großmutter schlägt uns ein Stück Brot und etwas kaltes Huhn in ein Papier. Die Jungen bringen uns im Morgengrauen aus dem Haus. Die Sonne ist noch nicht aufgegangen. Sie winken und drücken ihre Zigarette unter der Schuhsohle aus.

Es sind noch einige hundert Kilometer bis zur rumänischen Grenze. Wir laufen die Asphaltstraße entlang, dem Morgen entgegen. Unser Gepäck auf dem Rücken. Eine matte Sonne schiebt sich über das Maisfeld. Sie wärmt noch nicht. Die Autos fahren an uns vorbei. Wahrscheinlich fahren sie in die nächste Stadt, in eine Fabrik. Hinter uns bremst ein LKW. Der Fahrer öffnet von innen die Tür. Wir werfen das Gepäck auf die Sitze und steigen ein. Der Fahrer ist auf dem Weg in die Türkei.

Ich sehe die Blicke, die er meiner Freundin im Rückspiegel zuwirft. Wie er mit seinen Augen ihre Knie taxiert. Er dreht dezent das Bild seiner Frau, das am Autoschlüssel hängt, um. Und macht meiner Freundin Avancen. Er möchte sie heiraten. Am liebsten jetzt gleich, hier. Wir fahren über das Land. In einem Dorf hält der Fahrer an. Er steigt aus. Die Bäckerei hat schon geöffnet. Der türkische Fernfahrer gibt eine Hochzeitstorte in Auftrag. Die ungarische Bäckersfrau ist verwundert. Wir warten vor der Bäckerei. Ich setze mich auf die Kinderschaukel an einer Bushaltestelle. Meine Freundin liest ein Buch von Flaubert. Der türkische Fernfahrer dreht sich eine Zigarette. Seine Hände nehmen das Papier und rollen gekonnt den Tabak. Er zeigt meiner Freundin ein Farbfoto seines Hauses in Anatolien. Der so plötzlich Verliebte malt sich vermutlich eine Zukunft aus. Ich gebe mir noch etwas Schwung. Die Schaukel fliegt hoch, über die Bushaltestelle hinaus. Die Bäckersfrau wischt sich das Mehl von den Händen. Sie fragt, ob zwei Figuren auf der Torte gewünscht sind. Der türkische Fahrer nickt. Er legt einen Arm um die Schulter meiner Freundin. So kann die Bäckersfrau gleich für das Paar aus Marzipan und Zuckerguss Maß nehmen. Die Sonne steht schon hoch am Himmel, als die Bäckersfrau aus der Tür tritt. In der Hand hält sie eine dreistöckige Hochzeitstorte. Die Braut trägt einen Schleier aus Gaze und ein weißes Kleid mit winzigen Rosenblättern. Der Bräutigam einen Zylinder. Zum Glück hat noch kein Goldschmied seinen Laden geöffnet. Dann würden jetzt gewiss gleich die Ringe geschmiedet.

Was soll ich nur ihrer Mutter sagen. Verzeihung, Ihre Tochter ist nun die Frau eines Mannes vom Bosporus. Ihre Hochzeitstorte hat sie in einem ungarischen Straßendorf backen lassen. Die Bäckersfrau bringt die Torte, drei Teller und drei Kuchengabeln. Der türkische Fernfahrer klappt das Seitenteil seines Lkws auf und holt einen Gaskocher heraus. Er füllt einen Kessel und setzt Kaffeewasser auf. Wir feiern eine Tortenhochzeit auf dem verlassenen Kinderspielplatz. Ich flechte der Braut einen Kranz aus gelben

Butterblumen und einen Ring aus Gras. Ich bin die Trau-
zeugin für das Hochzeitsversprechen. Ein Bündnis, das bis
zur nächsten Abfahrt hält. Der Bräutigam wirbelt die Braut
im Kreis. Ich esse heimlich die Marzipanrosen. Braut und
Bräutigam küssen sich auf den Mund, hinter einer Pappel.
Wir packen den Rest der Torte ein. Die Bäckersfrau winkt.
Wir fahren weiter. Felder ziehen an uns vorbei. Pferde mit
Wagen. Ein Kutscher schlägt die Peitsche. Der Fernfahrer
singt ein Lied. In einer fremden Sprache. Wir schweigen.
Die Tachonadel zeigt die Geschwindigkeit an. Wir fah-
ren durch die Ungarische Tiefebene. Vorbei an Weizen-
feldern und Maisfeldern. Kartoffeln-, Roggen-, Gersten-,
Zuckerrüben- und Sonnenblumenfeldern. In den Gärten,
die vor und hinter den Häusern liegen, wachsen Tomaten,
Paprika, Zwiebeln und Kohl. Es gibt Obstplantagen mit
Äpfeln und Aprikosen.

Am späten Nachmittag halten wir an einem Feldweg.
Bei jedem überraschenden Halt bin ich wachsam und beobachte jede Geste, jeden Handgriff. Aber unser Fahrer
ist ja ein freundlicher Mensch, er hat ja schließlich die
Torte bestellt. Er scheint diesen Ort zu kennen. Er öffnet
die Klappe an der Fahrzeugseite und nimmt einen Eimer
heraus. Am Finger trägt einen goldenen Siegelring, der
ihm etwas Königliches gibt. Er geht zu einer Quelle und
kehrt mit frischem Wasser zurück. Aus einem Leinenbeu-
tel nimmt er Kartoffeln, Gurken, Zwiebeln und Tomaten.
Er bereitet ein Abendbrot für uns drei, zerteilt das Gemüse und brät es in einer Pfanne über einer Gasflamme
an. Ich kann mir vorstellen, dass er gut für meine Freundin
sorgen wird. Am Bosporus. Er holt noch einmal Wasser. Er
gießt es in eine Schüssel. Er kniet sich in den Feldstaub
und öffnet die Schnallen der Sandalen meiner Freundin.
Er zieht ihr sanft die Sandalen von den Füßen. Er wäscht
ihr mit Wasser und Seife die Füße. Von einer Fußwaschung wusste ich bisher nur durch Jesu Christi. Die hat

er seinen Aposteln zukommen lassen. Nun erhält sie eine so heilige Weihe hier am Feldrain. An nur einem Tag ein Hochzeitsversprechen und eine Fußwaschung. So etwas ist uns in der Stadt, in der wir leben, nicht geschehen. Nach der Waschung nimmt er ein Tuch und reibt ihr die Zehen trocken. Er deckt den Tisch. Drei Teller und drei Gabeln. Drei Gläser mit schwarzem Tee und die Pfanne mit dem gebratenen Gemüse. Wir sitzen um den kleinen Tisch herum, eng aneinander gerückt. Eine Reisegruppe auf Zeit. Wir wollen weiter nach Rumänien. Der Verehrer bietet Baklava an. Nur winzige Stücke dieser Süßigkeit kann man sich auf die Zunge legen.

Wir steigen wieder in die Fahrerkabine. Bis zur ungarisch-rumänischen Grenze fahren wir noch gemeinsam. Der rumänische Zoll winkt den Lastwagen heraus. Er prüft unsere Dokumente und die des Fahrers. Wir werden in getrennte Räume gebracht und nach dem Ziel unserer Reise und dem Grund unseres Aufenthalts befragt. Mein Rucksack steht auf einem Holztisch, der Zollbeamte räumt ihn bedächtig aus. Ich beobachte den Beamten. Er nimmt den leeren Rucksack mit hinaus, ein nächster überprüft all die Dinge, die auf dem Tisch liegen. Dann kommt der Beamte mit dem Rucksack wieder, ich darf einpacken und erhalte einen Stempel in mein Dokument. Den Bräutigam haben wir wohl verloren. Er ist nicht mehr zu sehen. Man sagt uns, wir sollten jetzt sofort weitergehen. Die Grenzbeamten blicken uns nach. Ich spüre ihre Blicke im Nacken. Nun sind wir also in Rumänien.

Wir laufen Richtung Oradea. Es wird dunkel. Wir möchten nicht am Straßenrand übernachten. Hinter uns bremst ein Lastkraftwagen. Die Tür öffnet sich. Ich schaue im Halbdunkeln nach dem Gesicht des Fahrers. Wir haben keine andere Wahl, als einzusteigen. Wir fahren stumm durch die Nacht. An den Straßenrändern brennen Feuer. Es scheint in diesem Land kein elektrisches Licht zu geben. Nur die vom Feuerschein beleuchteten Gesichter und die Augen der wilden Katzen und Hunde sind zu sehen. Der rumänische Fahrer reißt mit einer Hand ein Zigarettenpäckchen auf und entzündet ein Streichholz. Er beißt den Filter ab und spuckt ihn auf den Boden. Tabakkrümel hängen an seiner Unterlippe. Auffordernd hält er uns die Schachtel hin, er stößt sie geradezu mit einem heftigen Laut in unsere Richtung. Wir wagen nicht, dieses Angebot abzulehnen. Wir wollen den Fahrer, der uns durch diese unheimliche Nacht fährt, nicht verärgern. Wir gelangen in eine Stadt, die Arad heißt. Auf der Uhr hinter der Anzeige ist es gleich Mitternacht. Endlich hat der Fahrer einen Parkplatz gefunden. Der Wagen kommt zum Stehen. Am Rand eines Friedhofs. Hier wohnen offensichtlich nicht nur die toten Seelen, sondern auch die lebenden. Zwischen den Grabsteinen stehen Gruppen von Männern und Hunden um offene Feuer herum. Vermutlich ist der Friedhof ihre Heimat. Der Fahrer bereitet die Kabine zur Nacht. Es gibt hinter dem Fahrersitz einen Vorhang, den man aufziehen kann. Dahinter sind zwei Pritschen, eine oben und eine unten. Der Fahrer will auf den Sitzen schlafen. Den Kopf auf dem harten Kissen lausche ich in die Dunkelheit. Hunde bellen. Die Atemzüge des Mannes wirken unecht.

Mitten in der Nacht schreit meine Freundin auf. Der Fahrer hat sich in ihre Wangen verbissen, in ihre schönen Wangen, die aussehen wie Äpfel. Mit seinen Zähnen hält er sie fest in seiner Gewalt. Seine Hände fahren grob über ihren Körper. Meine Freundin dreht und windet sich. Der Fahrer hat Kraft. Aber die größte Kraft hat er offenbar in seinen Zähnen. Ich habe ja schon viel gehört von Dracula, von dem es heißt, dass er mitternachts aus seiner Gruft steigt und wildfremde Menschen mit seinen spitzen Reißzähnen in den Hals beißt. Er saugt ihnen das Blut aus, und dann müssen seine Opfer als Vampire durch die Nacht geistern. Das muss ich verhindern. Aber ich habe weder Knoblauch, ein Kruzifix oder den berühmten spitzen Holzpflock, mit dem ich ihm ein Ende bereiten könnte. Von diesem wüsten Fahrer kommen unheimliche Laute. Gierige, männliche. Ich muss ihn überwältigen. Ich kralle mich in sein Haar und reiße ihn mit aller Macht von dem Objekt seiner Begierde weg. Er ist so überrascht, dass er kurz loslässt, dann aber mit neuer Wut auf meine Freundin losgeht. Ich schlage dem Verbissenen, der nicht von seiner Beute lassen will, wahllos auf den Kopf und ins Gesicht. Blind und ebenso wütend. Ich öffne die Wagentür und verhelfe meiner Freundin zur Flucht. Ich springe hinterher. Der Fahrer flucht. Er schlägt die Tür zu.

Nun stehen wir auf dem Friedhof von Arad. Die Hunde kommen näher. Sie riechen unsere Angst. Schritt für Schritt weichen wir zurück. Auge in Auge mit unseren Beobachtern. Wohin. Ich entdecke in einer Seitenstraße einen anderen Lkw. Wir gehen rückwärts, stolpern über Wurzeln und umgestürzte Grabplatten. Ich spüre den Atem der hechelnden Friedhofshunde und ihrer düsteren Begleiter. Das wird kein gutes Ende nehmen mit uns hier. Ich erkenne das Nummernschild. Deutschland. München. Ein deutscher Fernfahrer, der uns jetzt bitte aus dieser unheimlichen Situation retten muss. Einer der Männer nimmt, uns im Blick, einen Stein auf. Ein nächster einen Stock. Lieber Gott, bitte hilf. Kein Mensch wird uns hier finden. Erschlagen und verscharrt. Von den Hunden zerfleischt. Wir erreichen den rettenden Wagen und schlagen gegen die Tür. Bitte helfen Sie uns. Lassen Sie uns herein. Aber der durch uns Geweckte denkt gar nicht daran. Er fürchtet sich vermutlich genauso wie wir vor seiner Umgebung. Endlich öffnet er die Tür einen Spalt breit. Ich stelle meinen Fuß dazwischen. Es gibt keine Zeit für Höflichkeiten. Ich kann nur schnell das Gepäck und uns selbst in die Fahrerkabine hineinschieben und von innen die Tür verriegeln. Der Fahrer schimpft auf Bayrisch. Er will uns wieder hinauswerfen, muss sich aber unserer Panik ergeben. Schlaflos verbringen wir die Nacht, bis der Morgen graut. Nebel hängt über dem Friedhof. Die Männer dort sind an den erloschenen Feuern eingeschlafen.

Der Fahrer erwacht. Er hat nun so etwas wie eine unfreiwillige Verantwortung. Wir sitzen müde und erschöpft nebeneinander. Wir passieren Deva, die Stadt wird überragt von einer Burg aus dem dreizehnten Jahrhundert. Wir erreichen Hunedoara. Das Schwerindustriezentrum Rumäniens. Hier stehen die größten Stahlwerke des Landes. Sechs Hochöfen, die Schornsteine rauchen. Die Stadt liegt unter einem schwarzen Schleier. Staub bedeckt die Blätter der Bäume. Menschen sind auf dem Weg zur Arbeit. Sie stehen an der Straße und warten auf eine Gelegenheit zum Mitfahren oder gehen zu Fuß. Öffentliche Verkehrsmittel scheint es hier nicht zu geben. Wir fahren weiter bis nach Sibiu. An der Stadtgrenze hält der Fahrer an. Bis hierher. Wir laufen in die Stadt hinein. Sibiu ist eine der ältesten Städte Siebenbürgens, es hatte einst den größten Anteil an deutscher Bevölkerung. Die Stadt liegt am Südrand des transsilvanischen Hochlands, unmittelbar am Fuß der Karpaten, ist Hauptstadt des Kreises Sibiu und ein wichtiger Warenumschlagplatz. Metallindustrie und Buchdruckerei sind neben den Wurstfabriken, Salam de Sibiu, die wichtigsten Wirtschaftsfaktoren der Stadt. So steht es in unserem Reiseführer.

Neben uns, auf einem Holzbrett mit vier Rädern, rollt ein Mann die Straße entlang. Er hat keine Beine und muss sich auf diese beschwerliche Art fortbewegen. Mit den Handflächen stößt er sich vom Asphalt ab. Die Stadt scheint verwahrlost und arm zu sein. Vor einer Bäckerei steht eine Schlange von Menschen. Vor der Tür der Bäckerei sitzt ein Kind ohne Schuhe mit einem Kopfverband.

Anders als in Ungarn gibt es hier keine Märkte mit Äpfeln, Kartoffeln und roter Paprika. Alles wird unter der Hand oder zu teuren Preisen verkauft. Geschäfte mit Diesel, Brot, Zigaretten und Milch werden heimlich abgewickelt. Die zerknitterten Leischeine besitzen keinen Wert. Die einzig gültige Währung ist die Schachtel Marlboro, die wir in das doppelte Futter des Rucksacks eingenäht haben. Wir suchen ein Lebensmittelgeschäft und laufen an den kilometerlangen Stadtmauern entlang. Vierundfünfzig Türme, vier Basteien, ein Rondell und fünf Tore. Wir passieren die Lügenbrücke an der Piața Gării. Der Sage nach bricht sie zusammen, wenn ein Lügner sie betritt.

Jemand verkauft uns Wasser. Von einem Baum pflücken wir einen wurmstichigen Apfel. Kinder laufen uns hinterher. Ein Kind wirft einen Stein nach uns. Es trägt nur Unterwäsche. Wir stehen wieder an einer Straße und winken. Ein Lkw hält an und nimmt uns mit über die Transfogarascher Hochstraße. Über achtundzwanzig große und fünfhundertfünfzig kleine Brücken windet sich die neunzig Kilometer lange Straße in kühnen Serpentinen und Haarnadelkurven durch das Fogarascher Gebirge. Atemberaubende Ausblicke. Tiefschwarze Wälder. Schluchten. Menschenleere Gegenden. Doch immer wieder das Konterfei des großen Diktators. Nicolae Ceaușescu. In Stein gemeißelt. Auf Transparenten, auf Spruchbändern, auf Bannern. Überall ist er gegenwärtig. Ein Landesbeherrscher. Ein größenwahnsinniger Landbesitzer. Noch nie sah ich so oft das Porträt eines Staatsoberhaupts. Wir fahren durch Ortschaften, die mit Parolen verhangen sind. Titan der Titanen. Liebster Sohn des Volkes, Bäuerlichster aller Bauern, Arbeitsamster aller Arbeiter, Erster Mann am Schreibtisch des Vaterlandes, Genie der Karpaten. Vater aller Kinder.

An einem Parkplatz, hoch in den Karpaten, hält der Fernfahrer. Es gibt einen in Stein geschlagenen Brunnen, aus dem man eisiges Wasser trinken kann, und eine Verkäuferin, die gedünsteten Mais und Wanderstöcke verkauft. Wir steigen aus. Es ist kalt. Wir frieren. Am liebsten möchten wir zurück nach Hause. Der Fahrer hat sich von seinem Fahrzeug entfernt. Er raucht eine Zigarette mit seinen Kollegen. Ich beobachte, wie er seinen Ring gegen meine Freundin eintauscht. Er hat sie soeben an einen rumänischen Fernfahrer verkauft. Sie scheint in dieser bitteren Gegend eine gute Ware zu sein. Die beiden Männer schlagen ein und schließen einen Pakt. Sie trinken einen Schnaps auf ihren hinterhältigen Vertrag. Ich kann meine Freundin gerade noch retten. Wir bleiben an dem gottverlassenen Parkplatz zurück. Wie weiter.

Ein Dacia hält. Ein Mann mit weißem Haar steigt aus. Er stellt sich uns vor. Er ist Lehrer und nimmt uns mit. Er fährt in eine Waldstraße hinein. Um uns herum nur Geröll und Schafe. Wir steigen aus. Der Lehrer erzählt sein Leben. Er steht vor uns und weint. Wir wissen nicht, wie wir ihn trösten sollen. Er zeigt mit einer matten Armbewegung auf das tannenschwarze Land um uns herum. Er sagt, dieses Land sei ein einziges großes Konzentrationslager, in dem die Schornsteine des Regimes unentwegt rauchen. Er setzt sich auf einen Stein. Er rezitiert in dieser Einöde ein Gedicht von Paul Celan. Stockend und schwer. Mandorla. In der Mandel – was steht in der Mandel? Das Nichts. Es steht das Nichts in der Mandel. Da steht es und steht. Im Nichts – wer steht da? Der König. Da steht der König, der König. Da steht er und steht. Judenlocke, wirst nicht grau. Und dein Aug – wohin steht dein Auge? Dein Aug steht der Mandel entgegen. Dein Aug, dem Nichts stehts entgegen. Es steht zum König. So steht es und steht. Menschenlocke, wirst nicht grau. Leere Mandel, königsblau.

Da stehen wir in dieser untröstlichen Landschaft. Der Lehrer verstummt. Seine Tränen fallen in den Staub. Er wünscht sich von uns Gedichte und Lieder. Wir singen ihm Lieder. Vom Erlkönig und dem Lindenbaum, vom

Feinsliebchen, das nicht barfuß gehen soll. Von der Glocke und dem Brunnen vor dem Tore. Alles, was uns in diesen Karpaten nur einfällt. Der Lehrer öffnet seinen Kofferraum. Er teilt mit uns Brot und Speck. Wir müssen ihm versprechen, niemandem von dieser Begegnung zu erzählen.

Wir fahren nach Bukarest. Die Stadt ist dunkel. Niemand hat hier ein Licht angezündet. Der Regierungspalast des großen Conductors thront unerbittlich und monströs über allem. Die Menschen gehen ohne das Licht einer einzigen Straßenlaterne durch die Stadt. Es ist, als würde dieses Volk unter der Erde wohnen. Es gibt keine Taxis, Straßenbahnen, Omnibusse. Keine Infrastruktur. Mit Kerzen und Taschenlampen leuchten sich die Menschen der Großstadt in der Nacht den Weg. Ruinen stehen am Straßenrand. Blicklose Häuser. Männer, Frauen und Kinder auf einem Trampelpfad, entlang einer Schnellstraße. Selbst in den Hochhäusern gibt es keinen Strom. Vor einem Hochhaus stehen Familien um einen Gaskocher. Sie setzen einen Topf mit Kartoffeln auf und trocknen Wäsche. Der Lehrer würde uns gerne einen Schlafplatz anbieten. Er darf aber niemanden mit in seine Wohnung nehmen. Er bietet uns den Rücksitz seines Dacia an. Wir lehnen nicht ab. Kinder bauen sich ein Haus aus einem Pappkarton auf einem verlassenen Spielplatz. Sie tragen Wintermäntel im Sommer. Die Sterne leuchten fern und kühl. Dieses Land scheint von allen guten Geistern verlassen zu sein. Die Angst geht um. Wer sich umdreht oder lacht, dem wird der Buckel krumm gemacht. Mit einer Taschenlampe leuchtet ein Fremder auf den Rücksitz des Dacias. Hoffentlich kann der Lehrer in seinem Bett heute Nacht schlafen. Ohne zu weinen. Seine Beklemmung durchdringt den Nachthimmel, der düster über uns steht. Hier wohnt eine rohe Diktatur.

Ich will keine Melonen mehr am Schwarzen Meer essen. Ich will nach Hause. Wir erwachen. Klamm und unbequem war die Nacht. Der Lehrer klopft an die Scheibe. Er steckt uns noch einen Zettel zu. Darauf eine Zeichnung. Ein schwarz schraffierter Berg, darüber ein Blitz und eine Telefonnummer. Der Lehrer sagt, wenn wir in Gefahr sind ist, sollen wir seine Nummer wählen. Der Ceauşescu-Palast ist bei Tageslicht noch unheimlicher. Ein monströses Bauwerk. Der Kontrast zwischen dem Volk, dem es an Existenziellem mangelt, und dem Größenwahn eines einzelnen Diktators ist hart. Die Architektur eine Stein gewordene Zumutung. Die Dimension des Gebäudes sollte alles in Europa übertreffen. Sämtliche Organe des Staates, Parlament, Regierung, Ministerien, sind hier untergebracht. Ein Hügel wurde künstlich aufgeschüttet, damit Ceauşescu auf seine Untertanen herabschauen kann. An der Prachtallee mit Springbrunnen wurden riesige Luxusblocks für Ministerialbürokratie und Geheimdienstleute errichtet. Ein unterirdisches Bunkersystem vernetzt die Gesamtanlage. Zeugnis einer maßlosen Diktatur. Wir verlassen die Stadt. Der Lehrer machte uns mit dem Wort Securitate bekannt. Er sprach von dem Geheimdienst, der die Köpfe des Volkes unter Kontrolle hat. Zensur, Angst, Demütigung. Erstickung. Selten gibt es etwas zu lachen, oft wird geflüstert. Man weiß kaum, wer Freund und Feind ist. Dazu der permanente Mangel an Lebensmitteln, Strom, Heizung, Kraftstoff.

Wir verlassen die Stadt Richtung Slobozia. Egal, in welches Auto wir steigen, wie in einem Tunnel, an dessen Endpunkt die Stadt am Schwarzen Meer winkt, bewegen wir uns durch das Land. Wir treffen Fernfahrer, Bauern, Familienväter, Ingenieure, Schäfer, Bergarbeiter. Immer herrscht eine gewisse Verschlossenheit. Es ist wie in einer Achterbahn. Wir halten uns an den Autositzen und Türgriffen fest. Tiefschwarze Wälder, Schluchten, Wege,

Parkplätze, Berghotels, Wasserfälle. Die Landschaft zieht an uns vorbei. Wir wagen nicht, sie zu betreten. Nur durch die kurzen Pausen am Rand einer Straße, auf einem staubigen Weg kommen wir mit ihr in Berührung.

Warum hält der Fahrer hier an. Es ist kein Gebäude zu sehen. Nur zwei knorrige Obstbäume, zwischen denen eine Schaukel hängt. Darauf ein Mädchen. Vielleicht zwölf Jahre alt. Barfuß, in einem Sommerkleid, das ihr nicht mal bis zu den Knien reicht. Die Mutter stößt das Kind an. Sie gibt der Schaukel Schwung. Das Mädchen lächelt schief, ein Stück Schneidezahn fehlt. Sie trägt goldene Creolen. Der Fahrer steigt aus. Die Mutter schwingt die Schaukel in Richtung des Mannes. Das Kind schaut zu Boden. Die Mutter fährt dem Kind von hinten ins Haar. Sie löst ihm die Zöpfe. Sie schwingt die Schaukel. Der Mann greift in das Seil. Er nimmt das Kind am Handgelenk mit sich fort. Er gibt der Mutter ein Stück Seife. Später kommt er zurück. Die Mutter setzt das stumme Mädchen wieder auf die Schaukel.

Wir steigen aus und laufen durch ein Waldstück. Ein Hund folgt uns. Er hat Löcher im Fell. Wir machen einen Umweg. Wir laufen durch eine Ortschaft in der Bărăgan-Tiefebene. Wir kommen an einer Eisenbahnunterführung vorbei. Unter der Brücke liegen Eimer ohne Boden, Glassplitter, Papier und Exkremente. Das Flussufer ist steinig. Das Wasser trübe. Wir gehen am Ufer entlang und springen über Wasserlachen. Dürres Gras krallt sich an Steinen fest. Die Haut eines Fisches klebt an einem Stück Holz. Hinter einem Wäldchen wird das steinige Ufer etwas breiter. Im Wasser liegen Bretter. Frauen mit Bündeln von Wäsche stehen darauf. Sie tauchen die Wäsche ins Wasser, schwenken sie dort hin und her. Sie waschen die Hemden ihrer Männer, die Strümpfe ihrer Kinder, Unterwäsche, Bettlaken, Kleider. Sie haben weder Seife noch Waschpulver. Zwei Jungen stehen nackt am Ufer. Sie spielen mit

Stöcken. Der eine versucht, den anderen mit einem Stock aufs Ohr zu hauen. Wir suchen uns einen Platz in der Nähe der Frauen und Kinder. Wir gehen barfuß in den fremden Fluss. Eine Frau schlägt ein Laken auf den Waschstein. Sie hat den Rocksaum hochgebunden. Wieder und wieder schlägt sie das Tuch auf den Stein. Als wollte sie Stoff oder Stein vernichten. Das Echo dieser Schläge verfängt sich unter der Eisenbahnbrücke. Ein Zug fährt vorbei. Ein langgezogenes Pfeifen.

Am späten Nachmittag kommen die Männer. Jüngere und ältere in kleinen Gruppen. Sie haben Eimer und Angeln dabei. Sie werfen die Angeln aus und ziehen kleine, zappelnde Fisch heraus. Schweigend verrichten sie ihre Arbeit. Stumme Silhouetten am Ufer. Sie zünden Feuer an und braten die Fische. Es dämmert. Wir müssen uns ein Nachtlager suchen. Solange die Frauen und Kinder da sind, sind wir in Sicherheit. Wir finden ein Versteck jenseits vom Ufer. Wir falten unsere Schlafsäcke auseinander und legen uns noch bei Tageslicht hinein. Wir teilen uns einen Apfel und einen Schluck lauwarmes Wasser. Wir hören die Stimmen. Später verglimmen die Feuer. Wir wissen nicht, ob die Angler am Fluss eingeschlafen oder ob sie gegangen sind. Das Misstrauen hält uns wach. Wir hören auf jedes Geräusch, Stechmücken kreisen um uns. Ein Zug fährt über die Brücke. Selbst der Zug ist nicht erleuchtet.

Am Morgen ist es kalt. Wir packen unsere Sachen und laufen am Flussufer entlang. Morgennebel. Auf einer Wiese stehen Schafe. Sie bewegen sich nicht. Nur ein Schäferhund läuft in immer gleichen abgezirkelten Kreisen um die Herde herum. Der Schäfer ruft uns etwas zu, das wir nicht verstehen. Es klingt eher wie ein Bellen. Als hätten Hund und Mensch die Stimmen vertauscht. Wir gehen über eine Brücke. Durch eine Ortschaft. Die Menschen scheinen noch zu schlafen.

Am Ende des Dorfes steht ein Haus. Das Haus hat nur ein Fenster. Die Tür steht offen. Auf der Schwelle sitzen Kinder. Die Mutter der Kinder hat uns gesehen. Sie winkt uns herein. Ihr Haar ist dünn und zu einem Zopf geflochten. Ihre Augen sind groß und aufgerissen. Als hätten sie sich nach einem Schrecken nie wieder geschlossen. In den zwei Räumen gibt es ein einziges Bett. Wir zählen sieben Kinder. Jedem Kind fehlt ein Kleidungsstück. Die Mutter läuft zwischen den Kindern hin und her. Sie öffnet eine Eckbank und nimmt eine Decke heraus. Sie öffnet den einzigen Schrank und holt eine Tasse heraus. Aus einem Topf gießt sie saure Milch in die Tasse. Die Kinder verfolgen ihre Handlungen. Über dem Bett kreist ein Fliegenschwarm. Auf dem Bett liegt ein Bündel. Etwas Eingewickeltes. Wir treten näher. Nur das Summen der Fliegen ist zu hören und das Schlucken der Kinder. In dem Bündel aus Stoff liegt ein winziges Kind. Die Augen tief in den Höhlen. Die Haut hat einen bläulichen Schimmer. Wir wissen nicht, ob es noch lebt oder schon tot ist. Die Mutter verscheucht mit einer Handbewegung die Fliegen. Kurz flackert eine Regung über das Gesicht des Säuglings. Die Mutter schaut uns an. Sie sagt, der Vater sei im Wald. Und er komme gleich zurück. Es sieht nicht so aus, als ob er jemals zurückkehrte. Sie und ihre Kinder bringen uns zur Tür. Im Garten des Hauses gibt es nur festgestampfte Erde. Die Frau zeigt mit der Hand nach rechts.

Dort ist die Straße Richtung Schwarzes Meer. Wir schließen uns wieder einem Fernfahrer an, werfen unser Gepäck in die Fahrerkabine, rauchen eine rumänische Zigarette, starren durch die Scheibe und hoffen, das Meer zu erblicken. Endlich. Eine Hafenstadt. Constanţa. Tausende Kilometer liegen hinter uns, wir sind müde und schmutzig. Wieder müssen wir unter freiem Himmel übernachten. Wir laufen an einer Strandpromenade entlang. Morgen wird die Sonne scheinen, morgen werden wir eine Melone kaufen. Vor uns das Meer. Über uns die Sterne. Um uns die Lichter von Constanța. Im siebten Jahrhundert gründeten hier griechische Siedler aus Milet die Stadt Tomis. Schon in der Argonautensage spielt Tomis eine Rolle. Jason hatte das Goldene Vlies des Widders Chrysomallos in Kolchis gestohlen und befand sich auf der Flucht. Das Schiff, die Argo, war fast schon von den Kolchern eingeholt, da ermordete Medea, die Tochter des Kolcherkönigs Aietes, die Jason aus Liebe gefolgt war, ihren kleinen Bruder Apsyrtos und warf die zerstückelte Leiche ins Schwarze Meer. Aietes gab sofort die Verfolgung auf und ließ verzweifelt die Leichenteile seines Sohnes bergen. Sie wurden in Tomis bestattet, so die Sage. Das Sternbild des Großen Bären über uns. Meeresrauschen. Vermutlich spült das Meer immer noch die Knochen des toten Bruders an den Strand. Ich versuche, die Augen offen zu halten, aber der Schlaf ist stärker.

Ein Fußtritt weckt mich. Eine Taschenlampe leuchtet grell in mein Gesicht. Dokumente, Geld. Zwei Polizisten stehen vor uns. Sie durchblättern im Schein der Taschenlampen unsere Papiere. Sie geben uns die Ausweise zurück, einen Teil des Geldes behalten sie. Irgendwann geht die Sonne auf. Unzählige Badende bevölkern den Strand. Handtuch an Handtuch. Wir liegen im Sand. Über uns fliegen Wasserbälle. Kinder schreien. Väter bauen Sandburgen. Mütter pusten Plastikdelphine auf. Es hängt so etwas wie Sommerglück in der Luft. Lachen, der Geruch von Sonnencreme, Eisverkäufer. Wir schlafen das erste Mal ohne Furcht. Die Stimmen der Menschen eine sanfte Geräuschkulisse. Die Sonne brennt heiß. Später gehen wir ins Meer, wir waschen uns die Haare und auch unsere Kleider. Wir legen sie in der Sonne zum Trocknen aus. Das Salz hinterlässt Spuren.

Der Melonenverkäufer schiebt einen Karren durch den Sand. Darauf türmen sich die Wassermelonen. Er verkauft uns eine Melone und schneidet sie für uns auf. Mit der Melone sitzen wir auf unserem schmalen Handtuch. Wir spucken die Kerne in den Sand, der süße Melonensaft klebt uns an den Händen. Wir essen die Melone hastig auf, damit sie nicht sandig wird. Wir vergraben die Schalen und waschen unsere Hände im Schwarzen Meer.

Das Ziel unserer Reise ist erreicht. Wir haben unsere Melone am Schwarzen Meer gegessen. Wir können die Rückreise antreten. So schnell wie möglich wollen wir die ungarische Staatsgrenze erreichen. Die Fahrer, die uns mitnehmen, haben es genauso eilig wie wir. Wir erreichen die Zollabfertigung in Nadlac. Nein, wir haben nichts zu verzollen. In Makó steigen wir aus. Ungarn am Mittag. Es ist heller hier als in Rumänien. Die nächste Strecke bis Szeged. In einem Dorf ist eine Weinverkostung. Weinbauern laden uns in ihre Keller ein. Ein Glas und ein nächstes Glas. Es ist noch lange nicht Abend, und wir sind schon trunken vom ungarischen Wein. In einer Weinlaube auf einem Weinberg dürfen wir schlafen. Am nächsten Tag nimmt uns ein Auto mit fünf Jugoslawen mit. Eigentlich ist überhaupt kein Platz mehr in dem viel zu kleinen Wagen. Aber irgendwie passen wir noch mit hinein. In Örkény steigen wir aus. In dem kleinen Ort ist Markttag. Stände mit Äpfeln, Paprika, Kartoffeln. Eine alte Frau, die eine Tasche mit Eiern trägt, spricht uns an. Sie fragt, ob wir hier fremd sind. Sie lädt uns zu sich nach Hause ein. Sie wünscht nur, dass wir mit ihr deutsch sprechen. Sie hat die Sprache so lang nicht gehört. Im Zimmer ihrer Tochter schüttelt sie zwei Federbetten auf. Sie lässt heißes Wasser in die Badewanne laufen. Sie kocht eine Hühnersuppe und deckt den Tisch. Sie gibt uns Hausschuhe und Handtücher, die wir uns um die nassen Haare wickeln. Sie poliert Kristallschälchen für das Kompott. Wir sitzen an einem Tisch und essen gemeinsam. Nach dem

Essen spielen wir Karten. Am nächsten Morgen schütteln wir die Kissen auf, stellen die Hausschuhe wieder in ihren Schrank und verabschieden uns. Wir umarmen die Frau, die uns für eine Nacht zu ihren Kindern machte. Bei einem der Obsthändler kauft sich meine Freundin einen roten Apfel. Sie reibt die Schale blank, bis sie glänzt. Der letzte Weg führt uns nach Budapest. Die Donau fließt majestätisch. Wir werfen einen Stein hinein.

Morgen werden wir uns trennen. Ich fahre mit dem Zug nach Hause, meine Freundin bleibt bei ihren ungarischen Verwandten. Sie bringt mich noch zum Bahnhof und umarmt mich. Ich wünsche ihr viel Glück. Sie geht. Auf dem Weg zu meinem Zug stelle ich fest, dass Fahrkarten und Geld verschwunden sind. Ich weiß nicht, wie ich zurückkehren soll. Ich sitze in der riesigen Bahnhofshalle und weine. Alles tut mir weh. Bestimmt habe ich schon Fieber.

Meine Freundin hält den roten Apfel in der Hand. Sie steht auf der Margaretenbrücke. Gleich wird sie den Beginn einer wundersamen Liebesgeschichte erleben. Sie wird für einen kurzen Moment die Augen schließen und dann in den Apfel beißen. Sie wird die Augen aufschlagen, und vor ihr wird ein fremder Mann stehen. Er wird sie Maria nennen und mitten auf den Mund küssen. Sie hat auf diesen Augenblick der Entführung gewartet. In all den Tagen und Nächten. So hat es sich ereignet. Sie haben sich ein Bett gesucht, das sie fünf Tage und Nächte nicht mehr verlassen haben. Sie haben einander geliebt, so wie sie immer lieben wollte. An einem Sommertag werden sie Hochzeit in Sizilien feiern. Es wird gebrannte Mandeln regnen, und sie wird die Braut eines Bräutigams sein.

MENSCHEN

Es ist noch früh am Morgen. Der Hahn kräht dreimal: Ein gefiederter Fanfarenstoß. Gott ist müde und erschöpft, er kann kaum die Augen öffnen, seine Augenlider sind geschwollen, sein Haar über der Stirn verklebt. Sein Körper glüht, als wäre er von einem Fieber befallen, er kann sich kaum erinnern an die letzten sechs Tage. Durch die halb geschlossenen Lider blickt er auf die Schöpfung. Er hat Muskelkater, an seinen Händen Schwielen. Er spürt, dass er die Welt für immer verlassen muss. Soll er sich von dem höchsten Berg stürzen, sich in das tiefste Meer versenken oder sich von einer Hyäne reißen lassen. Nun kräht der Hahn ein weiteres Mal. Ob die Menschen ihn vermissen werden, ob sie seinen Namen rufen und nach ihm suchen werden. Vielleicht gräbt er sich in die Erde oder steigt zum Himmel auf. Die Menschen haben Kirchen errichtet, sie werden die Glocken läuten, Lieder singen, in die Knie gehen und wieder aufstehen, sie werden ihn ansprechen und preisen, sie werden Geld in den Opferstock werfen und sonntäglich seinen Leib verzehren, aber sie werden ihn nicht finden. Es ist ihm schon jetzt zuwider, dass sie sein Fleisch und Blut verspeisen wollen, in der Hoffnung, ihr eigenes Leben durch dieses Mahl zu versöhnen. Er schaut auf seinen Bauch, seine Beine und sein Geschlecht und legt die Hand zwischen Nabel und Scham. Eine leichte Erschütterung, ein Zittern, das sich von der Fontanelle bis zu den Fersen zieht. Der Hahn kräht ein letztes Mal, er muss die Geistin wecken. Sanft zieht er seine Schulter unter ihrem Körper hervor. Er betrachtet ihren Schlaf, ihre leicht zitternde Oberlippe und ihre Armbeuge. Es gibt Stellen an ihrem Körper, die sind ihm sehr vertraut, sanft fährt er mit seiner Fingerspitze über ihre Haut.

FISCHERSAND

Ich stelle mich einem Orthopäden vor. Jeder Schritt schmerzt. Er macht eine Röntgenaufnahme. Ich halte die Luft an. Er befestigt die Folie vor einem Leuchtschrank und zeigt mit einem Zeigestock auf meine weißen, erleuchteten Knochen. Ein Beckenschiefstand. Was machen Sie beruflich. Ich erzähle ihm von den Wassereimern, die haben meine Knochen auf die falsche Seite gezogen. Es ist Zeit, diese Arbeit zu beenden und meinen Laufzettel zu holen. Ich trage den grauen Zettel in meiner Hosentasche. Eine Unterschrift für den ersten Tag, eine Unterschrift für den letzten Tag. Es ist Spätsommer. Durch die hohen Krankenhausbäume schimmert Licht. Ich bin frei. Nie mehr dieser Essiggeruch. Ich falte meine Kleider zusammen. Ich stelle meine Schuhe in die Kleiderkammer. Ich schließe die gläserne Tür hinter mir. Die Schatten hinter der Tür huschen von Zimmer zu Zimmer. Ich werde nicht zurückkehren.

Morgen muss ich den Schlüssel vom Schwesternheim abgeben. Ich rolle den Teppich zusammen. Ich packe mein Hab und Gut in Kisten. Ich muss eine Wohnung finden. Da ich nicht in dieser Stadt gemeldet bin, kann ich nicht zur Kommunalen Wohnungsverwaltung gehen. Ich bin nicht verheiratet. Ich erwarte kein Kind. Ich verfüge über kein Tauschobjekt. Wenn mein Vater mit dem Anhänger kommt, brauche ich aber einen Ort, an dem ich meine Sachen abladen kann. Ich fahre mit der Straßenbahn bis zum Domplatz. Hinter dem Dom ein kleiner Fluss, der Bergstrom. Straßen mit Kopfsteinpflaster. Brücken. Alte Häuser. Hier muss ich eine Bleibe finden. Ich habe eine Methode entwickelt. Entdecke ich ein oder zwei blinde Fenster, klingele ich. Fremde Menschen öffnen die Tür, die frage ich dann, ob ein Zimmer frei ist. Den ganzen Tag bin ich umhergelaufen. Treppauf, treppab.

Es wird schon bald dunkel. Im letzten Haus stellt ein Mann seinen Dachboden und einen Treppenabsatz als Möbellager zur Verfügung. Es gibt kein Zimmer für mich. Nur die Möglichkeit, zwischen den abgestellten Möbeln zu schlafen, bis ich ein Zimmer gefunden habe.

Mein Vater kommt. Er trägt meine Bücherkisten ins Auto, den Schallplattenspieler, das Radio. Den Schlüssel werfe ich in den Briefkasten. Die Kohlfelder werden mir fehlen. Ich lotse meinen Vater zu dem auserwählten Haus. Es dämmert schon. Wir müssen die Kisten über einen Hof tragen. Das Treppenhaus ist mit nur einer Glühbirne beleuchtet. Am Ende des Korridors ist ein Ausguss mit einem Wasserhahn. Es gibt nur kaltes Wasser. Die Toilette ist im Vorderhaus. Ich kann meinem Vater nicht die Wahrheit erzählen. Er würde sich sonst ängstigen. Wir tragen die Sachen nach oben. Wenn er so vor mir hergeht, fühle ich mich ihm verbunden. Obwohl wir sehr harte und unversöhnliche Tage hatten. Den Schlag in mein Gesicht und auf den Mund habe ich ihm verziehen. Ich muss auf ihn achtgeben. Seine Mutter, meine Großmutter, hat mir die Aufsicht über ihren Sohn anvertraut. Wir verabschieden uns. Ich sehe seine Skepsis. Ich setze mich auf die Treppenstufe. Das Licht im Hausflur geht aus. Ich lege meinen Kopf auf die Knie. Ich bin müde. Morgen muss ich weitersuchen. Ich wasche mein Gesicht und suche mein Bettzeug. Ich rolle den Teppich ein Stück aus. Es ist kalt. Ich wärme meine Hand am eigenen Atem. Klamm und verfroren erwache ich. Durch die Fenster vom Treppenhaus dringt milchiges Licht. Eine Tür fällt in Schloss. Ein Kind ruft nach seiner Mutter. Ich gehe die Treppe hinab, über den fremden Hof. Jemand hat Asche verschüttet. Die Luft riecht nach Kohlenstaub. Im Haus gegenüber ist ein Laden für Modelleisenbahnen. Alle Sorten von Eisenbahnwagen stehen hinter der Scheibe. Bäume, Signale, Brücken, Bahnhöfe und Modellhäuser.

Ich gehe in ein Café. Kalter Rauch schlägt mir entgegen. Die Kellnerinnen tragen weiße Schürzen. Ich bestelle ein Kännchen Kaffee und ein kleines Frühstück. Der Junge in dem blauen Anzug, der im Schatten des Doms wohnt, ist auch schon hier. Er sieht aus, als ob er nie schläft. Sein Gesicht ist immer in einem Zustand zwischen hellwach und hoffnungslos übermüdet, dunkle Schatten liegen unter seinen Augen. Er trinkt schwarzen Kaffee und raucht. Ich erzähle ihm von meiner Wohnungssuche. Er hat Zeit. Die Frühmesse ist schon vorbei. Ich glaube, Herr Benedikt hat keinen Beruf. Obwohl in diesem Land ein jeder einen Beruf nachweisen muss. Er ist Gläubiger. Er lebt im Reich Gottes, im Schatten der katholischen Kirche. In seinem Kopf befindet sich eine gesammelte Bibliothek. Er bietet an, mich zu begleiten.

Wir kommen an einem Brunnen vorbei und werfen eine Münze hinein. Kopf oder Zahl. Wir klingeln an einem Haus am Fluss. Ein Junge öffnet. Er hat Locken und blaue Augen. Er teilt sich das Haus mit einer alten Frau. Toilette und Bad auf dem Flur. Eine Küche gibt es nicht, aber wenn ich etwas brauche, kann ich gern in seiner Küche einen Tee kochen oder ein Spiegelei braten. Das angebotene Zimmer geht zur Straße hinaus. Die Wände sind grau, der Boden ist schief. Ich muss Farbe, Pinsel und Gips kaufen. Scheuereimer, Schrubber und Putzmittel. Ich werde die Löcher in den Wänden vergipsen, die Decken und Wände weiß streichen. Ich brauche einen Tag und einen Abend. Der Junge aus dem Haus hat mir Zeitungen zum Auslegen gegeben und mit mir die Pinsel im Ausguss ausgewaschen. Eine seiner Locken hat meine Schläfen berührt. Er bietet mir ein Bett in seiner Wohnung an. Seine Wohnung ist warm, und ich möchte nicht wieder in einem fremden Treppenaufgang unter dem Dach schlafen. Er schüttelt die Kissen auf und legt sich zu mir. Seine Augen sind blau. Es gibt keinen Grund, ihn zurückzuweisen. Nach der langen Zeit in einem Schwesternwohnheim ist mir ein solch schöner Körper willkommen. Jeder unbekannte Körper ist eine Erkundung wert. In einer solchen Nacht kann man verschlüsselte Botschaften ertasten. Hinter dem Ohr, am Nacken entlang, über den Weg, den die Wirbelsäule nimmt bis zu den Grübchen am Po.

Eine fremde Frau von der Kommunalen Wohnungsverwaltung steht in meinem Zimmer. Ich habe kein Recht, hier einzuziehen. Sie spricht von Sachbeschädigung und Einbruch. Ich soll sofort das Zimmer verlassen und es in den ursprünglichen Zustand versetzen. Wie, soll ich es jetzt wieder schmutzig machen. Die Farbe von den Wänden kratzen, Löcher hineinschlagen. Die Frau ist hässlich, dumm und gemein. Ich argumentiere, bitte, flehe. Wie soll ich denn einen Bezugsschein für eine Wohnung erhalten, wenn ich in der Stadt nicht gemeldet bin. Und ich kann mich nur anmelden, wenn ich eine Wohnung vorweisen kann. Sie zuckt ihre wattierten Schultern. Das ist ihr egal. Ich bin wütend, enttäuscht, alles zusammen. Ich trage meine Kisten zurück. Ich knöpfe meine Jacke zu.

Es hat zu regnen begonnen. Ich gehe den Fischersand entlang. Eine Gasse, eingerahmt von zwei Flüssen. Auf der linken Seite ein Glaser und ein Krämerladen. Am Ende der Straße ein städtisches Wannenbad. Ich betrachte jede Fassade genau. Mein Blick fällt auf einen Seitenflügel mit blinden Fenstern. Ich bete ein Vaterunser und ein Gebenedeit seist du, Maria. Auf dem Klingelschild steht Werner. Darüber Bock und ein anderer Name, schwer zu entziffern. Ein Klingelschild ist leer. Ich werde es einmal bei Werner versuchen. Vor mir steht eine Frau in einem Kittel, bedruckt mit schwarzweißen Friedhofsblumen. Ihr Haar ist weiß, der Mund schmal. Ihr Händedruck so knapp wie ihre Sprache. Sie will keine Mieter in ihrem Haus. Es ist also ihr Haus. Sie sagt, die Wohnung hat kein Bad. Ich muss mein ganzes Geschick einsetzen. Das macht doch nichts, ich habe ja am Ende der Straße ein städtisches Wannenbad entdeckt. Da kann ich mit einem Stück Seife und Handtuch hingehen. Und die Toilette ist auf dem Hof. Ach. Bei meinen Patentanten Mielchen und Mariechen in Hildebrandshausen ist das auch so, die müssen immer mit dem Eimer raus. Bei Wind und Wetter. Das ist doch wirklich kein Problem. Frau Werner schweigt. Sie mustert mich. Sie schüttelt den Kopf. Ob sie mir vielleicht die Räume nur einmal zeigen könnte. Sie schließt die Tür auf und geht voran.

Das erste Zimmer ist eine kleine Kammer mit einem Waschbecken. Eine Schiebetür zum nächsten Zimmer. Darin ein winziger Ofen. Die Fenster schließen nicht mehr richtig, bei einigen fehlen die Scheiben. Ich trete an das Fenster. Ich schaue auf den Fluss. Unter mir schwimmen zwei Enten. Ein gutes Zeichen. Am Flussufer stehen Pappeln. Dahinter der Dom. Frau Werner nennt einen Preis und teilt mir mit, dass sie aber nichts für die Renovierung der Wohnung bezahlen könne. Ich könnte sie umarmen. Ich hänge zuerst die Fenster aus. Der Kitt ist herausgebrochen, die meisten Scheiben sind zersprungen. Der Glaser schneidet mir die Scheiben zu. Er gibt mir den Kitt mit. Ich fege die Spinnweben und den Staub zusammen, der sich in den letzten unbewohnten Jahren da angesammelt hat. Die Toilette auf dem Hof muss ich mit Herrn Bock teilen. Herr Bock arbeitet bei der Eisenbahn. Er lebt allein und trinkt schon am Mittag. Sein Haar ist schütter, und einige Zähne fehlen ihm.

Die Risse in der Fassade sind auch die Risse im Zimmer. Ich muss viel Gips anrühren und die Löcher und Risse in der Wand vergipsen. Den Ofen anschließen. Die Türen und Fenster streichen. Die Wände und die Decken weißen, den Fußboden wischen, die Fußbodenleisten streichen, Bretter für ein Bücherregal in zwei Wandvertiefungen einziehen. Im Konsum kaufe ich eine Brause, ein Brötchen und ein Wiener Würstchen. Ich mache eine Pause. An meinen Händen klebt Farbe. Der Junge mit den Locken und den blauen Augen hilft mir, meine Sachen in die neue Wohnung zu tragen. Er hat einen Bollerwagen. Wir stapeln die Kisten und Kartons hinein. Ganz obenauf den blauen Teppich. Frau Werner steht mit verschränkten Armen im Flur. Sie mustert jedes Stück meiner Einrichtung. Nichts scheint ihren Gefallen zu finden. Sie zieht mich am Arm. Aber keine Männerbesuche. Wir rollen den Teppich aus. Ich stelle den Tisch, den Stuhl und das Bett auf. Ich stelle den Plattenspieler in das Regal und schließe ihn an. Ich bringe den Besuch nach unten. Frau Werner schaut aus dem Fenster. Ich beziehe mein Federbett. Es riecht nach Farbe. Vielleicht finde ich noch einen Herd und einen Schrank. Hier gibt es viele verlassene Häuser. Oft sind die Türen nicht richtig verschlossen. Man kann in diese Abrisshäuser hineingehen und etwas finden. Oft sehen die verlassenen Wohnungen aus, als hätte gerade ein Unglück stattgefunden. Die Teller stehen noch auf dem Tisch, die Wäsche liegt noch im Schrank. Die Domglocke schlägt bis in mein Zimmer hinein. Ich bin froh, die Nacht hier zu verbringen. Ich höre den Fluss unter dem Fenster. Es raschelt in der Küche und knarrt im Schrank. Der Wind schlägt die Zweige gegen das Fenster.

Nur ein Geräusch in der Küche ist unheimlich. Ein hohes Fiepen, was für ein Tier mag das sein. Ich bin zu müde, um der Sache nachzugehen. Ich erwache früh. Barfuß gehe ich in die Küche. Etwas huscht über meine Füße. Es ist größer als eine Maus. Vermutlich eine Ratte. Ich gehe in einen Werkzeugladen und frage nach einer Mausefalle. Der Besitzer gibt mir den Rat, Salami zu braten, in Würfel zu schneiden und die Falle damit zu dekorieren. In der nächsten Nacht ist das Fiepen noch lauter, es reißt gar nicht mehr ab. Ich halte mir die Ohren zu. Die Ratte hat sich offenbar in der Falle verfangen. Ich wage nicht, mich zu bewegen. Ich fürchte mich vor ihrer Rache oder der Rache ihrer Familie. Wenn sie nun alle auf der Schwelle stehen, die ganze Rattenschar. Am nächsten Morgen schaue ich nach. Reglos liegt das Tier in der Falle. Von der Salami hat es nicht so viel gegessen. Ich nehme eine Zeitung, schiebe sie unter die Falle und werfe die Ratte samt Falle durch das weit geöffnete Fenster in den Bergstrom. Die Enten fliegen erschreckt davon. Ich suche meine Kleider aus dem Schrank. In den Kleidern sitzen schwarze, behaarte Spinnen.

Hinter der sanften Biegung der Gasse liegt der Krämerladen. Die Frau hinter der Theke trägt eine weiße Schürze. In den Regalen stehen Gläser mit Himbeerbonbons und Schaumwaffeln. Es gibt Waschpulver, Schnürsenkel, Käselaibe und Konserven, die pyramidenförmig übereinander geschichtet sind. Alles, was man zum Leben benötigt. Ich entscheide mich für eine Scheibe Leberkäse, Kochkäse, frische Brötchen und Kakao. Nach dem Frühstück muss ich mir eine Arbeit suchen. Ich habe von einem Café gehört, in dem man Kuchen und Torten verkaufen kann. Ich werde mich dort vorstellen. Das Café liegt auf der Internationalen Gartenbauausstellung. Ein großes Gelände mit Blumen, Bäumen und Ausstellungshallen. Eine Pilgerstätte für alle Gärtner. Ich mache mich auf den Weg, über den Hermannsplatz, vorbei an den Brühlschen Terrassen und der Frauenklinik. Immer den Straßenbahnschienen folgen. Bis zum Gothaer Platz. Die Treppen hoch. An den Pflanzenschauhäusern und der Cyriaksburg vorbei. Es ist ein heißer Tag. Hoffentlich nimmt mich der Besitzer. Ich brauche eine Arbeit, um nicht wegen asozialen Lebenswandels eine Vorladung zu bekommen, und ich brauche das Geld für die Miete. Ich habe Frau Werner gesagt, dass ich ein geregeltes Einkommen habe. Ich muss das Palmenhaus finden.

Ich öffne die Tür zu einer Art Riesengewächshaus. Zwischen den Palmen runde Marmortische mit Stühlen. Der Besitzer trägt ein blauweißkariertes Handtuch als Schürze. Er ist ein Bäcker, der ein Rückenleiden hat. Nun verkauft er die Torten, die er nicht mehr backen kann. Er winkt mich in einen kleinen Raum. Er wischt sich etwas Sahne von den Fingern. Er fragt, ob ich verkaufen, bedienen, Torten aufschneiden, abwaschen und abrechnen kann. Ich habe die besten Voraussetzungen. Ich bin die älteste Tochter einer Großfamilie, und meine Großmutter ist die beste Köchin Böhmens. Abwaschen kann ich, und wie man einen Frankfurter Kranz bäckt, das weiß ich auch. Er fragt, ob ich nicht gleich bleiben kann. Ich bekomme einen Schlüssel für den Spind, eine weiße Schürze und ein Häubchen. Mit einem Stück Kreide soll ich das Tagesangebot auf eine Tafel schreiben. Speisen und Getränke. Würzfleisch und Toast Hawaii. Die Gruppe älterer Damen vor der Vitrine ist ungeduldig geworden. Sie klopfen mit ihren Fingern an die Glasscheibe und behindern sich gegenseitig mit ihren Sonnenhüten. Ihre Kleider sind mit Mohnblüten und Kirschen bedruckt. Ich ziehe das große Kuchenmesser durch das heiße Wasser. Ich hole die prächtigen Torten aus der Vitrine. Andächtig schauen die Damen auf die Meisterwerke der Konditoreikunst. Ich notiere ihre Wünsche auf meinem Zettel. Schwarzwälder Kirsch, Stachelbeerbaiser, Mohnkuchen, Apfelkuchen, Eierlikör, Schokoladen- und Nougattorte. Ich balanciere mit dem Tortenheber die großen Tortenstücke auf die Teller. Ich fülle die Kännchen mit Kaffee. Ich bringe Milch und Zucker an die Tische. Die Palmwedel streifen mein Haar. Ich räume die Teller mit den Kuchenkrümeln ab. Ich packe neue Torten aus den Schachteln aus. Zitronensahne, Erdbeersahne. Ich löse den Pappring von der Torte, die mit einem gelben Guss versehen ist. Ich koste die Krümel, die am Messer oder in der Pappschachtel kleben bleiben.

Es ist Mittag. Die Sonne scheint in das Glashaus. Der Chef macht uns ein Toastbrot mit Schinken. Wir sitzen auf zwei Flaschenkisten und schauen auf eine Böschung, Schubkarren, Gartengeräte und aufgeschüttete Erde. Neue Gäste kommen. Am späten Nachmittag machen wir die Abrechnung. Ich bekomme noch Kuchen für den Weg mit. Morgen soll ich wiederkommen. Ich binde meine Schürze ab und schließe sie im Spind ein.

In der Nacht klopft es an meine Tür. Ich fürchte mich. Es klopft immer lauter. Vielleicht braucht Frau Werner Hilfe. Ich öffne. Herr Bock steht vor der Tür. Er hat getrunken. Er schwankt. Er setzt seinen Fuß in meine Tür. Seine Zähne sind gelb. Seine Augen sind trüb. Er schreit. Dass er jetzt hier rein will. Ich halte die Tür von innen zu. Er stemmt sich mit dem ganzen Gewicht dagegen. Er schlägt durch den Türspalt mit der Faust nach mir. Ich habe Angst. Der Mann ist unberechenbar. Jetzt ist Frau Werner, die doch immer alles beobachtet, nicht zu sehen. Wahrscheinlich hat sie auch Angst vor Herrn Bock. Ich drücke das Türschloss gegen seinen Unterarm. Er lässt sich nicht vertreiben. Seine Hand greift nach mir. Mein Blick fällt auf das Brotmesser. Ich steche zu. Ich treffe ihn zwischen Daumen und Zeigefinger. Ich nutze seine Verblüffung, um die Tür zuzuschlagen. Riegel und Schloss davor, den Schlüssel dreimal herumgedreht. Nun weint er vor meiner Tür. Ich lasse das Licht an. Ich ziehe die Bettdecke bis zum Kinn. Zweige schlagen gegen das Fenster, finster ragt das Dach des Doms. Ein schwarzer Kirchenberg. Die Enten haben ihre Köpfe eingezogen und treiben kopflos im Wasser. Im Schrank kriechen die Spinnen durch meine Wäsche. Meine Eltern und Geschwister sind weit entfernt. Nichts in meiner Nähe, was ich berühren, anfassen, umarmen und streicheln könnte. Ich schlafe in einem Haus mit Herrn Bock, Frau Werner und einer vertriebenen Frau aus Schlesien. Ich wohne in einem Witwen- und Junggesellenhaus.

Nach der Arbeit besuche ich das Gewächshaus mit den Knabenkrautgewächsen. Ich beginne mit dem Osmanischen Knabenkraut. Was für eine purpurrote Blütenpracht. Die Art gehört zu einem in Anatolien verbreiteten Typus, sie wächst in einem breiten Streifen längs der Anatolischen Diagonale, die von der Bucht von Iskenderun nach Nordosten verläuft. Die Tragblätter sind länger als die Blüten, die seitlichen Kelchblätter sind schräg bis senkrecht aufgerichtet. Ich wandle von den osmanischen zu den spanischen Knaben. Das ist doch ein ganz anderes Reich, als das in meinem steinernen Witwenhaus. Ich folge dem Spanischen Knabenkraut bis in das westliche Mittelmeergebiet, von den Pyrenäen über die Iberische Halbinsel bis zum Mittleren Atlas. Dann mache ich mich zum Heiligen Knabenkraut auf, durchquere dafür das östliche Mittelmeergebiet, ziehe von den Ägäischen Inseln durch die West- und Südtürkei bis zur Levante. Ich lasse mich von Knabenkraut zu Knabenkraut treiben, vom heiligen zum blutroten, vom blutroten zum purpurblütigen, vom purpurblütigen zum Herzknabenkraut. Mit all den wundersamen Orten verbunden, mache ich mich auf den Heimweg.

Die Dämmerung ist angebrochen. Ich hüpfe die Stufen hinab, in der Vorfreude auf ein unbekanntes Leben. An den Straßenbahnschienen entlang, durch die Tordurchfahrt. Ich schaue nach den Öffnungszeiten des städtischen Wannenbades. Ich werde mir ein Bad schenken, nach einem so blütenreichen Tag. Ich gehe nach Hause und hole mir Handtuch, Bürste und Seife. Vom steingrauen Korridor des Wannenbades gehen verschiedene Türen ab. Ein Herr in einem weißen Kittel, mit Sandalen an den Füßen, kommt mir mit einem Eimer entgegen. Er ist der Wannenmeister. Eine Stunde Baden kostet eine Mark fünfzig. Ich gebe ihm das Geld, er gibt mir einen Schlüssel mit der Nummer drei. Durch die Fenster fällt ein milchiges Abendlicht, die Scheiben sind mit einer weißen Folie verklebt. An der Wand stehen zwei Wannen hintereinander. Vom vielen Gebrauch und der anschließenden Reinigung sind sie ganz blank gescheuert. Zwischen den Wannen hängt ein Vorhang. Ich hoffe nicht, dass noch ein nächster Badegast die Schlüssel für die Tür Nummer drei ausgehändigt bekommt. Ich lasse das heiße Wasser ein. Der Spiegel an der Wand gegenüber beschlägt. In den Nachbarräumen links und rechts höre ich ebenfalls das Wasser laufen. Eine sonderbare Vorstellung, in jedem Zimmer ein einzelner Körper, der still im Wasser liegt. Ich entkleide mich und steige in die Wanne. Ich schäume die Seife auf und wasche mich. Ich tauche den Kopf unter Wasser, ich tauche wieder auf. Gern möchte ich einschlafen und ein wenig unter Wasser treiben, um nach einigen Jahren wieder aufzutauchen. Der Wannenmeister klopft an meine Tür, ob ich denn fertig sei. Meine Zeit ist um. Immer diese Unruhe. Kann man sich nicht mal in einem Wannenbad ein wenig treiben lassen.

Es ist Abend geworden, ein paar Sterne stehen schon am Himmel. Ich gehe meine Straße entlang, das Kopfsteinpflaster schimmert. Ich treffe den Nachbarsjungen, der einige Häuser von mir entfernt wohnt. Er schließt gerade seine Haustür auf und lächelt mir zu. Er lädt mich ein. Ich bringe nur noch die Badesachen nach Hause. Was für eine Freude, jetzt kenne ich schon jemanden in meiner Straße. Ich klopfe an seine Tür. Er hat einen Arbeitsplatz in der Wohnung. Er ist Goldschmied. Ein schöner Beruf, er kann Ringe, Ketten, Armbänder und Ohrringe schmieden. Seine Fenster gehen wie die meinen zum Fluss hinaus. Er bietet mir ein Glas Wein an, in seiner Küche steht ein Vogelkäfig, darin wohnt ein kleiner orangener Kanarienvogel. Er stellt mir den Vogel vor, er heißt Apfelsinchen. Der Nachbar ist schön, sein Mund ist fein geschwungen, seine Fingerspitzen sind zart. Ich sitze auf seinem roten Samtsofa und mustere ihn heimlich. Menschen, die mir gefallen, stelle ich mir gern als mögliche Liebhaber vor. Ich stelle mir vor, wie ihr Haar sich mit meinem vermengt. Wir sprechen über Gold und Silber und Edelsteine, über Flüsse und Länder, Freunde, Bücher und Musik. Am späten Abend klingelt es an der Tür. Ein großer Junge mit blondem Haar steht im Korridor, sein Gesicht ist ebenfalls fein geschnitten, seine Fingernägel sind leuchtendblau lackiert. Sie küssen sich auf die Wange und auf den Mund, ich sehe den Ausschnitt ihrer küssenden Münder von meinem samtroten Sofa aus. Der Freund, der soeben zu Besuch gekommen ist, arbeitet in einer Gärtnerei. Er erzählt von Orchideensorten, deren Genuss tödlich ist. Wir hören Musik von den Rain Birds. Vielleicht könnte ich heute auf dem samtroten Sofa schlafen. Ich bekomme ein Kopfkissen, ein Federbett und einen Kuss auf jede Wange. Die beiden Jungen sind schon schlafen gegangen, ich hülle mich in die Decke ein. Die musizierenden Mädchen singen von Katzen.

Ich träume von einem Wald. Spinnweben ziehen sich von Baum zu Baum. Aus dem Waldboden ragen große, weiße Pilze. Jemand, der vor mir da war, hat sie zertreten. Dort, wo eben noch die Pilze wuchsen, wachsen Körperteile in allen Größen, Arme und Beine greifen nach mir. Ein Pfad führt mich zu einem See. Der See ist verwuchert, Baumstämme treiben darauf, kahle Äste ragen aus dem Wasser. Ich lege mich ans Ufer, den Kopf halb im Wasser. Jemand breitet schwere Decken über mich, jemand wäscht mich. Ein Mann hält meinen Kopf. Eine Frau tropft Wasser auf meine Stirn, sie streicht mir über das Gesicht. Sie trägt keine Schuhe. Das Knabenkraut, das heilige, sprießt nur so aus dem Boden. Ich küsse den Mund des Mannes, der meinen Kopf hält. Ich küsse die Frau, sie küsst gut und innig. Ich küsse den Mann noch einmal. Meine Haut treibt Blüten. Jemand zerteilt eine Apfelsine und gibt mir von der Frucht zu essen. In diesem Wald möchte ich noch Tage und Nächte verbringen. Ich will nicht hinaustreten in die steingraue Welt. Ich will Lieder singen, Fremde küssen, Bücher lesen, Früchte essen, Apfelsinen schälen und teilen, mich nicht mehr mühen und plagen, keine Kohlen aus dem Keller holen, nichts mehr fegen und wischen, nichts mehr rechnen und tragen. Ich vermähle mich heute Nacht noch mit allen wunderbaren Knaben und entkleide sie bis auf die Haut. Ich umkränze sie mit Atlas und Kuckucksknabenkraut, ich führe sie an der Hand bis Griechenland, schwimme mit ihnen im Mittelmeer und liege auf Klippen und Felsen. Ich sammle mit ihnen Muscheln und brate Fische. Ich schlafe am Feuer ein und erwache neben der Asche.

Ich mache mir Sorgen, die Arbeit im Café dauert nur noch vierzehn Tage, dann ist die Saison beendet. Ich muss eine neue Arbeit suchen. Am Luisenpark steht ein großes Gebäude, davor ein verwilderter Garten mit einem Pförtnerhäuschen. An einer Holztafel hängt ein Zettel. Eine Mitarbeiterin wird gesucht. Für die Staatliche Gewässeraufsicht. Ich kann mir schwer vorstellen, hinter den Fenstern eines so grauen Gebäudes zu sitzen und Mitarbeiterin einer Staatlichen Gewässeraufsicht zu sein, aber ich muss Frau Werner in einem Briefumschlag die Miete übergeben, den Strom und die Briefmarken bezahlen, Schuhe und Kleidung, Wein, Brot und Milch und Bücher kaufen. Ich will diese Stadt nicht verlassen, nicht ihre Gassen, Kirchtürme, Brücken und Gewässer. Ich will die wenigen Freunde nicht verlieren. Ich führe zwei Leben. Ein Leben, das ich einer mir fremden Arbeit widme, eine Arbeit, die ich verrichte, ohne meine Wünsche darin unterzubringen, und ein Leben nach der Arbeit. Die Träume, die ich als Mädchen in die grauen Blütenblätterornamente meiner Wandtapete gesenkt habe, sind noch nicht in

Erfüllung gegangen. Ich träumte von einer Arbeit in einer großen Schlossbibliothek oder in der Wüste. Wie gern hätte ich den Beruf eines Archäologen erlernt. Ausgrabungsstätten in Syrien, Ägypten und Israel aufgesucht. Mit einem Pinsel die Zeitschichten abgestäubt und Entdeckungen gemacht. Auch wäre ich gerne Optiker oder Uhrmacher geworden, am liebsten Priester. Ich hätte am Sonnabend die Sonntagspredigt vorbereitet, die violette Stola umgelegt, die Hostien gesegnet und die sieben Sakramente vergeben. Ich frage mich, warum das nur eine Arbeit für Männer sein soll. Genauso gut könnten auch Frauen hinter dem Altar stehen und Blut und Fleisch Christi verwandeln. Ich glaube ohnehin, dass Mädchen und Frauen mit Wundern und Verwandlungen geschickter umgehen. Wie gern hätte ich im Dom zum Heiligen Kreuz das Evangelium vorgelesen und all den Gläubigen die Beichte abgenommen. In die Lehre zu einem Steinmetz wäre ich gegangen, mit meiner Schwester wäre ich bis nach Indien gereist, um Mutter Teresa zu helfen, die Wunden der Leprakranken zu verbinden. Expeditionen, Fremdes, Unbekanntes, Kühnes. Stattdessen lese ich den Zettel an der Schautafel, auf dem steht, dass die Staatliche Gewässeraufsicht eine Sachbearbeiterin sucht.

Ich hoffe, dass die Betriebsleitung mich einstellt und meine Ausbildung als Hydrogeologiefacharbeiter anerkennt. Ich suche einen Stock und gehe an den Gartenzäunen entlang. Ich ziehe den Stock über die eisernen Zäune und die steinernen Mauern. Ein monotoner Rhythmus. In der Frauenklinik brennt noch Licht. Von der Straße aus sehe ich die Neonlampen unter den Decken, den Schatten einer Frau im Bademantel, die sich am offenen Fenster eine Zigarette anzündet, mit Blick auf die gegenüberliegende Gärtnerei. Die Beete mit den Astern und Dahlien liegen in langen Reihen nebeneinander. Die glühende Zigarette brennt ein Loch in den Himmel, direkt in die südliche Hemisphäre hinein. Die Fremde stäubt die Asche nach unten. Wir sind die einzigen, die noch wach sind und die Sternenkarte entziffern können. Auf der Milchstraße liegen der Skorpion und der Schütze. Südlich leuchtet im Pfau der helle Pfauenstern. Der Adler und sein heller Stern Atair verschwinden über dem östlichen Horizont, die Jungfrau geht allmählich im Westen unter. So sehen wir die Sterne, einander unbekannt. Ich stehe hier unter diesem Sternenhimmel, zwischen mir und der Milchstraße liegen Lichtjahre. Ich überquere die Straßenbahnschienen. Die Sterne begleiten mich bis hierher. Ich zünde mit ihnen meine Lichter an, die Mäuse, Ratten, Spinnen ziehen sich zurück. Morgen werde ich mich vorstellen. Ich werde meine Zeugnisse mitnehmen und an die nächste Tür klopfen.

Atair, Adler und Jungfrau sind verschwunden. Der Himmel ist blank gewaschen, mit einem Scheuerlappen hat jemand das Grau verwischt. Der Pförtner hinter den Gardinenscheiben trägt die Besucher in sein Buch ein, mit einem Lineal unterstreicht er die Ankunftszeit, er verlangt meinen Ausweis. Eine Brotbüchse mit einem angebissenen Bierschinkenbrot liegt neben ihm, ich kann den Abdruck seiner Zähne im Wurstrand sehen. Der Pförtner dreht meinen Ausweis hin und her. Im verwilderten Garten wachsen Knallerbsensträucher. Er winkt mich durch. Ich klopfe an eine Tür mit der Zimmernummer dreihundertvierzehn. Der Kaderleiter sitzt auf einem Drehstuhl, sein Haar ist schütter, er trägt eine Hornbrille und einen rostroten Pullover. In seinem Rücken eine abwaschbare Sansevierie. Er steckt einen Bleistift in eine Anspitzmaschine und nickt mir zu. Von einem Block reißt er ein Blatt, er fragt nach meinem Lebenslauf. Ich verschweige ihm das Wesentliche und erzähle das Nötigste. Ich nenne ihm meinen Ausbildungsberuf, das scheint ihm zu gefallen. Er skizziert die Tätigkeit, vierzehn Tage Urlaub, täglich acht

Stunden, alle anfallenden Büro- und Telefonarbeiten, Mitarbeit im Brigadeleben, Pünktlichkeit, Disziplin, Ordnung, Schreibmaschinen- und Rechenkenntnisse. Ich akzeptiere alles. Hauptsache, ich bekomme die Arbeit.

Er macht mit mir eine Betriebsbesichtigung. Hinter jeder Tür, die er öffnet, sitzen Menschen an Schreibtischen. Der Kaderleiter lächelt mit schmalen Lippen, sie kleben an seinen Zähnen, wenn er spricht. Ich spüre, dass er mich beobachtet. Ich weiß schon, er will hinter meine Stirn schauen, erblicken, was ich denke und fühle. Ich zeige ihm nichts von meiner Verachtung. Ich werde mich in seine Staatliche Gewässeraufsicht integrieren, so bin ich unsichtbar, erloschen bis zur Unkenntlichkeit, und kann unter den Neonleuchten seines Betriebs ungestört denken, Korridore in eine Zukunft schlagen, die ohne ihn auskommt. Er schreibt auf einen Zettel einen Termin. Ich bedanke mich und gebe ihm die Hand zum Abschied. Auf seinem Handrücken wachsen Haare. Er lächelt und bringt mich zur Tür. Ich lege meine Hand auf das kalte Treppengeländer, vom Treppenhaus schaue ich auf einen Hauseingang. Davor stehen Mülltonnen, deren Deckel nicht mehr schließen. An den Wänden des Treppenhauses hängen Urkunden, erster Platz im Kegeln, zweiter Platz im Luftgewehrschießen, dritter Platz im Betriebsmarathon. Ich trete ins Freie, auf dem Hof nebenan bellt ein Schäferhund, er ist an eine Kette gebunden. Der Pförtner hat sein Brot aufgegessen und die Brotbüchse geschlossen. Er schreibt die Uhrzeit meines Weggangs in sein Buch, unterstreicht die Ziffern mit dem Lineal, meine ordnungsgemäße Unterschrift, hier bitte. Atair, Jungfrau, Schlange, Herkules, Skorpion, Schütze. Helft mir. Kommt. Leuchtet. Rettet mich, nehmt mich mit in die südliche Hemisphäre. Ich verasche, ich vergehe.

Am nächsten Nachmittag mache ich mich wieder auf den Weg zum grauen Gebäude. Der Pförtner schaut auf.

Wieder trägt er die Uhrzeit in sein Buch und unterstreicht die Ziffern mit einem Lineal. Der Kaderleiter sitzt noch wie gestern in seinem Zimmer. Er schiebt mir über den leeren Schreibtisch einen Vertrag zu, der Vertrag ist auf einem grauen Papier gedruckt, nicht mal einen toten Fisch würde man in ein solches Papier einschlagen. Die Sekretärin legt mir ein Blatt vor, unter anderem steht da: Sie wird für die Tätigkeit Sachbearbeiter für Wassernutzungsregister, Wassernutzungsgeld und Abwassergeld eingesetzt. Ausführlich wird sie mit der Grundaufgabenstellung vertraut gemacht. Dabei wird festgelegt, dass sie anfallende Schreibmaschinenarbeit für ihren Bereich selbst erledigt. Mein Arbeitszimmer ist ein Raum, eingerichtet wie ein Sargmöbel. Hier werde ich also die Tage verbringen.

Das Fenster geht auf die Hauswand hinaus. Ich blicke acht Stunden täglich auf eine schlammgrau verputzte Hauswand, mit einer Reihe von Mülltonnen, vor denen ruppige Sträucher stehen. Eine Gardine verdeckt die Sicht zum Hof. Es gibt zwei sich gegenüberstehende Schreibtische. An den Wänden hängen Abreißkalender und farbige Postkarten vom Erzgebirge und vom Thüringer Wald. Die Tapete hat ein Muster, das man nicht mehr erkennen kann. Eine Blumenbank mit Töpfen in Hydrokultur, ein Zimmerfarn und eine Gießkanne mit langer Tülle aus Messing. Es riecht nach altem Papier und Kleber. Auf dem Schreibtisch steht ein Telefon, will ich ein Gespräch nach draußen führen, muss ich mich mit der Telefonzentrale verbinden lassen, die entscheidet dann, ob dieses Gespräch statthaft ist.

Ich habe eine Schublade für persönliche Dinge im akkurat aufgeräumten Schreibtisch. Ich ziehe die Schublade auf, sie ist leer. Ich werde zauberhafte Dinge in diese Schublade legen. Glattgestrichenes Stanniolpapier, Schwanenfedern, Musikkassetten, Schokolade, einen

Eiffelturm, einen Band mit Gedichten, ein Buch von Truman Capote, ein Taschenmesser, Käfer, Schmetterlinge, Schallplatten, Terrassenplätzchen, Briefpapier, Tinten, Landkarten, Manifeste und eine Hasenpfote. Ich bekomme sogleich eine Tabelle vorgelegt. Auf der stehen unendlich viele Zahlen, Kolonnen von Zahlen, die ich zu berechnen, zu addieren, und zu vergleichen habe. Wenn bestimmte Zahlen mit den vorgegebenen nicht übereinstimmen, muss ich zum Telefonhörer greifen und eine Nummer wählen, mit einem Sachverständigen sprechen und ihm mitteilen, dass hier die Staatliche Gewässeraufsicht am Apparat ist und das Wassernutzungsentgelt oder das Abwassereinleitungsentgelt nicht ordnungsgemäß bezahlt wurde. Viele Betriebe versuchen zu betrügen, aber ich bin mir nicht sicher, ob sie bestraft werden. Da ja ohnehin das gesamte Land Staats- oder Volkseigentum ist, müsste sich der Staat ja selbst bestrafen. So, wie ich das Land bis jetzt kennenlerne, scheint ein gleichgültiger Umgang mit Menschen, Bäumen, Gewässern und Böden zu herrschen.

Es gibt zwei Unterbrechungen am Tag, an denen ich meinen Schreibtisch verlassen darf. Die Frühstückspause. Alle sitzen um einen gedeckten Tisch und haben ihre Frühstücksbrote in Brotbüchsen oder Butterbrotpapier vor sich liegen, manchmal auch Radieschen oder Äpfel. Ich sitze zwischen den Frauen mit ondulierten Haaren und Strickpullovern. Ich habe nichts zur Unterhaltung beizutragen. Keine Kinder, keine Mittelohrentzündung, keinen Mann, der Skat spielt, keinen Krebs in der Familie, keine bestellte Schrankwand, kein Rezept für eine Buttercremetorte mit weniger Kalorien, keinen Kleingarten. Ich bin verloren, was soll ich ihnen erzählen, was soll ich antworten, wenn mir Fragen gestellt werden. Nachdem die Frauen herausbekommen haben, dass ich nichts von Unfällen, Unglücken, Krankheiten, Verwandten und Katastrophen berichten kann, reduzieren sie ihren Umgang mit mir auf das Notwendigste. Ich sitze zwischen ihren lustigen Geschichten und sehne mich weit weg. Wohin, ich weiß es nicht. Ich schaue durch das Fenster. Hinter dem Fenster der Luisenpark. Ein heftiger Neid kommt auf, auf alle, die draußen sind. Die im Freien umhergehen können. Ein Neid auf die Enten im Teich, die gar nicht wissen, wie gut sie es haben. Wenn es ihnen nicht mehr gefällt, spannen sie die Flügel aus, und weg sind sie. Ich sitze eingeklemmt zwischen Schublade, Telefon und Rückenlehne. Ich fühle mich wie ein Gespenst. Ich hole aus meiner Schublade einen Bogen Papier und schreibe einen Brief nach Hause.

Liebe Eltern, ich bin hier am Ende der Welt eingesperrt, meine Augen brennen, mein Kopf schmerzt. Ich sehe nur noch Zahlen. Sie laufen über den Tisch und an den Wänden entlang, sie tanzen mir auf dem Kopf herum und verstecken sich in meinen Taschen. Sie drangsalieren mich. Wenn das so weitergeht, bringen sie mich noch um den Verstand. Auf dem Linoleumboden steht Wasser, ich versuche es aufzuwischen. Der Scheuerlappen wird immer dreckiger. Blei, Schwefel, Nitrate, lauter Schmutz rinnt aus meinem Scheuerlappen. Meine Füße sind schon nass. Liebe Eltern, es ist den ganzen Tag dunkel. Ich bin tief in mir traurig, und es geht mir nicht gut. Die Milch auf dem Tisch zu Hause ist sauer, und in der Feuerwand wohnt eine Ratte, die Mehl- und Zuckertüten von unten durchfrisst. So fällt mir das Mehl am Morgen auf die nackten Füße. Der Wind geht durch die Fensterscheiben, und ich habe keinen Freund. Niemanden, der mich küsst, wo es doch gleich Herbst wird und die Blätter zusammengefegt werden. Zum Abendbrot mache ich mir Schwarzwurzeln. Ich werde sie mit einem Messer sauberputzen, die Erde abwaschen und sie in heißem Wasser kochen. Ich habe jetzt eine Propangasflasche. Geht es euch gut. Ich liebe euch und habe Sehnsucht nach euch und meinen Geschwistern. Euer Kind.

Ich klebe eine Briefmarke auf den Umschlag und werfe den Brief in den Kasten. Der Pförtner trägt mich ins Buch ein und wieder aus und wieder ein. Es fallen immer mehr Blätter von den Bäumen. Der Straßenkehrer fegt sie zusammen. An den Sträuchern hängen die reifen Hagebutten, Kastanien liegen auf der Straße. Ich kaufe eine Schachtel Streichhölzer und baue einen Zoo. Mit einem Nagel bohre ich Löcher in den Bauch der Kastanie. Ich stelle die Tiere auf die Fensterbank, so ist jemand da, wenn ich nach Hause komme. Ich koche einen Tee und gebe drei Löffel Kandiszucker hinein. Ich lege eine Schallplatte auf. Es wird kalt in meinen windigen Zimmern. Ich brauche einen Bezugsschein für Kohlen. In der zentralen Kohlenvergabestelle sagt man mir, dass ich nicht bezugsberechtigt bin. Frau Werner kann mir keinen Mietvertrag geben. Ich lebe illegal in ihrem Haus. Und ohne Mietvertrag keine Kohlenkarte. Ich muss die Kohlenmänner abfangen und sie überreden, mir etwas abzugeben. Die Kohlenmänner schütten einen Sack Kohlenstaub im Keller aus, den Staub kann ich nicht verheizen. Ich muss mir etwas einfallen lassen. Das Haus von gegenüber steht leer, die Fenster sind vernagelt oder eingeworfen. Die Haustür lässt sich mit einem Fußtritt öffnen. Hier wohnt niemand mehr. Ich taste mich die Kellertreppe herunter. Alte Schlitten und Fahrräder lehnen an der Wand. Hinter einem hölzernen Verschlag liegen Kohlen. Ich suche nach einem Sack und stopfe die Kohlen hinein. Ich trage den Sack über die Straße und leere ihn in meinem Keller aus. So gehe ich hin und her. Ich bin schwarz von Kohlenstaub. Ich fülle die Töpfe mit kaltem Wasser und stelle sie auf die Gasflammen. Ich muss mich waschen. Ich schütte das heiße Wasser in die Schüssel. Im Spiegel sehe ich meine Schultern und mein Gesicht. Ich wünsche mir eine Berührung im Monat November. Ich schütte das Wasser weg und hänge das Handtuch zum Trocknen auf. Ich schüttle die Federkissen auf. Die Wand neben mir ist kalt. Ich lese die Worte einer russischen Dichterin.

Täglich wische ich den Hausflur und gehe zur Arbeit. Ich greife zum Telefon, rufe fremde Betriebe an, zähle Kolonnen von Zahlen zusammen, hantiere mit einem Taschenrechner und einer Schreibmaschine, schreibe ein Dokument, gehe zur Lichtpauserei, spitze Bleistifte an, gieße die Zimmerpflanzen, studiere die Akten, hefte Papiere ein, hefte Papiere aus. So geht das Tag für Tag. Bald ist kein Blatt mehr am Baum.

In einer Gegend, in der verwitterte Villen stehen, ganz in der Nähe der Straße, in der sich die Oberflussmeisterei befindet, gibt es ein Wirtshaus. Hier treffen sich viele Menschen. Die zwei jungen Wirtsleute sprechen alle mit Vornamen an. Der Wirt trägt einen mächtigen Schnauzbart und die Wirtin das Haar lang. Ich fürchte mich über die Schwelle zu treten und kann in den ersten Sekunden gar nichts sehen, so überfüllt und laut ist es im Raum. Schwaden von Tabakrauch, ich kann die Gesichter nicht erkennen. Rosi, die Wirtin, trägt ein Tablett mit Biergläsern. Ich bin verlegen, aber ich muss einmal unter Menschen gehen, vielleicht ist einer unter ihnen, der mit mir kommen möchte, um mich zu küssen. Wie soll ich ihn finden, in dem Rauch und dem Lärm hier.

Rosi weist mir einen Platz zu. Sie setzt mich an einen Tisch mit Puppenspielern. So schöne Berufe gibt es. Erwachsene Männer, die mit Puppen spielen. Die Puppenspieler sprechen über Cyrano de Bergerac, Christian und Roxanne. Sie erzählen von der missgestalteten Nase eines traurigen Briefeschreibers, von seiner Kunst, durch

Poesie das Herz von Roxanne zu gewinnen. Ich bestelle ein Bier, das ich in kleinen Schlucken trinke, und höre ihnen zu. Sie sprechen von Frankreich und dem Mond, von Stoffen und Schnüren. Von Briefen und Empfindungen. Ein Mann sitzt neben mir. Er spielt die Puppe des Christian, der die Worte nicht beherrscht. Cyrano de Bergerac sitzt mir gegenüber, selbst mit einer langen Nase und wildem Haar. Der Puppenspieler des Christian spricht mich an. Ich betrachte heimlich seine Hände. Seine Fingerspitzen können die filigranen Figuren zum Leben erwecken. Ich überlege, ob der Puppenspieler ein möglicher Begleiter wäre, von Worten versteht er einiges, von der Musik und einer Welt, die sich ganz der Verzauberung hingibt. Der Rauch brennt in meinen Augen. Ich sollte selbst eine Zigarette rauchen, damit ich besser sehen kann. Der Puppenspieler gibt mir Feuer. Vielleicht hat er in meinen Augen etwas gesehen, was ihn bewegen könnte, mir zu begegnen. Ich muss warten, ich bestelle noch ein Bier. Ich möchte das gar nicht trinken, aber wenn ich es nicht trinke, kann ich nicht am Tisch der Puppenspieler sitzen bleiben. Die Wirtin Rosi stellt mir das Bier hart auf den Pappdeckel. Sie lächelt nicht. Vielleicht durchschaut sie meinen Sehnsuchtsplan. Ich wünsche mir sehr, dass mich der Puppenspieler umarmt. Gleich ist es Mitternacht. Ich starre auf den Aschenbecher, der sich füllt, die Vase mit den Kunstblumen, die Gläser mit den Bierresten. Wie kann ich mich bemerkbar machen. Könnte ich nur Briefe schreiben, wie Cyrano, auf einen kleinen Zettel. Möchten Sie mit mir den Mond betrachten, der milchig am Himmel steht. Die Wirtin will abkassieren. Ich zahle, der Puppenspieler erhebt sich, ich erhebe mich auch. Der Puppenspieler und ich treten ins Freie.

Wir haben einen gemeinsamen Nachhauseweg. Ich spüre, wie seine Hand meinen Ärmel berührt. Hoffentlich geht er mir nicht unterwegs verloren. Wir überqueren den Hermannsplatz. Wir stehen vor meiner Haustür. Ich bin verlegen, der Puppenspieler ist kleiner als ich. Was mache ich jetzt mit ihm. Ich schließe die Tür auf, ich mache kein Licht im Hausflur, ich öffne leise die Wohnungstür. Er legt seine Fingerspitzen auf meinen Hals, er berührt meinen Nacken, er nimmt seine Brille ab. Ich ertaste seinen Nacken, seine Ohren, seinen Mund. Die Wimpern. Er küsst mich, ich küsse ihn. Bevor wir einander noch ansehen oder erkennen können, sind wir schon ohne Kleider. Ich weiß nicht, wie ich diese Begegnung verlangsamen soll. Wo sind jetzt die zerbrechlichen und kostbaren Worte, die mich in den Morgen flüstern. Ich streife über die zarte Haut des Puppenspielers. Sie ist dünn und glatt wie Pergament. Ich beschreibe sie mit meinen Fingerspitzen mit Buchstaben, die er nicht lesen kann. Ich verbinde sie zu meiner schönsten Handschrift. Ich küsse die Punkte und Kommas weg, ich wickle seine Locken um meine Finger. Ich habe jetzt eine Nacht Zeit, unter den Lidern seinen Traum zu beobachten. Ich streiche über die Stelle, die zwischen den Augenbrauen liegt. Ich bin nur froh darum, dass ein Mensch in meinem Bett schläft. Ich hoffe, dass er wenigstens meinen Namen kennt und ihn nicht vergisst, dass er sich an ein winziges Detail erinnern kann, vielleicht an meinen Mund. Ich träume wahrscheinlich zu viel mit offenen Augen, und plötzlich sind die Träume Realität, und ich verheddere mich darin.

Es ist kalt. Ich habe den Ofen noch nicht geheizt. Der Puppenspieler sucht seine Brille. Er streicht mir kurz über den Unterarm, seine Fingerspitzen sind auch kalt. Ich gebe ihm Zucker in seine Tasse und brühe den Kaffee auf. Unsere Hände liegen nebeneinander auf dem Tisch, Zuckerkrümel dazwischen. Nun sitzen wir hier und rühren in unseren Tassen. Ein Lächeln, ein schiefes Versprechen. Mit Mädchen, die einen Mann im Dunkeln mit nach Hause nehmen, schläft man nicht ein zweites Mal.

Ich nehme den Aschekasten und trage ihn auf die Straße. Ich schütte die Asche in die Mülltonne, eine graue Wolke stiebt auf. Ich gehe zur Arbeit, die bekannten Schritte. Im Programmkino läuft Das kalte Herz. Ich betrachte das Filmplakat. Vor einer Felswand stehend, umklammert ein Mann ein schwarzes Herz mit seinen gierigen Fingern. Es scheint nur noch schwach zu schlagen. Nach Feierabend kaufe ich mir eine Karte für diesen Film. Es sind mit mir noch zwei Besucher in der Nachmittagsvorstellung. Der Vorhang öffnet sich. Ich befinde mich in der düsteren Welt eines Märchens. Ich kann mein eigenes Herz sehen. Es hängt in einer Höhle, zwischen all den anderen pulsierenden Herzklumpen, mit einem Zettel beschriftet. Ich kann die Nachbarherzen schlagen hören. Ich muss mein Herz retten, ich muss es wieder zurücktauschen. Es soll niemand anderem als mir selbst gehören. Das Licht geht wieder an. Die Frau im Anorak starrt immer noch auf die Leinwand, sie hat ihre Kapuze fest um den Kopf gezogen, der Mann ist eingeschlafen. Ich wecke ihn. Er weiß nicht, wo er ist. Im Land der kalten Herzen, flüstere ich ihm in das noch schlafende Ohr.

Draußen ist es schon dunkel. Die Straßenbahnen fahren über den Platz. Die Uhr an der Apotheke zeigt zehn Minuten vor acht. Ich muss noch etwas zu essen einkaufen. Brot, Tee, Zucker und Teewurst. Ich öffne meinen Briefkasten, er ist leer. Ich suche die Streichhölzer, ich zünde den Kohlenanzünder an, schichte etwas Papier und Holz darüber. Ein kleines Feuer brennt. Ich trinke den Tee mit viel Zucker. Die Kohlen glimmen nur, der Ofen qualmt. Ich muss mein kaltes Herz erwärmen. Ich muss wieder hinausgehen. Vielleicht treffe ich den Puppenspieler, vielleicht einen anderen. Ich lösche das Licht und schlage den Weg zu dem Ort ein, der Menschen am Abend versammelt. Die Wirtin taxiert mich und weist mir einen Stuhl zu, an einem Tisch, wo bereits viele sitzen. Ich bestelle ein Bier.

Ich muss mich gut tarnen. Niemand soll meine wahren Absichten erraten, niemand soll erkennen, dass ich nur hier bin, um einen Jungen zu finden, der mich noch einmal auf den Mund küsst. Ich kann keine Nacht länger allein sein.

An meinem Tisch sitzen zwei Schwestern, beide haben schwarzes Haar und tragen Brillen, zwei Schneewittchen Schwestern. Sie sind in Begleitung. Ein junger Mann. Ich kenne seinen Namen, ich kenne seinen Beruf. Ich beobachte ihn. Ich warte auf einen geeigneten Augenblick. Sein langes Haar fällt ihm ins Gesicht, seine Lippen sind schön geschwungen. In seinen Taschen trägt er Bücher, eins in der Jackentasche, eins in der Hosentasche. Einen Gedichtband von Arthur Rimbaud und einen Gedichtband von Rainer Maria Rilke. Wir lächeln uns unbestimmt zu. Ich sehe, wie das Haar in seinem Nacken zu einem Zopf gebunden ist. Wie gern möchte ich ihm das Haarband lösen und dabei sein, wenn das schwarze Haar über seine Schultern fällt. Ich taste heimlich nach dem einen Buch und lese darin wie ein Dieb. Wir sprechen über Rilke und Rimbaud. Wir brennen ein Streichholz nach dem anderen ab und werfen die verkohlten Enden in den Aschenbecher. Es ist ein Spiel ohne Regeln. Wir bezahlen. Wir schauen uns in die Augen. Wir gehen gemeinsam aus der Tür. Er legt seinen Arm um mich. Es ist still in der Stadt. Ein feiner Schneeregen. Ich lege meine Hand um seine Hüfte. In meinem Zimmer angekommen, ziehen wir uns gegenseitig unsere Kleider aus. Die Gedichtbände fallen zu Boden. Ich löse sein Haarband, das Haar fällt ihm über die Schultern. Ich greife in sein Haar und schlinge es zu einem Knoten um mein Handgelenk. Ich beuge seinen Nacken zu mir, ich schlage meine Zähne in seine Haut. Ich umfasse seine Brust. Mit der Wange an seinem Rücken, seine Hände um mich geschlungen, stehen wir Im Raum. Wir legen Haar um Haar, Haut um Haut aufeinander.

Wir küssen uns Lider und Lippen. Glut fällt aus der Ofentür. Gleich gerät das Zimmer in Brand. Die Kirchtürme und Schornsteine der Stadt stehen schwarz in der Nacht. Die Tiere im Fluss schweigen, sie haben ihre Köpfe zwischen die Flügel gelegt. Nur das Wasser schlägt gegen die Hausmauern. Wir schließen die Augen. Ich denke noch darüber nach, ob das jetzt gut oder schlecht ist, so nebeneinander zu liegen. Ob es ein Verhängnis ist, oder keines. Ob ich ein Mädchen ohne Gesetze, ohne Anstand und Würde bin, oder ob man die Liebe einfach einfangen kann. So wie man ein Tier mit einem gebrochenen Flügel oder einem verletzten Bein findet und mit nach Hause nimmt, so nehme ich die Liebe mit zu mir. Gebe ihr zu essen und zu trinken, streichle sie ein wenig, hülle sie in Decken ein und lasse sie wieder frei. Ich höre den Atem des schönen Jungen und berühre seine Augenwimpern, die wie lange Schatten über seinen Wangen liegen. Ich hülle mich in sein schwarzes Haar und decke mich damit zu. Ich wünsche mir, dass einmal jemand bleibt oder am Tag zurückkehrt, um mit mir ein Brot zu kaufen oder einen Brief zur Post zu bringen. Der Fremde hält mich bis zum Morgengrauen in seinem Arm. Dann zieht er seine Kleider an und geht. Ich schaue ihm nach. Wie er die Straße entlanggeht und hinter der Kapelle verschwindet, die Hände in den Taschen.

Der erste Schnee fällt. Der Schnee bleibt auf den Türklinken und Fensterbrettern liegen. Der Himmel ist grau und hängt tief über den Dächern. Wieder schlage ich den Weg zu meinem Schreibtisch ein. Tabellen, Zahlen, Berechnungen. Ich schaue aus dem Fenster. Im Strauch neben den Mülltonnen sitzt eine Amsel. Ihr Schnabel ist gelb. Sie singt Lieder, die ich durch die geschlossene Scheibe nicht hören kann. Ich muss warten, bis es Mittag ist. Dann gehe ich hinaus, um die Amsel zu hören. Vorher muss ich noch graue Papiere einheften, mit einem Kugelschreiber Zahlen eintragen, die Stellen vor und nach dem Komma errechnen. Ich ersticke. Ich werde hier zu einer Zahl, zu einer Kolonne, zu einem Mitglied einer Gesellschaft, das nur noch aus Papier und Blaupausen besteht. Morgen kann man mich selber ausschneiden und abheften, in einen Aktenordner sperren, mich beschriften und wegstellen. In einen Rollschrank, dessen Schloss nie wieder zu öffnen ist.

Ich nehme meine Jacke und meine Mütze vom Garderobenhaken und gehe die steinerne Treppe herab. Der Schnee liegt auf den Bänken und Papierkörben. Es gibt einen kleinen Weg zum Fluss. Ich setze mich auf einen Stein. Mit den Füßen scharre ich den Schnee zusammen. Er reicht für einen Schneeball. Ich werfe ihn in den Fluss, er schmilzt im Wasser. Ich werde einen neuen Ort für mich suchen. Ein andere Umgebung. Ich ändere heute meinen Heimweg. Ich laufe nicht wie sonst die Gustav-Adolf-Straße entlang, an der Frauenklinik und der Gärtnerei vorüber, sondern gehe bei der Bäckerei Nüsslein vorbei. Hier kann man an einem Tischchen sitzen, aus dem Fenster schauen und heißen Kakao trinken. In dem Kaffee sitzen Frauen, sie tragen Filzhüte wie Kronen und Perlenketten aus Plastik.

Ich suche einen Platz am Fenster. Schneematsch liegt auf der Straßenkreuzung. Ich schaue auf die grün gestrichene Fassade vom Opernhaus. In diesem Haus gibt es Musik und Verwandlung. Ja, vielleicht sollte ich es dort probieren. Ich trinke den Kakao und male mir ein neues Leben aus. Umgeben von schönen Worten, Instrumenten, Melodien, Dramatik und Zauber. Vielleicht gibt es in einem solchen Haus eine Aufgabe für mich. Ich überquere die Straße und lese den Spielplan. Sinfoniekonzerte, Verdi, Mozart, Shakespeare, Beckett, Klaus Mann. Ich sollte weggehen von der Staatlichen Gewässeraufsicht. Hin zu diesen aufregenden Namen, hinter denen gänzlich andere Welten liegen. Ich suche das Bürogebäude, die Verwaltung. Ich spreche mit den Damen und Herren von der Verwaltung, der Kaderabteilung, der Dramaturgie. So lange und ausführlich, bis ich endlich einen Termin beim Intendanten bekomme. Ich habe im Schaukasten gelesen, dass die Stelle des Inspizienten ausgeschrieben ist. Ich weiß noch nicht, was sich hinter in dieser Bezeichnung verbirgt. Aber auf Dinge und Prozesse achten, das kann ich bestimmt ganz gut. Ich muss den Intendanten bloß davon überzeugen, dass er diese Stelle nur mir geben kann. Ich klammere mich an diese unglaubliche Aussicht. Das Theater erscheint mir als ein Ort der Gedankenfreiheit. Ich hätte endlich ein Zuhause für meine Phantasie, einen Raum, in dem gesprochen wird von Liebe und Tod, von Mord und Verrat. Von Schönheit und Schmerz.

Ich zünde in einer Kapelle eine Kerze an, ich bete um ein Schicksal, das mich hinwegnimmt aus der Welt der Zahlen und Formeln. Ohne zu wissen, ob ich die Arbeit im Theater bekomme, werde ich kündigen. Ich werde mir morgen im alten Betrieb am Ende der Gustav-Adolf-Straße meinen Laufzettel abstempeln lassen und davon gehen. Den Schreibtisch, die Lampe, den Locher und den Wandkalender hinter mir lassen. Der Kaderleiter drückt mir den Stempel auf das Papier. Ich bin entlassen.

Ich schlage den Weg zum Verwaltungsgebäude des Theaters ein, ich klopfe an der Tür der Sekretärin. Der Intendant erscheint. Er winkt mich zu sich herein. Er setzt den Vertrag auf. Ich unterschreibe den Vertrag. Es schneit noch immer. Still ist die Stadt. In mir herrscht eine große Freude. Ich kann ein neues Leben beginnen.

Angelangt in meiner Straße, sehe ich Frau Werner Schnee schaufeln. Ich nehme ihr die Schaufel ab, ich schippe den Schnee, ich türme ihn nach links und rechts. Frau Werner streut den Weg mit Asche, dass niemand stürzt. Ich würde sie am liebsten um die Hüften fassen, umher wirbeln und einmal durch die Luft werfen. Ich werde mir etwas Schönes kochen. Ich setze Wasser auf. Ich koche Risi-Bisi. Ein Gericht aus Reis, Erbsen, Möhren und Fisch. Ich decke den Tisch für mich. Ein Festmahl. Ich lege den Vertrag neben den Teller. Ich öffne eine Flasche Wein. Ich lese den Vertrag noch einmal durch. Am späten Abend mache ich einen Spaziergang durch die verschneite Stadt. Ich gehe über den Domplatz zum Petersberg. Von dort aus kann ich über die Dächer und Türme schauen. Die Stadt liegt mir zu Füßen. Ich werfe Schneebälle vom Domberg. Ein paar Sterne stehen am Himmel.

Ab Morgen brauche ich keine Stechuhr mehr. Ich muss nicht mehr im Dunkeln aufstehen. Die Pförtnerin im Haus ist freundlich. Sie strickt eine Pudelmütze. Sie steckt die Stricknadeln in das Wollknäuel und wählt eine Nummer. Eine junge Frau holt mich ab, gibt mir die Hand und führt mich durch das Haus. Sie zeigt mir den Kostümfundus, den Schuster, die Waffenschmiede, die Tischlerei, den Malersaal, die Probebühnen, die Schlosserei, die Maske, die Schneiderei. Sie zeigt mir die Requisite, die Tonabteilung. Dann öffnet sie die Tür zu einem Probenraum. Sie schiebt mich in den Raum hinein und schließt leise die Tür. Ich soll alles, was ich auf der Probe sehe, mitschreiben, die Gänge und Bewegungen, die Dinge, die benötigt werden. Die Veränderungen, die sich der Regisseur wünscht. Ich mache Skizzen und Notizen. Am Ende der Probe muss ich gemeinsam mit dem Requisiteur aufräumen. Wir lesen die Notenblätter auf. Er hat leuchtend grüne Augen und lächelt sanft. Seine Haare stehen vom Kopf ab. Von ihm geht Milde aus.

Kaum betritt ein schöner oder sanfter Mensch den Raum, kaum findet eine Berührung statt und sei es nur das gemeinsame Aufsammeln von Notenblättern, streift etwas mein Herz. Die Unschuld eines Blicks, eine Stimme, oder die Art und Weise, wie ein Fremder seine Brille abnimmt oder seine Uhr auf den Tisch legt, seine Stirn reibt. All dies genügt, um eine Sehnsucht zu entzünden. Um eine Imagination zu erzeugen, in der ich zum Teil eines anderen werde. Verbunden mit dem Wunsch, dass ich für den anderen von Bedeutung bin, ein winziges Ereignis. Ich lese Zeichen, sammle Schnipsel, Bruchstücke und Fragmente. Der junge Mann mit den grünen Augen kann nichts dafür, dass er sich in meinem Sehnsuchtsnetz verfangen hat. Ich werde mich vorsichtig bewegen und ihn heimlich beobachten.

Er bringt mit mir zusammen die Notenblätter in den Fundus. Er hat die Aufgabe bekommen, das Papier älter wirken zu lassen. Ich werde ihm helfen. Wir kochen schwarzen Tee. Wir tauchen die Notenblätter einzeln in den schwarzen Tee und hängen sie zum Trocknen auf eine Leine. Wir suchen Feder und Tinte und zeichnen auf die getrockneten Blätter feine Linien. Wir schreiben in geheimnisvollen Handschriften Worte auf das Notenpapier. Wir tauchen die Feder in die schwarze Tinte. Ich betrachte seine Hände, er hat wohlgeformte Fingernägel, kleine Halbmonde.

Ich öffne meinen leeren Briefkasten. Ich heize den Ofen und lese das Textbuch. In der folgenden Zeit erlerne ich viele Dinge, ich werde mit dem Inspizientenpult vertraut, von dort aus kann ich verschiedene Knöpfe drücken, die gelb, rot und blau leuchten. Ich rufe in ein Mikrophon, dass die Vorstellung gleich beginnt. Ich gehe über die Bühne und schaue, ob der Apfel, der Brief und das Messer an der richtigen Stelle liegen. Ich gebe Lichtzeichen für die Vorhangzieher, die Beleuchter, die Ankleider, die Requisiteure, die Schauspieler. Ich habe immer Angst, etwas zu vergessen, ich habe Angst vor den Wutausbrüchen einzelner Schauspieler. Ich beobachte viel und halte mich meistens im Dunkeln. Nur wenn ich hinter dem Pult im Fünfminutentakt die Uhrzeit ansage, fühle ich mich sicher.

Hinter mir, in der Dunkelheit, steht der Requisiteur. Ich spüre seine Anwesenheit. Ich habe ihn schon längst den Mann mit den traurigen Augen getauft. Von ihm geht eine faszinierende Stille aus. Er redet nichts Überflüssiges. Immer trägt er ein Buch bei sich. Ich versuche, mir kein Bild zu machen. Ich weiß nicht, ob er allein lebt oder mit einer Frau. Jeden Tag kommt er mit einem orangefarbenen Moped zur Arbeit, und jedes Mal, wenn ich dieses Moped sehe, passiert etwas mit meinem Herzen. Es springt kurz auf. Ich streiche heimlich über das Leder der Sitzbank. Wie gerne würde ich einmal mitfahren. Ich würde mich vorsichtig am Bauch des Mopedfahrers festhalten und mich in einer Kurve mit zur Seite lehnen.

Es ist immer noch sehr kalt draußen. Ein eisiger Winter. Die Eisblumen wachsen innen an meinen Fenstern. Ich taue eine Öffnung in die Scheibe. Wie durch ein Schlüsselloch schaue ich in sein Fenster. Ich sehe, wie er die Tasche von der Schulter nimmt, die Jacke auszieht, das Wasser aufsetzt und sich einen Tee aufgießt. Alle seine Bewegungen sind ruhig und langsam.

Ich verlasse mein Haus und wandere umher. Es ist schon dunkel, nur wenige Straßenlaternen brennen. Ich bleibe unter dem schützenden Bogen einer Kirchentür stehen. In seinem Fenster brennt Licht. Das Licht fällt auf die Straße. Ich stelle mich in das auf das Pflaster gespiegelte Viereck. Ich wage es, ich werfe einen kleinen Stein gegen die Scheibe. Das Fenster öffnet sich. Er schaut hinaus. Das Treppenlicht geht an. Seine Schritte im Flur, er schließt die Haustür auf und bittet mich herein. Wir geben uns die Hand. Der Hausflur riecht nach Witwen und Bohnerwachs. Ein reinlicher und verblichener Geruch. Ich folge ihm über verwinkelte Treppen nach oben. Wir treten in die Küche, ein karger Raum. Eine Spüle, ein

Herd. Ein Tisch und zwei Stühle. Hinter der Küche liegt ein Zimmer, in dem ein Bücherschrank, ein Tisch und ein Bett stehen. Hinter der Glasscheibe des Bücherschranks die Werkausgaben bedeutender Dichter. Er öffnet den Schrank. Ich darf mir ein Buch auswählen. Er setzt Wasser auf, er kocht Tee. Er stellt zwei Teetassen und Zucker auf den Tisch im Zimmer. Ich nehme Platz. Er liest mir Kafka vor. Ich sehe seinen Mund und seine Augen von Nahem. Seine Hände, wie sie die Seiten umblättern. Er könnte immer so weiterlesen, Buch um Buch, bis der gesamte Bücherschrank verlesen ist. Er geht in die Küche. Er öffnet eine Dose Mais. Er zerlässt ein Stück Butter in der Pfanne und schüttet den Mais hinein. Er sucht zwei Unterteller und zwei Gabeln heraus und deckt den Tisch. Er schneidet Brot auf und stellt die Butter auf den Tisch. Er verteilt den Mais gerecht auf beide Teller. Wir essen den Mais, Korn für Korn. Ein Festmahl. Dann liest er die Erzählung Eine kaiserliche Botschaft.

Die Kerze wirft Schatten an die Wand. Er schließt das Buch. Wir trinken den Tee aus, ich nehme noch einen Löffel Zucker. Wir schweigen. Nun kann ich beruhigt nach Hause gehen, ich weiß, dass es dieses Zimmer gibt, in dem ein Mann wohnt, der mir vorliest. Vielleicht berührt er mich eines Tages wie sein Buch und liest die versteckten Botschaften meines Körpers und meiner Gedanken. Er bringt mich über all die Treppen und Korridore zum Ausgang. Wir umarmen uns. Ich rieche sein Parfüm.

Wir sehen uns jetzt häufiger. Keiner weiß von unserer Lesegemeinschaft. Wir bewegen uns in einem zu schützenden Geheimnis, getragen von einer heimlichen Vorfreude. Es schneit noch immer. Der Winter wird zu unserem Gefährten. Wir lesen Rimbaud, Baudelaire, Beckett und Canetti. Wir trinken Tee und essen Mais. Diese Abende haben etwas Tröstliches. Eines Abends schlägt er, nachdem das Buch zugeklappt ist, das Bett auf.

Es ist die erste Nacht im Haus eines Freundes. Wir wagen kaum, uns zu berühren. Nach all den Liebesversuchen ist dies eine erste gleichberechtigte Zusammenkunft. Ich ertaste seinen Mund und berühre mit den Fingerspitzen seine Augenlider, unter denen die endlosen grünen Seen liegen, in denen ich mich treiben lassen möchte. Die Nacht geht auf Zehenspitzen. Gäbe es ein Boot aus Papier, dann lägen wir darin und trieben den Fluss hinunter, bis zum Morgengrauen. Das milchige Licht um uns, es verschwimmen die Grenzen des Körpers. Der Morgen ist sanft, er verstößt uns nicht. Wir ziehen unsere Kleider an und wissen, dass wir zueinander zurückkehren können. Am Abend klingelt es an meiner Tür. Ich sehe den frisch gefallenen Schnee, auf der Treppe eine Kerze, ein Brief und ein Geschenk, in Packpapier gewickelt. Ich öffne den Brief. Es ist mein erster Liebesbrief. Ich löse den Knoten und öffne das Päckchen. Eine Laterna Magica. Noch nie habe ich ein so kostbares Geschenk erhalten. Ich hebe die Glasscheiben gegen das Licht.

Die ersten Schneeglöckchen blühen, Märzenbecher und Krokusse sind auch schon zu sehen. Manchmal nimmt er auf der Straße meine Hand. Wir machen mit dem Moped einen Ausflug in das Kirschbachtal. Wir haben Butterbrote und Tee dabei. Ich sitze hinter ihm und umfasse seinen Bauch. Kirschblüten fallen auf uns. Ich trage ein Kleid, er küsst meinen Hals, ich seinen Nacken. Wir lieben uns unter einem Kirschbaum. Ich schaue in die Blätter der Krone. Ein Vogel ruft. Die Bäume tragen grün.

Im Frühling fahre ich mit meinen Eltern nach Prag. Eine gemeinsame Reise. Ein erwachsenes Kind, Vater und Mutter. Wir wohnen am Rande der Stadt. Er hat mir eine Kassette mitgegeben. Abends, wenn meine Eltern schlafen, höre ich sie. Kafka. Mit seiner tiefen Stimme liest er von der Verwandlung in einen Affen. Ich weiß nicht, ob er mir Angst machen will. Es gibt keine Musik und keine weitere Botschaft für mich auf dieser Kassette. Ich kann sie schütteln, drehen und wenden, soviel ich will. Es fallen keine Liebeslieder und persönlichen Botschaften heraus. Nur die Geschichte eines Affen, der in einer Kiste sitzt. In den frühen Morgenstunden, meine Eltern schlafen noch, höre ich ihn sprechen. Ich halte mein Ohr dicht an den Lautsprecher, in der Hoffnung, dass vielleicht versehentlich ein Wort fällt, das nur für mich bestimmt ist. Ich muss versuchen, ihn unter der Geschichte zu finden. Ist sein Rücken schon behaart, wächst ihm ein Fell auf der Haut. Das Ganze war zu niedrig zum Aufrechtstehen, liest er, und zum schmal zum Niedersitzen. Ich hockte deshalb mit eingebogenen, ewig zitternden Knien, und zwar, da ich zunächst wahrscheinlich niemanden sehen und immer nur im Dunkeln sein wollte, zur Kiste gewendet, während sich mir hinten die Gitterstäbe ins Fleisch einschnitten. Ich soll, wie man mir später sagte, ungewöhnlich wenig Lärm gemacht haben, woraus man schloss, dass ich entweder bald eingehen, oder dass ich, falls es mir gelingt, die erste kritische Zeit zu überleben, sehr dressurfähig sein werde. Ich überlebte diese Zeit.

Ich bin mir sicher, er ist der Affe selbst und will mir eine Nachricht aus seinem Innenleben übermitteln. Meine Eltern wissen nichts von unserem düsteren Zwiegespräch. Mein Vater kauft Hörnchen, Butter und Honig. Ich koche Kaffee. Meine Mama schiebt zwei Nachttische zusammen, so haben wir einen Tisch. Wir wollen heute den Stahlturm der Weltausstellung besuchen. Mit einer Drahtseilbahn fahren wir auf das Gelände, unter uns die Dächer der Stadt. In einem kleinen Park ist ein Spiegelkabinett. Wir kaufen drei Eintrittskarten. Nun stehe ich mit meinen Eltern in diesem gespiegelten Kabinett. Wir sind Zwerge oder Riesen. Unsere Köpfe werden langgezogen, die Haare stehen uns zu Berge. Gleich groß treten wir aus dem Kabinett heraus. Den Affen übrigens habe ich genau gesehen. Er hatte sich zwischen den Spiegelwänden versteckt, ganz zusammengekauert saß er in einem blinden, abgesprungenen Fleck.

Ich gehe zwischen meinen Eltern, ich habe ihre Arme in meine Ellenbogen gelegt, wir gehen ohne Streit. In den Rabatten wachsen weiße Rosen. Wir finden einen Garten, in dem man zu Mittag essen kann. Wir bestellen Semmelknödel, Kraut, Gulasch und Bier. Am Nachmittag besuchen wir das Agneskloster, am Abend hören wir in der Thomaskirche ein Konzert. In der Nacht lausche ich zum Einschlafen der unheimlichen Kassette.

Am nächsten Tag besuchen wir einen Park, in dem es eine Urnenlandschaft gibt. Kleine Grabhügel, wie von Maulwürfen geschaffen. Ein Priester folgt einem Gärtner. Wir setzen uns und denken für einen Moment an die namenlosen Toten. Wir sprechen über unsere Bestattungswünsche. Meinem Vater macht der Tod Angst. Ich wünsche, dass wir alle gemeinsam in einem Familiengrab liegen, so können wir unsere Unterhaltung fortsetzen, und unsere Gebeine liegen nicht verstreut in der ganzen Welt umher. Ich möchte mich lieber verbrennen lassen. Meine Mutter wünscht, dass ihre Asche von der Reeling eines Schiffes verstreut wird. Meinem Vater wird von so viel Erde, Asche, Feuer und Knochen ganz übel. Er möchte lieber schwimmen gehen. Es ist ein glühend heißer Tag, der Himmel weiß, die Sonne nur ein Fleck. Auf der Karte haben wir ein öffentliches Schwimmbad entdeckt. Ein eingezäunter See mit Sprungturm, Bojen und einer Wasserrutsche. Ich schwimme mit meinem Vater bis zur Mitte des Sees. Wir teilen mit dem Messer eine Melone durch drei. Wir spucken die Melonenkerne ins Gras. Hier, an einem tschechischen See, sind wir einander sehr nah. Über dem See ziehen Wolken auf. Der Himmel färbt sich schwarz. Der See ist glatt, kein Schwimmer mehr zu sehen. In der Himmelswand ist ein weißes Auge. Ich bringe die Melonenschalen zum Papierkorb. Wespen kreisen um den Abfall. Sturm kommt auf. Ein Blitz schlägt nicht weit entfernt von uns ein. Ein Donnerschlag folgt. Wir bringen uns in Sicherheit. Wir sitzen im Auto. In einem Unwetter gefangen. Wir rücken nah zusammen und schauen auf den See, der Wind türmt das Wasser zu hohen Wellen auf. Am Abend gehen wir in ein Orgelkonzert. Die mächtigen Akkorde geben diesem Tag ein angemessenes Finale.

Morgen kehren wir zurück. Meine Eltern bringen mich nach Hause. Mir ist schlecht. Vielleicht war die Autofahrt zu lange und zu anstrengend. Ich habe einen Verdacht. Ich gehe zum Arzt. Ich erwarte ein Kind. Von dem Mann mit den traurigen Augen. Ich muss es ihm sagen. Ich weiß ja, wo er wohnt. Plötzlich ist der Affe wieder da, der Affe hat es gewusst. Die ganze Zeit saß er in seiner Kiste und hat mir Schreckliches erzählt. Ich fürchte, dass ich ihn nicht mehr antreffe, dass er sich schon verändert hat, ihm das Haar gewachsen ist, auf Rücken, Bauch und Schultern, er nur noch annähernd menschenähnliche Laute von sich gibt. Vielleicht sitzt er wie der Affe im blinden Fleck des Spiegels, tief in den Höhlen seines Bücherschranks, und hat sich verbarrikadiert.

Ich bleibe an Klettergerüsten und Sandkisten stehen, betrachte Kinder und ihre Mütter. Ich stehe vor einem Schaufenster in der Bahnhofsstraße. Weiße Kindermützen und winzige Schuhe. Ich lege meine Hand auf meinen Bauch. Ich muss warten, bis das Licht hinter seinem Fenster brennt. Ich muss einen Stein werfen. Ich hoffe, die Scheibe zerspringt nicht. Er öffnet die Tür. Nein danke, ich möchte keinen Mais und keinen Tee. Wir bekommen ein Kind. Ich schaue in seine Augen, ich will nur sehen, wie diese Nachricht in seine Augen fällt. Ich will sehen, ob sie sich verfinstern. Er nimmt meine Hand, er ist blass und etwas irritiert, er rechnet zurück. Er legt seine Hand auf meinen Bauch und meine Brüste. So stehen wir in seinem Zimmer. Da gibt es noch etwas mitzuteilen. Ich weiß es ja schon längst, dass er noch in einer anderen Wohnung wohnt. Ja, er hat es mir erzählt, dass er noch eine andere Frau und ihre beiden Söhne beschützen muss. Er hat einen Vertrag auf Lebenszeit, als Begleiter, als Gefährte. Ich kann diese Verbindung nicht einsehen. Ich bin eine perfekte Verdrängerin. Mit der Schere meiner Furcht schneide ich mir ein Muster aus der Wirklichkeit.

Das Kind wächst, ich spüre, wie es größer wird. Wir gehen zusammen Eis essen, er hält meine Hand. Eine Mutter mit einem Kinderwagen kommt uns entgegen. In dem fremden Baby erkennen wir unser eigenes. Ich bin jetzt schon im dritten Monat. Wir machen uns Gedanken über unser Zusammensein. Eines Tages muss er mit mir sprechen. Er hat es sich anders überlegt, er will doch nicht der Vater des Kindes sein. Ich habe verstanden. Ich möchte jetzt gehen. Ich überlege hin und her. Was mache ich mit dem Kind allein, soll ich es im Waschbecken mit kaltem Wasser waschen. Ich habe ja nicht einmal ein Badezimmer, und wenn es Winter ist, wird das Kind schrecklich frieren. Ich wünsche dem Kind eine Familie.

Ich weiß, wo die Frauenklinik ist, ich bin oft daran vorbei gegangen. Es gibt keine Alternative. Ich muss meinen Sozialversicherungsausweis, einen Waschbeutel, Hausschuhe, ein Nachthemd und einen Bademantel mitbringen. Ich melde mich zum vereinbarten Termin. Die Schwestern sind unfreundlich. Sie lassen mich spüren, dass ich mein Kind töte. Ich verdiene kein Mitleid. Die Frauen, die heute einen Abbruch vornehmen, sitzen im Korridor auf einer Bank. Es ist still, ab und zu hört man ein Schluchzen. Manche sind noch sehr jung, fast Kinder. Wir alle tragen Nachthemden mit dem Stempel des Krankenhauses. Wohin kommen denn die getöteten Kinder. In einen Eimer, in ein Reagenzglas. Ich weiß es nicht. Ich hatte ihm schon einen Namen gegeben. Ich weiß, dass es ein Junge ist, mit blauen Augen. Mir ist schlecht. Es riecht nach frisch gebohnertem Linoleum. Mein Name wird aufgerufen. Ich muss mich auf einen Tisch legen, die Lampe scheint mir ins Gesicht. Ich bekomme eine Narkose. Ich erwache in einem Bett am Fenster. Ich habe Schmerzen. Ich möchte mich übergeben. In meinem Bauch ist ein blutiges Loch, etwas ist herausgerissen. Die Schwester sagt, ich soll mich nicht so anstellen, ich bin ja schließlich selber schuld. Ich schließe die Augen. Ich möchte weinen. Ich kann nicht weinen. Ich träume von einem Haus. Es steht allein auf einer Brachfläche. Die Fensterhöhlen sind blind. Im obersten Stockwerk auf dem Fensterbrett steht ein Kind. Es wird herausfallen. Ich rufe ihm etwas zu, ich winke. Es hört mich nicht. Es tritt ins Leere. Es fällt und schlägt auf dem Boden auf.

Es klopft. Besuchszeit. Er steht in der Tür. Er ist blass, und ich bin blass. Er nimmt meine Hand wie die einer Toten. Er hat mir Orangensaft und eine Kassette mitgebracht. Wir schweigen, es gibt nichts mehr zu sagen. Das Kind ist tot. Ich bin tot. Er ist tot. Es gibt keine Liebe mehr. Nur noch eine schmerzende Wunde. Ich höre die Kassette. Es ist ein Lied von Tom Waits. I made a golden promise, that we would never part, I gave my love a locket, and then I broke her heart.

SONNTAG

Gott und die Geistin wollen über das Land gehen und das Panorama ihrer Schöpfung betrachten. Sie nehmen den Weg durch den Luchsgrund. Auf der roten Erde steht das Regenwasser. Sie waten durch die Pfützen und drehen einen Frosch, der verkehrt herum im Wasser liegt, auf den Bauch. Als sie das Plateau erreichen, können sie von dort aus die Landschaft überschauen. Zur Linken das Ohmgebirge, ein dunkler Tafelberg, der sich in einer doppelten Stufe am Horizont abzeichnet, zur Rechten der Harz mit seinen Erhebungen. Vor ihnen liegt die bucklige Welt. Die Erde ist frisch gepflügt, auf dem Feld zur Rechten steht noch der Hafer. Von Ferne hören sie die Kirchenglocken. Die Geistin pflückt Hände voll von Himbeeren und Johannisbeeren. Sie spricht ein Gebet, dass der Sonntag ruhig vergehen soll, dass niemand stirbt und dass in den vier Jahreszeiten alle Früchte gedeihen. Sie flicht sich Zöpfe und schaut sich um. Alles liegt still. Der Platz, an dem Gott eben noch lag, ist leer. Er ist verschwunden. Nur eine Mulde in der Erde ist geblieben. Sie legt sich in die verlassene Mulde und deckt sich mit der Erde zu, sie wartet auf ein Zeichen oder den erlösenden Schlaf. Sanft beginnt es zu regnen. Ein Tropfen fällt auf ihr Ohr, der nächste auf ihre Stirn. Der Regen legt einen feinen Nebel über alles. Gott wankt über das Land. Es nimmt kein Ende, und überall ist die Erde zerstückelt und umzäunt. Sein Auftrag erlischt, er hat sein Werk vollbracht. Damit er in Erinnerung bleibt und Gegenstand ewiger Sehnsucht wird, darf er den Zeitpunkt seines Verschwindens nicht verzögern. Das Unvollkommene soll vollkommen, das Unerlöste soll erlöst sein. Er hat eine Angst, die ihm niemand abnehmen kann. Er schaut zum Himmel. Ein Flugzeug. Er schaut zur Erde. Jemand rennt um sein Leben. Er nimmt einen Stein und prüft das Gewicht, der Stein scheint schwer genug. Er beißt sich auf die Unterlippe. Er nimmt den Stein und schlägt ihn mit Wucht gegen seine Stirn. Er taumelt, die Knie werden ihm weich. Er muss sich übergeben vor Angst. Er möchte nicht weinen. Er schlägt noch einmal mit der scharfen Kante in die Wunde. Er schmeckt Blut. In seinem Kopf klafft ein Loch. Er holt zu einem dritten Schlag aus, mit aller göttlichen Wucht, die ihm zur Verfügung steht. Er zertrümmert in blindem Schmerz seinen eigenen Schädel, er flucht, er schreit, er wütet. Er spuckt alle Wörter, die er gelernt hat, auf den Boden, mit Speichel und Blut vermengt. Er stürzt auf die Knie. Er krallt seine Finger in die Erde, der Schmerz ist unerträglich. Er beißt in die Erde. Er schlägt noch einmal mit dem Stein auf sich ein, er will sich ganz zu Ende bringen. Die Geistin dreht sich im Schlaf um. Sie träumt einen blutigen Sonntag. Gott weint im Angesicht des eigenen Todes. Sein Atem geht flach, er schaut noch einmal über das Land. Sein Brustkorb hebt und senkt sich schwer. Er ruft nach der Geistin, doch die träumt seinen Traum. Er ruft noch einmal. Der Regen fällt stärker. Er zieht sich an einem Grasbüschel an den Rand der Welt, die Füße im Schlamm. Seine Augen fast blind. Die Nase zertrümmert, die Zähne, der Kopf. Er fühlt das Ende der Erde. Er schiebt seinen müden Körper an den Abgrund. Er flüstert etwas, das niemand mehr versteht. Ein letztes Wort. Er gibt sich einen Stoß und stürzt. Er fällt ins Nichts. Dunkelheit ist um ihn. Sein geschundener Körper schmerzt nicht mehr. Der Regen fällt. Gott lächelt.

GLORIOSA

Vor dem Fenster steht ein Panzer, sein Geschützturm ist auf meinen Bauch gerichtet, in dem liegt mein ungeborenes Kind. Noch winzig schwimmt es im Fruchtwasser umher, bewegt seine Finger und Zehen und nimmt die Welt nur durch die schimmernde Haut wahr. Der Panzerturm dreht sich. Ich kann niemanden entdecken, gewiss sieht der Panzerfahrer durch den Sehschlitz meinen Bauchnabel. Der Panzer steht neben dem öffentlichen Münztelefon. Ich habe zwar ein Zwanzigpfennigstück, aber so kann ich nicht hinuntergehen und telefonieren. Ich habe Angst um uns.

Die große Gloriosa, die Mutter aller Glocken, läutet Sturm. Ihr Klang versetzt mein Herz in Not. Die Madonna mit dem Strahlenkranz schlägt die Hände über dem Kopf zusammen. Das Panzerfahrzeug bedroht das Telefon und den Gemüseladen. Kein Mensch kauft heute Gurken und Kartoffeln. Die Rollläden sind geschlossen. Es ist überhaupt niemand auf der Straße. Das Land wie ausgestorben. Die Bewohner sind durch ein Loch im Zaun geflohen. Nur mir hat man zur persönlichen Bewachung einen Panzer geschickt.

Der Domplatz ist leer. Nur der Mann im Panzer, der den Geschützturm in meine Richtung dreht, ist noch da. Ich lege die Hand auf meinen Bauch. Ich spüre deine Faust. Du pochst mir etwas entgegen. Ein Zeichen. Ich kann es schon entziffern. Du sagt, dass wir zusammen bleiben. Wir müssen leise sein. Sie dürfen uns nicht entdecken. Der Mann im Panzer schaut durch den Sehschlitz. Ich sehe seine kalten Augen. Ein metallisches Fadenkreuz in seiner Pupille. Das kenne ich doch. Dieser zielgerichtete Blick, der es auf meinen Leib und mein Leben abgesehen hat, ist mir vertraut. Ich muss dich beschützen. Was wird das für ein Massaker werden, wenn der Schütze seine Munition auf uns richtet. Das Geschoß zerschlägt meine Bauchdecke und dann die deine, da bleibt nichts mehr von uns übrig. Nur Blut, meine Schuhe, das Zwanzigpfennigstück und die Telefonnummer. Ich muss ruhig bleiben und nachdenken. Mich nicht bewegen. Keine Angriffsfläche, kein Ziel bieten. Ich bin schon einmal um mein Leben gerannt und dabei direkt in meinen Tod gelaufen. Wir könnten uns verstecken. Unter dem Tisch, unter dem Bett oder im Uhrenkasten, wie das siebente Geißlein. Der Wolf fand sie alle und machte nicht langes Federlesen, eins nach dem andern schluckte er in seinen Rachen, nur das jüngste in dem Uhrenkasten, das fand er nicht.

Ich bin mir nicht sicher, ob der Panzerfahrer weiß, dass du in meinem Bauch bist und auf deine Geburt wartest. Aber da in diesem Land ja jeder alles weiß, ist ihm bestimmt eine Mitteilung zugegangen. Zielobjekt Mutter und ungeborenes Kind. Bist du ein Junge oder ein Mädchen. Ich weiß nur, dass du dich drehst und wendest und tagtäglich durch Wasser schwimmst. Ich bin abgeschnitten von meinen Eltern, meinen Geschwistern und deinem Vater. Niemand wird Zeuge unserer Beseitigung. Da der Panzer genau vor unserer Tür steht, wird der Wolf schon Bescheid wissen. Ich bin so erschrocken über diesen kriegerischen Umstand, dass mir vor Schreck weder der Wochentag noch eine Jahreszahl einfallen. Soll ich ein Bettlaken nehmen und es aus dem Fenster halten. Ja, wir ergeben uns.

Ich habe es schon geahnt, dass dieses Land fähig ist, die eigenen Bewohner zu bedrohen. Dass es nur eine Lüge ist mit der Nächstenliebe und der Heimat, die es zu beschützen gilt. Es war noch nie meine Heimat. Ich halte dir die Ohren und die Äuglein zu. Schwimm nur weiter. In unserem Land geht es in letzter Zeit sehr flüchtig zu. Freunde verschwinden und lassen ihr Eigentum zurück, sie ziehen sich einen Mantel an, packen etwas Wäsche in ihre Tasche, lassen ihre Hunde, Katzen und Vögel frei, gehen die Straße entlang, sehen sich nicht um und werfen ihren Haustürschlüssel in den Fluss. Ich kann mich ihnen nicht anschließen, du bist ja in meinem Bauch, und wenn du mir auf der Flucht nun verloren gehst, was dann. Oma Mitzi ist ja schon mit ihren Kindern geflohen, beide in einem Schuhkarton. Sie kam von Böhmen bis hierher. Nun kann ich doch nicht von hier bis Böhmen gehen. In die umgekehrte Richtung. Mit welcher Aussicht denn, doch nicht, um dann in einem Land zu wohnen, in dem die Häuser und Kirchen in einer ähnlichen Anordnung stehen. Ich habe den Pakt meines Bleibens schon so weit voran getrieben, dass mich die Fluchtbewegung um mich herum lähmt. Ich kann mich nicht mehr bewegen. Ich bin eingekreist von so viel Geschichtsbewegung. Lansam dreht sich der Geschützturm mit meinen Gedanken mit.

Der unsichtbare Bewohner in diesem Militärfahrzeug, kein Amerikaner diesmal, kein Russe, sondern ein Deutscher, und ich sind miteinander verbunden. Jemand muss dem Panzerfahrer meine Hausnummer, meine Adresse verraten haben. Die Bewacher des Landes sind bereit, auf die Bewohner des Landes eine Mündung zu richten. Da ich einem Volk angehöre, das über eine sehr umfangreiche und präzise Erfahrung im Töten und systematischen Vernichten verfügt, ist mir eine solche Gegenüberstellung nicht geheuer.

Ich habe ihn doch im Inneren des Bergwerks gesehen, den Wächter mit dem vernähten Mund, der all die Listen schrieb. Vielleicht steht mein Name auf einer Liste, und darum steht nun dieser Panzer hier. Ich möchte augenblicklich meine Mutter oder meinen Vater anrufen, ihnen zurufen ›Euer Kind ist in Gefahr, das Kind eures Kindes ist in Gefahr. Rettet uns‹. Ich fürchte mich, ich kann diese Bewegungen um mich herum nicht mehr deuten. Ich bin eingekreist von Stahl. Die Gloriosa schlägt immer noch, und der Panzer steht unbeweglich vor dem Münzfernsprecher. Gott hockt im Glockenturm und verausgabt sich durch diesen Lärm. Ein Stellvertreter des Vaterlands hockt im Inneren dieses stählernen Fahrzeugs. Vielleicht sollte ich den Panzerfahrer befreien und aus seinem Versteck herausziehen. Ich sollte ihn der Madonna mit dem Strahlenkranz vorstellen.

Ich gehe durch das staubige Treppenhaus. Die Sonne fällt auf das Geländer. Auf dem Fensterbrett sitzt eine Fliege. Die Nachbarn sind nicht zu Hause. Vielleicht sind sie auch schon auf der Flucht. Ich schließe die schwere Haustür von innen auf. Ich trete auf die Straße. Ich bete ein Vaterunser. Der Geschützturm mit dem Panzerrohr dreht sich in meine Richtung. Ich unterdrücke meine Angst. Du bist ja bei mir. Ich gehe direkt auf den Panzer zu. Der Schütze kann sich jetzt entscheiden. Nur einige wenige Meter trennen uns noch. Ich klopfe an das Eisen. Poch. Poch. Wünschen Sie einen giftigen Kamm, einen tödlichen Gürtel oder einen Apfel, an dem Sie ersticken. Keine Reaktion. Ich klopfe noch einmal. Der Geschützturm dreht sich einmal um sich selbst. Langsam öffnet sich die Kommandantenluke. Der Junge sieht aus wie mein Bruder. Auch er hat Angst. Er kann mich nicht anschauen. Ich gebe ihm mein Zwanzigpfennigstück, nun kann er seine Eltern anrufen und ihnen sagen, dass er niemanden getötet hat. Der Panzerfahrer gibt mir den Hörer, es ist noch Restgeld da. Ich kann jetzt meine Eltern anrufen und ihnen sagen, dass ihr Kind nicht versehentlich oder absichtsvoll getötet wurde, wegen einer Geschichtsangelegenheit und ein paar Feindbildern. Der Panzerfahrer fragt mich, ob er jetzt gehen kann. Er soll nach Hause gehen.

Hallo, Mama und Papa. Ich rufe vom Münzfernsprecher aus an. Nein, es gibt keine Melonen und auch keine

Paprika. Ich kann meine Schwester nicht erreichen, ist sie noch bei euch. Mein Kind bewegt sich. Kann ich zu euch kommen. Ich möchte mein Kind nicht an einem Ort zur Welt bringen, an dem ich schon ein anderes verloren habe. Ich werde es euch erzählen.

Zwischen dem Priesterseminar und dem Bergstrom gibt es am Ende der Gasse einen Freund. In einer Zeit, in der das Wünschen noch geholfen hat, saß er am Abend auf dem samtigen Sofa im Hause des Nachbarn. Dort, wo der Vogel Apfelsinchen wohnt. Sobald der Arbeitstag zu Ende ging und es langsam dämmerte am Fluss, versammelten wir uns. Sein Haar fiel ihm auf die Schultern, seine Augen schauten mich durch eine Brille an, und ich glaubte, sie meinten mich. Wir sprachen über Woody Allen, Ireneusz Iredyński und Michael Bulgakow. Wir lasen uns aus Büchern vor und tranken roten Wein. Müde von den Erzählungen, den Diskussionen und dem Wein traten wir gemeinsam auf die Straße. Der Morgen dämmerte, das Kopfsteinpflaster lag in einem besonders weichen Licht. Die Domglocke schlug vier.

An diesem frühen Morgen nahm ich den Freund mit der sanften Stimme mit nach Hause. Ich wollte nicht allein in dem Bett mit den Spinnen schlafen. Gern mochte ich mich mit seiner Wärme verbinden. Mein Lieben entsteht aus Sehnsucht nach einer Berührung. Alles möchte ich berühren. Papierseiten, Steine, Baumrinden und die Haut eines Menschen. Mein Freund hat das Handwerk der Goldschmiedekunst erlernt. Mich fasziniert die Vorstellung, dass er wie ein Alchimist über Edelsteinen, flüssigem Metall, Feuer und Werkzeugen sitzt. Mit einer kleinen Zange nimmt er Perle um Perle von einer zerrissenen Schnur wieder auf. Vielleicht schmiedet er einen goldenen Ring für mich, der nicht zerbricht. Nun lagen wir nebeneinander, und ich war schüchtern, da ich mich fürchtete, einen Freund zu berühren, aus Angst, etwas zu zerstören bei dem sanften Übergang von der Freundschaft zur Liebe. Von der Sprache zum Kuss. Der Freund nahm die Brille ab und legte sie auf den blauen Teppich. Er schloss die Augen, die sanften. Ich berührte sein Haut, die aus Pergament zu sein schien. Vielleicht brauchen Goldschmiede so eine feine Haut und zarte Finger, um die unglücklich zersprungenen Dinge wieder zu reparieren. Ich schmiegte mich an seine empfindsame Gestalt und hoffte, dass er bis zum Morgengrauen bliebe.

In dieser Nacht bist du entstanden, mein Kind, wahrscheinlich hast du dir diese beiden Menschen ausgesucht, die dort nebeneinander lagen. Du musst gewusst haben, dass dir kein Leid geschieht. Am Rande der Stadt ging ich zu einem Arzt, der untersuchte mich und sagte das Wort positiv. Positiv, negativ. War das eine Rechenaufgabe, eine Gleichung. Bis ich begriff. Ich nahm meine Jacke vom Haken und ging. Ein Herbsttag, der Himmel hoch und weit. Eine Brücke, die über einen kleinen Fluss führte. Und da kamen sie geflogen. Das Rauschen ihrer Flügel, knapp über meinem Kopf. Drei Schwäne. Vater, Mutter und Kind. Ich wusste sofort, das war ein Zeichen des Himmels. Gott hat seine heiligen Schwäne zu mir gesandt. Wenn die Tiere füreinander sorgen können, dann kann ich das auch.

An diesem Tag ging ich zu einem öffentlichen Telefon und wählte die Nummer des Freundes. Wir bekommen ein Kind. Schulter an Schulter liefen wir über ein Feld, die schwere Erde an unseren Schuhen. Wir liefen bis zum Horizont, dorthin, wo die wilden Apfelbäume stehen. Wir hielten uns an den Händen und suchten nach Namen, die wir wie bunte Steine sammelten und wieder und wieder betrachteten.

Nun klirrt es in diesem Land sehr metallisch, und die Luft ist zum Zerreißen gespannt. Einen Bürgerkrieg kannte ich bisher nur aus unserem Geschichtsbuch. Den Russischen Bürgerkrieg. Die Rote Armee und die Weiße Armee kämpften erbittert gegeneinander. Aber wie verhält sich das in diesem unterhöhlten Land, in dem sich die Hoffnungen auf einen Ausweg stauen. Die Wächter haben längst ihren Verstand verloren. Sie haben sich verbarrikadiert. Sie haben Ideologien errichtet, in denen sie sich eingeschlossen haben. Sie haben für ihre Feinde und Widersacher, für die Flüchtigen und Unbeugsamen Korridore und Keller gebaut. Räume, in denen ein aufrechter Gang nicht mehr möglich ist. Zellen, die ohne Stift und Papier sind. Keller, die bewacht werden von Schäferhunden und Pförtnern. Betten, in denen niemand schlafen kann, gleißendes Licht, das die Insassen blendet, deren Hände auf der Wolldecke gebunden sind. Die Angst und der Schrecken gehen um. Die Denunziation kann jeden treffen. Der Himmel trägt schon den Abdruck eines Gitters. Streifen, horizontal und vertikal. Der Boden ist bis unter die Erde zementiert. Was mich so irritiert, ist die Dummheit der Wächter, ihre mangelnde Bildung, ihre erbärmliche Kleidung. Wie sie sich ausgebreitet haben. Hausmeister und Pförtner, Kontrolleure und Schaffner. Ein versunkenes, eingegrabenes Land. Sollen sie alle untergehen. Eine Ödnis zurücklassen, die es neu zu besiedeln gilt. Das ganze Land ist ein papiernes Lügengebäude. Nun kann eine jede Wahrheit zerknüllt, ausradiert und nochmals erfunden werden. Die staubigen Transparente können zerfallen, die Paraden und Aufmärsche zur Hölle fahren. Ein Aufstand, ein Aufbegehren. Etwas kündigt sich an. Eine nicht mehr zu erstickende Ungeduld. In dieses Vakuum, in diese stille Zone, wirst du hineingeboren. Du erlebst möglicherweise einen Untergang oder einen Übergang. Ich weiß nicht, wo das noch enden soll. Der Ausgang dieser Geschichte ist mir noch unbekannt. Diesem kalten, grauen Land ist manches zuzutrauen. Auch seine Selbstvernichtung, seine Selbstauslöschung. Vielleicht wird ja alles kläglich zu Ende gehen. Eine Resignation oder eine Befreiung. Jede Richtung ist möglich.

Das Ungewöhnliche, Überaschende geschieht. In der Dämmerung zieht eine schweigende Menschenmenge durch die Gassen. Sie sind aufgestanden, sie haben ihre Häuser, ihre gesicherten Orte verlassen. Sie bilden einen Körper, sie öffnen ihre vernähten Münder und heben den Blick auf. Die Stadt ist dunkel, kein Licht brennt. Die Menge atmet. Sie wagt es, aufzuatmen. Sie gehen allein, sie kommen zusammen. Aus all den Gassen, von den Plätzen, aus den Straßen. Von der Predigerkirche, dem Juri-Gagarin-Ring, dem Augustinerkloster, der Krämerbrücke, dem Fischersand, der Melanchthonstraße, dem Fischmarkt, der Bonifaciusstraße, der Bahnhofsstraße. Sie gehen schweigend, dicht aneinander gedrängt. Sie halten einander fest, sie geben sich Mut. Sie bewegen sich von allein. Kein Hund, keine Fahne, kein Gott, kein Vaterland, keine Fanfare, keine Trommel, keine Patrouille, kein Zaun, kein Bellen, kein Rufen, kein Herr. Sie gehen noch zögernd, noch zaghaft. Sie strömen herbei, es werden immer mehr. Sie kommen aus den umliegenden Gassen. Seht, wohin, wohin. Seht, wohin. Wohin ziehen sie, zum Dom. Eilt, ihr angefochtnen Seelen, eilt, ihr angefochtnen Seelen. Sie drängen vorwärts, sie halten sich gerade, sie stützen einander. Sie sind auf sich gestellt, sie müssen für diesen einzigen Augenblick die Verantwortung übernehmen. Sie verlassen für diesen Moment ihre Bestimmungen. Ihre Körper richten sich auf. Ihre Augen öffnen sich. Da gehen sie, unübersehbar und aufrecht nun. Die Unterdrückten, die Gemaßregelten, die Verstummten, die Geächteten, die Verlorenen, die Angepassten, die Eingesperrten, die Verdammten, die Ratlosen, die Aufbegehrenden. Wie ein aus der Erde aufsteigendes Tier zieht die dunkle Menschenschlange durch die Stadt. Noch weiß niemand, was zu sagen ist. Gleich werden die Worte aus dem Mund brechen, und die langanhaltende Erstickung wird eine Sprache finden. Zu dieser Stunde sind die Menschen allein herausgetreten. Von niemandem beauftragt, bewacht, bevormundet, bedroht, beleidigt, gemaßregelt, gehindert, gedemütigt, gedrängt, geleitet, kontrolliert, verurteilt und des öffentlichen Raumes verwiesen. Die Menge bewegt sich Richtung Domplatz. Ein dunkler, wogender Leib. Die Menschen atmen auf. Für einen Augenblick sind sie sich der Möglichkeiten des eigenen Lebens bewusst. Vielleicht lassen sich die Wände verschieben und die Gesetze auflösen. Der Dom schweigt, der Himmel ebenso. Das Land schweigt. Es ist Zeit.

Du trittst von innen gegen meinen Bauch. Du schwimmst in deiner Fruchtblase, die dich vor Temperaturschwankungen und Erschütterungen beschützt, aber nicht vor einem solchen Beben und auch nicht vor einem Panzerfahrzeug. Ich lege meine Hand auf die Erhebung und das Pochen in meinem Bauch, ich taste nach deiner winzigen Ferse, ich taste nach deiner winzigen Faust. Ich sollte dir ein Schlaflied singen. Es geht ein dunkle Wolk herein, mich deucht, es müsst ein Regen sein. Bleib noch in mir, bis sich die Dinge da draußen geklärt haben. Du drehst dich in meinem Bauch um und schläfst ein wenig. Ich kann deine Bewegungen fühlen. Manchmal träume ich von dir. Einmal bist du ein Delphin, ein anderes Mal ein goldener Fisch.

Ich suche alle Zwanzigpfennigstücke, die ich finden kann. Ich muss meine Schwester anrufen. Ich bin beunruhigt. Sie scheint sehr weit entfernt zu sein. Die Zeiten sind gefährlich. Menschen können plötzlich verloren gehen und nie wieder auftauchen. An einem Oktobertag war meine Schwester in der Hauptstadt. Auf den Straßen waren Menschen. Sie kamen aus ihren Häusern. Sie wollten nicht länger schweigen, sie wollten nicht länger ausharren. Sie riefen nach Freiheit. Sie wünschten sich einen weiten Himmel, ein anderes Land. Sie versammelten sich auf den Plätzen, sie gingen in Gruppen und wurden mehr und mehr. Sie hielten Schilder und Transparente hoch. Darauf standen ihre Wünsche. An diesem Tag, an dem sich das Land mit Militärparaden, Flugzeugen und Panzerdivisionen feierte, Fanfarenzüge aufmarschieren ließ und Fahnen schwenkte, an dem die Herrscher des Landes auf Tribünen standen und ihr Volk jubelte und applaudierte, an diesem Tag ist meine Schwester verschwunden.

Sie hat sich mit anderen Menschen zusammengeschlossen, die schweigend protestierten oder wütend verbotene Wörter riefen. Das gefährlichste Wort ist Freiheit. Es löst Angst und Entsetzen aus. In den Hauseingängen und an den Schaufensterscheiben stehen Männer in grauen Windjacken. Sie tragen Handschuhe und Taschenschirme, deren Stock teleskopierbar ist. Ihre wachsamen und listigen Gesichter spiegeln sich in den Scheiben.

Die Wächter sind also aus ihren Höhlen gekommen. Ich wusste, dass sie im Unterirdischen agieren. Jetzt zeigen sie keine Scham mehr. Sie verstecken sich nicht mehr. Sie beobachten aus ihren Augenwinkeln eine jede Bewegung. Ihre Köpfe haben ein jedes Wort der Ideologie gespeichert, sie suchen den Feind, sie suchen die Elemente, die kriminellen, die asozialen, die zersetzenden, die ihren Staat zerstören und untergraben wollen. Diese Wächter sind gefährlich. Sie sehen harmlos aus, aber sie sind wie Hunde. Selbst gedemütigt und scharf gemacht. Sie starren aus den Eingängen und von den Fensterscheiben. Und dann schlagen sie zu. Schnell und ohne Vorwarnung. Der Schlag trifft meine Schwester im Genick. Der Wächter, der ihn ausführt, dreht ihr den Arm auf den Rücken und zwingt sie in die Knie. Diesen Griff hat er lange trainiert, nun kann er ihn endlich anwenden. Meine

Schwester beißt sich in die Unterlippe, sie ist gezwungen, ihr Wort zu verschlucken. Es brennt auf der Zunge. Sie flüstert es doch. Der Wächter schlägt ihr auf den Hinterkopf. Ein Lastwagen kommt. Die Menschen werden in den Lastwagen hineingeschlagen. Bisher wurden solche Lastwagen zur Apfelernte genutzt, nun transportieren sie unbeugsame Menschen. Männer mit Schäferhunden bewachen die Verhaftung. Immer haben sie ihre Hunde dabei, wenn es gilt, Menschen zu demütigen, zu schlagen und zu verletzen. Benötigen sie den Beistand der Tiere, um ihre eigene Angst zu verbergen. Wenn man nur die Hunde überreden könnte, den Wächtern an die Kehle zu springen und ihnen mit einem gezielten Biss die Halsschlagader durchzubeißen.

Noch immer werden die Menschen in den Lastwagen gestoßen. Frauen und Männer, Jungen und Mädchen. Eine hässliche Rohheit bricht sich nun Bahn, jeglicher Anstand ist vorüber. Die Eingesperrten protestieren. Jemand zieht die Plane zu und schließt die Ösen. Dunkelheit. Der Lastwagen hält in der Immanuelkirchstraße. Die Plane wird geöffnet. Männer und Frauen werden von der Ladefläche geführt. Wieder werden sie geschlagen. Hinter den Fenstern brennen Kerzen. Eine Kerze bedeutet Freiheit. Ein Zeichen der Verbindung. Die Wächter entdecken das Licht. In ihren Köpfen sitzen die Verbote. Sie stürmen die Treppen hinauf. Sie reißen fremde Türen auf. Die Bewohner versuchen, das Licht zu schützen. Die Schäferhunde reißen die Gardinen von den Fenstern. Sie zerfetzen den Stoff und drehen sich bellend im Kreis. Die Wächter schlagen das Licht aus. Für jedes Licht, das sie löschen, wird ein neues entzündet. Sie werden der Helligkeit nicht mehr Herr. Das macht sie sehr wütend. Sie reißen die Bewohner aus den Wohnungen und stoßen sie die Treppen hinab. Sie bringen sie zu Wache. Dort müssen sie sich mit dem Gesicht zur Wand stellen.

Wo finde ich meine Schwester. Sie muss auf dem Hof sein. Sie darf da nicht bleiben. Sie dürfen ihr nichts antun. Ich muss mit den Hunden sprechen. Ich flüstere ihnen ein Lied ins Ohr. Das kannten sie noch nicht. Ich gebe ihnen Zuckerwürfel. Ich streichle ihr struppiges Fell. Ich nehme ihnen das Halsband ab. Ich flüstere ihnen den Namen meiner Schwester zu. Die Hunde nicken. Sie haben verstanden. Vier von ihnen jagen los, überspringen das Tor und überwältigen die Wächter. Sie finden meine Schwester und ziehen sie am Ärmel vom Hof. Sie zittert. Sie ist blass. Am Himmel ist ein Geschwader zu sehen. Die Flugzeuge hinterlassen eine Rauchspur.

Mein Kind, du bist ja aufgewacht. Solche Geschichten passieren hier im Augenblick. Durch die geschlossene Bauchdecke kannst du sie spüren. Ich muss dich beruhigen. Komm, wir gehen in den Dom. Über den stillen Platz. Auf dem Domplatz steht ein Brunnen. Ich muss einen Schluck von dem kühlen Wasser trinken. Staub und Angst liegen auf meiner Zunge. Komm, trink auch einen Schluck von dem kühlen Wasser. Wir denken an weite Landschaften, an Rapsfelder und Johannisbrotbäume. An Savannen und Schneeweiten, an das Ägyptische Meer und die Kapverden. An Schiffe, die wir gemeinsam besteigen, um die Erde zu umrunden. Ich berühre deine Faust, ich berühre deine Fersen. Komm, wir zünden ein Licht an. Ich habe eine Packung Streichhölzer bei mir und etwas Geld. Wir steigen die Domstufen hinauf. Langsam, langsam. Ein Priester kommt uns entgegen. Er will mir ein Kreuz auf die Stirn zeichnen. Ich lehne das Zeichen ab. Wir betreten den Dom. Ich tauche meine Stirn in das Weihwasser. Die Angst soll vergehen. Wir gehen zur Mutter Gottes, die schlägt ihren blauen Mantel um uns. Sie hält den goldenen Apfel in der Hand. Ich zünde ein Licht an und noch eines. Ein Lichtermeer.

Ich verbrauche sämtliche Streichholzer. Ich wünsche eine Veränderung. Die Herrscher können gehen. Ihre Zeit ist um. Sie können ihre Fahnen einrollen, ihre Kristallaschenbecher an die Wand werfen, ihre Zäune abbrechen, ihre Aktendeckel zerreißen, ihren Betonstaub verschlucken, ihre Kasernen anzünden, ihre Sprache zerstören, ihre Schriften löschen.

Wir müssen den Himmel aufstoßen, eine neue Sprache erfinden, eine Schrift ersinnen, die Wunden verbinden, die Toten zählen, die Leichen aus den Flüssen und Meeren fischen und ihnen einen Ort suchen. Ich zünde noch eine Kerze an. Komm, wir legen uns auf die Kirchenbank und ruhen ein wenig. Wir decken uns mit dem blauen Mantel der Muttergottes zu. Wir nehmen das Gesangbuch als Kissen. Ich bin so müde von all den Ereignissen, so erschöpft von diesem Leben, dass ich erst wieder am Tag deiner Geburt erwachen möchte. Ein Engel mit einem Schwert setzt sich zu uns. Er bewacht unseren Schlaf. Dass niemand uns weckt. Kein Hund mehr. Kein Wächter mehr. Kein gepanzertes Fahrzeug mehr. Der Engel singt. Wir schlafen ein und erwachen. Weihrauch liegt in der Luft. Die Morgenmesse beginnt. Wir verlassen das Kirchenschiff. Alles ist ruhig. Nur dein Klopfen gegen meine Bauchdecke ist zu hören.

Wir müssen den Zug nehmen. Richtung Heimat. In die Stadt, die so verwundet und wieder neu erbaut ist. Niemand ist im Abteil. Das Land ist still. Wir fahren durch Dörfer und Städte. Die Fenster der Häuser sind blind. Über die brachliegenden Felder hüpft ein Hase. Er schlägt wilde Haken. Ein Adler stürzt sich auf ihn. Ich halte dich fest. Ich bringe dich nach Hause. Der Zug fährt ein. Ein Polizist steht in der Bahnhofshalle. Ich gehe grußlos an ihm vorüber. Ich überquere den Platz. Meine Eltern warten auf mich. Sie kochen mir eine Hühnersuppe und heißen Tee mit Honig. Sie schneiden Äpfel auf und schütteln die Kissen zurecht. Ich möchte, dass du an dem Ort geboren wirst, an dem ich zur Welt gekommen bin. Unter dem Himmel der Goldenen Aue, im Schutz der Wassertreppe und der Kronen der Haselnussbäume.

So sitze ich mit dir im Bauch am Küchentisch unter dem orangenen Schirm der Lampe. Vor dem Fenster blüht der Rotdornbaum. Es ist still. Ich höre die Spatzen in den Zweigen und den Klageruf der Harzquerbahn. Wasser tropft auf meine Füße. Das muss das Fruchtwasser sein. Ich erschrecke und hole einen Scheuerlappen. Ich wische den Fleck auf dem Küchenboden auf. Ich soll einen Krankenwagen rufen, wenn etwas Unvorhergesehenes geschieht. Ich verlasse das Haus, um zu telefonieren. Das Gartentor scheint in meiner Abwesenheit kleiner geworden zu sein. Ich halte mich an den Gartenzäunen fest und gehe langsam. Ich komme am Haus des Imkers vorbei. In der Hand hält er eine Bienenwabe, gefüllt mit Honig. Er bricht mir ein Stück davon ab, als Wegzehrung. Ich überquere den efeubewachsenen Friedhof mit den Gräbern der Kinder. Nun kann ich singen. Die goldene Brücke, die goldene Brücke. Wer hat sie denn zerbrochen, des Goldschmieds jüngste Tochter. Ich muss den Pförtner der Tabakfabrik suchen, er hat ein Telefon. Ich habe Angst, dass ich dich verliere. Hier, auf dem Weg vom Friedhof zur Tabakfabrik. Der Pförtner hinter der Scheibe versteht mich nicht. Ich sage ihm, dass ich ein Kind erwarte und bitte ihn, einen Krankenwagen zu bestellen. Er lacht mich aus und beißt in sein Brot, das er aus einer metallenen Brotbüchse holt. Ich klopfe verzweifelt an die Scheibe, er schließt das Fenster. Er bedeutet mir, zu verschwinden. Warum haben die Pförtner in diesem Land eine solche Macht. In meiner Verzweiflung zeige ich meinen nackten Bauch. Ich muss Beweise bringen für die nahende Geburt. Er starrt mich an wie der ungläubige Thomas. Endlich ruft er einen Krankenwagen. Ich halte dich fest und gehe langsam wieder nach Hause. An der Holzbrücke halte ich inne und schaue in den Fluss. Die Zorge fließt ruhig dahin. Sobald du laufen kannst, zeige ich dir das Wasserwehr und die Fischtreppe. Dort springen die goldenen Fische nach oben. Ich werde mit dir im Stadtpark die Rehe mit Kastanien und Eicheln füttern.

Zu Hause angelangt, packe ich meine Tasche. Ich fürchte mich. Sobald ein Krankenwagen zu unserem Haus gerufen wird, geschieht ein Unglück. Die Sanitäter steigen aus, sie wollen, dass ich mich auf eine Bahre lege. Ich sage ihnen, dass ich nicht krank bin, sondern ein Kind erwarte. Aber sie sind streng. Nun liege ich und schaue in den Himmel. Der Krankenwagen fährt über die Brücke, vorbei am Park Hohenrode und durch das Gehege, den Beethovenring entlang. Diesen Ausschnitt Himmel hat Mama also gesehen, als sie, noch einmal gerettet, ins Krankenhaus kam. Himmelsfetzen, Stromleitungen, das Geäst der Kastanienbäume. Die Lichter einer Ampel.

Wir sind angekommen. Ich atme ein und atme aus. Der Schmerz ist von einer solchen Heftigkeit, dass ich nicht weiß, wie lange ich ihn aushalten kann. An einer Korridorwand, blass und schmal, lehnt mein Freund. Wann habe ich ihn angerufen, wie ist er hierhergekommen. Du lässt dir Zeit. Es ist schon dunkel. Ich werde in den Kreißsaal geschoben. Die Hebamme ruft meinen Namen. Woher kennt sie meinen Namen. Von der katholischen Gemeinde im Dom zum Heiligen Kreuz. Wie beruhigend. Die Herztöne werden schwächer. Sie sagt, dass ich atmen soll. Tief ein- und ausatmen. Ein greller Schmerz von einer ungeheuren Wucht zerreißt mich fast. Dein Vater trocknet meine Stirn. Vor dem Fenster steht der Morgen. Du willst einfach nicht zur Welt kommen. Du klammerst dich fest in meinem Bauch. Vielleicht fürchtest du dich. Du musst keine Angst haben. Wir werden dich empfangen. Dein Kopf tritt heraus. Du schreist. Du siehst das gleißende Licht und den blühenden Wald, der direkt vor dem Fenster steht. Du liegst auf meinem Bauch. Die Hebamme durchschneidet die Nabelschnur. Du lächelst. In deinen Augen sind goldene Punkte. Das muss ein Widerschein von Glück sein. Die Hebamme bringt uns Tee und Rotwurst- und Leberwurstbrote. Das Land liegt still. Es atmet tief ein und erwacht. Es sind keine Flugzeuge am Himmel.

Bibliografische Information der Deutschen Nationalbibliothek
Die Deutsche Nationalbibliothek verzeichnet diese Publikation
in der Deutschen Nationalbibliografie; detaillierte bibliografische Daten
sind im Internet über http://dnb.d–nb.de abrufbar.

© by S. Marix Verlag in der Verlagshaus Römerweg GmbH, Wiesbaden 2021
Lektorat: Klaudia Ruschkowski, Volterra (IT)
Covergestaltung: Karina Bertagnolli, Wiesbaden
Bildnachweis: Akademie der Künste, Berlin, Einar-Schleef-Archiv,
Nr. 0734_053; © VG Bild-Kunst, Bonn 2020
Umschlg & Satz: Anja Carrà, Weimar
Der Titel wurde in der Bembo Infant und der Avenir gesetzt.
Gesamtherstellung: CPI books GmbH, Leck – Germany

ISBN: 978-3-7374-1161-5

Mehr über Ideen, Autoren und Programm des Verlags finden Sie auf
www.verlagshausroemerweg.de und in Ihrer Buchhandlung.